KB268356

유지니 장편 소설
Chungeoram romance novel

# 바람난 선녀

# 바람난 선녀

초판 1쇄 찍은 날 | 2011년 12월 26일
초판 1쇄 펴낸 날 | 2011년 12월 30일

지은이 | 유지니
펴낸이 | 서경석

편집장 | 권태완
편집책임 | 유경화
편집 | 이수민

펴낸곳 | 도서출판 청어람
등록번호 | 제1081-1-89호
등록일자 | 1999. 5. 31
어람번호 | 제5-0294호

주소 | 경기도 부천시 원미구 심곡2동 163-2 서경B/D 3F (우) 420-822
전화 | 032-656-4452  팩스 | 032-656-4453
http://www.chungeoram.com
E-mail | chungeoram@chungeoram.com

© 유지니, 2011

ISBN 978-89-251-2728-6 03810

※ 파본은 구입하신 서점에서 교환하여 드립니다.
※ 저자와 협의하여 인지를 붙이지 않습니다.
※ 이 책은 도서출판 청어람과 저작자의 계약에 의해 출판된 것이므로,
　무단 전재 및 유포 · 공유를 금합니다.

유지니 장편 소설
Chungeoram romance novel
바람난 선녀
청어람

# 목차

'공연히 왔어. 이까짓 미역국 안 먹고 말걸.'

선녀의 입맛에 맞춰 조갯살 듬뿍 넣고 끓인 미역국에선 모락모락 김이 올라오고 있었다. 먹음직스러웠다. 하지만 계속되는 엄마 은희의 잔소리는 선녀의 입맛이 뚝 떨어지게 만들기에 충분했다.

"미역국이 목으론 잘도 넘어가겠구나? 에구 내 팔자야! 서른 살이 되도록 시집도 안 가고 있는 딸년 생일 미역국이나 끓여주고 있으니 무슨 놈의 팔자가 이 모양인지, 원!"

한 숟갈 삼킨 미역국이 도로 넘어오려고 했다.

엄마는 말을 해도 어째 저렇게 할까?

재작년부터 엄마의 말솜씨는 상대의 복장을 터뜨리게 만들었다. 가히 신의 경지에 들어섰다고 볼 정도로 굉장치도 않았다. 듣고 있다 보면 울화가 치밀어 숨이 넘어가게 되니 그저 이런 말을 할 때면 한 귀로 듣고 한 귀로 흘려야 한다. 다른 때는 그게 잘되어 뭐라고 하든 마음에 담지 않았는데 오늘은 그만 울컥하고 말았다.

나이 서른이 어때서! 게다가 누가 국 끓여달라고 했나?

어젯밤 전화해서 집으로 오라고 난리친 건 엄마였다.

됐다, 피곤하다며 아침에 출근하기 힘들다고 열심히 사양했건만 생일날 다른 건 몰라도 미역국은 먹어야 하지 않느냐면서 부득부득 오라고 해놓고선 잘난 미역국 한 그릇에 속 뒤집어지는 푸념은 한 가마니였다.

엄마는 재작년 아빠가 돌아가신 뒤로 성격이 이상하게 변해 버렸다. 악취미도 이런 악취미가 없다. 정말 선녀처럼 착한 딸 노릇을 하려 애쓰는데도 불구하고 이럴 땐 정말 참기가 힘들어졌다.

"엄만 분명 귀족이었을 거야."

"뭐라고?"

"내 외가 쪽으론 후작 지위를 지닌 할아버지가 계셨을 거라고요, 악!"

등짝을 모질게 얻어맞은 선녀가 비명을 질렀다.

이것 봐. 사드 후작 후손인 것이 분명해. 세상에! 먹을 땐 개도 안 때린다는데 무슨 엄마가 생일날 아침 딸내미 등짝을 이리도 사정없이 내려칠 수 있어?

나이 먹어가면서 손이 점점 더 매워지는지 얻어맞은 등이 화끈 화끈 아팠다. 선녀는 오만상을 찌푸리며 맞은 곳을 문질렀다.

"망할 년 같으니. 딸년 생일이라고 기껏 불러다 새벽밥 해서 바치니까 엄마를 사디스트로 몰고 감히 제 외가혈통을 혼혈로 만들려고 해?"

칫, 노인네. 센스는 있네. 말을 알아들은 걸 보니.

숟가락을 식탁 위에 내려놓자 은희가 도끼눈을 떴다. 엄마의 말과 손찌검에 화가 나 수저를 내려놓은 것처럼 보였지만 원래 선녀는 아침밥을 먹지 않는다. 그러니 아무리 생일상이라 해도 지금 이 시간에 뭘 먹는다는 것은 고역이었다. 게다가 말만 생일상이지 좋아하는 반찬은 하나도 없고 달랑 미역국에 나물과 명란젓, 그리고 계란부침으로 초라하기 그지없는 밥상이었다.

'겨우 이 상 차려주려고 어제 그 난리를 쳤단 말야?

어제 은희가 회사로 전화를 걸어 집으로 와 자고 생일 아침을 먹으라고 했다. 처음에 선녀는 점잖게 거절했다. 본가인 분당에서 선녀가 살고 있는 일산은 끝에서 끝이 아닌가. 여기서 회사를 가려면 두 시간이나 걸린다. 그러니 여기 와 잔다면 꼭두새벽에 일어나야 한다는 말이 된다. 새벽에 일어나야 하는 것도 선녀에겐 끔찍스런 고문이었다.

그래서 선녀는 아주 간곡히 엄마의 마음은 기쁘지만, 엄마나 나나 너무 피곤하니 내일은 그냥 지내고 주말에나 가겠다고 열심히 사양했다. 와라, 다음에 간다. 와라, 주말에 갈게를 몇 번 되풀이한 뒤 은희가 빽 소리 질렀다.

[지금 당장 안 오면 내 딸이 아닌 걸로 알겠다!]

그리곤 요란한 소리를 내고 전화를 끊었다. 참 피곤한 엄마였다. 끝까지 안 간다면 아주 오랫동안 토라질 것이기에 선녀는 한숨을 내쉬고 퇴근 후 지하철과 버스를 몇 번씩 갈아타며 집에 왔다.

도착하니 밤 11시. 씻고 자기 바빴고 지금은 첫 새벽인 6시 반. 이제 아침 먹고 출근을 하면 간신히 지각은 면할 시간이었다.

"난 원래 아침 안 먹잖아. 도저히 못 먹겠어, 억지로 먹다간 체할 것 같아."

체하는 것의 첫 번째 이유는 엄마의 잔소리 때문이라고 덧붙이고 싶었으나 꾹 참았다. 한마디라도 말대꾸를 한다면 '내가 널 어떻게 낳았는데, 널 낳느라 얼마나 고생했는데' 하는 푸념이 바로 돌아올 것이 분명했다.

아침잠 못 자, 한 대 맞아. 게다가 옵션으로 붙은 잔소리까지.

은희는 지난 일 년 선녀에게 '너 이제 스물아홉인데'를 지겹게 노래했었다.

'스물아홉과 서른은 천지차이야. 여자 나이 서른이면 길가에 구르는 돌멩이처럼 하찮아. 그러니 올해 무슨 수를 써서라도 시집가. 내년, 꺾어진 환갑을 시집 못 간 채로 맞이하지 말라고. 아니, 남들 딸은 연애 잘해 시집도 잘 가건만 넌 왜 이 나이에 애인 하나 없는 거니? 네가 얼굴이 빠져? 배우질 못했어? 직장이 없어? 대체 왜 못 팔려가는 거야?'

결혼을 팔려간다는 개념으로 말하는 것이나 서른에 결혼을 하지 않고 있으면 암울의 시대로 접어드는 것 같은, 전근대적인 은희의 사고에 선녀는 코웃음을 쳤다.

아직 환갑도 되지 않은 나이에 고루해 빠지긴.

요즘 서른이면 아직 한창 아닌가? 그렇게 생각했는데 막상 서른의 생일이 닥치자 기분이 아주 묘했다. 20대와 30대라는 것은 정말이지 느껴지는 것에 커다란 차이가 있었다. 어쨌건 오늘은 그녀의 30대의 첫날, 서른의 생일이었다.

"한 수저라도 떠."

"한 숟갈은 먹었어. 엄마."

"하여간 깨작거리는 걸 보면, 어째 넌 니 아비의 못된 버릇만 닮았니?"

또 애먼 아버지 욕이 시작되는군.

심근경색으로 세상을 뜬 아버지에 대한 엄마의 감정은 날이 갈수록 원망으로 얼룩져 가는 것 같았다. 살아 계실 때 늘 여보 당신 찾으며 잉꼬부부로 소문날 정도로 두 분의 사이는 좋았다. 그런데 아버지가 돌아가시자 당신 혼자 두고 떠난 아버지에 대한 서운함 때문인지 엄마는 확 변해 버렸다. 마귀할멈…… 이라는 표현이 죄송스러워 다른 표현을 생각해 내려도 그보다 더 적합하게 어울리는 다른 단어가 생각나지 않을 정도로 나쁘게 변해 버렸다. 무능했다. 좀생이였다. 잔소리꾼이었다. 그러더니 이제는 편식하는 습관이 있다고 씹어댄다.

엄마가 얼마나 아빠 욕을 하는지, 두 분의 금슬이 끝내주게 좋았다는 것을 모르는 사람이 보면 두 분이 철천지원수처럼 살았을 거라고 오해하기 십상이었다.

"엄마, 난 아침만 안 먹지 다른 건 잘 먹어. 그리고 내 기억이 정확하다면 입 짧은 것은 엄마지 아빠는 아니라고."

"지 아비라고 편은!"

자자, 그만하지요.

더 이상 말해봤자 돌아오는 것은 욕뿐일 것이기에 벌떡 일어나 욕실로 들어갔다. 치약을 칫솔에 묻혀 막 입으로 가져가는데 은희의 목소리가 등을 때렸다.

"너 작년 생일날 서른 살 생일까지 시집 안 가면 그날부터 맞선 봐 시집간다고 나한테 맹세했던 것 기억나니?"

흠, 그랬던가? 아, 그랬나 보다.

'너 이제 20대의 마지막인 스물아홉이야. 20대와 30대는 엄연히 다르니 올해는 무슨 수를 써서라도 시집가야 한다' 며 맞선 주선한다는 말에 놀라 서른 되기 전까지 알아서 결혼을 하겠다며 만일 못하면 서른 되는 날부터 맞선 보겠다고 약속을 했었다.

"내 이번 주 토요일 날 맞선 약속 잡아놓는다."

캑! 촌스럽게 무슨 맞선.

선녀는 놀라서 부르르 몸을 떨었다. 이럴 줄 알았으면 어제 집으로 오라고 할 때 못 온다고 딱 잘라 버리는 건데.

"나 아직 서른 아니잖아. 엄마."

"뭐? 얘 봐. 기껏 미역국 끓여 먹였더니 무슨 헛소릴⋯⋯."

"호적상 생일 되려면 아직 한 달 반이나 남았어."

선녀가 태어났을 때 집안의 우환으로 인해 출생신고를 늦게 한 덕으로 호적상의 생일은 분명 아직 한 달 반이나 남아 있었다.

으으, 한 달 반 동안 차라리 소개팅을 하거나 남자를 물색해 시집가는 것이 낫다. 맞선이라니. 생각만으로도 끔찍하다.

"좋아. 그럼 한 달 반 후부턴 맞선 보는 거다."

그거야 그때 가봐서지만…….

공연히 매를 벌 필요가 없어 그런 말은 하지 않고 선녀는 손만 쭉 은희 앞으로 내밀었다.

"뭐냐?"

뭐긴 선물 줘야 하잖아. 노인네가 슬그머니 딸 생일선물을 떼어먹으려고 하네.

"꼭 선물 받아야 하니? 이 나이에?"

"응. 난 엄마가 내 나이보다 훨씬 많은데도 생일선물 챙겼어."

그뿐인가? 아빠가 돌아가신 뒤에도 여전히 엄마의 결혼기념일도 챙겼다.

'아빠가 죽었다고 엄마 결혼한 날이 없어진다냐.'

그래서 확실하게 기념일도 꼬박꼬박 챙겼건만 이 노인네가 이제 안면몰수를 하려고 한다.

엄마의 생일날 거금이 든 봉투를 바쳤으니 적어도 그 비슷한 액수의 봉투가 돌아오든지 아니면 그 액수만큼의 값어치가 있는 물품이 돌아와야 하는 것은 당연지사였다.

"옛다."

봉투로 돌아왔다.

아, 좋지. 뭐. 그러지 않아도 이번 달 애경사 많아서 출혈이 컸는데 잘됐네.

봉투를 열고 안을 확인한 선녀가 멍한 얼굴이 됐다.

"이게 뭐야. 엄마."

"생일선물."

기가 막히게도 봉투 속에서 나온 것은, 하나는 자동, 하나는 엄마가 친절하게 숫자를 고른 두 장의 로또복권이었다.

"어제 꿈에 돼지가 떼로 집으로 들어오더라. 그거 횡재수거든? 그래서 내가 복권을 샀다. 이거 특별히 네게 선물하는 거야. 1등 맞으면 혼자 쓰지 마."

기가 막혀. 이 아줌마가, 정말!

틀림없이 꿈이 좋다고 복권을 사고는 나중에 만 원을 날렸다고 생각했을 것이리라. 그래서 겨우 생각해 낸 것이 딸 생일선물로 주자. 이거였겠지?

정말 누구 엄만지 얍삽함이 하늘을 찌르지만 그런 말을 대놓고 하면 너무 싸가지가 없을 것이다. 일단 꾹 참기로 했다.

"참, 우리 엄마지만 정말……."

"정말 뭐?"

"대단하십니다요."

"송선녀."

"왜요?"

현관을 나서다 돌아다보니 은희가 심각한 얼굴로 지켜보고 있었다.

"사랑한다."

"나도!"

“그런데 서른이나 먹은 시집 안 간 딸이라 생각하니 징그러.”

역시 엄마다. 생일날 이런 말을 저렇게 아무 망설임 없이 해내는 장한 엄마! 30년을, 아니, 작년에 회사 근처로 독립했으니 29년을 같이 살았지만 정말 적응 안 되는 우리 엄마!

치사하게 무슨 생일선물로 복권 한 장이야?

엄마가 들었으면 두 장이라고 펄쩍 뛰겠지만 아무리 생각해도 손해나는 거래였다. 언제부턴가 선녀는 생일선물을 말로 주고 되로 받고 있었다.

엄마와 그녀의 생일은 꼭 석 달 차이였는데 그 시간 차는 엄마가 먼저 받은 선물에 대한 액수나 크기를 잊어먹기 좋은 시간이었다. 그래서 언제나 초라하고 약소한 선물로 받아 '나중에 봐!' 하고 울부짖고 다신 엄마 생일선물 챙기나 보자 하고 다짐을 하게 되는 시간이었다. 하지만 그녀의 생일이 지나 다시 엄마의 생일이 되기까지의 아홉 달이란 시간은 섭섭함을 모조리 잊게 만들 만큼 충분히 긴 시간이어서 선녀는 매번 엄마가 사달라는 것을 사주었다.

이거 머리가 나빠서 그래?

난 20만 원이나 든 봉투를 엄마 생일선물로 줬는데 엄마는 겨우 만 원을, 그것도 돈도 아닌 로또복권으로 줘? 게다가 무슨 번호가 이래?

1, 2, 5, 6, 9, 10.

참으로 번호도 기가 막히게 만들어냈다. 1, 2 찍고 3, 4 건너고 5, 6 찍고 7, 8 건너고, 그리고 9번, 10번? 이 번호가 1등이 되는 것보단 하늘에서 돈벼락이 떨어지거나 그녀가 가장 좋아하는 헐리웃의 미남 배우 라이언 필립이 갑자기 나타나 당신과 결혼하고 싶다고 청혼할 확률이 더 높겠다.

엄마는 참 세상 편하게만 살려고 한다니까.

번호 조합하는 게 그렇게 귀찮았을까?

아마 이래 놓고 당첨확률이 낮다 생각하고 생일선물로 내민 걸 거야.

선녀는 꺼냈던 복권을 다시 지갑 속에 넣었다. 본래 선녀는 경품이나 복권 등 행운에 관련된 것과 인연이 없는 편이었다. 학교 소풍가서 보물찾기 한 번 찾은 적이 없을 만큼 그녀의 인생에 횡재라든지 행운이라든지 하는 것은 없었다. 그래서 선녀는 애초부터 복권이라든지 뽑기 같은 것엔 얼씬도 하지 않았다. 남들은 한 번씩 사봤다는 로또도 사본 적이 없을 정도로. 그러니 선물로 받았든 뭐든 로또를 손에 쥔 것은 이번이 처음이었다.

이것이 다 맞으면 1등이란 말이지? 그래, 1등만 맞아봐. 나 이 돈 들고 튈 거야.

1등이면 당첨금이 얼마나 될까? 그리고 만일 1등이 되면 그 돈 갖고 무엇을 할까?

5등도 어려울지 모르지만 꿈꾸고 생각하는 것은 아무 제약이 없는 것. 이틀 동안이나마 1등에 당첨될 것이란 생각을 해보는 것도 나쁘진 않을 것이다.

차를 사자. 은회색의 승용차나 하얀 사륜구동. 사표를 낸 뒤 그 차로 여행을 떠나는 거야. 전국일주를 하고 다시 세계일주 여행을 떠나는 것도 좋지.

아니면 지금 있는 집의 전셋돈과 합쳐 내 집을 사는 거야. 그러면 전세금 올릴 걱정이나 이사 걱정이 없어지잖아.

이런저런 상상을 하는 동안 입가에 슬그머니 미소가 어렸다. 그런 선녀의 앞에 카페 주인이 물잔을 내려놓았다.

"뭐 드실래요?"

"커피요."

친구들과 가끔 모이는 이 찻집은 구석지고 작았지만 아주 아기자기하고 기분 좋은 곳이었다. 게다가 그다지 손님이 들끓지 않아 편안히 시간을 죽쳐도 눈치가 보이지 않았다. 그래서 친구들과의 모임장소로 즐겨 사용해 자주 오다 보니 어느새 여사장과도 친숙해진 상태였다.

"오늘은 다른 분들이 늦네요."

오늘 선녀의 생일을 축하해 준다며 이곳에서 만나기로 했는데 아직 아무도 오지 않고 있었다.

"그러게요."

여사장이 커피를 갖고 왔을 때 휴대전화로 문자가 들어왔다.

—미안. 나 못 나가. 갑자기 현이가 열이 나서. 못 움직여. 생일 축하한다.

결혼한 인경의 문자였다.

그래, 친구보단 아들이 먼저겠지.

뒤이어 문자가 들어왔다.

—선녀야, 어떡하지? 갑자기 야근이 걸렸네. 미안. 못 나가.

이건 설희의 문자.

오냐, 먹고살아야 하니 어쩌겠어. 할 수 없지.

이제 나올 사람은 진이밖에 없다. 오늘 넷이서 만나기로 했는데 벌써 두 사람이 약속을 펑크낸 것이다.

'진이마저 못 나온다면 어쩐지 서러울 것 같은데?'

여자에게 나이는 자신감 같은 것인가 보다. 이제 30대로 들어섰다는 생각에 조금은 비참해지고 조금은 씁쓸해져 있던 선녀는 인경과 설희의 문자에 의기소침해졌다.

출입문을 바라보며 진이의 등장을 기다리는 동안 어느새 커피 한 잔을 다 마신 선녀는 리필을 청했다.

시계를 보니 서른 살의 생일이 이제 네 시간도 채 남지 않았다. 모이기로 한 약속시간이 벌써 30분이 지났지만 아직도 진이에겐 소식이 없다. 어쩐지 진이마저 바람을 맞힐지 모른다는 생각이 불쑥 들었다.

그러기만 해봐. 모조리 절교야.

리필된 커피를 다 마신 뒤 또 한 잔을 달랠까 어쩔까 망설이는데 휴대폰에서 전화를 받아달라며 명쾌하게 노래를 토해냈다.

"오오! 진이 너마저!"

액정에 뜬 번호를 보는 순간 시저가 했던 유명한 말이 저절로 입에서 흘러나왔다.

분명 못 온다는 전화일 거야.

이럴 땐 틀리는 것이 좋건만 예감은 정확했다.

[선녀야. 미안해서 어쩌니?]

"왜?"

[나 지금 상준이랑 같이 있어. 못 갈 것 같아.]

숨찬, 기쁨이 가득한 진이의 말에 선녀의 가슴은 덜컥 내려앉았다.

상준이랑 같이 있다고?

진이에겐 분명 축하할 일이었다. 하지만…….

선녀는 혹시라도 자신의 감정이 전화기를 통해 진이에게 전달될까 봐 잠시 전화기를 아래로 내리고 숨을 길게 내쉬었다. 뚝뚝뚝 심장이 큰 소리를 내더니 괴로울 정도로 빨리 뛰기 시작했다.

[상준이가 데이트하자며 전화했어.]

그랬구나!

선녀는 입술을 깨물었다. 한 대 후려 맞은 것같이 머리가 핑 돌았다. 다음엔 싸한 아릿함이 가슴을 뚫고 지나갔다. 상준이가 진이에게 데이트 신청을 했다. 그건 진이가 바라 마지않던 일이었다. 당연히 축하한다고 말해줘야 한다. 하지만 선녀는 아무 말도 할 수 없었다. 말이 새 나오지 않았다. 그저 가슴에 시작되는 통증을 느끼고 인상을 썼을 뿐이었다.

축하한다고 말을 해줘야 해.

자신을 재촉했으나 입이 딱 붙어버린 것같이 떨어지지 않는다. 진이를 축하해 줘야 할까? 아니면 단 한 번도 표현하지 못한 자신의 사랑에 대한 아픔으로 가슴을 부여잡고 속상해해야 할까?

[상준이가 데이트를 청하다니 꿈같아.]

진이의 목소리는 방방 떠 있었다.

기쁘기도 하겠지. 진이는 그동안 동창으로 친구로 늘 무덤덤하던 상준의 태도에 많이 상처 입었다.

'상준이 놈은 나쁜 놈이야. 내가 싫으면 차라리 싫다고 하지, 늘 이것도 저것도 아냐. 우린 친구도 아니고 애인도 아닌 참 어정쩡한 사이야.'

선녀만큼은 아니더라도 진이도 오래 상준을 사랑해 왔다. 선녀가 가슴 깊이 숨기고 내색하지 않은 사랑을 한 반면 진이는 주위 사람이나 상준에게 그를 사랑한다고 알리고 다가가는 오픈된 사랑을 했다.

더 먼저, 더 오래 시작했지만 선녀는 숨은 사랑이었다. 첫사랑, 풋사랑, 외사랑, 그리고 몰래한 사랑이 상준에 대한 선녀의 사랑이었다. 중학교 3학년 열여섯. 그때부터 선녀는 반에서 가장 키가 크고 잘생긴 상준에게 가슴 설레며 사랑을 쌓아갔다.

처음엔 바라보는 것만으로 행복했다. 그래서 욕심내지 않았다. 선녀는 학교에 가면 볼 수 있는 소년의 미소에 마음 설레며 아무것도 욕심내지 않고 1년을, 2년을, 3년을 보냈다.

고3. 대학교 들어가면 고백해야지 하고 지내는데 어느 날 갑자기 상준이 사라져 버렸다. 느닷없이 전학을 가버린 것이다. 전학이 아니라 자퇴했다는 말도 돌았을 정도로 상준의 퇴장은 급작스러웠다.

선녀는 많이 후회했다. 상준이 사라지기 전에 좋아한다는 마음을 전했다면 좋았을걸 하며 많이 후회했다. 상준의 사라짐은 그녀에게 실연이었다. 그랬다. 고백도 해보지 못한 사랑의 실연이었다.

그렇게 첫사랑을 잃어버린 후 선녀는 한동안 우울했다. 대학을 입학하고 눈부신 새내기 시절을 잃어버린 사랑으로 우울하게 보냈다.

그리고 다시 1년, 2년, 3년, 4년, 그리고 5년이 지난 어느 날 그가 동창회에 나타났다. 사라질 때와 마찬가지로 느닷없이 돌아온 것이다. 소년의 태를 완전히 벗어버린 멋진 남자의 모습으로.

상준을 다시 본 순간 선녀의 사랑은 다시 시작되었다.

이제 꽁꽁 숨기거나 감추지 말자. 좋아했다는 마음만을 알리기라도 하자고 결심을 했다. 거부당한다 해도 자신의 마음은 보여줄 수 있게 표현하자. 그가 그전처럼 사라진다 해도 적어도 자신의 마음만은 알고 있을 것이라고 생각하며 그리 결심했다. 한데 진이가 제동을 건 것이다.

'나 상준이를 좋아해. 반한 것 같아. 그를 갖고 싶어. 응원해 줘.'

왜? 하필 진이인가? 왜 하필 진이는 상준을 좋아하는가?

진이는 선녀가 가장 친하고 좋아하는 친구였다. 진이는 선녀가 상준을 어떻게 생각하는지 알지 못했다. 아니, 친구 누구도 선녀의 마음을 알지 못했다.

모두들 진이를 응원하겠다고 할 때 선녀는 짧으면서도 깊은 생각을 해야 했다. 그녀로선 자신이 어떤 태도를 취해야 하는지 알 수 없었던 것이다.

진이를 응원해? 아니면 상준을 두고 맞서 싸워?

아주 순간이지만 싸울 생각을 했다. 하지만 그것은 어쩌면 진이도 잃고 상준도 잃는 악수 중의 악수라는 생각에 곧 접어버렸다. 다른 친구도 아니고 진이 아닌가. 상준이 선녀의 사랑을 받아주지 않는다면 선녀는 상준도 진이도 모두 잃어버리게 될 것이다. 게다가 상준의 시선은 그녀보단 진이 쪽에 더 많이 머물렀다. 상준이도 진이에게 마음이 있나? 하는 생각을 은연중에 할 정도로 상준의 은근한 시선은 곧잘 진이에게 향해 있었다.

[화났어? 내가 약속을 어기고 안 가서? 미안해, 미안. 근데 선녀야. 너도 알지? 내가 상준이 얼마나 좋아하는지. 이런 기회가 왔는데 어떻게 놓쳐? 그러니까 네가 이해해 줘. 응?]

"알았어. 끊어."

탁 전화를 끊어버렸다. 진이가 다시 전화를 걸어왔으나 간단히 씹어주었다.

상준에 대한 사랑을 접자고 결심한 뒤, 제법 오래 걸리긴 했지만 어느덧 진이가 상준으로 인해 괴로워하는 것을 보고 분노하며 상준을 욕할 수 있게 됐기에 선녀는 자신이 완전히 상준을 단념했다고 믿었다. 조금이라도 상준에 대한 마음이 남아 있다면 그런 마음이 안 들 테니까라고 생각했다.

그런데 아니었나? 막상 그가 진이에게 데이트를 신청했다는 말에 상실감이 들다니.

후유, 이유도 없는 한숨이 깊게 새 나왔다.

대체 이 서운함은 뭐란 말인가. 내가 이리도 구질구질한 인간이었나? 아니다. 지금 마음이 이런 것은 서른 살 생일이기 때문인 것이다. 친구들이 모두 약속을 펑크내서 약이 오른 것이다. 결코 진이가 상준과 데이트를 한다는 것에 질투하는 것이 아니다.

맞다. 지금 마음이 이렇게 허한 것은 상준에 대한 마음이나 진이에 대한 부러움이 아니다. 이건 단지 30대로 들어선 몸살일 뿐이다.

'무슨 생일이 이래.'

선녀는 한숨을 깊게 내쉬었다.

'이런 날은 애인에게 축하도 받고 키스도 받고 선물도 받아야 하는 건데.'

어쩐지 서럽고 화가 난다.

커피잔을 테이블 위에 올려놓고 굴렸다. 뱅그르르 잘도 돌아간다.

"진이야, 나 지금 화났어. 내가 화난 것은 결코 너에 대한 질투가 아냐. 이건 단지 친구라는 너희들이 내 생일날 나를 따시킨 것에 대한 분노야."

아무도, 그녀조차도 믿을 수 없는 이유를 소리 내 중얼거리는데 문자가 들어왔다.

―내일 내가 맛있는 것 사줄게.

전화를 받지 않자 진이가 문자를 보낸 것이다. 답문자를 보냈다.

―비싼 것으로 사줘.

―알써. 생일 축하해. 참 선물은 많이 받았어?

받았지. 로또복권. 두 장.

그러고 보니 정말 초라한 생일이다. 내가 이리 센티멘털했나? 비참해서 눈물이 나오려 하다니.

"사장님. 나 칵테일 한 잔만."

선녀의 말에 막 들어온 남자에게 주문을 받고 돌아서던 사장이 그녀를 바라보았다.

"무엇으로 드릴까요?"

"깔루아밀크. 알딸딸해지고 싶으니 깔루아를 좀 많이 배합해 주세요."

실연을 했을 땐 그저 취하는 것이 최고이리라.

"왜요? 뭐 속상한 일이 있어요?"

언젠가 김 실장에게 신나게 깨진 날 깔루아밀크를 두 잔 마시고 알딸딸해졌었는데 그것을 기억하는 것 같았다.

"갑자기 취하고 싶어서요."

"그럼 술집에 가야지 카페에서 취하긴 좀 힘들지 않아요?"

"그러게요. 그런데 여자 혼자 술 마시러 가긴 좀 그렇잖아요."

사장이 깔루아밀크를 가져왔다. 선녀는 단숨에 들이켜고 다시 주문을 했다. 생일을 자축하며 한 잔, 그리고 실연을 생각하며 또

한 잔을 마신 뒤 다시 석 잔째를 주문했다. 사장이 근심스런 얼굴로 그녀를 바라봤다.

"괜찮겠어요?"

술에 약한 선녀의 얼굴은 두 잔의 깔루아밀크로 발그레 취기가 올라 있었다.

"괜찮아요."

"그런데 친구들은 왜 다 바람을 맞힌대요?"

"모두 바빠요. 바빠서 그런 걸 어쩌겠어요."

그래, 자식 때문에 일 때문에 사랑 때문에 모두 바쁘지. 남들 바쁠 때 송선녀 넌 뭐하고 있니?

"혹시 취하고 싶어요?"

엥? 선녀는 자신 앞에 나타난 남자를 올려다보았다.

"나와 같이 마시지 않겠어요?"

이거 이른바 헌팅이지?

"네, 취하고 싶어요."

오늘 술에 실연에 환멸에 아주 푹 취하자. 그리고 내일은 말짱하게 깨자. 그러자!

"거기도 취하고 싶어요?"

남자가 고개를 끄떡거렸다.

"뭐에 취하고 싶어요? 술에?"

아, 물론 술에 취하고 싶겠지. 참 바보 같은 질문을 하는구나. 송선녀. 하지만 남자는 술이 아닌 다른 것에 취하고 싶은 눈이었다. 뭘까? 무엇에 취하고 싶은 걸까? 그리고 그 원인은 뭘까?

이 남자도 실연?

아니면 사업 부진?

아니면 가족의 갈등?

"분노에!"

남자의 간결한 대답. 역시 생각대로였다. 술이 아니었다.

분노에…… 도 취할 수가 있다니 좋구나.

이 남자는 얼마나 많은 사연을 가진 것일까?

"취하러 갈까요?'

남자가 의사를 타진해 왔다.

음.

모르는 남자를 따라간다는 것에 대한 거부감에 아주 잠깐 선녀는 망설였다.

"내키지 않는다면……."

눈치 빠르게 남자가 선녀의 마음을 알아차리고는 한 발 물러섰다. 미련없이 남자가 돌아서는 것을 보고 선녀는 벌떡 일어났다.

"같이 가요."

인생엔 수없이 많은 길이 언제나 선택을 기다리며 펼쳐져 있다고 순간 선녀는 생각했다. 그녀의 지금의 선택이 옳은지 그른지는 나중에야 알겠지만 지금은 후회하고 싶지 않았다.

이 남자를 생일선물로 생각할 테야. 운명이 보내준 생일선물. 너무 초라하고 비참해진 생일을 보내는 그녀를 달래주려고 느닷없이 준비한 생일선물이라고 마음대로 생각해 버렸다.

생각해 보라. 그녀는 오늘 서른 살의 생일을 맞이해 아침부터 엄마에게 갈굼을 당했고 아무도 알지 못하는 실연을 당했고 친구들에게 집단으로 바람을 맞았다. 엉망인 하루였으니 마무리는 좀 근사해져도 괜찮지 않은가.

생일선물이야.

말도 안 되는 일이지만 가끔 현실에선 진짜 말도 안 되는 일들이 가끔씩 일어난다. 벼락을 맞고도 멀쩡했다는 사람도 있고 수십 층 높이에서 떨어지고도 멀쩡히 살아남은 사람도 있다는 그런 일들. 그러니 운명이 이런 남자를 그녀에게 생일에 선물할 수도 있지 않은가.

"그럼, 나갑시다."

카페를 나서는 순간까지도 여사장님이 걱정스런 얼굴로 바라보았으나 선녀는 빙긋이 웃어주는 것으로 그녀의 걱정에 대한 답을 했다.

때로 인간이란 말이지요. 정말 아무것도 아닌 일에 서러워지기도 하고 죽을 만큼 외롭다고 생각해 버린답니다. 그럴 땐 그저 하고 싶은 대로 해보는 것도 나쁘진 않을 거예요.

선녀에겐 오늘이 그런 날이었다. 그러니 모르는 남자를 따라 나가는 이런 짓도 하지.

남자가 선녀를 이끈 곳은 카페에서 한 블록 떨어진 이층에 있는, 아늑한 실내에 흐느끼는 것 같은 음악이 흐르는 작은 칵테일 바였다.

"깔루아밀크하고 위스키 스트레이트 더블."

남자가 주문을 했고 곧 술이 나왔다. 선녀는 우유 맛과 깔루아가 멋지게 배합된 깔루아밀크를 한 모금 마셨다.

좋다.

술을 마시는 것을 여태껏 좋다고는 한 번도 생각을 해보지 않았는데 정말 지금은 너무 좋았다. 목을 타고 넘어가는 부드러움이 좋고 온몸을 나른하게 하는 느낌도 좋았다.

남자가 자신의 잔을 들어 한 모금 마셨다. 살짝 내려뜬 눈의 속눈썹이 조명에 긴 그림자를 드리우고 있었다.

남자의, 이마에 흘러내린 머리카락, 잔을 들고 있는 희고 긴 손가락, 넓은 어깨와 흐르는 것 같은 몸의 선이 굉장히 아름다워 보이는 것은 술에 취해서일까?

내가 좀 이상해. 처음 보는 남자가 왜 이렇게 멋져 보이는 걸까? 반듯한 남자의 이마와 섹시하게 선을 그린 입술에 자꾸만 눈길이 갔다. 이마에 하는 키스와 입술에 하는 키스는 어떻게 다를까? 이 남자와 같이 잔다면……. 이 남자는 어떤 식으로 여자를 안을까?

헉! 뭐야, 지금 배란기인가? 남자에게 섹시함을 느끼다니. 이런 경험은 처음이었다. 처음 보는 남자를 앞에 두고 이런 상상을 하다니, 이것은 정말 미치지 않고선 있을 수 없는 일이 아닌가.

아무래도 로맨스 리뷰를 보면서 멋진 남자와 우연한 만남 끝에 하룻밤의 일탈을 꿈꾸는 여주를 수없이 보아온 것과 남자와 키스를 한 것이 언젠 지도 기억이 나질 않을 정도로 금욕적으로 생활한 것이 가져온 부작용인가 보다.

정신 차려, 송선녀. 넌 로맨스의 여자주인공이 아니야. 네가 침

흘린다는 것을 알면 이 남자가 기분 나빠할지도 몰라.

칵테일을 물처럼 마셔 버린 선녀를 보고 남자가 살짝 인상을 찌푸렸다.

"한 잔 더?"

고개를 끄떡이며 선녀는 바닥이 난 채 몇 방울도 되지 않는 깔루아밀크잔을 다시 입으로 가져갔다.

"같은 것으로?"

"아뇨, 버진키스."

말해놓고 나서야 꽤나 유혹적인 이름이라는 생각이 들었다.

송선녀, 맛이 갔구나.

남자에게 안달나 유혹하기 위해 필사적인 여자의 모습으로 비쳐졌을 것이란 생각이 들자 얼굴이 화끈거렸다.

그런데, 정말로 그런 거니?

정말 그랬다. 남자가 유혹해 온다면 기꺼이 무너져 주고 싶었다. 이십대가 끝나는 날을 멋진 남자로 마감하는 것도 꽤나 근사할 것 같은 방종한 생각이 들어 선녀는 남자를 향해 은근히 미소지었다.

선녀가 버진키스를 마시는 동안 남자는 서둘지 않고 그렇다고 느리지도 않은 속도로 옅은 갈색빛의 술을 생각 깊은 눈매로 들이켰다.

분노에 취하고 싶다고 하더니 무엇에 대한 분노일까?

남자의 거만하고 쌀쌀맞은 빛이 흐르는 얼굴은 상준과 전혀 달랐다.

뭐야, 또 상준이냐?

이제 잊자. 제발 그만두자. 봉지를 거꾸로 들고 속의 가루를 털어내듯 그렇게 탈탈 좀 털어버리자.

"나도 위스키 스트레이트로 주세요."

남자의 관심을 끌어보고 싶었던 걸까? 바텐더를 향해 주문을 하는 선녀의 목소리는 의외로 컸다. 선녀는 그제야 그녀를 보는 남자를 향해 웃었다.

"취하고 싶댔잖아요."

"이미 취한 것 같은데?"

"이건 술에 취한 거죠."

"대체 당신은 뭐에 취하고 싶지?"

"망각."

상준을 짝사랑한 지난 10년의 시간을 잊고 싶었다. 전부 다. 모조리 싹. 아주 깨끗하게!

"혹시 실연?"

앙, 그렇게 표시가 난단 말인가? 이건 너무 비참하잖아.

"딩동댕."

"흠."

어라, 남자의 웃음이 꽤나 멋지다. 비웃는 듯 살짝 올라간 입 끝이 제법 황홀했다. 상준이보다 더 매혹적이었다.

"당신은? 어떤 분노에 취하고 싶은 거예요? 혹시 당신도 실연?"

"그럴지도."

이런 남자를 걷어찬 여자가 있어?

남자는 꽤 괜찮게 보였다. 약간 차게 보이는 인상이지만 그것이 거만함과 어우러져 제법 귀족적으로 느껴졌다.

"그 여자, 누군지 모르지만 눈이 멀었네요."

"그 남자도."

선녀는 바텐더가 자신의 앞에 놓아준 위스키잔을 집어 들었다.

"그 두 사람의 불행을 위해 건배하죠."

사랑을 몰라준 죄는 정말 죽어 마땅한 것. 상준이 조금 불행해졌으면 좋겠다.

남자가 피식 웃으며 술잔을 부딪쳐 왔다. 쨍. 맑은 소리가 허공에 울렸다.

"좋지."

"그리고 술친구가 돼준 당신이 행복해지길."

"고맙군."

"또 오늘 생일을 맞은 모든 사람들의 행복을 위해."

취하긴 취했나 보다. 이유없이 실실 웃음이 나오다니. 선녀의 말을 이어 남자가 말했다.

"그리고 오늘 약혼을 하는 한 여자의 불행을 위해."

아!

남자의 분노가 무엇 때문인지 확실히 알게 됐다. 여자가 이 남자를 버리고 딴 남자와 약혼을 한 거라면 이 남자의 실연은 그녀보다 더 깊다.

"우리는 착한 사람이 아닌가 보네요."

"착했는데 실연이 악하게 만들었을지도."

"그렇군요. 자, 치어스."

또다시 챙 소리를 낸 잔을 한 모금 들이켜고 선녀는 심하게 기침을 시작했다. 술이 기도를 태우는 것 같다.

"위스키 처음 마셔요?"

"네."

"거짓말."

"정말인데요."

남자는 희귀한 별종을 보는 것처럼 멀뚱거리는 눈으로 그녀를 바라보았다.

있지요, 세상은 가지가지한 사람들로 가득 찼고 그 사람들은 가지가지의 방법으로 살아간답니다.

선녀는 남자의 변하지 않는 표정에 무안해졌다.

"제가 술에 굉장히 약해요. 주량이 소주 두 잔이에요."

"스트레이트로 마시면서?"

남자의 말을 처음엔 알아듣지 못했다. 눈을 멀뚱거리던 선녀는 픽 웃고 말았다.

온더록스. 물이나 얼음을 섞어 마시지 왜 그냥 마셨냐고 묻는 걸 뒤늦게 깨달았던 것이다.

"취하고 싶었어요."

한 모금 또 들이켠 선녀가 바텐더를 향해 주문했다.

"한 잔 더요."

"그만."

갑자기 남자가 저지했다.

"더 취하면 곤란해. 이성을 잃을 것 같아. 아니, 벌써 잃었는지도 모르겠는데."

"천만에요. 내 이성은 말짱하답니다."

누굴 술 취한 사람으로 취급하고 있어.

선녀는 머리카락 속으로 손가락을 집어넣어 천천히 머리카락을 미끄러뜨리면서 눈을 감았다.

"아주 말짱해요. 아주! 그래서 술을 더 마시려고 하는 거예요."

"말짱해서 술을 더 마신다고?"

"응. 그래야 용기가 날 것 같아요."

"무슨 용기?"

선녀는 침을 꿀꺽 삼켰다.

"나랑…… 자러 갈래요?"

아직까지 선녀는 원나잇스탠드를 해보지 못했다. 가슴에 누군가를 품고 있다는 것은 크나큰 장애를 안고 있는 것과 같았다. 어쩌다 남자를 만나 연애를 시작해도 다른 남자를 짝사랑한다는 것에 대한 죄의식이 들었다. 이 모든 건 다, 이상준 그놈 때문이다. 상준이 이 나쁜 놈. 내가 오늘 너 찬다. 다른 남자랑 자버릴 테다. 진이에게 데이트 신청을 하는 것은 좋다, 하지만 그게 왜 하필이면 오늘, 내 생일이냔 말이다. 이렇게 사람을 비참하게 만들 수가 있니?

"나하고 자고 싶어?"

남자의 질문에 선녀는 목이 부러질 정도로 세게 고개를 끄떡였다.

"왜?"

"나와 같이 술 마셔줬으니까."

이유치곤 참……. 아, 술을 좀 더 마셨어야 했어. 그랬다면 이런 이상한 이유를 말하지 말고 수치심이니 뭐니 다 내던지고 남자의 무릎에 올라앉을 용기가 났을 텐데.

"그리고, 그냥, 같이 자고 싶어요."

시간은 11시, 서른의 생일이 이제 한 시간이 남았다. 원나잇스 탠드. 좋지. 실연도 했으니 아무도 모르게 오늘만 망가지자. 그리고 내일은 잊자. 모조리 싹.

쓸쓸한 생일이잖아. 나 자신에게 이런 남자를 생일선물로 주면 어때.


남자가 룸의 문을 열고 선녀를 바라보았다. 아무런 재촉도 하지 않고 그저 바라만 볼 뿐이었다. 선녀는 꿀꺽 침을 삼켰다. 지금은 돌아설 수 있다. 하지만 한 걸음만 안으로 들어가면 돌아서지 못 할 것이다.

아직 늦지 않았어. 지금이라도 돌아서 나가.

취해서 나른하지만 아직도 또렷하게 남아 있는 이성이 계속 그녀에게 충고를 했고 그 충고대로 나가는 것이 백번 옳다는 것도 잘 안다. 하지만…….

선녀는 성큼 안으로 들어섰다.

늘 옳은 일, 옳은 선택만 하고 산다면야 신이겠지. 하지만 그녀는 인간, 가끔씩 이렇게 말도 안 되는 일을 일탈이라는 이름으로 저지르기도 하는 인간.

등 뒤의 문이 닫히자 선녀의 긴장은 치닫기 시작했다. 너무도 충동적으로 결정해 버린 자신의 행위에 대해 그녀의 가슴은 와들와들 떨리고 있었다.

미친 짓이야.

지금이라도 돌아서 가버리고 싶은 마음이 간절했다.

"아, 나……."

"후회?"

마치 그럴 줄 알았다는 듯 남자가 빤히 선녀를 내려다보았다.

"어울리지 않았어."

어울리지 않다고? 하긴 그럴 것이다. 선녀는 교과서적이란 말을 들을 정도로 조금 고리타분했다. 살짝 모범생적이었다. 그런데 그런 것이 눈에 보이는 것일까? 오늘 같은 날, 이런 때에도? 10년의 짝사랑이 허무하게 무너지고 비참한 생일에 분노하고 있는 이런 때에도?

"후회가 뭔데요?"

선녀는 남자의 품에 스스로 안겼다. 생일선물로 이런 남자를 받아놓고도 활용치 못하면 바보이리라. 선녀는 남자에게서 나는 향수의 향을 깊이 들이켜며 남자의 재킷 속으로 손을 밀어 넣어 벗겨냈다. 값비싼 재킷이 바닥으로 툭 떨어져 내렸다.

나는 생일선물을 받은 거야.

남자가 선녀의 입 끝에 얼굴을 가져왔다. 따스한 숨과 함께 부드러운 입술이 볼에 닿았다. 남자의 입술이 살살 미끄러지면서 귀를 점령했다. 오늘의 일탈이 시작된 것이다.

하악, 학.

이 숨소리를 자신이 내고 있다. 억눌러 참으려 했지만 참지 못할 만큼 남자의 손길은 정확하게 선녀의 성감대를 짚어내고 있었다. 그의 손이 피부를 스칠 때마다 간지러움 비슷한 감각이 그녀의 뱃속까지 치고 들어왔다.

불도 끄지 않은 호텔 방의 침대 위에 선녀는 실오라기 한 올 안 걸친 채 그녀처럼 벌거벗은 남자와 얽혀 있었다.

남자는 노련하고 느릿했다. 선녀가 몸을 꼬면 꼴수록 그의 손은 더 깊고 집요하게 그녀의 몸을 쓰다듬었다.

"아흑."

자신이 내는 소리지만 참으로 듣기 민망해 선녀는 정말이지 죽을힘을 다해 신음 소리를 참으려고 애썼다. 하지만 잘되지 않았다. 그야말로 통제 불능이었다. 흐느끼는 듯 안달하는 것 같은 그녀의 한숨 소리가 남자의 손길을 재촉하고 있었다.

"그런데 참, 당신 이름이 뭐지?"

대답 안 하려고 했다. 하지만 가슴을 쓰다듬는 손길의 황홀함에 저도 모르게 선녀는 대답을 했다.

"선녀."

"선녀?"

"흠."

쿡쿡 웃는 남자의 웃음소리가 신경을 거슬렀다.

"난 정말 구름 위에서 사는, 으흑, 선녀라고요."

선녀는 간신히 눈을 뜨고 남자를 바라보았다. 남자의 강렬한 시선이 곧장 쏘아져 왔다.

"당신의 이름은?"

"당연히 나무꾼이겠지? 아니면 옥황상제든지."

남자의 손길에 그녀의 꽃이 짙은 색을 띠더니 만개한 붉은 장미꽃처럼 피어올랐다. 꽃 속을 헤매며 어루만지는 손길에 불꽃도 같이 피어올랐다, 뜨겁고 빨갛게 만개했다. 익숙하게 미끈한 곳을 문지르며 숨어 있는 것을 찾아내는 남자의 손길에 선녀는 바르르 떨었다. 거침없는 손이 그녀의 몸을 쓰다듬었다. 천천히 흘러내리는 손길은 애가 탈 정도로 부드럽고 감미로웠다. 그녀 안에서 잠자고 있던 민감함이 일제히 깨어났다. 환희로 머리카락이 한 올 한 올 곤두서고 숨구멍이 한 개 한 개 모조리 열려졌다. 끝없이 차오르는 물처럼 환희가 그녀의 몸 안을 채웠다. 금방이라도 폭발할 것처럼 몸이 뜨거워졌다.

아!

살며시 쓰다듬던 손이 봉긋한 가슴을 살짝 모아 쥐었다. 부드럽게 솟은 유실을 쓰윽 문지른 남자가 두 손가락으로 살살 유두를 비비면서 눌러댔다. 선녀는 온몸을 활처럼 휘며 남자를 향해 자신의 모든 것을 내맡겼다.

황홀했다. 아찔하게 숨이 막혔다.

어느새 남자의 손이 그녀의 몸 안에 숨어 있는 샘물을 찾아 안으로 들어왔다. 좁은 선녀의 몸을 가르며 거침없이 길을 만들어왔다. 매끄러운 곳의 침입은 또 다른 감각을 선녀에게 선사했다.

남자의 손이 그녀의 몸 안을 깊이 찌르고 나갔다. 고통인지 쾌감인지 모를 감각에 선녀는 몸을 떨었다. 남자의 손이 빠르고 강하게 다시 들어온다.

"아흑!"

반복되는 손길에 선녀는 달군 후라이팬에 떨어진 버터처럼 흔적없이 녹아들었다. 정신이 아득해졌다. 저 멀리 별의 무리가 모여 있다. 아주 저 멀리 빛과 어둠이 소용돌이쳤다. 질척한 느낌, 남자의 손을 적셔가는 소리가 꿈처럼 아득하게 들려왔다. 손가락이 그녀의 속살을 유린하자 음탕한 소리는 점점 더 젖은 소리로 변해갔다. 손이 빨라지자 몸이 점점 더 빨리 젖어들었다.

돌연 느낌이 사라졌다. 남자의 손이 몸에서 빠져나가자 정신이 간신히 돌아왔다. 선녀는 겨우 눈을 떴다. 감각의 소용돌이에 아직도 정신은 빙빙 돌고 있었다. 억지로 뜬 눈에 자신의 다리 사이에 자리 잡은 남자가 들어왔다. 남자가 그녀의 엉덩이를 양손으로 움켜쥐었다. 가슴과 가슴이 닿고 배와 배가 닿았다. 부드럽고 강한 것이 두드리듯 그녀의 여성에 닿았다. 선녀는 숨을 들이쉬었다. 기대로 충만해진 몸이 어느새 반응하고 있었다. 침범을 기다리며 다리가 벌어지고 허리가 들려졌다.

선녀의 반응에 남자가 웃었다. 서늘하게 미소 지었다.

"충분해."

눈앞에 남자가 손가락을 펼쳐 보였다. 그의 손가락에 진득하게 맺힌 액체를 보고 선녀의 얼굴은 빨개졌다. 선녀는 남자의 어깨를 끌어안았다. 다리가 저절로 그의 허리를 감고 있었다. 남자의 몸이 뜨겁고 강하게 한 번에 들어왔다. 그것은 단숨에 그녀를 꿰뚫었다. 작살에 꽂힌 물고기처럼 선녀는 튀어 올랐다.

"아흑."

나갔다가 더 세게 들어오는 강한 힘에 선녀의 숨은 턱 막혀 버렸다. 태고의 리듬이 시작되었다. 정신없는 반복에 따라 선녀의 교성은 점점 커져 갔다.

으윽.

남자가 나무꾼이든 옥황상제든 이제 아무 상관이 없다. 지금은 단지 그녀를 잡는 남자일 뿐이다.

이런 건 처음이야.

치솟는 쾌락에 마침내 흐느낌이 터져 나왔다. 생일선물이라면 정말 사상 최고의 선물이라 할 수 있었다.

새벽 1시. 생일은 이제 끝났다. 돌아가야 할 시간이다.

선녀는 일어나 앉았다. 세 번……. 연이은 정사에 지쳤는지 남자는 고른 숨소리를 내며 잠들어 있었다. 선녀는 가만히 옷을 입었다.

이 남자는 자신이 내 생일선물이 됐다는 것을 알고나 있을까?

옷을 다 입는 동안에도 남자는 깨어나지 않았다.

안녕, 나무꾼.

진짜 이름이라도 알고 싶은데…….

하룻밤이지만 이 남자는 너무나 많은 것을 선녀에게 주었다. 남자에겐 그냥 원나잇스탠드였겠지만 선녀에겐 뭔가를 결심하게 한 계기였다.

후회하지 않아.

가만히 문가로 가던 선녀가 돌아섰다.

서른의 시작을 황홀하게 열어준 남자에게 뭔가를 주고 싶었다. 그녀는 엄마에게 받은 로또를 생각해 내고 핸드백을 열었다.

복권을 꺼낸 선녀는 협탁에 놓인 남자의 휴대전화 아래에 그것을 놓았다. 마지막으로 남자의 얼굴을 바라본 뒤 선녀는 서른 살 그녀의 인생을 향해 걸음을 옮기기 시작했다.

2. 이게 무슨 날벼락인지

격주로 쉬는 토요일 저녁, 로맨스소설을 침대에 누워 읽고 있는
데 엄마가 전화를 걸어왔다.

[딸! 1등이야. 1등. 내가 준 로또가 1등으로 당첨됐어. 엄마가 횡
재할 꿈을 꿨다고 했지? 1, 2, 5, 6, 9, 10번이 1등이야!]

말도 안 된다.

그런데 뭐, 1등? 게다가 그 숫자라니. 아니, 어째서 그런 숫자가
1등이 될 수 있단 말인가.

이번 1등의 숫자는 정말 놀라웠다. 1, 2, 5, 6, 9, 10번이라니.
이런 숫자가 1등 숫자로 나온다는 것은 그야말로 주최측의 농간이
아니면 신의 장난일 것이다.

처음 엄마의 1등이란 전화를 선녀는 믿지 않았다. 생각해 보라.

엄마의 기억력은 이제 거의 치매에 가까운 상태였다. 딸의 휴대전화번호도 못 외우는 엄마가 로또를 찍은 숫자를 어찌 기억할까 보냐 하고 생각했는데 1등으로 뽑힌 여섯 숫자를 보니 외우지 않으려고 해도 자연히 외워질 수밖에 없었다.

후우.

선녀는 아뜩해지는 정신을 억지로 바로 세웠다. 지금 기절할 때가 아니란 말이다. 하지만 얼마나 기가 막힌지! 1등이라니. 세상에. 그것도 두 주 만에 나오는 1등이었다.

엄마는 흥분해서 금방이라도 전화선을 타고 선녀에게 달려나올 기세였다.

"엄마, 나중에 전화할게."

[얜, 얘, 선녀야……!]

혼이 나간 선녀는 전화를 끊고 컴퓨터를 켜 로또번호를 확인했다. 거짓말일 거야. 엄마가 뭔가를 착각했을 거야. 하지만 1등은 엄마가 말해준 그 우스꽝스런 배열의 숫자가 틀림없었다.

1등의 당첨금은 약 50억으로 이번 주는 다른 때보다 더 많기도 했다. 50억이다. 복권은 원래 세금이 왕창 나간다 하니 전부 받는 것은 아니겠지만, 그래도 손에 쥘 수 있는 돈은 어마어마한 숫자임이 분명했다.

오 마이 갓. 대체 무슨 짓을 한 거니? 응?

처음 만난 남자에게 줘버린 로또복권. 이걸, 이걸 어째야 하나? 우선은 남자부터 찾아야 하지 않나? 그래서…….

참, 난감 부르스였다. 그 남자를 찾는 것도 그렇지만 혹시라도 하늘이 도와 찾는다고 해도 복권을 도로 달라고 하면 그가 순순히 돌려줄까?

멍하니 넋을 놓고 있던 선녀는 다시 울리는 전화 소리에 정신이 번쩍 들었다. 번호를 보니 엄마다. 그렇게 끊었으니 다시 전화해 오는 것은 당연하겠지. 하지만 선녀는 전화를 받지 않았다. 엄마에게 뭐라고 말해야 할지 분간이 서지 않았다.

이럴 때가 아니야.

선녀는 벌떡 일어났다가 다시 앉는 것을 미친 것처럼 계속 반복했다. 눈앞이 뱅글거리고 펄펄펄 가슴이 터질 것같이 끓어올랐다.

내가 미쳤어. 죽어야 해.

자신이 저지른 일에 대한 후회로 선녀는 진짜 죽고 싶었다. 생각할수록 어처구니가 없어서 한숨도 나오지 않았다. 무엇보다 가장 급한 것은 엄마였다.

엄마에게 뭐라고 하지? 엄마 나 그저께 어떤 남자랑 잔 뒤 그 남자에게 복권 줘버렸어요.

그렇게 말했다간 아마도 내년 오늘에 제사상을 받고 있을 것이다. 내가 엄마였어도 그런 딸이면 때려죽인다고 펄펄 뛸 테니까.

이렇게 있을 수만은 없었다. 어떡하든 그 남자를 찾아야 한다는 생각을 하며 선녀는 부지런히 뛰었다. 단골카페인 '그레이스'로 단숨에 달려갔다.

"어서 오세요. 아니, 왜 그리 바빠요?"

"사장님. 그저께 나랑 같이 나간 남자 여기 단골이에요?"

"아니요. 그날 처음 보는 손님이었어요."

"그날 그 손님 여기 처음 왔어요?"

"네. 그 손님 이런 곳엘 드나들 사람 같지 않았잖아요. 노는 물이 달라 보이던데?"

그건 여사장의 말이 맞는다. 꼬집어 말하진 못하지만 남자는 평범해 보이지 않았다. 특별해 보이고 부유해 보였다.

선녀가 빈자리에 털썩 주저앉았다.

그래 솔직히 오면서도 그 남자의 흔적을 찾지 못할 것이란 생각을 했었다. 사실 기대도 하지 않았다.

이제 그 남자를 다시 만날 수 없겠지?

아마 그럴 확률이 높지 싶었다. 그 남자가 이곳으로 다시 온다면 모를까 선녀가 남자를 찾아낼 확률은 거의 없다.

게다가 그 남자에게서 로또복권을 순순히 돌려받을 수 있을지 어떨지조차 알 수 없었다.

'그거 1등 당첨될 줄 모르고 준 거거든요? 돌려주세요?

자 그러면 그 남자 뭐랄까?

'5등이나 꽝일 줄 알고 준 거라고? 날 뭐로 보고 그런 거요?'

이러지 않을까?

아무리 생각해도 복권을 되돌려받을 확률은 거의 없는, 아니, 아예 없을지도 모른다.

아, 아! 대체 무슨 짓을 한 거야? 나 같은 것은 죽어버려야 해.

선녀가 머리를 쥐어뜯자 여사장이 놀란 얼굴을 했다.

"왜 그래요?"

"아니에요."

"얼굴이 새파래. 무슨 일 있어요? 커피 좀 드릴까요?"

"냉수나 주세요."

모르는 게 약이고 아는 게 병이라더니 딱 그 짝이었다. 로또가 당첨됐다는 것은 행운이 아니고 불행이다. 그 망할 번호를 기억하고 있는 것은 불행 중 불행이다. 차라리 모르고 지나가면 괜찮을 텐데 이젠 생병이 날 것 같으니.

아우 왜 1등엔 당첨되어서…….

여사장님이 가져다준 냉수를 두 잔이나 연속으로 들이켠 선녀는 한 시간을 넘게 아무것도 하지 않은 채 멍하니 앉아 있었다.

아, 정말 죽고 싶다.

나중엔 눈물을 찔끔 흘리고 말았다. 먹먹하고 기가 막혀 뭘 해야 좋을지 도무지 알 수가 없었다.

"사장님, 혹시 그 남자가 다시 오면 나한테 연락 좀 해줘요. 꼭."

문뜩 호텔에 그 남자가 숙박계를 적어놓지 않았을까 하는 생각이 들어 자리를 박차고 일어난 선녀가 여사장에게 자신의 전화번호를 적어주면서 혹시라도 그 남자가 나타나면 연락해 달라고 신신당부를 했다.

호텔에 가서 숙박계를 보면 어쩌면 찾을 수 있을지 몰라.

희망이 용솟음쳤다가 정보나 이런저런 것으로 숙박계에 자신의 이름이나 주민번호를 제대로 적지 않는 사람이 많다는 것을 들은 기억이 나자 혹시라도 그 남자도 거짓으로 이름을 적었으면 어쩌지? 하는 생각이 들었다. 순간 다시 불행의 늪 속으로 풍덩 떨어졌다.

'무슨 일인데 그래요?'

갑자기 밝아졌다 다시 어두워지는 선녀의 얼굴이 심상찮은지 여사장은 그렇게 묻는 얼굴로 고개를 끄떡였다. 선녀의 얼굴이 너무도 처절하고 다급해 보여 차마 질문을 하지 못하고 있었다.

선녀는 카페에서 나와 호텔로 달려갔다. 하지만 거기서 그녀는 정신 나간 여자 취급만 받았다. 일단 호텔에서는 선녀의 부탁을, 개인정보를 알려주는 것은 위법이라는 말만으로 싹둑 잘라먹었다. 어떠한 말도 소용없었다.

프런트의 종업원과 지배인은 아주 친절했다. 하지만 쌀쌀했다.

같이 왔던 남자의 이름을 꼭 알아야 한다는 말하자 그녀를 건너다보았다.

"이름도 모르시면서 같이 오셨다고요?"

선녀는, 아주 친절하게 웃으며 말하는 지배인의 표정에서 그녀에 대한 경멸을 읽었다. 헤프고 정신 나간 여자가 아니면 직업적인 나가요걸이겠지 하는, 그런 생각을 감추지 않고 있는 상대를 보다 모멸감에 선녀는 몸을 돌릴 수밖에 없었다. 더 이상 알려달라고 사정하고 싶지 않았다. 게다가 남자가 숙박부에 자신의 진짜이름과 주민번호를 적지 않았을 거라는 아까부터의 생각이 그녀의 선택에 한몫을 더했다. 선녀는 희망이 참 잔인하다는 것을 그순간에 깨달았다. 한순간의 절망이 오히려 자비로웠다.

그래, 포기하자. 애초에 복권 같은 것은 사지 않았다고, 아니,

맞지 않았다고 생각하자.

그것이 마음 편했다. 속은 터지고 절망에 눈앞이 캄캄했지만 그렇게 생각하는 것밖에 지금 할 수 있는 것은 아무것도 없었다.


무거운 발걸음으로 집으로 가니 엄마는 이미 그녀의 집에 도착해 있었다.

"복권 어딨니? 응? 선녀야."

입이 귀에까지 찢어진 상태인 은희를 멀거니 바라보며 선녀는 한숨을 내쉬었다. 엄마의 얼굴은 희망으로 반짝거렸다. 선녀는 마른침을 삼켰다.

"엄마, 미안해. 그거 없어."

"어, 없다니? 무슨 말이야? 내가 분명히 너 줬잖아."

"그거 찢어버렸어. 너무 억울해서. 생각해 봐. 난 20만 원이나 엄마 줬는데 엄만 달랑 복권 두 장만 주는 게 너무 화가 났고 그래서……."

혹시 잃어버렸다거나 누굴 줬다고 하면 그 뒷수습이 너무 커질 것 같아 선녀는 눈 딱 감고 거짓말을 했다.

"거짓말! 너 거짓말이지?"

벼락을 맞은 얼굴로 은희가 다그쳤다. 입을 딱 벌리고 조금 전까지 생생하게 빛나던 표정이 일그러졌다. 선녀의 양어깨를 잡은 은희의 손에 힘이 들어가기 시작했다. 파고들 정도로 손가락이 강하게 선녀의 살을 움켜쥐었다. 차마 아프다는 말도 하지 못하고 선녀는 살짝 인상을 썼다. 하지만 그런 것도 의식하지 못하는지 은희의 손에서 힘은 풀어지지 않았다.

"그냥 엄마 놀리느라고 거짓말하는 거지? 그렇지? 그런 거지? 찢은 것 아니지? 응?"

"진짜야, 엄마. 나 그런 것에 안 맞는 거 엄마도 잘 알잖아. 그래서……."

은희의 얼굴이 새하얘졌다. 입술만 바들바들 떨면서 어쩔 줄 모르는 은희의 얼굴을 보자 죄의식이 저절로 밀려 올라왔다.

"미안해, 엄마. 정말로 당첨될 줄 몰랐어."

"아냐, 말도 안 돼. 이건 말도 안 돼. 그래, 너 거짓말하는 거지? 그렇지?"

"엄마, 미안해. 정말로 찢었어. 없다고. 그거."

"이, 이 미친년. 이, 이……."

은희가 선녀의 어깨며 머리를 마구 치기 시작했다. 그동안 선녀의 등이나 이마를 때리던 것과는 다른 매였다. 이건 자라면서 한 번도 맞아본 적이 없는, 엄마의 진짜 매였다.

"이, 미친, 이, 이……."

선녀는 때리는 대로 맞았다. 흔드는 대로 흔들렸다. 자신이 하고 싶은 것을 지금 대신하는 엄마가 차라리 부러웠다. 선녀도 누군가에게 이렇게 포악질하고 싶었다. 그녀도 억울하고 아까워 죽을 지경이었다.

"내가 너를…… 내가, 아이고 이걸……."

"앗, 엄마, 엄마! 죽지 마."

눈이 하얗게 뒤집어진 은희를 보고 선녀는 발을 동동 굴렀다. 충격 때문에 엄마가 죽을지 모른다는 생각이 들자 겁이 덜컥 났다.

"엄마, 죽으면 안 돼. 내가 잘못했어. 응? 죽지 마."

정말 은희가 죽을 것 같아서 선녀의 마음은 새까맣게 탔다. 겨우 119 생각이 나 선녀는 더듬거리며 119를 불렀다. 119는 요란한 사이렌 소리를 내며 바로 달려왔고 다행히 은희는 병원에 가는 도중에 깨어났다. 하지만 그때부터는 완전 히스테리 만땅이었다.

"내 혈압, 내 혈압!"

일어나지 못하겠다면서 내내 소리 질렀다. 혈압이 터진다고 야단을 해서 선녀는 어쩔 수 없이 병원에 입원수속을 했다. 병실에 옮겨진 은희는 그야말로 죽기 일보 직전이었다.

"어이구, 어이구, 어이구."

6인실 병실이 꽉 찼다면서 비어 있는 것은 오로지 2인실뿐이라는 말에 눈물을 머금고 입실을 결정한 병실에서 엄마는 오로지 어이구 소리만 밤새 해댔다. 2인실에 엄마 혼자뿐이어서 다행이었다. 밤새 어이구 어이구 해대는 엄마의 목소리가 얼마나 처량 맞고 얼마나 구슬픈지 정말 듣기 고역이었다.

엄마는 아예 드러누웠다. 생각하면 할수록 속에서 천불이 난다며 선녀와 눈만 마주치면 어이구를 연발해 댔다.

"네가 미쳤어, 네가 미쳤어."

예. 저 미친 것, 저도 잘 안다고요.

이제 와 생각하니 정말 미쳤다고밖에 볼 수 없었다. 그러니 아무 말도 할 수 없었다.

그렇게 하룻밤에 병원비로 몇십만 원을 해먹은 엄마가 다음날

퇴원을 했다. 선녀는 집으로 가는 엄마를 따라갔다. 틀림없이 이불 쓰고 누울 엄마였다. 아니나 달라. 집으로 들어서자마자 엄마는 하얀 천을 농 속에서 꺼내 이마를 질끈 동여매더니 자리에 누워버렸다. 대체 저런 걸 왜 농 속에 넣어놓았는지 모르겠다.

"내가 미쳤지. 내가 미쳤어. 내가 그걸 왜 너를 줬을까? 응? 어이구 내가 미쳤지. 아니, 미친 건 너다. 이년아. 엄마가 준 선물을 찢어? 그래도 선물인데 찢어버려? 그걸 찢어버렸다고?"

"엄마! 그만 좀 해요. 그런다고 그게 돌아오나?"

"찢어진 입이라고 말은 잘한다. 네가 어떤 짓을 저질렀는데 그딴 말을 할 수가 있어?"

엄마는 억울하다고 내게 말이라도 할 수 있지. 그런 말 한마디도 하지 못하는 난 더 속상하다고.

사실 울고 싶고 기절하고 싶은 것은 선녀였다. 엄마가 먼저 기절하고 병원으로 실려가 그 뒷시중으로 관심이 돌려졌기에 망정이지 그러지 않았다면 지금쯤 복장이 터져 죽었을지도 모른다.

아 정말 그 돈이면, 그 돈이면······.

후아. 열이 오른다. 하지만 내색할 수 없으니 별수 없다. 그리고 어쨌든 이젠 흘러간 강물이다. 돌이킬 수 없는 일들. 아마도 평생을 살면서 이번 일을 생각할 때마다 혼자서 펄펄 뛸 것이다.

벌떡 선녀가 일어서자 은희가 도끼눈을 떴다.

"어딜 가?"

"전복 사다 죽 끓여줄게."

"지금 그런 거나 신경 쓸 정신이 있니?"

“그럼? 엄마처럼 나도 기절하고 119로 실려가?”

“말하는 것 하곤. 이것아, 넌 내가 심장마비 안 걸리고 살아남은 걸 고마워해야 해.”

엄마의 말이 억지스럽다는 생각이 들었지만 사실 심장마비로 죽을 수도 있을 만큼 그녀는 큰일을 저지른 것이 맞았다.

“심장 튼튼해서 고마워, 엄마.”

은희가 눈을 흘겼다.

“나 전복은 싫다. 녹두죽이 좋아.”

“아, 예!”

선녀는 쓰린 가슴을 부여안고 녹두를 사다 녹두죽 끓이고 몇 시간 더 엄마에게 잔소리와 원망을 들었다. 나중엔 진이 다 빠져 버려서 마침내 퉁명스럽게 은희에게 대들고 말았다.

“고만하지 엄마. 어차피 일이 이렇게 됐는데 자꾸 이런다고 그 복권 돌아오는 것도 아니니까. 그리고 엄마만 속상한 거 아냐. 나도 속상해.”

“하여간. 말하는 걸 보면. 뭘 잘했다고 큰소리야? 그 돈이 얼만 줄 알아? 그 돈이면, 그 돈이면…….”

“고만하자고. 엄마. 나도 속상하다니까!”

원래 세상 사는 것엔 적당이라는 것이 존재한다. 푸념이나 원망 또는 욕, 그리고 야단도 어느 정도까지 적당해야지 효과가 있는 법이었다.

은희의 야단은 결국 정도를 넘어섰고 참다못한 딸이 들고일어나게 만들었다. 은희는 비로소 얼굴이 까맣게 죽어 있는 딸의 얼굴을 보고 아차 싶었다. 속상한 것은 자신만이 아니라는 것을 그때야 깨달았다.

딸 역시 자기만큼 속상할 것이다. 결코 덜 속상하진 않을 것이란 생각이 겨우 들었다.

그리고 냉정하게 따지면 잘못은 반반이었다.

어차피 복권을 생일선물로 준 것은 자신이니 잘못의 반은 자신에게 있다고도 할 수 있었다. 하지만 아무리 생일선물이 허접하게 느껴져도 그렇지 그걸 찢어?

사실 복권을 생일선물로 준 것은 마침 수중에 돈이 떨어졌기 때문이었다. 선녀 생일선물을 사러 나갔다가 새로 나온 핸드백에 필꽂혀 돈이란 돈은 싹싹 긁어 덜컥 사버린 뒤 궁여지책으로 생각해 낸 것이 복권이었던 것이다. 물론 복권을 주면서 아주 낯간지러웠고 또 선녀가 삐칠 것이라고도 생각했다. 자신이 생각해도 선물로 너무했다 싶었으니까.

하지만 아무리 그렇기로 어떻게 선물을 찢는단 말인가. 괘씸했다. 이름을 선녀로 지었으니 선녀처럼 얼굴이 예쁘고 마음이 고우면 좀 좋을까? 이건 얼굴도 선녀 같지 않은 것이 이젠 마음도 선녀 같지 않다.

정말, 어릴 때의 딸의 모습이 그립다. 어릴 때까지만 해도, 선녀는 말도 잘 듣고 예쁘기도 엄청 예뻐서 말 그대로 정말 선녀였다.

“에휴.”

딸의 기색에 그만 한풀 꺾인 은희가 한숨을 길게 내쉬었다.

그래. 이제 와 어쩔 것인가. 죽은 아들 고추 만지기지.

알고는 있다. 하지만 그래도, 그래도 억울하고 분한 마음이 쉽게 없어지지 않는다.

그 돈이면…… 그 돈이면…….

"나 집에 갈래."

아직 분한 마음을 완전히 다스리지 못한 은희는 가느냐는 말조차 하지 않았고 그런 엄마에게 익숙한 선녀는 서운한 마음조차 갖지 않고 문을 나섰다.

'뭐, 우리 집은 엄마와 딸이 바뀌었으니까.'

어른답지 못한 엄마와 어른 같은 딸이라는 것은 선녀네와 친한 집 사람들은 모두들 아는 사실이었다.


집에 도착한 시간은 거의 아홉 시가 가까운 시간이었다. 피곤한 걸음이 한없이 무거워지더니 집이 보이자 이젠 아주 돌덩이로 변해 버렸다. 발은 천 근, 마음은 만 근이었다.

젠장, 젠장. 젠장.

분당에서 여기까지 오면서 계속 중얼거린 단어는 아직도 입 밖으로 꾸역꾸역 밀려 나왔다.

"젠장, 젠장, 젠장."

이럴 땐 정말 선녀라는 이름이 싫다. 선녀라면 이보다 더한 말을 해서는 안 될 것 아닌가. 어쩌면 젠장이란 말도 하면 안 될 것이다. 하지만 그녀는 지금 정말 선녀이고 싶지 않았다.

"비 맞았어? 뭘 그리 중얼거려?"

헉.

상준이 그녀의 집으로 올라가는—아니, 다가구 주택 이층에 세를 들어 사니 집으로 보긴 좀 그렇다—암튼 그녀가 사는 방으로 올라가는 계단 입구에 앉아 있었다.

"너 왜 여기에 있어?"

"배고파. 밥 좀 주라."

상준은 가끔씩 이렇게 느닷없이 찾아와서는 밥을 달라고 했다. 그리고 그때마다 선녀는 밥을 차려줬다. 하지만…… 밥? 흥, 밥은커녕 물 한 모금도 주고 싶지 않다.

'다 너 때문이다.'

그래, 이건 다 이놈의 자식 때문이었다. 네놈이 진이에게 데이트 신청만 안 했어도 그날 진이가 나왔을 테고 그럼 내가 그런 짓도 안 저질렀을 거란 말이다.

선녀는 들고 있던 핸드백을 벌떡 쳐들었다.

"이 나쁜 자식아!"

욕과 함께 상준의 머리를 내려치기 시작했다. 퍽퍽퍽. 분노가 섞인 팔에선 힘이 솟구쳐 나왔다.

어? 어?

미처 피하지 못하고 소나기 같은 매를 고스란히 맞는 상준의 눈이 놀라움으로 동그래졌다.

선녀가 왜 선녀일까? 그야말로 선녀라서 선녀다. 선녀는 마음이 곱고 예쁜, 하늘 위에 사는 아름다운 여인을 일컫는 말이지 결코 지금처럼 개 패듯 남자를 패는 이 여인을 일컫지는 않을 것이다. 하지만 이 여자는 상준이 아는 그 선녀가 분명했다. 하늘 위의 선녀들이 보면 이름을 개명하라고 할지도 모를 정도로 선녀가 사납게 그를 때렸다.

"너 왜 그래?"

"왜 그래? 몰라서 물어?"

그야 뭐 몰라서 묻는 것이겠지만, 상준이 몰라서 묻는 것조차 선녀는 화가 났다.

"너 미쳤냐?"

"그래, 미쳤다. 미쳤어. 너 같아도 미치지 않겠……."

빌어먹을 젠장. 말을 할 수가 없어요. 말도 할 수가 없어.

억울하고 죽을 지경이지만 그런 짓을 저질렀다고는 누구에게도 말할 수 없었다.

때리는 것도 꽤 힘든 노동인지 한바탕 상준을 때리고 났더니 선녀의 몸은 기진해졌다. 잠깐 숨을 돌리느라 때리는 것을 멈춘 틈을 타 상준이 말했다.

"다 때렸으면 밥이나 좀 주라. 배고파 돌아가시겠다."

"돌아가시지!"

"송선녀."

선녀의 모습이 낯선지 상준이 약간 놀란 얼굴을 했다. 하긴 언제나 '알았어'와 '응'만 했던 착한 선녀였으니 느닷없이 비틀리고 난폭해진 것이 놀랍기도 할 만했다. 선녀는 상준 앞에선 죽어라 조신했다. 좋은 점만 보여주기 위해서 기를 썼다. 하지만 이제 그것이 무슨 소용이란 말인가.

“밥 먹으려고 여기서 벌써 30분이나 기다렸어.”

“누가 너보고 기다리래?”

“그럼 어떡해. 배고프면 생각나는 것은 너뿐인데.”

“내가 네 밥이니? 배고프면 생각나게.”

작년에 두 블록 떨어진 곳으로 이사 와선 뻑하면 와서 밥 내놓으라고 하더니 이젠 그러는 것을 아주 당연지사로 생각하는 상준이었다.

“나 진짜 배고파. 어제부터 밥은 한 끼도 안 먹었어.”

“진이에게 가서 달래.”

“거기까지 언제 가?”

그러면서 상준이 픽 웃었다.

내가 저 웃음에 반해서…….

한숨이 난다. 솔직히 그녀가 저지른 것은 상준을 탓할 이유가 없었다. 모든 것은 선녀가 저지른 잘못이었다.

“그리고 솔직히 진이가 해주는 밥보다 네가 해주는 게 훨씬 맛있어.”

얼쑤? 배가 덜 고픈 모양이군. 맛을 따지는 걸 보니.

아직 비틀린 마음은 상준의 말 한마디 한마디가 곱게 넘어가지 않았다.

“진이에게 일러주랴?”

“어, 오늘 왜 이러나. 선녀답지 않게.”

그래도 선녀라는 이름값을 해야 할 것 같아서 선녀는 상준을 데리고 집으로 들어왔다. 이름값보다는 사실 아직도 상준을 좋아하는 마음 자체가 존재하기 때문이라는 것이 더 정확했다.

"냉동실에 있는 밥 준다?"

냉동실에 있는 밥을 꺼내 해동하고 차리기는 것조차 귀찮을 정도로 선녀의 심신은 지쳐 있었다.

"뭘 주든 빨리 줘."

상준은 식탁에 턱을 괴고 앉아서 선녀가 밥을 차리는 모양을 지켜보았다. 물끄러미, 입가엔 작은 미소를 띠고 약간은 다정한 그런 눈길로. 저 모습에 반해 놓지도 버리지도 못하고 몇 년을 보냈지.

진이 역시 저 모습에 반해 몇 년을 상준에게 목을 맸지.

'야, 너랑 어떻게 연애를 하겠니? 친구끼리.'

처음 상준에게 진이가 자신의 마음을 고백했을 때 돌아온 대답이라고 했다.

'망할 놈이 그러면서도 여전히 다정한 눈으로 보는 거야.'

진이에게 착각이 자유였다면 도전은 선택이었다. 그 뒤 진이는 계속 틈만 나면 다가갔다.

널 좋아해.

그럴 때마다 상준은 웃으며 말했다.

'왜 이래? 친구 사이에?'

진이의 말을 들을 때마다 선녀는 미리 포기한 것을 백번 잘했다고 생각했다. 그녀였다면 상준에게 직접적으로 그런 거절을 들었다면 견뎌내지 못했을 것이다. 창피하고 속상해서 죽어버렸을지도 모른다. 그리고 그랬다면 상준에 대한 마음도 진즉에 끝나 버렸을 것이다.

바보 같다.

하지만 그녀의 용기 없음이 이 날 이 시간, 아니, 정확히 서른 살의 생일이 될 때까지 상준에 대한 짝사랑을 안으로 안으로만 숨기게 만들었으니 바보 같다는 것이 나쁘지만은 않을지도 모른다. 왜냐하면 오랜 시간을 사랑할 수 있었으니까.

아닌가? 그러지 않았다면 이런 사단이 일어나지 않았을지 모르잖아. 그러니 좋은 것만은 아니지.

해동시킨 밥에다 밑반찬과 된장찌개로 상을 차리자 상준이 수저를 들었다. 정말 배가 고팠는지 상준이 밥을 먹는 속도는 놀라웠다.

"뭐하느라고 이틀 동안 한 번도 밥을 못 먹은 거야?"

"새로 온 팀장이 너무 깐깐해서 힘들어 죽겠다. 주말이면 뭐하냐? 일이 잔뜩 밀렸는걸. 집으로 일거릴 싸안고 왔어."

"그래서 밥 굶어가며 일을 했다고?

"아니, 먹긴 먹었지. 짜장면, 피자, 그리고 켄터키 치킨. 아 보쌈도 시켜 먹었다. 단지 밥을 못 먹은 거야."

"새로 온 팀장이 그렇게 깐깐해?"

"말도 마라. 아주 괴물이다. 오죽해야 내가 주말에 일거릴 싸안고 왔을까? 이건 부하들을 사람으로 생각하는 게 아니고 완전 일하는 기계로 생각한다니까. 젠장."

"빨리 먹고 가라, 나 피곤해."

선녀는 정말로 피곤했다. 어제 병원에서 한숨도 자지 못했다.

엄마의 푸념 때문이기도 했지만 그것보단 자신이 저지른 짓에 대한 생각으로 잠을 자지 못했다는 것이 더 정확할 것이다. 밤새 선녀는 엄마의 그 아이구 소리를 듣는 것과 이것저것 쓸데없는 생각에 혼자 펄펄 끓다가 축축 처지는 일을 되풀이했다.

상준이 잠시 우물거리더니 주머니에서 상자를 꺼내 그녀에게 내밀었다. 조그만 사각형의 선물상자는 예쁜 종이와 리본으로 포장돼 있었다.

"뭐야?"

"생일이었다며? 선물이야."

"진이가 그래? 내 생일이라고?"

"……응."

"고마워. 작은 것을 보니 비싼 것인 모양이구나."

뜯어봐야 마땅하지만 지금은 만사가 다 귀찮았다. 선녀는 화장대 위에 상자를 올려놓았다.

"안 보냐?"

"나중에 볼게."

"야, 좀 펴봐."

상준은 의기양양했다가 펴보지 않는 선녀의 태도에 많이 실망한 얼굴이 됐다.

얼마나 대단해서 저런 얼굴을 짓는 거야? 아무리 대단해도 수십 억이 넘진 않을 것 아냐.

"나중에 본다고. 뭔지 모르지만 이까짓 것 주고 유세하려면 도로 가져가."

정말 선녀는 선물 따위를 펴보고 노닥거리고 싶지 않았다. 기운이 하나도 없었다.

"너 오늘 이상한 것 알아?"

이상도 하겠지. 너를 단념한 순간 내숭이나 조신 같은 것은 다 내던져 버렸으니까.

"이상하든 말든 암튼 먹었으면 어서 가. 정말 피곤해 죽겠어."

선녀의 눈에선 다크써클이 금방이라도 흘러내릴 것 같았다.

"간다. 나오지 마."

일어서는 상준의 표정은 잔뜩 굳어 있었다.

탕.

상준이 문을 닫고 나갔다. 이어 계단을 내려가는 발자국 소리가 차츰 멀어져 갔다.

문단속을 한 선녀는 상준이 먹은 식탁을 대충 치우고 방으로 들어왔다.

피곤하다.

눈이 감겼다. '지금 잠자게 생겼어?' 할 만한 일을 저질러 놓았는데도 잠이 오다니 참 한심했다. 하지만 그 생각도 오래가지 못하고 선녀는 금방 잠이 들었다.


상준의 선물을 뜯은 것은 월요일 사무실에서였다. 나라가 멸망해도 지구는 도는 것처럼 로또로 인해 살맛이 나지 않아도 일은 해야 한다. 축 처진 모습으로 출근을 한 선녀는 내일 마감이 걸린 작가와 통화를 한 뒤 있는 대로 스트레스를 받았다.

오늘 마지막 파일을 받아야만 내일 인쇄가 들어가건만 아직 수정을 다 못했다는 작가로 인해 속이 있는 대로 뒤집어졌다.

—오늘 저녁까지 해서 보낼게요.

그 말도 믿을 수가 없었다. 먼저도 저녁까지 보낸다더니 자정 직전에 보내 날밤을 새우게 만든 전과가 있는 작가님이시다.

아. 진짜. 그 복권만 있으면 이 일 안 해도 좋잖아.

가방에서 껌을 꺼내려던 선녀의 손에 잡힌 것은 아침에 급히 나오며 넣고 온 상준이 준 선물상자였다. 선녀는 상자를 꺼내 포장을 뜯었다. 포장지가 벗겨지자 모습을 드러낸 것은 검은 벨벳의 작은 상자였다. 뭐야, 이건 꼭…….

"이게 뭐야?"

검은색 벨벳상자엔 반지가 들어 있었다. 금색의 링에 티파니식으로 육발 세팅된 투명한 보석이 눈부시게 빛나고 있었다.

애가 미쳤나?

대체 남자가 여자에게 반지를 선물하는 것이 무엇을 뜻하는지 알고나 한 선물일까? 게다가 이런 예물 느낌이 나는 반지라니.

"어머, 선녀 씨. 프러포즈받았어?"

옆자리에 앉은 정인의 말에 번쩍 정신이 든 선녀는 벌떡 일어섰다.

"저 잠깐 나갔다 올게요."

곧 점심시간이니 늦으면 안 될 것 같아 선녀의 행동은 아주 재빨랐다.

상준이 근무하는 사무실은 택시를 타면 딱 5분 거리였다. 11시 45분. 점심시간 직전에 도착할 것이다. 택시를 잡아 탄 선녀가 휴대전화를 꺼내 들었다. 단축번호를 누른 뒤 상준이 뭐라 하기 전에 급히 말했다.

"나, 너네 회사로 가는 중이야. 기다리고 있어."

택시는 곧장 상준이 다니는 회사 빌딩 앞에 멎었다.

택시비를 지불하고 택시에서 막 내리는 선녀의 앞으로 두 대의 차가 섰다. 순간 선녀의 눈이 동그래졌다.

'내 로또!'

그 남자다. 앞에 선 승용차에서 내리는 남자의 모습이 눈에 들어온 순간 벼락이 치듯 눈앞에서 불이 번쩍거리기 시작했다.

로또다!

거짓말같이 선녀의 로또를 가진 남자가 그녀의 눈앞에 나타난 것이다. 선녀는 자신의 눈을 믿을 수가 없었다. 한순간 꿈을 꾼다고 생각했을 정도였다.

내 로또!

아, 아. 아! 이건 하늘의 도우심이다. 선녀라는 이름처럼 착하고 예쁘게 살아온 그녀에 대한 상일 것이다.

감사합니다. 일단 그런 생각을 하며 앞으로 나가려 했다. 남자를 잡아야 하니까. 한데 몸이 움직여지지 않았다.

남자는 내려서서 걷는 걸 보고 선녀는 정신이 번쩍 들었다.

안 돼. 내 로또.

불러야 한다. 암 불러야 하고말고. 하늘이 무너지고 땅이 꺼져도 로또는 받아내야 한다. 그런데 저 남자를 뭐라고 불러야 하지?

"선녀야!"

느닷없이 부르는 상준의 목소리가 선녀의 고민을 일순간에 없애주었다. 상준의 부르는 소리에 휙 남자가 돌아보았다. 눈이 마주쳤다. 남자의 눈꼬리가 살짝 올라가더니 입가가 슬쩍 움직였다. 꼭 비웃음 같았다. 공연히, 이유도 없이 선녀의 얼굴이 붉어졌다.

"팀장님."

선녀를 부르고 달려나온 상준이 선녀가 바라보는 쪽을 보더니 남자를 보고 말했다.

팀장님이라고? 저 로또가 상준의 직장상사라고? 오 마이 갓이다. 뭐냐? 이런 경우를 대체 뭐라고 해야 하는 거야? 맙소사.

선녀는 몸을 홱 돌렸다.

"야, 선녀야."

차라리 로또를 포기하고 말자. 상준에게 그녀가 처음 보는 남자와 밤을 지내는 난잡한 여자인 것이 알려지는 것보단 돈을 포기하는 것이 나을 것 같다. 어차피 잊어버렸다고 포기했던 로또니까.

상준에게 난잡하거나 가치없는 여자로 남는 것은 죽기보다 싫었다. 그리고 사실은, 저 남자에게 로또를 돌려달란다고 해도 순순히 받아낼 수 없을 것이란 생각도 한몫했다.

그녀 스스로 준 것이니 빼앗겼다고 할 수도 없다, 남자가 안 돌려준다고 하면 도리없는 일이었다. 굳이 돌려받기 위해선 재판이라도 해야 할지 모른다. 그래서 찾을 수 있을지 모르지만. 어쨌든 일단 지금은 자리를 피하는 것이 좋겠다. 선녀는 빠른 걸음으로 걷기 시작했다.

"야, 송선녀."

부르지 마라. 난 죽었으니까. 이 봄날 장렬히 전사했단다.

선녀는 재빨리 달려오는 택시를 세우고 올라탔다.

"라페스타요."

그렇게 사무실로 돌아왔다. 사무실로 들어와 털썩 의자에 앉고 나니 그제야 충격이 가라앉기 시작했다. 조금 진정이 되니 왜 달아났는지 너무 한심스러워졌다. 그 로또를, 이제 남자가 아닌 로또로 보이는 그 남자를, 다시 만난 것은 그야말로 하늘의 도우심인데 대체 왜 달아나 온 것인지.

그렇게 찾으려 했던 로또가 제 발로 굴러 왔는데, 아니, 짠 하고 나타났는데 왜 도망을 쳐? 치긴?

하지만 세상 참 넓고도 좁다는 게 딱 이런 경우였다. 왜 하필 그 남자는 상준의 직장상사란 말인가. 생각하면 할수록 어처구니가 없어 죽을 지경이었다.

왜, 왜 하필.

모니터에서 글자들이 제멋대로 움직인다. 문장이 하나도 머리에 들어오지 않는다. 하긴 제대로 읽힌다는 것이 웃기는 일일 것이다.

정신 차려.

또한 정신이 차려진다면 그 역시 크게 잘못된 것이겠지.

지금이라도 다시 가서 복권을 찾아야 하나?

수십억이 넘는 돈이다. 그걸 포기한다는 것이 말이 안 된다. 그래. 말이 안 돼. 까짓 상준에게 알려지는 것이 대수야? 복권을 찾는 와중에서 그 밤의 일이 밝혀진다면 그래 나 처음 보는 남자와 밤을 지내는 헤픈 여자다라고 큰소리치고 말지 뭐. 이 나이에 남자랑 같이 잔다는 것이 뭐 그리 큰 문제라고. 포기 못해! 절대로. 내 돈. 그 많은 돈을 그까짓 평판이 무서워 포기한다는 것이 말이 돼?

벌떡 일어서자 정인이 눈을 둥그렇게 뜨고 선녀를 바라보았다.

그런데 그 남자가 복권을 순순히 돌려줄까?

결코 작은 돈이 아니다. 그러니 순순히 돌려줄 것 같진 않다.

아, 아. 받아내기 어려울 거야. 나 같아도 순순히 돌려줄 것 같진 않아. 공연히 받지도 못하고 나만 웃긴 여자가 될지도 몰라.

도로 주저앉았다.

그렇다면 그냥 포기해? 미쳤어? 해볼 수 있는 모든 일은 다 해봐야 해. 진짜 하다하다 안 되면 재판이라도 걸어야지.

다시 벌떡 일어났다.

"선녀 씨, 왜 그래?"

일어났다 앉았다 하는 선녀를 정인이 매우 근심스런 얼굴로 바라보았다.

"나 좀 나갔다 와야겠어요."

절대로 이대로 포기 못해. 이렇게 다시 만났다는 것은 거의 기적과 같다고 봐야 한다. 로또에 1등으로 당첨되는 것도 기적이고……. 그러니 또 다른 기적이 일어나지 말라는 법은 없다. 로또가 복권을 순순히 돌려줄지도 모른다. 아니, 주게 만들어야지. 암! 부딪혀 봐야지. 포기 못해. 절대로 포기할 순 없어.

사무실을 뛰쳐나온 선녀는 택시가 잡히지 않자 상준의 회사까지 달음박질을 쳤다.


어쩐지 점심 먹은 것이 체할 것 같군.

지금 팀장은 상준을 세워둔 채 그가 올린 기획안을 지나칠 만큼 꼼꼼하게 보고 있는 중이었다.

다른 때 같았으면 수고했다고 한마디 하고 자리로 돌려보냈을 텐데 왜 이러는지 모르겠다. 꼭 벌을 서는 기분이었다. 상준이 주말 내내 끙끙거리며 만들었던 기획안이니만큼 당장의 허점은 보이지 않을 것이라고 생각하면서도 못마땅한 기색이 완연한 팀장의 얼굴이 마음에 걸렸다. 하지만 기획서의 마지막 장까지 넘겨 본 뒤 고개를 든 팀장의 얼굴에는 조금 전까지완 다르게 그런대로 만족해하는 빛이 흐르고 있었다.

"지금으로 봐선 그다지 나쁘진 않은데, 좀 더 검토해 봅시다. 이 기획서를 팀원들에게 전부 돌려봅시다."

상준은 팀장실을 나오며 짧게 숨을 끊어냈다. 나이 차이도 나지 않는 팀장 앞에만 서면 이상하게 긴장이 됐다.

"살아 나왔네."

누군가 축하를 했다. 상준은 습관처럼 씨익 웃었다.

"오늘따라 팀장이 더 깐깐한 것 같아."

상준은 책상에서 담배를 꺼내 들고 사무실을 나왔다. 상준은 휴게실에 나와서 담배를 피어 물었다. 니코틴이 들어가자 머릿속이 맑아지는 것 같았다.

송선녀.

비로소 선녀에 대한 생각을 맘 놓고 할 수 있었다.

왜 그렇게 왔다 그렇게 가버렸을까?

프러포즈에 대한 답을 하러 왔다고 생각했더니 아니었나?

자신의 프러포즈를 절대 거절하지 않을 것이라고 생각했는데 선녀는 왜 그런 태도를 보였을까?

선녀의 어제오늘의 모습은 그가 한 번도 보지 못했던 태도였다.

뭔가 이상해졌어.

드디어 결혼할 결심이 섰고 그래서 부랴부랴 진이도 정리했는데 막상 선녀가 이상해져 버렸다. 결코 그가 원하지 않은 방향으로.

“어?”

창밖을 내려다보며 다시 담배를 한 모금 깊이 빨아 당기던 상준은 슬쩍 미소 지었다. 도로 아래로 선녀의 모습이 보인 것이다.

“선녀야.”

이렇게 상준과의 마주침은 당연한 것이리라. 단지 사무실로 들어가기 전에 맞부딪쳤다는 것만 빼면. 마치 그녀를 마중이라도 나온 것처럼 엘리베이터 앞에 서 있던 상준을 보고 선녀는 깜짝 놀랐다.

당연히 자신을 만나러 온 것으로 생각했는지 상준이 그녀를 휴게실로 이끌었다.

나 지금 너 만나러 온 것 아닌데.

하지만 상준이 이끄는 대로 휴게실로 따라 들어갔다. 상준의 입가에 떠 있는 미소에 약했던 것은 10년 전부터였다. 잠시 숨을 고르는 것도 좋겠지. 어차피 로또와의 일전을 앞두고 있으니 힘도 끌어모을 겸.

참으로 난감하다. 로또에게 무슨 말을 어떻게 시작해야 할지. 생각만으로 선녀의 가슴은 두근두근 떨렸다.

“아깐 왜 그렇게 갔어? 마치 못 볼 것을 본 사람처럼 가더라.”

아, 맞다. 반지!

아까 왔던 것은 반지 때문이었지. 이거 돌려줘야지. 그리고 야단쳐 주자. 이런 선물은 오해받기 쉬우니 절대 하지 말라고.

선녀가 핸드백에서 반지상자를 찾는 사이에 상준이 자판기에서 커피를 뽑아와 내밀었다.

"나 보고 싶어 뛰어왔구나?"

싱긋, 상준이 웃었다. 하얀 얼굴에 그려지는 저놈의 미소는 단념을 한 뒤인데도 자꾸만 눈과 가슴에 콕콕 와 박힌다. 그만큼 상준의 웃음은 환하고 맑았다.

"뛰어온 건 사실이야."

단지 널 보러 온 게 아니고 로또를 보러 온 것일 뿐이지만.

"전환 왜 안 받았어?"

택시를 타고 달아나는 동안 상준이 전화를 걸어왔다. 깜짝 놀라 반사적으로 꺼버리곤 아직 켜놓지도 않고 있었다. 선녀는 전화를 꺼내 우선 전원을 눌렀다. 요란한 소리를 내며 휴대전화가 되살아났다.

부재중 전화 3통. 전부 상준에게 온 거다.

"3번이나 전화했네?"

"그렇게 갔으니 당연하잖아?"

또 싱긋. 제발 그렇게 웃지 좀 말아라. 무슨 놈의 남자가 서른이나 됐는데도 그리도 웃음이 해맑을 수 있는 것이냐.

"대답해 주러 온 거지?"

"어?"

"거절 안 할 거지?"

상준의 말에 선녀는 너무나 놀라 눈만 깜박거렸다. 갑자기 심장이 두 쪽으로 갈라지는 것 같았다. 내 생각이 맞았던 거야? 반지, 정말로 프러포즈용이었어?

가뜩이나 복잡한 머리가 더 복잡해졌다. 선녀는 멍하니 상준을 바라보았다.

너 지금 누구 놀리니?

놀리는 게 아니라면 용서가 되지 않을 것 같다. 프러포즈할 놈이 그럼 왜 진이에게 데이트를 신청했어? 그 오랜 시간 너 좋다고 했던 진이를 모른 척하더니 데이트는 왜 했어? 그리고 이제 와 나에게 프러포즈하는 건 뭐야? 갖고 놀고 싶니? 진이를, 그리고 나를?

"진이는 어떻게 하고?"

선녀는 약간은 거북스런 목소리로 겨우 말을 꺼냈다.

"저번에 진이 만나서 진이에게 내 태도 확실히 했는데. 더 이상 친구로도 보기 어려울 것이라고, 나 결혼하고 싶은 사람 있다고."

"너…… 결혼하고 싶은 사람이 설마 나는 아니겠지?"

프러포즈라고 해도 막상 결혼까진 생각도 안 했던 터라 선녀의 목소리는 조금 떨려 나왔다.

"너 맞아."

어처구니가 없어서 그만 말문이 막혀 버렸다.

뭐냐? 뭐야? 아니, 이게 다 뭐냐고? 어쩐지. 진이가 그날 이후 연락이 없더라니. 진이의 세심함으로 봐선 생일을 펑크낸 것에 대해 다음날이라도 그녀를 찾아왔거나 전화를 해야 맞았다. 어제 약속 펑크내서 미안해라고 웃으며. 그런데 진이에게 아직까지 연락이 없다. 설마 그날 상준에게 당한 실연에 충격을 받고 있는 건 아닐까?

"그럼 왜 진이에게 데이트를 하자고 했니?"

"마지막이니까. 그동안 나 좋다고 해준 진이에 대한 예우라고 할까?"

"그렇다고 데이트를 하자고 해서 이별을 선언했단 말이니? 너 참 잔인하구나."

"전화로 이별을 말하기는 좀 그렇잖아."

상준에 대해 처음으로 실망을 했다.

"왜 나와 결혼하고 싶니?"

"너 나 좋아하잖아."

대답은 생각 외였다. 상준의 짧은 대답에 선녀는 잠시 숨이 턱 막혀 버렸다.

"내 마음을, 알고 있었어?"

"당연하잖아. 좋아하는 마음은 감추기가 힘든 것 아닌가? 누군 가가 자신을 좋아하는 것은 본능으로 알잖아."

그래? 그렇단 말야?

"내가 너를, 좋아한다는 것을 언제부터 알고 있었어?"

선녀의 목소리가 떨려 나왔다. 상준이 자신의 마음을 눈치채고 있었다는 것은 충격이었다.

"처음부터겠지. 중학교 때부터. 같이 있게 되면 늘 네 시선이 내 게 향하는 것을 알았어. 아, 얘가 날 좋아하는구나 생각했어."

"한 번도 내색하지 않았잖아."

"지금 하잖아."

"진이는? 너 진이 좋아하잖아."

상준의 안색이 살짝 변했다. 뭔가 말하기 곤란한지 잠시 말을 끊었다.

"싫어하는 것은 아니지만 결혼을 생각할 정도로 좋아하는 것도 아냐."

결혼할 정도로 좋아하지 않는다고? 그렇다면 선녀에 대해서도 그럴 것이다, 상준의 선녀에 대한 감정 역시 친구 이상은 아니었다. 아니, 친구 중에서는 호감이 다른 친구보다 좀 더 많을지도 모른다. 하지만 그것으로 프러포즈를 할 정도는 결코 아니었다.

"난 네가 진이를 나보다 더 좋아한다고 생각했어."

상준은 바로 대답하지 않았다. 약간의 뜸을 들이고는 어깨를 으쓱여 보였다.

"내 말이 틀려?"

"송선녀, 결혼은 현실이야."

"그래서?"

"죽도록 사랑해서 결혼하는 것이 아니라면 모든 걸 다 생각하고 맞춰봐야 하지 않아? 그런 결혼이라면 난 너랑 하고 싶어."

대체 무슨 말이야? 상준의 말뜻을 생각하느라 선녀의 인상이 살짝 구겨졌다.

"아무튼 내 프러포즈는 받아줄 거지? 응?"

"아니. 거절이야."

상준의 안색이 약간 변했다. 하지만 그는 곧 크게 웃었다. 마치 선녀가 한 번쯤 튕겨보는구나 하고 생각하는 것 같았다.

"왜? 프러포즈 방법이 마음에 안 들어?"

"응."

"그럼 나중에 다시 할게. 근사하게."

"하지 마. 아무리 근사하게 해도 거절할래. 미친 듯이 사랑하는 여자를 찾아서 결혼해. 난 싫으니까. 잘 맞을 것 같으니 결혼하자고? 너는 나를 어떻게 생각한 거야?"

"뭐 때문에 화난 거야? 나를 다시 찾아왔다는 것은 프러포즈에 응하려고 했던 것 아냐?"

"너 찾아온 것은 아냐."

벌떡 일어섰다. 맞다. 지금 상준과 이런 이야기나 하고 있을 때가 아니다. 나는 지금 내 일생이 걸린 일을 하러 여기에 왔다.

"너희 팀장님에게 볼일이 있어서야."

"우리 팀장을 왜?"

"너랑은 상관없는 일이야."

선녀는 상준을 무시하고 사무실로 걸어갔다. 상준이 놀라서 따라왔지만 여전히 무시했다. 문 옆에 놓인 책상에 앉아 있던 여직원이 그녀를 바라보았다.

"기획팀장님 좀 뵙고 싶어요."

"약속이 있으신가요?"

"아니요."

"무슨 일 때문이신가요?"

"개인적인 일인데요."

여직원이 선녀와 선녀를 따라 들어온 상준의 얼굴을 번갈아 바라보며 상준과 선녀의 사이가 궁금하다는 표정을 지었으나 그 또

한 무시해 버렸다.

이봐요, 나 바쁘거든요?

"성함이?"

"송선녀입니다."

"잠깐만 기다려 보세요."

"너, 우리 팀장을 어떻게 알아?"

아무리 친절하고 착한 선녀라 해도 지금 상준의 말에 대답해 줄 여유가 없었다. 지금은 힘을 분산해선 안 된다. 만일 팀장이 안 만나준다면 이곳을 다 뒤집어엎는다라는 각오를 꾹꾹 다지고 있어야 한다.

사무실 한쪽에 투명한 유리로 칸막이가 되어 있는 작은 사무실 문을 열고 안에 들어갔다 나온 여직원이 선녀에게 말했다.

"들어가 보세요."

깊은숨을 들이쉰 뒤 따라 들어오려는 상준을 향해 선녀가 작지만 분명하게 말했다.

"너랑은 상관없는 일이야."

탁 상준의 앞에서 문을 닫아버린 뒤 선녀는 깊은숨을 내쉬었다. 하나, 둘, 셋과 함께 휙 돌아섰다.

로또는 책상에 팔을 올리고 그 팔 위에 얼굴을 올린 채 그녀를 보고 있었다.

"아, 안녕하세요."

자아, 떨지 마. 떨지 마. 돈이 얼마인데. 떨어서 일을 망쳐서는 안 돼.

"구름 위에서 살진 않았군."

간신히 그 밤의 일을 기억할 수 있었다. 숨 넘어가는 소리로 구름 위에 산다고 했던 자신이 한 말을.

얼굴이 빨개진 선녀를 보며 그가 웃었다. 눈꼬리 살짝, 그리고 입가가 슬쩍 올라가는 예의 비웃음 같은 웃음.

웃는 것은 마음에 안 들어.

상준이처럼 밝고 맑아 보이는 웃음은 아니었다. 하지만 나름 멋있다는 것은 인정해야 했다. 남자는 조금, 아니, 사실은 많이 매력적이었다. 조금만 만만했으면 좋겠는데, 만만할까?

"우선 앉아요."

남자가 눈짓으로 소파를 가리켰다. 선녀는 얌전히 걸어가 소파에 가 앉았다.

"그런데 무슨 일입니까? 송선녀 씨."

"뭘 좀 찾으러 왔어요."

"찾으러?"

"저기…… 제가 그만 놓고 갔던 복권을 찾으러 왔습니다. 엄마에게 받은 선물인데 그만 깜박 놓고 갔기에……. 저번에 우리가 같이 갔던 거기에……."

"거기? 거기가 어딘데요?"

"거기요."

"거기가 어딜까? 모르겠는데?"

불끈 약이 올랐다. 남은 심각해 죽겠는데 대체 뭐하는 거야?

"거기요."

“그러니까 거기가 어디?”

화내지 말자. 화내면 안 돼. 이 주먹으로 저 입을 꽉 후려치는 상상 따윈 하지 말자. 난 선녀니까.

“호텔방에요.”

“아, 거기.”

남자의 반응에 선녀의 얼굴은 다시 확 붉어졌다. 민망하기도 하고 약도 올랐다.

“그런데 호텔에다 뭘 흘리고 갔어요?”

호텔이란 말에 어쩔 수없이 그와 같이 지낸 밤이 떠올랐다. 선녀의 얼굴이 새빨개졌다. 꼭 호텔이라고 말해야 하나. 자신은 죽어라 그 단어를 입에 안 올리려고 애를 쓰는데……. 아우, 정말 민망하고 창피해 죽고 싶다.

“네.”

“뭐를?”

“복권을요.”

“그런데 왜 그걸 나한테 찾지요?”

왜 찾겠니? 내가 주고 갔으니까 찾지. 아니, 주고 간 것이 아니고 그냥 흘리고 갔지, 참! 주고 갔다는 표현을 하면 어쩐지 불리해질 것 같아서 절대로 주고 갔다는 말을 하지 않을 생각이었다.

“제가 거기다 흘리고 가서…….”

“저런 어쩌다가?”

“그러게요, 어쩌다 보니까 흘렸어요. 그러니까 돌려주시면…….”

“흘린 것을 왜 내게 돌려달라고 하죠?”

“가지고 있잖아요.”

“난 주운 게 없는데?”

선녀가 발끈 화를 내기 전에 남자가 다시 말했다.

“주운 것은 없지만 화대로 받은 복권은 있어요. 혹시 그거 찾으러 온 건가?”

화대라니?

번쩍 고개를 들고 선녀가 로또를 바라보았다. 여러 가지 남자의 대응을 생각했지만 이렇게 직격으로 화대로 주고 간 복권이란 말을 하리라곤 생각하지 못했다. 선녀는 복권을 결코 팁이라고 생각하고 두고 나온 것은 아니었다. 그와의 밤은 솔직히 황홀했었다. 처음 느끼는 감각이었다. 좋았다라고밖에 표현할 수 없는 관계에 대해 단지 기념될 만한 뭔가를 주고 싶었고 갖고 있는 것이 없어서 두고 나온 것이 복권이었다.

화대였다면 내가 돈을 두고 나왔지.

“말씀을 참…….”

선녀는 화끈거리는 뺨을 진정시키려 애를 썼다. 난 지금 부채가 필요해. 당장 없는 부채 대신 손을 쫙 펴 얼굴을 부치기 시작했다.

“덥습니까? 에어컨을 킬까요?”

“아니요, 4월에 에어컨이라니 말도 안 되죠.”

“4월이든 5월이든 더우면 키는 게 에어컨 아닌가요?”

“덥지 않아요.”

“열이 나는 것 같은데?”

그렇게 느물대지만 않으면 내가 열이 날 이유가 없죠. 지금 내가 열이 나는 것이 그쪽에서 느물거리는 것 때문이 아니겠어요? 대체 내가 왜 열이 나겠습니까? 네?

"덥지 않다면 에어컨 얘기는 그만두고 그럼 우리 하던 얘기로 돌아가죠. 우리가 무슨 얘기 중이었지? 아, 화대로 받은 복권 얘기를 하던 중이었지."

"말씀을 심하게 하시네요. 듣기 거북해요. 제가 그만 실수로 복권을 흘리고 간 것인데 그걸 화대로 표현을 하면……."

"아니, 어떻게 흘려야 그 복권이 내 전화기 밑에 얌전히 들어가 있습니까? 대단한 재주네요. 선녀 씨가 흘리고 간 줄 모르고 난 또 실연을 한 선녀님을 안아준 값으로 선녀님이 내게 복권을 팁으로 주고 갔다고 생각했죠."

"어떤 미친 여자가 복권을 팁으로 주겠어요?"

사실 그 미친 여자가 여기 있다. 그래 나다!

"그건 아니에요, 그러니까 돌려주세요."

빤히 보는 시선이 너무 강해 선녀의 말은 점차 작아지기 시작했다.

"제가 경솔하게 취급했지만 그거 엄마가 준 선물이에요, 그러니 흘리고 간 복권을 제발 돌려…… 주세요."

선녀는 자꾸만 작아지는 목소리를 억지로 키웠다. 미쳤었지. 미쳤었어. 왜 하필 그걸 주고 나왔을까? 이렇게 구차스럽게 돌려달라고 사정해야 하다니. 이 사람이 끝내 안 돌려준다면 어쩌나? 고소라도 해야 하는 건가? 그럼 받아낼 수는 있는 건가? 그런 일은 제발 없었으면 좋겠는데. 제발 돌려주었으면. 당신은 돈도 많아 보이잖아. 그러니 제발, 제발……. 두 손만 모으지 않았지 선녀의 간곡함은 기도하는 수준이 돼버렸다.

"대체 복권이 얼마에 맞은 거요?"

헉! 눈치는. 맞은 걸 알았던 건가?

얼굴빛이 변하는 선녀를 보더니 남자가 실소를 터뜨렸다.

"맞은 것이 맞군."

아, 난 바보였구나. 넘겨짚은 거였다! 이럴 수가. 아무래도 이제 복권을 찾긴 틀린 것이 아닐까?

"그 복권이……."

얼굴이 붉어졌다 파래졌다 하는 선녀를 바라보며 남자가 막 입을 열려고 할 때 노크 소리와 함께 아까 이곳으로 선녀를 안내해 준 여직원이 차를 가지고 들어왔다. 여직원이 커피잔을 선녀 앞에 놓은 뒤 로또에겐 녹차잔을 내려놓고 나갔다.

"대체 몇 등에 맞은 거지? 응?"

"1, 1등이요."

금방이라도 확인해 볼 수 있는 것이니 거짓말을 한다는 자체가 어리석은 일일 것이다. 어쩌면 이미 1등에 당첨된 것을 알고 있는지도 모르는데.

"정말?"

남자의 음성에 놀라움이 가득했다.

"번개에 맞을 확률보다 더 어려운 1등이라고? 진짜?"

이 남자는 당첨 자체를 몰랐었구나. 후아. 어째 얘기가 어려워질 것 같다.

"그러니까 돌려주시면……."

남자가 거절할까 봐 선녀는 재빨리 말을 이었다.

"뚝 잘라서 반 드릴게요."

"내가 왜? 그냥 혼자 다 가질 수 있는 걸 왜 반만 가져야 하지?"

"안 돌려준다는 거예요? 지금?"

내가 그거 못 돌려받으면 너 죽고 나 죽을 거야. 반을 주겠다는 것도 얼마나 가슴 쓰라린 일인데.

날카롭게 쏘아보았지만 남자의 눈빛과 마주친 순간 깨갱 꼬리를 내리고 선녀의 눈은 바닥으로 향했다.

"송선녀 씨. 몇 살입니까?"

"왜요?"

"복권 돌려받기 싫어요?"

"서른 살이에요. 만으로 스물아홉."

복권을 돌려받기 위해서 고분고분 나이를 말하자 로또가 피식 웃었다.

"당첨금은 얼마?"

"제겐 많은 액수예요."

"그럼 내게도 많겠군."

선녀가 대답을 하지 않자 로또가 컴퓨터를 향해 고개를 숙이고 자판을 두드리기 시작했다.

"오! 이거 대단하군. 1, 2, 5, 6, 9, 10. 확실하군. 이런 번호가 당첨되려나 했더니 되기도 되는군. 당첨금이……. 이 금액도 대단한데?"

금방이라도 휘파람이 터져 나올 것처럼 남자의 말투였다. 조금 전까지의 무게가 사라진 장난기 가득한 표정이었다.

"하룻밤에 이 정도 수입이면 괜찮은데?"

선녀는 눈앞이 캄캄해졌다. 남자의 태도에 온몸의 기운이 쫙 빠져나갔다. 아무래도 돌려받긴 틀린 것 같았다. 순순히 돌려줄 거면 벌써 줬지, 이렇게 뱅뱅 사람을 약 올리진 않을 거야.

서라벌 달 밝은 밤에 밤늦도록 노닐다가 들어와 자리를 보니 다리가 넷이구나. 아니, 아니, 맨 마지막 구절이지.

본디 내 것이지만 빼앗긴 것을 어찌하리. 그렇게 천 년이 훨씬 넘는 과거 시대에도 빼앗긴 것은 남의 것이라고 했어. 그러니 포기해. 구차스럽지 않게.

아주 어렵게 마음먹자마자 마음속에서 벼락 치는 고함이 터져 나왔다.

말도 안 돼. 절대로 포기 못해. 제발 돌려달라고 무릎이라도 꿇어.

선녀는 로또의 멱살을 쥐고 목을 흔들어서라도 복권을 받아낼지 아니면 바짓단이라도 잡고 로또를 돌려달라고 사정해야 할지 하는 갈등에 휩싸였다.

아무래도 폭력보다는 먼저 사정부터 해야겠지? 하지만…… 들어와서 계속 돌려달라고 사정했잖아. 대체 얼마나 더 사정을 해야 해?

줄 때까지 매달려. 뭔들 못하겠니. 그래, 돈이 얼만데. 뭔들 못하겠어.

"송선녀 씨. 이상준 씨완 어떤 사이지?"

갑자기 남자의 입에서 나온 상준이란 이름에 선녀는 불쾌해졌다.

'뭔 상관이야?'

쏘아붙이려다 지금은 비위를 거스를 필요가 없다는 생각에 대신 침만 꼴깍 삼켰다.

"중학교 동창이에요. 고등학교도 같이 다녔고."

"애인은 아니고?"

"아니에요."

아주 확실하게 대답했다. 아마도 들어오기 전에 상준과 대화를 나누지 않았더라면 이렇게 강력하게 부정하진 못했을 것이다. 아무리 아니라고 해도 조금 전까진 그래도 상준에게 미련이 남아 있었던 건 사실이니까.

"절대로?"

"절대로요!"

장난기를 걸은 눈으로 남자가 빤히 선녀를 바라보았다. 뭘 캐고 싶어서 그래? 선녀도 남자를 마주 바라보았다. 둘의 눈길이 눈싸움을 하는 것처럼 허공에서 강하게 부딪쳤다.

"복권은 돌려주겠어."

"정말이세요?"

잘못 듣진 않았겠지? 믿어지지 않아서 잠시 멍했다가 선녀는 확 웃고 말았다. 이 사람은 인간이 아니다. 천사다. 성인이다. 감격의 물결이 온몸에 젖어들었다. 하지만 간과했다, 한국말은 끝까지 들어야 한다는 것을.

"공짜론 말고."

누굴 놀리냐? 그럼 그렇지, 그 돈을 순순히 내놓는다는 것부터가 어째 좀 이상했다. 아니할 말로 만일 입장이 바뀌어서 그녀가 다른 사람에게 받은 복권을 손에 쥐고 있다가 1등인 것을 알았을 때 그걸 쉽게 돌려줄 수 있었을까? 생각하니 대답이 나왔다.

어렵겠지. 아니, 안 돌려준다. 절대로.

그게 몇십 몇백만이라면 눈 딱 감고 돌려주겠지만 이렇게 생각도 하기 힘든 거액인 경우라면 얘기가 달랐다.

"공짜로 줄 수 없다면요? 뭘 어떡하면 돌려주겠어요?"

결국 타협하는 말투가 돼버렸다.

"내가 화대로 이것을 받았을 때는 선녀 씨를 그만큼 만족을 시켰기 때문이겠지? 그럼 공평하게 선녀 씨가 나를 만족시키면 되지 않을까? 아, 원래 다시 돌려받는 것엔 프리미엄이란 것이 붙으니 선녀 씨가 만족했던 것보다 두 배로 더 나를 만족시켜야겠네?"

나를 얼마나 만족시켰는지 네가 알아? 그건 며느리도 모르는 거야. 게다가 자꾸 화대, 화대 하는데 자꾸 그러면 화대 준 사람 기분 나쁘다고.

눈에선 노여움이 뚝뚝 떨어져 내렸지만 참자, 참아. 자신을 진정시키며 속 썩이는 작가를 만났을 때 쓰는 말투로 선녀가 단호하게 말했다.

"자꾸 이상하게 말씀하시는데, 그쪽이 지골로도 아니고 제가 바람난 여자도 아닌데 남자를 사기 위해 돈을 쓰겠습니까? 그러니 화대라는 말을 쓰는 것은 좀 그렇군요. 게다가 전 그걸 흘렸지 절대로 화대로 준 적은 없습니다."

"그럼 더 이상 할 말 없군. 내가 가진 것은 화대로 받은 복권뿐이니 선녀 씨가 흘린 복권은 호텔로 가서 잘 찾아봐요."

"그쪽이 가진 것이 제가 흘린 복권이거든요?"

"그건 니 생각이고."

"뭐라고욧?"

"라고 말하고 싶군."

선녀가 탁자를 힘껏 움켜쥐었다. 정말이지 복권이고 뭐고 다 내던지고 이 뺀질뺀질한 남자의 머리를 한 대 후려쳤으면 원이 없겠다.

"너 정말 재수없다."

"응?"

"이게 내 생각이에요."

선녀는 이를 악물었다.

"라고 말하고 싶군요."

갑자기 남자가 큰 소리로 웃기 시작했다. 그야말로 박장대소였다. 남은 약이 올라 얼굴이 빨개진 채 손을 덜덜 떨고 있는데 무엇이 그리 재미있는지 정신없이 웃어댔다. 느닷없는 남자의 웃음을 갑자기 들어온 문자알림음이 그치게 만들었다. 전화기를 들어 확인한 남자의 표정이 묘하게 변했다.

"복권은 돌려주겠어."

정말?

선녀는 믿을 수 없는 말에 두 눈을 휘둥그레 떴다. 주지 않을 것처럼 열심히 약을 올리던 남자가 인상 한 번 쓰고 심한 말 한마디에 마음을 돌리다니. 이럴 줄 알았으면 진즉에 욕을 할 것을 그랬나 보다.

"당분간 내 여자가 돼준다면."

지금 들은 말, 잘못 들은 것은 아니겠지?

내 여자?

글로 읽는 것과 귀로 듣는 것은 이리도 차이가 많구나.

글로 읽을 때와 달리 직접 듣는 내 여자라는 표현은 상당히 외설스러웠다.

이거 참 로맨스 돋네.

선녀는 장르소설을 출판하는 출판사의 로맨스파트에서 일을 하고 있었다. 그러니 이런 상황에 대해선 아주 익숙했다. 계약결혼이나 계약연인의 설정은 로맨스의 한 축이라 할 만큼 작가들이 즐겨 쓰는 소재였다.

리뷰를 보는 것이 선녀의 주요업무인지라 계약에 대한 설정의 글을 정말 많이도 접했다. 오죽하면 이젠 그런 일이 현실에서 흔히 일어날 수 있다는 생각까지 하고 있을까. 하지만 막상 자신에게 일어나자 선녀의 어안은 벙벙해졌다. 하지만 지금은 일단 돌려받는 것이 우선이었다.

"좋아요. 복권을 주세요."

순순히 응할 것 같지 않던 여자가 결국 그의 제안을 받아들였다. 너무도 쉽게 받아들인 선녀에게 도훈은 조금 황당했다. 그것은 호텔에서 눈떠 자신의 전화기 아래에 놓여 있는 복권 두 장을 발견했을 때의 느꼈던 황당함과 아주 비슷했다.

그날 실연을 했다고 했었지?

어둡고 화가 난, 쓸쓸해 보이던 그때의 표정과 지금의 선녀의 모습은 너무도 달랐다.

바라는 것은 딱 하나, 로또뿐이라고 분명히 말하고 있는 선녀의 얼굴을 보면서 도훈은 씁쓸해졌다. 돈이 그렇게 좋을까? 약간의 경멸감이 드는 것은 어쩔 수 없었다. 하긴 이 여잔 이름만 선녀지. 이런 여자에게 무엇을 더 바라? 어차피 여자들은 다 똑같은데.

"계약서를 쓸까?"

"계약서요?"

"거래 아닌가?"

도훈이 A4 용지를 내밀어 선녀는 순순히 받아 들었다.

"뭐라고 쓰죠?"

"복권을 돌려받는 조건으로 당분간 언제 어디서든 내 여자가 된다."

후!

보일 듯 말 듯 약한 한숨을 쉰 선녀가 핸드백에서 펜을 꺼내 들었다.

"정도훈이야."

"네?"

"내 이름 말이야. 계약당사자의 이름은 써야 할 것 아닌가?"

선녀는 계약서를 적어 내려가기 시작했다. 그동안 작가와 계약한 게 얼마인가. 계약서라면 익숙했다.

"여기요."

선녀가 내민 계약서를 받아 들고 읽은 뒤 도훈이 다시 내밀었다.

"주민등록번호하고 지장."

선녀가 자신의 이름 옆에 주민등록번호를 쓰고 지장을 찍자 도훈이 자신의 주민번호를 불러주었다. 그걸 받아 적은 뒤 내밀자 도훈이 받아 들었다.

"주민등록증."

"왜요?"

"맞는지 확인해야 하니까."

아! 정말.

선녀는 몸을 부르르 떨었다. 생긴 것은 안 그런데 참 꼼꼼히도 챙긴다.

선녀가 내민 주민등록증과 계약서를 대조한 뒤 돌려주며 도훈이 눈썹 올리고 입가 올리는 웃음을 웃었다.

"곧 서른 살 생일이 되네? 스물아홉의 선녀님."

그래서 뭐 내가 나이 먹는데 보태준 것 있어?

하지만 선녀는 이 말도 역시 하지 못했다. 아직 복권을 받아내지 못한 약한 자니까.

"이제 로또를 주시죠."

도훈을 향해 말하는 선녀의 목소리는 앵돌아져 있었다.

도훈이 검은빛의 프라다 지갑을 순순히 꺼내 들었다.

오오, 정말 꺼낸다. 순간 선녀의 맥이 다 풀려 버렸다. 남자의 다음 말이 나오지 않았으면 풀썩 주저앉았을지도 모른다.

"솔직히 아깝다는 생각이 드는군."

언제부턴가 싹둑 말을 자르고 있는 남자의 말에 선녀는 부들부들 떨었다.

그렇다고 마음 변하면 안 돼. 절대 안 돼. 어서 내놔. 주기만 해.

받기만 하면 송선녀의 인생은 이름 그대로 구름 위로 올라간 선녀가 될 것이다.

"결코 작은 돈은 아닌데."

음성에 섞인 아쉬움이 진짜다. 작은 돈이 아니니까 내가 이런 웃기는 계약서를 쓴 거잖아.

선녀는 재빨리 도훈의 손에서 로또를 가로챘다.

뭐야. 이거 내가 준 거 아니잖아. 아니, 그녀가 준 것이 맞나 보다. 다만 그 웃기는 숫자. 1, 2, 5, 6, 9, 10의 로또가 아닌 다른 한 장이었다.

선녀의 손이 부들부들 떨렸다.

"뭐예요?"

"당신이 내게 준 거잖아."

"저 두 장 흘렸거든요?"

"그랬어?"

도훈이 눈을 굴리더니 어깨를 으쓱 올렸다.

"그럼 한 장은 어디에 있지? 어디다 뒀는지 통 생각이 안 나네?"

사실 도훈은 지갑을 열고서야 로또가 두 장이었다는 것을 생각해 냈다. 그 순간 장난기가 발동돼 슬쩍 당첨번호가 아닌 다른 것을 꺼내 들었던 것이다.

"이봐요, 정도훈 씨."

"네, 송선녀 씨."

빙글거리는 도훈의 대답에 마침내 선녀의 분노가 폭발하고 말았다.

"정말……."

명대로 살고 싶습니까? 아니면 이대로 죽고 싶습니까?

죽을 수 있는 수많은 방법을 전부 말해준 뒤 그중에서 고르라고 하고 싶었다. 고른 대로 얼마든지 죽여줄 수 있을 것 같았다.

"생각이 안 나세요?"

"응, 안 나는데?"

"생각이 나게 도와드릴까요?"

"응?"

주먹에 잔뜩 독을 넣어서 그대로 날려 버렸다. 퍽. 너무도 정확하게 도훈의 왼쪽 눈에 선녀의 주먹이 날아갔다. 선녀는 자신이 쓴 계약서를 잡아채 쫙쫙 찢었다. 나쁜 놈의 자식, 말로 해선 안 된다 이거지? 법의 힘이든 암흑의 힘이든 무엇을 빌려서라도 그 복권을 반드시 탈취할 테다.

## 4. 선녀, 계약을 하다

주먹으로 사람을 때리다니 이건 선녀답지 못한 행동 아닌가. 맹세코 선녀는 사람을 때려본 적이 없었다. 이런 일은 처음이었다. 사람에게 주먹질이라니. 누가 큰소리만 질러도 겁을 내는 심약한 성격의 선녀는 생각도 못한 짓을 저지른 거였다.

하지만 말이지, 이놈의 인간이 사람 약을 이렇게 올리는데 어떻게 참겠어?

이 인간은 상대의 속을 뒤집는 데 천부적인 소질을 타고난 것이 분명했다. 그렇지 않고서야 화 잘 안 내는 선녀를 이렇게 만들지는 못했을 테니까.

내가 왜 조폭을 아빠로 두지 못했을까?

선녀는 핸드백을 집어 들고 팽 돌아섰다. 두 걸음도 떼지 않았는데 웃음기 섞인 도훈의 목소리가 발을 잡았다.

"효과 만점인데. 복권이 어디에 있는지 생각났어."

순간 선녀는 후딱 돌아섰다. 깨갱 꼬리를 내리고 그녀가 낼 수 있는 가장 상냥한 음성으로 말하기 시작했다.

"진작 생각을 했으면 좋았잖……. 아, 저 미안해요."

말끝이 흐려지면서 선녀는 사과를 해야 했다. 도훈의 눈이 붉게 부어오르고 있었다. 퍽 하고 주먹에 닿는 감각이 묵직하더니 제대로 들어갔나 보다.

저걸 어째야 하나. 조금만 참을걸. 순식간에 부어오른 눈을 보니 폭행사범으로 들어간대도 변명의 여지가 없을 것 같았다.

"복권, 집에 있어. 찾아서 돌려주겠어."

남자의 눈은, 마치 순순히 돌려줄 것 같아? 하고 웃는 것처럼 보였다. 아니겠지? 내 생각만 그런 거겠지? 남자의 지갑을 뺏어 살펴볼 수만 있다면 얼마나 좋을까?

안 돼, 지금 당장 주세요, 소리를 지르고 싶었지만 돌아가는 상황을 보니 그저 고개를 끄떡일 수밖에 없었다.

"때…… 린 것은 ……미안해요. 그럼 꼭 전화주세요."

"갈려고?"

"네, 저 일하다 와서……."

"직장이 이 근처?"

"네. 멀지 않아요."

"바래다줄까?"

"아니옷. 아니에요. 그냥 갈게요."

지금 선녀에게 가장 필요한 것은 혼자서 생각할 공간이었다. 작금의 사태에 대해서 냉철한 분석을 할 필요가 있고 향후의 전망에 대한 계획을 세워야 했다. 시퍼런 눈두덩을 한 도훈과 같이 다닐 생각 같은 것은 지금으로선 요만큼도 없었다.

선녀는 급히 도훈에게 인사를 하고 사무실을 빠져나왔다. 문을 열고 나오는 것만으로도 살 것 같았다. 일시에 긴장이 풀어지자 후와 한숨이 절로 나왔다.

"얘기 끝났어?"

"헉!"

지은 죄도 없는데 새가슴이 돼버렸나 보다. 그녀를 기다리고 있던 것처럼 보이는 상준의 모습에 선녀의 가슴은 철렁 내려앉았다.

"뭐야. 놀라서……."

없는 애도 떨어질 뻔했다.

"대체 무슨 일로 우리 팀장을 만나러 왔어?"

"무슨 일이든!"

"대체 우리 팀장을 어떻게 알고 있는 거야?"

"어떻게 알든!"

"송선녀!"

선녀는 사무실 사람들의 모아지는 시선에 부담을 느껴 재빨리 출입구로 향했다.

"그럼 수고하세요."

나가기 전 사무실 사람을 향해 고개를 숙여 보였다. 복도로 나오자 따라 나온 상준이 선녀의 팔을 잡았다.

“너 왜 이래?”

“뭐가?”

“지금 너 이상해. 변했어.”

변하긴 누가! 단지 지금은 경황이 없을 뿐인데.

“내가 아는 송선녀가 아니야. 지금의 너는.”

“그게 무슨 소리야?”

“왠지 낯설어. 늘 다정하고 친절했던 여자친구에게 갑자기 버림받은 것 같아, 지금 내 기분은.”

상처가 내비치는 상준의 얼굴이 선녀의 말문을 막아버렸다.

“내 프러포즈를 거절한 이유가 저 잘난 팀장 때문인 거니?”

“말, 말도 안 돼.”

“그러면 왜 이리 변했어? 송선녀라면 설사 내 프러포즈를 거절한다 해도 이런 식으로 하진 않을 것이라 생각했는데? 널 아주 따뜻한 여자라고 생각했는데 내 착각이었어?”

아니, 그건 지금 내가 경황이 없어서…….

“너는 분명히 나를 좋아했어. 안 그래? 설마 송선녀가 나를 좋아했다고 생각했던 것이 나만의 착각이었어?”

“그것은…….”

“그랬니?”

대답을 하지 못하는 선녀를 바라보다 상준이 쓰게 웃었다.

“하, 나도 참. 그 오랜 시간 착각을 믿고 있었다니…….”

쿡, 상준의 웃음이 왠지 공허했다.

“가라, 다음에 보자. 다음에…….”

상준의 말은 어쩐지 다음엔 안 보겠다는 것같이 선녀에게 들려왔다.

애 또 사라지는 건가? 그 옛날 전학을 갔다면서 인사도 없이 눈앞에서 자취를 감췄던 것처럼? 에이, 아니겠지? 하루아침에 직장을 그만두고 사라지기야 하겠어?

"이상준."

"가. 나 일이 밀려 있어."

상준이 들어간 문을 바라보며 잠시 서 있다가 선녀는 몸을 돌렸다.

어쨌든 지금은…… 상준의 일보다 급한 일이 있어. 로또를 찾는 일이 제일 급해.


사무실에 도착하기 전에 후회가 일기 시작했다. 도훈은 찾아서 돌려주겠다고 했지만 정말 주기 전까지는 그 말을 믿을 수가 없는 것 아닌가. 게다가 나중에라도 그녀가 주먹질한 것을 괘씸하게 생각해서 마음을 바꾼다면?

당장 집으로 가서 찾아주세요라고 했어야 했나? 별의별 생각이 다 났다. 무엇보다 이렇게 순순히 그냥 물러 나온 것이 너무 바보 같았다. 안 돌려주면 어쩌나?

"아, 정말. 너 그 복권 순순히 돌려주지 않으면 내 손에 죽었어!"

뒤늦은 후회로 낙심하면서도 선녀는 버럭 소리를 지르고 말았다. 정말 그냥 두지 않을 거다.

있는 힘껏 사무실 문을 열고 들어서던 선녀는 자리를 지키고 있던 김 실장을 보고는 그만 아차 했다.

"송선녀!"

김 실장의 우레와 같은 고함이 달려들었다.

"이 바쁜데 니 뭐하고 다니는 거냐?"

경상도 사나이, 아니, 아저씨, 아니, 할아버지인가? 오십이 다 된 김 실장의 성질은 좀 그렇다.

"점심시간도 되기 전에 나갔으면서 이제 들어와? 지금 시간이 몇 시냐? 오늘 인쇄소에 넘길 봄꽃 원고 다 끝냈냐?"

이놈의 출판사, 내가 로또만 찾으면 그날로 안녕이다. 저 김 실장 보기 싫어서라도. 부하의 자존심 같은 것은 눈곱만큼도 생각해 주지 않는 상사가 김 실장이었다. 초등학생도 아닌데 잘못 저지른 아이를 야단치는 담임처럼 자기 기분따라 저렇게 고함을 쳐서 자존심을 박박 긁는 것을 예사로 했다.

"아니요. 나 작가에게서 최후 수정본이 아직 안 넘어왔어요."

"잘한다. 그럼 작가 목을 졸라서라도 받아내 어서 검토해서 넘겨야지 그렇다고 탱자탱자 놀고 있어? 이러다 스케줄 펑크나면 책임질래?"

"목을 조른다고 말을 들을 작가던가요? 나 작가가."

"말을 듣게 해야지. 그렇다고 손 놓고 놀러 다녀? 너 짤리고 싶냐?"

"그러시든지요."

로또만 찾으면 이제 목구멍이 포도청이 아니란 말입니다. 화가 나면 나도 출판사 확 차려 버릴 수도 있다고요.

정인이 툭 선녀의 팔을 쳤다. 그만 참으라는 신호에 선녀는 자신의 대꾸가 지나쳐 버렸음을 뒤늦게 깨달았다. 선녀는 아차 싶어 얼른 사과했다.

"죄송합니다."

생전 처음 보는 선녀의 태도에 김 실장이 눈을 좁혀 떴다.

"송선녀, 너 뭐 잘못 먹었니?"

먹긴 뭘 먹었다고. 아직 점심도 못 먹었는데.

"아니면, 로또라도 맞았나? 그래서 이런 직장 따위 우습게 생각하나?"

힉! 귀신이다.

"그런 거 아니면 정신 차려 일해라. 요즘 같은 불경기에 직장 잡기 힘들다."

아, 예에.

"선녀 씨, 전투게이지 만땅이네? 실장님 저런 얼굴 처음 봤어."

정인의 속삭임에 그저 빙긋이 웃어주고 컴퓨터의 접속을 시도한 뒤 선녀가 전화기를 집어 들었다.

"작가님. 고려출판사예요. 아직 수정본 다 못 보셨어요? 얼마나 보셨어요?"


간신히 일을 끝내고 보니 6시가 지나 있었다. 선녀는 책상을 정리하기 시작했다.

"봄꽃은 아직이야?"

"조금 전에 전화 왔는데 아직 다 못 봤다고 자정까지 해 보내준

대. 오늘 또 밤을 새야 할 것 같아.”

퇴근시간은 지났는데 아직 아무도 퇴근할 엄두를 내지 못하고 있었다. 선녀는 일어서서 김 실장을 향해 말했다.

“저 먼저 들어갈게요. 봄꽃 자정까지 보낸다니까 그거 받아서 밤새서라도 확인할게요.”

“너, 오늘…….”

“밤새서 한다고요.”

김 실장이 뭐라고 한마디 하려 했지만 선녀는 너무 피곤해서 더 이상 앉아 있기가 힘이 들었다.

“알았다. 먼저 가라. 근데 말이다. 송선녀.”

“왜요?”

“정말 오늘 뭐 잘못 먹은 거 아니냐?”

점심시간 이후로 가시가 돋은 것 같은 선녀의 태도가 이상해서 계속 흘끔거리던 김 실장이 끝내 선녀에게 물어왔다.

나 같은 일 당해봐요, 안 그러겠나.

“먼저 가볼게요, 죄송해요.”

바깥으로 나오니 어둠이 깔리고 있었다.

선녀는 망설이다가 전화기를 꺼내 들었다. 상준의 전화번호를 누르려다 그만두었다. 상준에게 전화를 걸어 네 팀장 전화번호 좀 알려줘라고 물어볼 생각을 하니 어쩐지 좀 그랬다.

‘아, 난 정말 바보야.’

흥분을 해서 뛰어나오느라고 자신의 전화번호도 알려주지 않고 상대의 전화번호도 챙기지 않았다니 정말 얼마나 바보 같은지.

걷는 것이 귀찮아 택시를 잡아 타 집으로 돌아온 선녀는 침대 위로 풀썩 몸을 날렸다.

아, 아. 정말 오늘은 엄청난 날이었어.

그녀에게 그런 폭력성이 있는지 또 그토록 욱하는 성격이 있는지 처음 깨달은 날이었다. 늘, 넌 진짜 선녀인가 보다. 참 착하구나 하는 소리를 듣고 살아온 선녀였다. 극성맞은 것도 없고 남들보다 욕심도 적고 거기다 친절하고 부드러운 성품이어서 다들 그렇게 말해주었다. 성격 참 좋다는 말을 누구에게나 듣고 자랐다. 그랬는데.

"야, 정도훈, 이 나쁜 자식아."

사람의 약을 그렇게 올리다니 넌 사람도 아니다.


귀가 가렵네?

안전벨트를 푼 도훈이 새끼손가락을 귀에 넣었다. 재채기도 나오지 않는데 귓속이 간질간질했다.

누가 또 내 욕을 하고 있군.

일을 한 지 벌써 3년이나 지났는데 아직도 사람들은 정도훈이 변했다는 것을 인정하지 않고 툭하면 씹어댔다.

긴머리를 자르고 노랗게 물들인 것을 검은색으로 되돌리고 양복을 입은 순간부터 친구들은 너 왜 그러냐고 기절들을 했다. 그뿐인가? 저놈이 언제까지나 갈지 두고 본다고 아예 내기까지 했다. 네 형과 아버지에게 드디어 무릎 꿇었구나 하면서 놀려도 댔다.

친구들의 말이 조금 들어맞긴 했지만 도훈이 그때 일을 하라는 형 도준의 말에 순순히 그런다고 한 것은 그 무렵 노는 것이 슬슬 지겨워지기 시작해서였다. 노는 것의 패턴은 늘 비슷했다. 시간을 죽이고 낄낄대면서 돈을 써대는 것, 그래서 남들 눈에 한심스럽게만 보이는 것이 그 무렵에는 슬슬 싫어지기 시작했다. 그래서 일을 하겠다고 한 것이었다.

"작은아들."

김 여사가 다가오고 그보다 먼저 어머니가 키우는 푸들인 해리가 달려와 도훈의 발밑을 뱅뱅 돌았다.

"어디 보자. 사흘 만인가? 우리 보는 것?"

김 여사가 우아하게 레이스장갑을 낀 손으로 도훈의 등을 토닥거렸다. 형이 결혼한 뒤 도훈은 독립을 했다. 집 넓은데 왜 나가 살려고 하느냐고 김 여사가 반대했지만, 이제 정신을 차렸다는 것을 인정했는지 그동안 절대 독립 못 시킨다 하고 반대하던 아버지와 형이 수락을 해줬다. 그래서 일산의 오피스텔을 사 그리로 들어갔는데 사실 말만 독립이었다. 김 여사 때문에 일주일에 서너 번씩 본가로 퇴근해 같이 저녁을 먹어야 했다. 이틀만 본가로 안 와도 너 왜 안 왔어? 하고 득달같이 전화를 하는 김 여사였다.

"보고 싶었다. 아들아."

"나흘 만입니다. 늘 아름다우신 우리 엄마마마. 세상 사시는 것이 재미있으신가 보네요. 날짜 가는 줄도 모르시고."

"나흘이었어? 어머 그렇구나. 나흘 만이구나."

"그동안 뭘 하시느라고 시간 가는 것도 모르신 거예요?"

"수라랑 요즘 색종이공예 배우러 다녀."

"색종이공예요?"

"응, 나중에 수라가 아기 낳으면 접어주려고."

며느리 데리고 놀러 다니는 것이 재미있는지 김 여사의 눈이 반짝반짝했다.

"잘 있었니? 해리야? 오빠 보고 싶었니?"

멍멍멍, 와르르르. 해리가 하소연하고 싶은 것이 많은 모양이었다. 집안의 귀여움을 독차지하고 있다가 형수에게 그 자리를 빼앗긴 뒤로는 도훈만 보면 이렇게 난리를 한다. 아마도 역성을 들어달라는 것이겠지.

"해리야, 이제 너도 개 나이로 아줌마 반열에 들어섰으니 이제 개생에 대해선 뭔가 알 것 아니니. 세상 살아가는 게 편하려면 포기할 것은 얼른 포기해야 하느니. 명심하거라."

"그런데, 아들 눈이 왜 그래? 멍 든 것은 아니지?"

"아, 이거요, 제 코디네이터가 오늘 새 유행이라고 해주던데요."

"아들 코디네이터도 뒀어? 언제부터?"

농담을 진담으로 받아들이는 김 여사에게 도훈은 그저 웃을 수밖에 없었다.

해리를 안고 집 안으로 들어가자 형수 수라가 주방에서 달려나왔다.

"어서 오세요."

"저 왔어요."

"어, 왔니. 오늘은 빠르구나."

뭐 아버지나 형만큼 빠르겠습니까? 도훈은 피식 웃었다. 아버지 정 회장이나 도준은 퇴근하면 집으로 달려가는 것으로 유명했다.

"자, 우리 저녁 먹자, 수라야, 저녁 다 됐니?"

"네. 식당으로 가세요."

식당에 들어가 자리에 앉자 처음 들어올 때부터 도훈의 퍼런 눈두덩을 보고 묻고 싶었던 정 회장이 마침내 한마디 했다.

"그런데 눈은 어쩌다 그런 거야?"

"아, 이거요. 제 코디네이터가……."

"정도훈."

어머니는 농담을 진담으로 듣지만 아버진 농담을 아예 들을 생각도 안 한다.

"그냥 좀 다쳤어요. 부딪쳤어요."

"그거……."

도준이 말끝을 흐렸다. 도훈은 형이 무슨 말을 하려는지 이내 눈치챘다. 도훈은 자신을 살피고 있는 형에게 걱정 말라고 슬쩍 미소를 보냈다. 무슨 말을 하려는지 충분히 알 수 있었다. 예전에 실연을 당한 뒤 공연히 지나가던 젊은 애들에게 싸움을 걸어 눈이 시퍼렇게 되도록 얻어맞은 적이 있었다. 도준이 자신이 또 실연을 당했다고 생각하는 것 같아 도훈은 서둘러 부정했다.

"아냐, 상관없는 일이야."

"그럼 됐다."

"너희들 말하는 것은 하나도 알아들을 수가 없어. 비밀 얘기 하는 것 같아. 그런 거니?"

"아니요, 비밀은요. 그냥 일 얘기 했어요. 수라야, 나 물 좀."

수라가 일어서자 정 회장이 도준을 거들어 주위를 돌리려는지 김 여사에게 말을 했다.

"오늘 낙지볶음이 맛있구나. 임자가 했어?"

"네. 수라하고 아줌마의 도움도 받았지만요."

김 여사가 한 것은 낙지를 보고 소리를 지른 게 다였다.

'살아 있네요. 어머니, 한 마리만 회로 먹을까요?'

회는 좋아하지만 산낙지는 먹지 않는 김 여사는 수라와 도우미 아줌마가 낙지 한 마리를 토막 내서 소금기름장에 찍어 먹는 것을 보고는 몸서리를 쳐댔다.

'어머님은 안 드셔요?'

'난 산낙지는 못 먹어. 만지는 것도 못해.'

그래 놓고는 낙지볶음을 혼자 다 한 것처럼 김 여사가 생색을 냈다.

식사가 거의 끝날 때쯤 부릉, 주머니 속에 든 휴대전화가 떨렸다. 전화기를 꺼내 문자를 확인한 도훈은 지그시 이를 악물었다. 그레이스의 문자였다.

―파티에 늦으면 후회할 거야.

입맛이 뚝 떨어진 도훈이 수저를 내려놓았다. 도준이 눈으로 무슨 일이냐고 물어왔다.

"별것 아냐."

정말 별것은 아니었다. 단지 진저리나는 사랑이 주는 독한 상채기일 뿐.

그레이스는 지금 그에게 게임을 걸어온 것이다.

'나, 약혼해.'

그레이스는 그 말을 하며 도훈의 의중을 읽으려는 듯 빤히 그를 바라보았다. 그 순간 자신의 속내를 도훈이 읽었다는 것을 알지 못했다. 그녀는 너무도 세속적이었다. 약혼한다는 말에 도훈이 질투하길 바라는 그레이스의 마음까지는 그런대로 이해했다. 참 속물스러웠지만 그것은 도훈에게 그다지 큰 문제가 되지 않았다. 도훈은 모든 인간은 다 속물스럽다는 것을 아주 잘 알고 있었고 자신도 속물 속의 한 부분으로 안주하고 싶었다. 하지만 지금 그레이스가 하는 것은 교활한 게임이었다. 속물스러운 것과 교활한 것은 얘기가 달랐다.

'임신했거든.'

여신 같은 미모로 세상 모든 남자를 조종할 수 있다고 생각하는 그레이스는 마음대로 되지 않는 도훈에게 발끈 화가 난 것이 틀림없었다.

도훈은 그레이스를 임신시키지 않았다. 그렇다면 그레이스는 그와 만나는 동안, 그에게 사랑한다고 속삭이면서 다른 남자를 만났다는 말을 하는 것이다. 그런데도 그레이스의 눈엔 아무런 죄의식이나 미안한 감정이 없었다. 단지 그의 반응을 살피느라 교활하게 빛날 뿐이었다.

"커피 드실 거죠?"

간신히 식사가 끝나기를 기다리며 앉았던 도훈은 수라의 말에 자리에서 일어섰다.

"난 그만 가보겠습니다. 좀 피곤해요. 형수, 커피는 다음에 올 때 사발에 하나 가득 줘요."

예민한 그의 촉이 식구들이 무슨 생각을 하며 뭘 걱정하는지 전부 읽어냈지만 도훈은 자신을 걱정스럽게 보는 식구들의 시선을 모르는 척했다.

"가서 목욕하고 내일 아침까지 잘 거니까 아무도 내게 전화나 문자 같은 것 하지 말아요."

아무도 없는 그만의 공간에서 아무 생각 없이 마시고 잠자고 싶을 뿐이었다.


피곤하다.

아무것도 하기 싫어서 천장만 멍하니 올려다보던 선녀는 문뜩 아까부터 전화벨이 울리고 있다는 것을 깨달았다.

귀찮아.

웬만하면 그냥 끊고 말 것이지 누군지 참 끈질기기도 하다. 끊어졌다 다시 걸리고 다시 끊어졌다 걸려오는 전화벨 소리에 마침내 선녀는 손을 뻗었다.

"진이? 미안해, 나 화장실에 있었어."

누워 있다는 것을 알리지 않으려고 선녀는 목소리를 일부러 한 톤 올렸다.

[선냐…….]

"너, 목소리가 왜 그래?"

[내 사랑, 선냐.]

진이의 말투는 살짝 혀가 꼬이고 있었다.

"진이야, 혹시 술 마셨어?"

[응, 죽으려고 마셨는데 젠장, 안 죽어지네?]

"너 지금 어디에 있어?"

[응? 나, 지이입.]

"꼼짝 말고 있어, 곧 갈 테니까."

벌떡 일어난 선녀는 가방을 움켜쥐고 그 길로 진이에게 달려갔다. 상준과 정반대 방향이지만 진이 사는 곳도 선녀의 집에서 두 블록 떨어진 곳이었다. 원룸에 사는 선녀와 달리 진이는 오피스텔에서 살고 있었다.

벨을 누르자 문을 열어준 것은 설희였다. 진이가 선녀에게만 전화를 한 것이 아닌 모양이었다.

"어서 와라. 진이 전화 받고 달려왔구나."

"어, 너도 진이 전화 받고 왔어?"

"나뿐이겠니? 저 망할 것이 인경이까지 불렀다."

"인경이도 왔어? 현이는 어쩌고?"

"죽는다 어쩐다 하니까 놀래서 현이를 남편 불러 맡기고 뛰어왔단다. 지금 뿔이 잔뜩 나서 진이 죽이고 있잖아."

안으로 들어서자 욕실에서 진이와 인경이 떠드는 소리가 왕왕 울려 나왔다. 문을 여니 인경이가 진이를 붙잡고 샤워기 밑에서 머리를 감기고 있었다.

"이것 놓으라니까, 야! 오인경, 너 죽을래?"

"주정뱅인 가만히 있으라고 했지."

"술 다 깼단 말이야. 이 원수야!"

"시끄럿. 이 주정뱅이야. 입 닥쳐, 맞기 전에."

목을 잡힌 진이가 몸부림을 치거나 말거나 인경은 진이의 머리에다 여전히 샤워 꼭지를 대고 있었다. 차가운 물이 시원스럽게 진이의 머리와 어깨로 쏟아지는 것을 보자 조금 고소해졌다. 오인경 잘한다.

마음속으로 응원을 하고 있는데 진이가 가여운 표정을 지었다. 추운지 입술이 파랗게 얼어서 벌벌 떨고 있는 진이를 보자 고소하다는 생각은 금방 자취를 감추고 가여운 생각이 들었다. 설희도 같은 생각이었는지 한마디 거들었다.

"선녀야, 인경이 좀 말려줘."

"인경아, 그만해, 진이 감기 들겠다."

그때야 선녀가 온 것을 알아차렸지만 진이를 다루는 인경의 손길은 여전히 우악스러웠다.

"감기보다 정신이 먼저 들겠지."

"어서 그만하고 나와."

"너, 선녀 때문에 산 줄 알아. 목욕하고 나와. 이 웬수야."

인경이 홱 진이를 밀치고 욕실에서 나왔다. 현이를 낳고 키우더니 이젠 아주 무적이었다.

"오인경, 저거 시집가더니 정말 아줌마가 다 됐어. 무섭지 않니? 선녀야? 우리도 조심하자."

주방에서 비닐봉지에 술병을 담고 있던 설희의 말에 인경이 벼락을 쳤다.

"시꾸랏! 내가 진이 전화 받고 놀라서 아직 감기 기운도 남은 우리 현이를 팽개치고 달려왔단 말야."

"근데 진이, 저거 진짜 죽으려 했나 보다."

"왜?"

"이 소주병 봐, 일곱 병이야. 저 미친 것이 혼자서 이걸 다 마셨나 봐."

설희의 말에 좀 더 찬물벼락을 씌울 걸 후회하면서 인경이 코웃음을 쳤다.

"술 먹고 죽진 않아."

"그런데 무슨 일이 있었나? 선녀야, 네 생일날 만났을 때 진이는 어땠니? 그날은 괜찮았어?"

설희의 물음에 선녀는 어깨를 으쓱였다.

"그날 진이 안 만났어."

"왜?"

"너희들처럼 진이도 약속이 생겼다고 다음에 보자고 했어."

상준과 데이트를 한다면서 진이가 약속을 취소했다는 말은 차마 할 수가 없었다. 진이가 이렇게 된 원인이 상준이 때문인 것이 인경이나 설희에게 알려질까 봐 선녀는 대충 얼버무렸다.

"네 생일날 나만 빠진 것이 아니었어? 설희, 너도 빠졌니?"

"응. 어제까지 계속 야근이었어. 근데 그럼 그날 진이도 안 나왔던 거야?"

"응."

선녀의 대답에 설희와 인경이 얼굴을 마주 보았다.

"미안해, 선녀야, 어쩌면 좋아. 우리 현이 갑자기 아파서 정신
이 없었어."

"나도 미안해. 선녀, 혼자서 서러웠겠다."

그랬다. 많이 속상하고 서러웠었다. 하지만 이제 급한 것은 생
일이 아니었다. 진이였다.

대체 상준이, 이놈은 진이에게 어떻게 한 것일까?

"됐으니까 나중에 생일 해줘, 그런 얼굴들 하지 말고. 아주 푸짐
하게 해주면 아무 말 안 할게. 그보다 지금 급한 것은 진이잖아.
진이는 대체 왜 그래?"

"상준이에게 정식으로 차였어. 분해죽겠어."

바스 가운을 입고 욕실에서 나오며 진이가 대답했다. 아직 술기
운이 남은 얼굴이었지만 말투는 아주 똑똑했다.

"뭐야? 겨우 상준이 녀석에게 차여서 이런 거란 말이지? 네가
제정신이니? 응? 그게 하루 이틀 일이니? 새삼스레 이럴 필요가
있어?"

"분했단 말이야!"

인경의 말에 진이가 빽 소리 질렀다.

"그렇기로 상준이에게 차여 죽으려 했어? 실연은 네 전문 아니
니? 왜 안 하던 짓을 해? 바보같이."

"누가 실연 때문에 죽으려고 했어? 내가 죽고 싶다고 한 것은
속상하고 분해서였다고."

"자랑이다, 이것아. 아주 벼슬을 했구나."

인경이 집어 던진 쿠션이 날아가 그대로 진이의 머리를 강타했

다. 원래 진이 잡는 것은 인경이었다. 다른 친구가 집어 던졌으면 난리를 쳐댔을 진이가 인경이 던진 쿠션을 맞고는 입술만 비죽거렸다.

"대체 무슨 일이 있어서 그러는 건데?"

설희가 묻자 진이가 푸욱 한숨을 내쉬었다.

"나쁜 새끼."

욕부터 하더니 금방이라도 뛰어오를 것처럼 흥분했다.

"선녀야, 상준이 놈이 나보고 제발 감정 정리 좀 해주면 안 되겠느냐고 하더라. 자기를 좋아해 주는 것은 고마운데 이젠 부담스럽대. 게다가 어떤 년이 아주 오래전부터 자기를 좋아한댄다. 그래서 그놈이 결혼을 한다면 그년이랑 해야겠단다. 왜 내가 오랫동안 좋아한 것은 부담인데 다른 년이 오랫동안 좋아한 것은 부담이 아니지?"

"그놈이 미쳤구나."

인경이 바로 불타올랐다.

"감히 그런 식으로 말을 해? 뭐 부담? 그런 놈이 왜 몇 년 동안 진이에 대해 어장관리를 해왔대? 웃기는 놈 아냐? 진이가 너 좋아해 할 때마다 싱글싱글 웃으며 나도 친구로서 너 좋아해 이딴 말이나 하고. 그래 놓고 왜 이제 와서 부담스럽대? 그리고 그런 놈에게 그런 소리 들었다고 죽는다고 설친 너도 한심해, 이, 기집애야. 그래 차라리 죽엇!"

인경의 흥분한 모습은 대단했다. 눈앞에 상준이 있으면 그 자리에서 목이라도 조를 태세였다.

"상처받은 내 자존심 때문에 죽고 싶은 거지 누가 상준이 때문에 죽고 싶대? 아우, 정말 자존심 상한 것 생각하면 살고 싶은 생각이 없어. 내가, 이 황진이가 몇 년을 한결같이 좋아한다, 좋아한다 쫓아다니고도 결국엔 차였다는 것이 용납이 안 돼."

"잘됐네. 이 기회에 상준이 털어버려. 난 네가 왜 그렇게 상준에게 목을 매는지 참 이상했어."

설희의 말에 진이가 주먹을 불끈 쥐었다.

"그래, 포기할 거야, 단 그년이 어떤 년인지 보고서. 나보다 못났기만 해봐, 그냥 안 둬."

"황진이. 너는 정말!"

"왜 그래?"

"너 때문에 어떤 마음으로 내가, 내가……. 됐어, 관둬."

"뭐를 관둬?"

"관두자고, 나 집에 갈래."

"야, 선녀야."

"일거리를 산더미처럼 싸안고서 집에 왔어. 이럴 시간이 없어."

표적을 잃은 분노가 선녀의 마음에서 맹렬히 불타올랐다. 망할 계집애, 무슨 사랑 포기가 그리도 쉬워? 쉽길! 겨우 이 정도의 사랑이면서 왜 그렇게 안달을 해댄 거야? 그동안 상준과 사랑이 이뤄지지 않으면 금방이라도 죽을 것처럼 군 건 왜야?

"집에 가니?"

선녀의 태도에 진이가 놀라서 더듬거렸다.

"그래, 할 일이 산더미야."

나도 끝까지 비겁하구나. 하고 싶은 말은 하나도 못하고 그냥 돌아서다니. 선녀가 홱 몸을 돌렸다.

"선녀, 오늘 좀 이상하네?"

"그러게. 선녀 같지 않다야."

수군거리는 소리를 뒤로 들으며 선녀는 진이의 오피스텔을 나왔다.

대체 난 무슨 짓을 저지른 걸까? 정말 바보 같게도 진이가 나보다 더 상준을 좋아한다고 멋대로 믿어버리고 상준 역시 진이를 나보다 더 좋아한다고 생각해서 단념을 했다. 그냥이나 했나? 확실하게 하기 위해 처음 보는 남자와 잤고 로또를 놓고 나오는 굉장한 실수를 저질렀다.

로또.

생각이 나자 다시 선녀의 마음은 급해졌다. 아, 진짜 그것을 찾을 수나 있을까? 정도훈 그자가 직장 그만두고 잠수해 버리면?

아마도 그럼 나는 속이 터져 죽을지 몰라. 지금이라도 정도훈, 그 남자를 만난다면 목을 움켜쥐고 죽어도 놓지 않을 텐데.

염원이 통했을까?

끼이익. 갑자기 차가 그녀의 옆에 와 섰다. 스르르 내려가는 차창에 시퍼런 멍을 눈에 단 남자의 얼굴이 나타났다.

정도훈?

"송선녀 씨. 이런 정말 우연인가? 아니면 나를 스토킹했나?"

생각도 없고 볼 것도 없었다. 정말로 선녀는 도훈의 목을 두 손으로 움켜쥐었다.

"이게 무슨 짓이야!"

도훈이 캑캑거렸다. 이 여자가? 아니, 눈을 밤탱이로 만들어놓은 지 몇 시간이나 지났다고 이젠 목을 조르려고 드나?

"집으로 가요, 당장."

"응?"

"정도훈 씨 집으로 가자고요."

가서 로또를 받은 뒤에 그대로 이 나라를 떠나 버릴 테다. 떠나서 영원히 안 돌아오…… 는 것은 좀 생각해 보고, 암튼 당분간은 떠나 있을 테다.

"난 싫은데."

"뭐요?"

"갈 곳이 있거든."

전원을 꺼놓은 휴대전화에 무수히 들어와 있을 그레이스의 요구를 생각하지 않으려 본가에서 나올 때는 집으로 가 그냥 죽은 듯이 잘 생각이었다. 선녀만 발견하지 않았다면 저 앞에 보이는 집으로 들어가 정말로 죽음보다 깊은 잠에 들어갔을 것이다.

이 여자는 누군가가 옆에 있으면 좋겠다고 생각할 때마다 나타나는군.

그레이스가 약혼하는 날, 실연의 흉내를 내기 위해 거리를 쏘다니다가 그레이스란 간판을 보고 무작정 들어간 카페에서 처음 선녀를 만났다. 그리고 지금 그레이스의 전화와 문자에 시달려 하루종일 들끓어오른 가슴이, 목을 조여 잡은 선녀의 손길이 닿는 순간 슬그머니 삭아들고 있었다.

내게 필요했던 것은 뭔가 눈길 돌릴 흥밋거리였군. 그래, 이렇게 신경을 분산시켜 줄 누군가가 필요했었나 보다!

혼자라는 것은 편할지 모르지만, 생각을 깊게 하게 만들어서 자꾸만 기분을 침전시킨다는 것을 그만 깜박했던 거다.

"갈 곳이 어디예요? 나도 갈래요."

"어딜 가든 선녀 씨가 무슨 상관? 그리고 왜 따라간다고 그러는 거지?"

"그건……."

할 말이 없어 더 이상 말하지 못하고 선녀는 우물거렸다. 당신이 사라지면 나만 손해니까. 한 번의 쪽팔림은 얼마든지 참을 수 있지만 거액의 돈을 잃는다면 못 견디니까.

"어딜 가는지 따라갔다가 정도훈 씨 집으로 가서…… 내가 흘린……."

스스로가 너무 억지스러워서 선녀는 말을 그쳤다. 정말 너무도 구차스러웠다. 이러지 않아도 이 남자가 줄 마음이 있으면 줄 테고 줄 생각이 없으면 어떤 짓을 해도 주지 않겠지.

"미안해요."

손을 얼른 놓고 선녀는 사과했다.

"마음이 너무 초조해서 그만 억지를 부렸어요. 하지만 입장이 바뀌어서 정도훈 씨가 내 경우라도 마찬가지가 아니었을까요? 나는 지금 정도훈 씨에게 제발 돌려달라고 사정하는 것과 욕을 하며 행패를 부리며 죽을 때까지 따라다니는 것 중, 내 복권을 받아내는 데 어느 것이 더 효과적일까 생각하는데, 모르겠어요. 정도훈 씨는 어느 쪽이 더 효과적이라 생각하세요?”

반드시 돌려받겠다는 의지가 선녀의 눈을 반짝거리게 만들었다. 물끄러미 선녀를 바라보던 도훈이 뒤차가 빵빵거리자 조수석을 가리켰다.

“타지.”

선녀는 재빨리 차에 올랐다.

선녀는 차에 대해선 문외한이었지만 타는 순간 도훈의 차가 굉장히 고급 차량이라는 것을 알 수 있었다. 하긴 이 차는 외향부터 날렵하게 빠진 것이 비싸 보였다. 나 물 건너왔다고 몸소 말해주는 고급차였다. 적어도 이 정도 차를 끄는 사람이면 돈에 대해선 그다지 궁색하지 않을 것이고 그렇다면 로또를 돌려받을 확률이 더 높지 않을까? 돈이 많은 사람이니까 아무래도…….

“좋은 차네요? 꽤 비싸겠죠? 얼마나 해요? 이 정도 차는?”

좋은 차라는 칭찬을 하고 싶었는데 그만 말이 너무 나가 버렸다. 도훈은 분명 속물이라고 생각할 것이다. 선녀는 민망해서 얼굴을 붉혔다.

“내가 산 것이 아니라서 가격은 잘 모르겠는데. 리베이트라고나 할까? 뭐 그런 거랑 비슷한 것으로 받았거든.”

리베이트? 그래 사업하는 인간들의 리베이트니 뭐니 하는 이런 쓸데없는 관행 때문에 우리 같은 소시민인 소비자만 바가지 쓰는 거야.

하고 싶은 말은 많았지만 해서 지금 상황에 도움이 될 말은 별로 없었다. 선녀는 대시보드를 살며시 쓸어보았다. 질감이 그동안

탔던 차들과 다르게 느껴지는 것은 그냥 기분 탓일까? 아니면 진짜로 달라서 다른 느낌인 것일까?

"좋은 차라서 느낌이 다르네요."

"느낌이? 맛은 다르다고 들었어도 느낌이 다르다는 말은 처음 듣는데?"

"맛이 다르다니요?"

"거기가 아주 반짝거리잖아. 타는 여자마다 거길 핥아보고는 다들 맛있다고 하더라고."

"네?"

도훈의 얼굴이 어찌나 진지한지 농담을 하는 것인지 진담을 하는 것인지 구분이 안 됐다. 말도 안 되는 소리라 생각하면서도 그 표정의 진지함에 한순간 선녀는 정말? 이라고 물을 뻔했다.

"지금 나 놀려요?"

"사실인데."

"그렇다면 정도훈 씨는 변태인 여자들만 만났나 봐요?"

"아니."

웃음기가 흐르는 도훈의 얼굴이 한순간 딱딱해졌다.

"거짓말쟁이에다 욕심꾸러기들만 만났어."

"어이구 대단하시네요."

여성혐오주의인가? 멀쩡한 얼굴로 자신들이 만난 여자들을 폄하하는 도훈이 그다지 좋아 보이지 않았다.

"여자들은……."

룸미러로 보는 것은 좀 생각해 봐야겠다. 도훈의 눈만 보는 것은 좀 위험할 것 같았다. 남자의 눈이 너무도 예쁘고 투명할 정도로 맑아 보였다. 치명적일 정도로 매력적이었다.

"돈이 그렇게 좋은가?"

"네."

그럼 넌 싫으니? 돈이 싫다는 인간을 나는 아직 한 번도 보지 못했다. 돈이 싫다면 그건 인간이 아닐 것이다. 그런 선녀의 생각을 읽은 도훈의 눈이 조금 흔들렸다.

"선녀 씨는, 정직하네."

"뭐가요?"

"내가 만나는 여자들은 하나같이 돈은 중요하지 않다고 말하던데."

하지만 그 여자들은 무엇보다 돈을 가장 중요하게 생각했다. 언제나 목적은 돈이었다.

"돈보다는 다른 것이 더 우선순위인 여자들도 많아요. 하지만 난 돈이 좋아요."

"이유가 있나?"

"뭐, 돈을 좋아하는 이유는 뻔하잖아요. 풍요롭다는 것, 어쨌든 물질만능시대에 돈은 무기니까."

"나는 돈이 싫어."

갑자기 투정하는 아이 같은 말투로 도훈이 말했다. 돈이 싫다니 일단 복권을 되찾을 확률이 껑충 뛰는 것이지? 제발 도훈의 말이 사실이기만을 바라며 선녀는 궁금증을 참지 못하고 물었다.

"왜요?"

"그냥 싫어."

있는 집 자식이란 말이냐? 하긴 이 차를 보거나 입고 있는 옷의 구색을 보면 있어도 아주 많이 있는 집 자식처럼 보였다.

"왜 그런 얼굴이지?"

"어떤 얼굴인데요?"

"굉장히 기뻐하는 표정이야."

"네, 정말 기뻐하고 있어요."

"무엇 때문에?"

"돈을 싫어하니까 욕심내지 않고 복권을 돌려줄 것이란 생각에서."

"그놈의 복권."

도훈이 투덜댔다.

너에겐 그놈의 복권일지 모르지만 내겐 그분의 복권이다. 그러니 넌 그놈의 복권을 내게 주면 되고 난 그분의 복권을 모셔가면 되는 거야.

"그렇게 그놈의 복권이 좋다면 돌려주겠어. 하지만 그전에 내가 걸었던 조건은 지켜줘."

언제 어디서든 내 여자가 된다는 조건? 설마 지금 원하는 것은 아니겠지? 선녀의 얼굴빛이 흐려졌다. 이건 아니지. 비록 원나잇으로 할 것 다 해봤지만 그건 말 그대로 원나잇이 아닌가. 하룻밤의 일탈을 이어가고 싶진 않았다. 비록 복권을 찾고 싶은 마음에 수긍은 했지만 여자의 마음이란 것은 섬세한 것이다. 몸을 팔아서 복권을 찾으려는 것 같은 생각이 들어서 절대 사양하고 싶었다.

이 남자는 결코 나를 원하는 것이 아닐 거야. 그녀의 속마음을 읽은 것일까?

"원해."

도훈의 말에 선녀는 정말 당황하고 말았다. 나는 원하지 않아. 내가 원하는 것은 로또뿐이야. 혹시라도 당신이랑 다시 자는 일이 있다면 그것은 로또와는 아무 상관 없이 내 마음이 동해서이길 바라.

"선녀님께서 생각하시는 것을 지금 원하는 것이 아냐. 굳이 선녀님이 원한다면 뭐 충족시켜 줄 수도 있겠지만."

"내가 뭘, 뭘 원하는데…… 요?"

"지난밤과 같은 것."

"아니에욧."

"그래? 아니란 말인가? 훗. 강한 부정은 긍정이다라는 말이 떠오르는데, 왜지?"

아, 정말.

선녀는 두 손을 움켜쥐고 부들부들 떨었다. 이 남자는 정말 얄밉다.

"뭐 아니라니까 넘어가고. 그냥 오늘 할 일에 대해서 말해보자고. 난 오늘 선녀님이 내 여자로 나를 지켜주길 바라. 지금 싸우러 가야 하니까."

"싸움이요?"

선녀는 슬쩍 입맛을 다셨다. 싸움은 그녀의 전공이 절대 아니었다. 치고받고 싸우는 것도 말로 사람을 꼼짝 못하게 몰아붙이는 것도 선녀는 하지 못했다. 싸움이라, 싸워줄 상대가 필요하다면 차라리 인경일 소개해 줄까. 아니면 진이도 괜찮은데. 싸움하면 걔네들이 아주 잘했다. 따박따박 따지는 것도 성질나면 판 엎는 것도 시원스럽게 했다. 그러니까 싸울 전사가 필요하다면 그 애들을 부르면 직방일 텐데.

"난, 싸움은 못해요. 정말로 못해요."

"냉장고보다 키 큰 남자의 눈을 주먹 한 방에 밤탱이로 만든 솜씨를 가진 사람 입에서 나올 소리는 아닌데. 왜 이러실까? 그건 복권을 찾고 싶지 않다는 소리?"

"냉장고보다 키 큰 사람은 왜 못 싸우는데요?"

"여자를 때릴 수가 없으니까."

혹시 사귀는 여자와 싸워달라는 것인가? 내 여자가 돼서라고 하는 걸 보니 떼어내고 싶은 여자가 있나 보다. 이런 나쁜 자식 같으니.

욕이 저절로 나왔으나 그것을 내뱉을 만큼 어리석지는 않았기에 선녀는 입을 꾹 깨무는 것으로 욕을 대신했다.

"떼내고 싶은 여자가 있어요?"

"빙고."

"좋아요, 복권만 돌려주면 가서 싸워 드리죠."

승패는 장담 못하겠지만 뭐.

"싸워서 이기는 것이 먼저야. 복권은 나중이지."

"그런 법이 어딨어요?"

"어쩌겠어? 선녀님. 칼은 칼자루를 쥔 쪽이 휘두르는 것인데."

이 사람은 사람 약을 올리는데 천재인 모양이다.

싸움 같은 것은 정말 싫은데. 차가 신호에 걸린 틈을 타 도훈이 불안한 마음을 감추지 못하고 손가락을 질겅거리는 선녀를 찬찬히 바라보았다.

"그런데 옷이……."

"옷이 뭐요?"

"좀 그렇군."

하긴 댁과 어울리진 않겠지. 검정 세미양복 차림의 도훈과 지금 입고 있는 선녀의 옷차림은 정말 어울리지 않았다.

"내가 옷을 사주면 받겠어?"

흘끗 시계를 본 도훈이 물어왔다.

"당연히…… 받지요."

돈이 많아서 사주겠다는데 받지 않을 이유가 없지. 옷을 사준다? 원조교제를 하는 것도 아닌데 웃기지도 않네. 흥, 흥, 흥!

"그런데 옷은 왜 사준다는 거죠?"

"무장. 갑옷을 입고, 아니, 선녀니까 날개옷을 입고 나 대신 싸워줘야지."

도훈의 눈이 이제 보푸라기가 일어나고 낡기 시작한 그녀의 옷을 곁눈질했다.

이 옷이 어때서?

선녀는 입고 있는 바지를 내려다보았다. 무릎 근처가 살짝 나오려 하고 있다. 처음에 살 때는 참 잘 빠져서 옷태가 예쁜 바지였는데.

"파티라도 돼요? 그래서 이런 옷 입으면 입장 안 시키나 보죠?"

“그렇진 않지만……. 받겠어?”

“네.”

시원스럽게 대답했지만 막상 선녀는 도훈이 어딘가로 전화를 걸어 지금 갈 테니 문 닫지 말고 기다려 달라는 말을 하는 것에 조금 당황했다.

옷을 사려면 백화점에 가야 하는 것 아닌가? 설마 백화점 문을 닫지 말라는 것은 아니겠지?

도훈은 이른바 압구정의 로데오 거리에 도착해서 누구든 이름만 들으면 아! 하는 토탈 패키지의 부띠끄의 앞에 차를 세웠다.

선녀는 조금 당황했다. 정말로 옷을 사달라는 생각도 받겠다는 생각도 없었던 선녀였다.

“어, 저기 진짜 사주려고요?”

“그럼? 그런 걸 유머로 말하나?”

선녀는, 도훈에게 이끌려 차에서 내리고 어느새 빌딩 안으로 들어서고 있었다. 선녀보다 조금 더 나이가 들어 보이는 여자가 상냥하게 웃으며 그들을 반겼다.

“어서 와.”

이러면서 가볍게 도훈을 끌어안는다. 너무도 자연스럽게 도훈역시 여자의 몸을 가볍게 안았다.

“무슨 용무인데 가게 문도 못 닫게 만들어? 눈은 왜 그래?”

“이 아가씨에게 맞는 옷 좀 보여줘. 조금 화사한 것으로.”

“누군지 인사는 안 시켜줄 거야?”

“애인.”

“애…… 인?”

“나의 선녀.”

흐음. 도훈의 입에서 너무도 자연스럽게 나오는 말에 선녀는 얼굴을 붉히고 말았다.

나의 선녀?

그녀의 이름이 이토록 감미롭게 들려온 적은 아직까지 한 번도 없었다. 선녀야, 라든지 선녀 씨 또는 송선녀라고 불릴 때마다 어쩐지 조금은 희극적인 느낌을 주던 이름이 무척이나 달착지근하게 느껴졌다.

“선녀?”

여자의 음성이 묘하다. 조금은 의외라는 듯, 조금은 놀람을 담은 그녀의 입에서 나오는 선녀라는 말은 도훈이 말할 때와는 다른 느낌이었다.

“정말로 선녀라고?”

“네, 정말로 선녀입니다. 송선녀라고 해요.”

“예?”

“선녀라니. 맙소사, 정말 이름이 선녀란 말이에요? 와, 정말 예쁜 이름이네요.”

하도 당해온 일이라 그다지 낯선 상황은 아니지만 가끔은 이렇게 이름 때문에 놀림감이 되는 것 같아 기분이 나빠질 때가 있었다. 선녀의 낯빛이 좋지 않자 여자가 웃었다.

“어머, 예쁘다는 내 말은 정말이에요.”

“예쁘기보단 우스운 이름이죠.”

"우습다기보단 평범하지 않은, 음…… 독특하다고 하는 게 좋
지 않아요?"

"시간이 없어."

도훈의 말에 여자가 선녀를 훑어보았다.

"송선녀 씨, 작은 66 사이즈네. 그렇죠?"

여자가 풍덩한 옷 속에 숨은 선녀의 사이즈를 정확히 집어냈다.

"……네."

"몸태가 예쁘네요. 살결이나 톤이 파스텔 톤이 잘 어울리겠고.
어디……."

선녀의 몸을 보며 빠르게 분석을 끝낸 여자가 옷이 죽 걸린 옷
걸이 쪽으로 걸어가 이리저리 옷을 고르더니 원피스를 꺼내 들었
다.

"자, 이쪽 탈의실로 와요. 이것을 한번 입어보세요."

선녀를 탈의실에 밀어 넣더니 1분도 채 지나지 않아서 탈의실
문을 노크했다.

"자요. 이건 속옷하고 스타킹, 구두니까 같이 입고 신어보세
요."

그때까지 뚱하고 서 있는 선녀에게 한 아름 안기고 문을 닫고
가버렸다.

"도훈 씨, 커피 줄까?"

"생각없어."

"그러지 말고 줄 때 마셔. 특별히 생각해서 준다는 거니까."

들려오는 목소리를 들으며 선녀는 원피스에 붙어 있는 가격표

를 확인했다.

힉. 일곱 자리 숫자다. 그것도 맨 앞자리가 5로 시작되는……

선녀는 크게 동요했다. 미쳤나? 아무리 실크라고 해도, 또 원피스보다는 드레스에 더 가깝다고 해도 그렇지. 어떻게 원피스 하나에 이런 가격을 붙일 수가 있단 말인가.

꿈도 꾸지 못하는 세상을 살짝 들여다보는 기분이었다.

이 가격 다 받는 것은 아니겠지? 50프로, 70프로, 어쩌면 90프로 할인해 파는 걸지도.

백화점 매장에서 사 입던 옷을 매장 앞에 놓인 매대에서 사 입은 지 이제 어언 2년. 이제는 할인되지 않은 옷을 입는 것은 낭비라는 신념으로 굳어져 버렸는지 500만 원이 넘는 옷을 보자 손이 다 떨리기 시작했다. 솔직히 아빠가 살아 계셨을 때도 이런 가격의 옷은 입어보지 못했다.

문뜩 로또가 생각났다.

괜찮아. 나 이런 거 입어도 될 만큼 부자야. 그럼 그 돈이 얼만데. 적어도 이런 옷 한두 벌쯤은 망설이지 않고 구입할 정도는 돼.

부들부들 떨리던 손이 로또의 금액을 생각하자 침착해졌다.

"그래도 그렇지. 이 가격이면 이건 옷을 입는 게 아니고 돈을 입는 거야."

하지만 뭐, 인생에 한 번쯤 돈을 입어보는 것도 괜찮지 않아?

"다 입었어요?"

여자가 문을 열고 들어오더니 아직 옷을 입지 않고 있는 선녀를 보고 고개를 흔들었다.

"도훈 씨가 급하대요. 서두릅시다."

여자가 옷을 벗기려 들어 선녀는 깜짝 놀랐다.

"어머, 왜 이래요?"

"벗어요. 그래야 옷을 입지. 화장도 해야 하고요."

커피잔을 든 도훈은 탈의실에서 새어 나오는 선녀의 음성에 피식 웃고 말았다. 이제 조금 후 선녀가 바뀐 모습으로 나올 것이다. 하지만 어떤 모습으로 바뀌어도 그레이스를 능가하진 못할 것이란 생각이 드는 순간 웃음은 이내 도훈의 입가에서 자취를 감췄다.

계란형이지만 큰 특징이 없는 선녀의 얼굴은 화려한 꽃송이 같은 그레이스의 아름다움엔 반도 미치지 못할 거였다.

아무리 닦고 포장해도 그레이스보다 예쁘지 못하다면 이런 것은 공연한 헛수고가 아닌가. 하지만 다른 남자와 약혼한 여자에게 다른 여자를 데리고 가 보여주는 것은 보통 사람들이 하는 일 아닌가.

커피를 한 모금 더 마셨을 때 탈의실의 문을 열고 여자가 나왔다.

"도훈 씨, 봐. 날개옷을 입은 선녀의 모습을."

주춤거리고 나오는 선녀를 본 순간 도훈은 깜짝 놀라 들고 있던 커피잔을 떨어뜨릴 뻔했다.

"이거야 정말……."

놀라운 변신이었다. 도훈은 여자의 화장은 무섭구나라고 새삼 느꼈다. 화장과 옷으로 사람이 달라 보인다는 것은 이미 알고 있는 사실이지만 저렇듯 완전히 달라지는 여자가 있는지는 이번에 처음 알았다. 계란형에 어디 한 군데 밉지도 않고 크게 예쁘지도 않은 그저 단정한 윤곽을 지녔다고 생각했던 선녀의 얼굴은 화장으로 완전히 바뀌어 있었다. 크게 예쁘지 않다고 생각했던 눈, 코, 입, 모든 곳이 새로운 매력을 품으며 눈부시게 바뀌었다. 보랏빛 아이라인이 그려진 눈은 그가 한 번도 본 적이 없는 완전한 흑색으로 별처럼 빛나고 있었다. 음영을 살린 콧날은 매끈하게 고와서 그 아래의 도톰한 입술과 멋진 조화를 이루고 있었다.

"이젠 어디로 가는 거예요?"

캔디의 이라이자도 아닌데 머리의 이 컬은 무엇이란 말인가. 돌돌 말린 채 가슴으로 내려온 머리칼도, 수백만 원짜리의 이 하늘 거리는 옷도 선녀에겐 모두 부담이었다. 무엇보다도 얼굴에 1센티는 될 정도로 덕지덕지 발라져 있는 화장이 가장 부담스러웠다. 마스카라가 짙게 발라진 속눈썹은 얼마나 무거운지 눈꺼풀이 자꾸만 내려앉았다. 그냥 쓱쓱 문지르면 속이 시원할 것 같았다.

"루브라는 곳을 알아?"

"그게 뭔데요?"

"클럽인데, 술도 마시고 차도 마시고 밥도 먹을 수 있고 춤도 출수 있고 잠도 잘 수 있는 곳이야."

"그런데요?"

"작은 파티도 하지, 거기서. 약혼 축하파티 같은 거."

오늘 약혼한 여자의 불행을 위해.

처음 만났을 때 건배를 하던 도훈의 말이 생각나 선녀는 아무 말도 하지 않았다.

거기를 갈 건가?

"응, 거기엘 갈 거야."

뭐야, 속마음을 읽는 것같이 말을 하네?

"남의 파티에 가서 싸움을 하라고요?"

"응."

"그건 싫은데요."

이제 보니 싫은 여자를 떼어낼 생각이 아니고 자신을 버린 여자에게 깽판을 부리러 가는가 보다. 못나 빠지긴. 아무리 그래도 해도 될 일이 있고 해선 안 되는 일이 있는 거다. 그걸 모르는 걸까? 이 사람은?

"왜 싫지?"

"남의 잔치에 재 뿌리는 게 아니니까."

"재 같은 것은 뿌릴 필요가 없어. 그게 그녀가 원하는 거니까 그건 안 해도 돼. 내가 원하는 것은 단지 그녀에게 당신이 내 여자라는 것을 알려만 주면 되는 거야. 그녀가 다시는 내게 손 내밀지 못하도록 영역 표시를 해줘."

뭔가 선녀가 알 수 없는 깊은 이야기가 있는 것일까? 선녀는 고개를 끄덕였다. 무슨 사연이 있든 내가 상관할 일은 아니지. 나는 그냥

이 남자가 원하는 대로 해주고 로또만 돌려받으면 되는 것이다.

"알았어요."

도훈의 차는 곧 루브에 도착했다. 호화로운 건물의 외관에 선녀는 잠시 정신을 빼앗겼다.

"여기가…… 회원제 클럽 같은 곳이에요?"

"응."

"건물 전체가 하나의 위락공간인 모양이네요?"

"눈썰미가 대단하시군."

선녀는 두리번두리번 사방을 살피며 도훈을 따라 들어갔다. 소설에서 이런 클럽의 묘사가 나오면 도움을 줄 수 있게 잘 봐둘 생각이었다.

"오셨습니까? 좀 늦으셨네요."

아름다운 여자종업원이 나와 둘을 반겼다.

"이쪽으로 오세요. 다이아몬드 룸으로 안내하겠습니다."

여자가 안내한 다이아몬드 룸은 소연회장이었다.

"여, 정도훈. 왔구나."

누군가가 도훈과 선녀가 들어서자 큰 소리를 냈다.

"그런데 눈은 왜 그래? 네 형은 아직도 사람을 패고 있냐?"

그 말엔 대답하지 않고 도훈이 선녀의 어깨에 팔을 감으며 속삭였다.

"참 당신이 싸울 여자의 이름을 내가 알려주었나?"

"아뇨."

"그레이스야. 임신 중이니까 내게 그랬듯 폭력은 좀 참아줘."

얼굴을 붉히며 선녀가 웃었다. 나는 결코 폭력적인 여자가 아니거든요? 댁 눈에 든 푸른 멍의 원인은 능글능글 사람 속 뒤집은 것에 대한 벌이지 결코 내가 폭력성이 있어서 그런 것은 아니라고욧.

"내가 말 안 한 것도 있는데."

선녀가 도훈을 향해 살짝 눈을 감았다 떴다. 코에 살짝 주름이 가면서 반달로 그려지는 두 눈에서 귀여움이 뚝뚝 떨어져 내리는 선녀의 얼굴에 한순간 도훈은 얼을 빼앗겼다.

뭐야, 이 여자 너무 귀여운데?

"판다 같아도 도훈 씨는 아주 멋있어요."

"와줘서 고마워. 도훈 씨."

약간은 새된 목소리가 끼어들었다.

"그레이스."

도훈이 중얼거림에 선녀는 고개를 돌렸다. 당신이 그레이스란 말인가? 내가 무찌를 적? 상대가 되질 않잖아.

그레이스를 본 순간 선녀는 바로 후회했다. 이렇게 예쁜 여자가 이 세상에 존재했었나 싶을 만큼 대단한 미인이었다. 약혼자로 보이는 남자와 팔짱을 낀 그레이스의 음성이 갑자기 나른해졌다.

"도훈 씨가 안 오면 집으로 찾아가려고 했어."

"안 오려고 했는데……. 그래도 직접 보고 축하는 해줘야 할 것 같아서."

도훈이 그레이스의 약혼자가 내민 손을 잡고 악수를 했다.

"축하한다. 그리고 나도 축하해 줘라."

"뭘?"

"나도 약혼했거든. 여기 선녀님과. 너희들 잘들 봐둬. 나와 결혼할 선녀님이시니까."

도훈의 말이 울려 퍼지자 물을 끼얹은 것처럼 삽시간에 주위가 조용해졌다. 모든 시선이 선녀에게 몰려들었다. 모두 도훈의 느닷없는 선언에 경악을 했지만 누구보다 놀란 것은 선녀였다. 무슨 소리냐고, 소리치고 싶은 것을 로또, 로또, 로또를 되뇌며 겨우 참았다. 이 남자가 미쳤나? 혼삿길을 막아도 유분수지. 갑자기 무슨 약혼이야, 약혼이.

"거짓말!"

제일 먼저 소리친 것은 그레이스였다. 얼굴을 일그러뜨린 그레이스의 표정은 금방이라도 선녀에게 달려들 것처럼 표독스러워졌다.

뭐야, 이 여자는. 딴 남자랑 약혼한 여자가 왜 정도훈의 본부인이라도 되는 것처럼 굴고 있지?

선녀의 어깨를 감싸고 있는 도훈의 손에 살며시 힘이 느껴졌다. 아, 전쟁! 로또가 걸려 있는 전쟁이 시작되었다. 반드시 이겨야 한다. 우선 도훈의 장단에 맞춰주는 것이 시작인 것 같다.

내가 결혼을 하면, 댁같이 사람 속을 터뜨리는데 일가견이 있는 남자하고는 절대 안 한다. 하지만 그걸 여기서 만천하에 알릴 이유도 없으려니와 알린다면 전쟁을 할 수 없게 되니까, 일단은 패스!

선녀는 살포시 웃으며 눈이 마주치는 사람들에게 일일이 눈인사를 보냈다. 그리고는 침착하게 그레이스에게 말을 걸었다.

"사실인데요. 도훈 씨랑 결혼하기로 약속했어요."

"말도 안 돼."

"왜 말이 안 되죠?"

선녀는 일부러 도훈을 바라보았다.

"도훈 씨, 당신 혹시 유부남이에요?"

"유부남으로 선녀님에게 청혼을 하면 천벌을 받게?"

"그러면 무엇 때문에 내가 당신에게 청혼을 받은 것이 말도 안 되는 일이 되는 거죠?"

"그레이스는 단지 놀라서 그렇게 말했을 뿐입니다. 전 안인수입니다. 그레이스의 약혼자고 정도훈 씨와 잘 아는 사이입니다."

"저는 송선녀예요."

그레이스의 약혼자가 인사를 해서 선녀도 답례를 했다.

"그런데 처음 뵙는 분 같군요."

"남 보여주기 아까워서 꽁꽁 숨겼지."

도훈이 지나가는 웨이터가 든 쟁반에서 두 개의 술잔을 집어 그 중 하나를 선녀에게 내밀었다.

"자, 그럼 모두 그레이스와 인수의 약혼과 나와 선녀님의 약혼의 축배를 듭시다."

주위를 돌아보며 도훈이 외치자 주위 사람들이 술잔을 들어주었다.

"축하한다."

얼떨결에 선녀는 목이 긴 술잔을 도훈의 잔에 부딪히며 정말 약혼녀처럼 행복한 미소를 지었다.

그레이스와의 전쟁은 이미 끝이 난 것처럼 보였다. 그레이스는 가여울 정도로 얼굴빛이 바래갔다. 안쓰럽게도 금방이라도 쓰러질 것 같은 모습이었다.

전쟁은 더 이상 계속할 필요가 없을 것 같았다. 배신감에 치를 떠는 표정으로 여자가 홱 돌아서 버렸다. 그녀의 약혼자가 부지런히 따라갔다.

"이제 갈까?"

도훈의 음성이 귓가에 울렸다. 선녀는 주위를 돌아다보았다. 이런 것 언제 구경해, 온 김에 좀 보고 싶은데.

"조금 더 있다가 가자고 하면……."

도둑질과 살인을 빼고는 모든 경험을 해봐야 한다는, 그녀는 편집자였다. 직접 경험해 보고 싶었다. 이런 파티라 불리는 모임에 참석하면 어떤 느낌이 드는지, 또 참석하는 사람들은 어떤 말들을 하는지 직접 보고 싶었다.

"도훈 씨가 괴롭겠어요?"

"내가 왜 괴롭다고 생각하지?"

"표정이 씁쓸하고 비탄스러워서요."

도훈이 뭔가 말하려는데 저쪽에서 누군가가 불렀다.

"도훈아, 잠깐만 보자."

한 남자가 손짓하자 도훈이 같이 가자는 표정을 지었으나 살짝 웃는 것으로 선녀는 거절을 했다.

"나는 여기서 뭐 좀 먹을래요."

도훈을 따라다니는 것보다는 이렇게 관찰하는 것이 더 재미가 있을 것이기에 극구 사양했다.

"그럼 금방 올게."

"오래 있다가 와도 돼요."

선녀는 뷔페테이블로 가서 먹을 것을 살폈다. 얼라리? 체리가 있네, 철이 일러서 요즘 아주 귀한데, 톡 깨물자 입에 가득 체리의 맛이 그득해졌다. 선녀가 체리를 입에 넣고 있는데 몇 명의 남자들이 선녀에게 다가왔다.

"도훈이와 같이 왔죠? 도훈은 선녀님이라고 칭하던데."

"이름이 선녀예요. 송선녀."

"선녀 씨?"

"네."

"무슨 일을 합니까?"

자신의 소개도 생략하고 다짜고짜 묻는 남자를 향해 선녀는 고분고분 대답했다.

"출판사에 다녀요."

"출판사를 다닌다고? 출판사 직원이란 말인가?"

"네."

"어디 출판사?"

"고려출판사예요."

"고려? 그런 출판사도 있나? 어느 회사 계열이지?"

출판사에 다닌다는 대답 이후 아예 반말로 말을 하는 남자의 얼굴엔 자신들은 특별하다는 특권의식이 가득했다. 감히 여기가 어디라고 섞여들었어? 남자의 표정으로 하는 말을 선녀는 알아들었다.

"무슨 얘기가 그리 재미있어요?"

짧은 시간 어느새 충격을 회복했는지 그레이스가 다가와 말을 했다.

어라? 임신했다더니.

선녀는 그레이스가 들고 있는 잔을 바라보았다. 분명 술잔이었다.

"일 얘기 중이었어. 도훈이 약혼녀께서 출판사에 근무한대."

약한 자 위에 군림하려 드는 것은 상위 일 프로에 속하든 나머지 구십구 프로에 속하든 정말이지 똑같은가 보다. 아니, 나는 특별한 부류다라고 생각하는 사람들일수록 더욱더 약한 사람들을 깔보는 것일까? 겨우 출판사 직원이었어. 이런 분위기가 짙게 깔린 말투였다.

"그래요? 어느 출판사?"

그레이스의 말에 선녀가 담담히 대답했다.

"주로 장르소설을 출간하는 출판사인데 혹시 고려출판사라고 들어보셨어요?"

그레이스는 아무 말도 하지 않고 다시 남자가 나섰다.

"출판사에서 무슨 일을 하는데?"

"편집팀에 있어요."

"편집보다는 다른 재주가 많은가 봐? 도훈이를 유혹하다니 보기와는 달리 다른 걸 갖고 있나 보지?"

이 남자의 적의는 나에 대한 것인가 아니면 도훈 씨를 향한 것일까? 그것도 아니면 자기 자신의 자격지심에 대한 발로인 걸까? 남자의 옆에서 비웃듯 웃고 있는 그레이스와 눈이 마주쳤다.

묘한 사람들 속으로 뛰어든 것 같다.

남자와 그레이스를 물끄러미 바라보다 선녀는 간신히 웃어 보였다.

"유혹은 제가 한 것이 아니랍니다. 도훈 씨에게 유혹을 당한 거지."

나이 서른을 그냥 먹은 것이 아니다. 더구나 글로 살아가는 편집인이 이런 것쯤이야 뭐. 혼자 잘난 척 우세 떠는 인간 하나 우습게 만드는 것은 숨 쉬는 것보다 쉬운 일이다.

너희들은 눈 세 개에 코가 두 개냐? 아니면 겨드랑이에 날개라도 돋았느냐. 그런 것이 아니라면 너나 나나 그냥 똑같은 인간이란다.

"인물 되고 매너 되는 것을 보고 유혹에 넘어가도 괜찮다 싶어 넘어가 줬답니다."

선녀는 거만한 표정으로 접시를 내려놓았다.

"그럼 전 이만 도훈 씨에게 가봐야겠네요."

선녀는 우아하게 몸을 돌렸다. 목과 허리를 펴고 그레이스를 등지고는 도도하게 걸음을 옮기려 했다.

"잠깐만."

그레이스가 팔짱을 꼈다.

"그런 거짓말을 하고 그냥 달아나면 안 되잖아요."

"거짓말을 하다뇨?"

그레이스가 선녀에게 살짝 몸을 숙여왔다.

"그가 먼저 유혹을 했다고? 무엇으로 그를 유혹했는지 모르지만 나만큼 그를 안다면 그런 거짓말은 안 했을 텐데. 가엾어라. 그런 말을 해서 자신이 거짓말을 했다는 것을 만천하에 공개하다니.

도훈 씨를 유혹하는 데는 성공했는지 모르지만 계속 잡고 있기는 힘들 것 같네? 훗, 당신은 얼마나 갈까? 1주? 열흘?"

긴 속눈썹을 깜박거리며 그레이스가 웃었다.

"잡았을 때 즐겨요. 얼마나 갈지 모르지만. 하지만 알아둬요. 내가 손을 내미는 순간 모든 것을 끝날 테니까. 그걸 꼭 명심해 둬요."

여기선 어떻게 해야 하는 것일까? 너무도 자신만만한 말에 미처 대꾸하지 못하고 서 있는 선녀를 두고 그레이스가 팽 돌아섰다.

졌다.

선녀는 입술을 깨물었다. 보통의 여자가 아닌 모양이었다. 무엇보다도 그레이스에게 대꾸할 말이 없다는 것이 분했다. 도훈이 원하는 대로 승리하지 못하고 있다는 사실 앞에 선녀는 망연해졌다.

더 있을 필요가 없다. 적어도 도훈의 약혼녀라는 그녀의 존재가 그레이스에게 충격을 주었다면 그것으로 만족하고 물러나는 것이 좋을 것 같았다.

선녀는 도훈이 있는 곳으로 곧장 다가갔다.

"뭐해요?"

남자와 한창 무언가를 대화 중이던 도훈의 팔짱을 꼈다. 비록 그레이스에게는 졌지만 이렇게라도 졌다는 표시를 내지 않는 것이 그녀가 할 수 있는 최선이었다.

"여긴, 송선녀 씨다."

"안녕하십니까, 송선녀 씨."

도훈과 애기 중이던 남자는 자신의 이름조차 밝히지 않는 무례한 반응을 보였다. 그저 도훈과 하던 얘기로 돌아가려고 안달이나 있어 보였다.

"송선녀라고 해요."

"아, 저는 인트리얼의 박성현입니다."

선녀가 다시 한 번 인사를 하자 도훈과 같이 있던 남자가 그때야 눈을 부릅뜬 도훈의 눈치를 보며 마지못해 자신의 이름을 밝혔다. 도훈보다 사회적 약자로 보이는 것이 집안이나 돈 그런 것에서 밀리는 것 같았다. 그때서야 선녀는 도훈이 대체 어떤 남자인가 궁금해졌다.

도훈은 게임회사의 그저 그런 팀장이 아닌 모양이었다. 대체 당신의 정체가 뭐지? 살짝 궁금해하다 이내 웃어버렸다. 무엇이든 무슨 상관이람. 나는 로또만 받으면 끝인걸.

선녀는 안의 인간들을 살펴보며 머릿속에다 파파라치처럼 그들의 거만한 턱짓, 눈빛, 말투를 적어놓았다. 이런 장면이 나오는 소설을 볼 때 꼭 참고하리라 결심했다.

"도훈 씨, 나랑 얘기 좀 해."

그레이스가 다가와 당당히 요구했다. 도훈이 거절할 거라는 생각은 1프로도 염두에 두지 않은 요구였다.

2회전이다. 선녀는 도훈의 팔짱을 낀 손에 힘을 주었다.

"오늘은 안 되겠어요."

선녀는 도훈의 어깨에 머리를 기댔다. 전쟁에서 이기는 법은 아주 간단한 것 아닐까? 이 남자가 내 말에 꼼짝 못하고 나만 사랑한다는 것을 보여주면 될 것 같아. 당신이 무슨 요구를 하든 내 말에 따라 그 요구가 묵살된다는 것을 보여주겠어.

"도훈 씨, 나 피곤해. 이만 돌아가고 싶어."

"그럴까? 그럼 가지. 미안 그레이스, 이야기는 다음에 듣지. 인수와 함께."

선녀는 그때 잔뜩 일그러지는 그레이스의 얼굴을 보면서 알았다. 2차전은 도훈의 힘을 빌려 자신이 이겼다는 것을.

"가요."

방긋 웃으며 선녀는 도훈이 그런 것처럼 자신도 그의 허리에 팔을 둘렀다. 갑자기 입장한 그 둘은 그렇게 파티장에서 빠져나왔다. 등 뒤에 남은 사람들에게 수많은 궁금증을 안기고 유유히 퇴장했다. 내려가는 엘리베이터에 오른 뒤에 선녀는 도훈의 팔을 풀어낸 뒤 벽에 몸을 기댔다. 긴장이 풀려 다리가 후들거렸다.

"기대도 돼. 내 품은 지금 비어 있어."

됐거든요? 이 남자 참 마음에 들었다 안 들었다 한다. 뭐야, 인심 쓰는 거야? 내 품은 지금 비어 있다니? 입술을 비죽 내밀고 싶었지만 그 대신 헛기침을 두어 번 한 뒤 선녀가 궁금했던 것을 묻기 시작했다.

"대체, 저 그레이스라는 여자는 무슨 생각을 하고 있는 거예요?"

"왜?"

"좀 이상해서요. 약혼한 여자 같지가 않던데."

"병자라서 그래."

"병자? 어디가 아파요?"

"중심의 병이 중증이지. 완치불능일 정도로."

"중심의 병? 그런 병도 있어요? 처음 듣는 병명인데?"

"요즘 급속도로 퍼지고 있는 병인데 선녀님은 몰라? 내가 세상의 중심이고 내가 모든 남자들의 중심이다라고 생각하는 망상병으로 인물 좀 있고 배경 좀 있는 여자들이 잘 걸리는 병인데, 그레이스는 그중에서도 병질이 좀 깊지. 세상의 중심이 자신이라고 아주 확고하게 믿고 살아. 그래서……."

"그래서요?"

"사랑에 빠지게 만들고는 그 남자를 망가뜨리지."

사실 그레이스에 대한 악명은 아주 높았다. 절대 쳐다봐선 안 될 메두사라고까지 했다. 그럼에도 수많은 남자들은 그녀에게 다가갔다. 악명이 남자들의 도전의식을 자극했던 것이다. 나만은 아닐 것이다라는 자만심을 갖고 끝없이 그레이스에게 다가가서 대부분 망가졌다.

엘리베이터에서 내려 현관로비로 나가자 어느새 도훈의 차가 대령해 있었다. 대리운전을 불렀나? 운전석에는 젊은 남자가 앉아 있다가 꾸벅 인사를 했다.

"타지."

선녀가 차에 오르자 도훈이 옆자리에 앉았다.

"일산으로."

기사에게 그렇게 명한 도훈이 핑계처럼 선녀에게 말했다.

"위스키를 석 잔 넘게 마셨어."

부드럽게 차가 출발했다. 선녀는 핸드백에서 전화기를 꺼내 들었다. 시간은 어느새 자정이 넘어 있었다. 그때서야 일에 생각이 미쳤다. 나 작가가 파일을 보냈으려나? 급히 인터넷으로 접속을 시도해서 메일을 확인했다.

"아, 정말……."

역시 오지 않았다. 하늘이 무너져도 자정까지 보낸다고 했던 나 작가였는데.

내가 바보지.

선녀는 혼자서 투덜거렸다. 그동안 나 작가가 해온 일을 생각하니 새벽이나 내일이 돼도 보내올 확률이 거의 전무했다. 혹시 아침에라도 보낸다면 고마움에 감지덕지해야 할 판이었다. 내일 출근해서 김 실장에게 깨질 생각을 하니 속에서 짜증이 확 치고 올라왔다.

"아, 젠장."

"젠장? 선녀님이 그런 말을 하면 쓰나."

잔소리 말고 로또나 내놓으시지요. 댁이 로또만 돌려주면 그런 소리 하라고 해도 안 할 테니까.

"선녀님 집부터 갈까? 아니면 내 집에 먼저 들렀다 갈까?"

응? 그야 당연히…….

"정도훈 씨의 집에 들렀다 가죠."

로또 찾아야 한다고! 생각하고말고 할 것도 없이 오로지 로또를 찾아야 한다는 일념으로 선녀는 바로 대답했다.

6. 매혹이 흐른 밤

도훈의 차가 멈춘 곳은 호수공원 옆에 있는 오피스텔이었다. 진이가 사는 오피스텔의 바로 옆 동이어서 선녀는 깜짝 놀랐다.

"여기 살아요?"

"그런데?"

"이, 오피스텔에 산단 말이에요?"

"왜? 내가 여기 살면 안 되는 이유라도 있나?"

그런 것은 아니지만……. 진이가 생각나 공연히 가슴이 뜨끔거렸다. 아무리 세상이 넓고도 좁다고 했지만 왜 하필 이곳에서 산단 말인가. 혹시 진이라도 알게 되면…… 했다가 생각하니 로또만 받으면 더 이상 이 남자와 볼일이 없을 것이고 그러면 이곳으로 다시 오지 않을 것이란 생각이 들어 조금은 마음이 진정되었다.

다만, 오피스텔에 산다고 하면 대부분은 독신이거나 신혼같이 단출한 식구일 것이다. 혹시 이 남자, 혼자 사는 것은 아니겠지?

"설마 혼자 사는 것은 아니겠지요?"

"그 설마가 맞는데."

선녀가 망설이는 것을 알아차린 도훈이 빙긋 웃었다.

"올라가죠, 선녀님, 오늘 일에 대한 보상을 해드리고 싶으니."

선녀는 망설이던 것을 접어버리고 바로 도훈을 따라나섰다. 그들이 탄 엘리베이터는 곧바로 꼭대기 층으로 올라갔다. 도훈이 현관문을 열자 열린 문 사이로 옅은 외등 하나가 켜져 있는 오피스텔의 실내가 보였다. 진이의 오피스텔보다 서너 배는 넓어 보였다.

"자아."

"저, 여기서 기다리고 있을 테니 복권 찾아서 갖고 나오면 안 돼요?"

"싫다면? 난 들어가면 그대로 문 닫고 내일까지 잘 건데?"

별수 없이 선녀는 오피스텔 안으로 성큼 발을 들여놓았다. 등 뒤에서 쿵 소리가 나고 문이 닫혔다.

"정도훈의 요새에 잘 오셨습니다. 환영합니다, 선녀님."

확 불이 들어온 실내는 더욱더 넓어 보였다. 남의 집을 두리번거리는 것이 좀 그래서 선녀는 눈만 굴려 살짝 실내를 둘러보았다.

홈 바가 설치된 거실이 그녀가 일하는 사무실만큼이나 넓어 보였다.

"자, 우선 한잔합시다. 오늘의 승리를 축하하면서."

재킷을 벗어 툭 소파에 던진 도훈이 셔츠의 소매를 걷어 붙이고 홈 바로 가서 목이 긴 잔과 와인병을 꺼냈다.

"저 오늘 바빠요, 이만 갔으면 해요."

"나도 바쁜데. 우선 이 술을 마셔야 하고 또 로또도 어디 뒀나 생각해 내야 하고 뭐 이것저것 나도 굉장히 바빠."

저 오른쪽 눈도 시퍼렇게 만들고 싶다.

뭐가 그렇게 즐거운지 싱글대는 도훈이 얄미워서 선녀는 이를 지그시 깨물어 투덜거리며 나오는 불만의 소리를 억지로 눌러 삼켰다.

"자, 건배."

술잔을 받아 쥐고 선녀는 도훈의 잔에 챙 잔을 부딪쳤다. 도훈은 한 잔을 단숨에 마셨지만 선녀는 한 모금만 살짝 삼켰다. 지금 내가 술을 마실 때가 아니라고. 난 지금…….

도훈에게 어서 로또나 돌려달라고 재촉하고 싶었지만 꾹 참았다. 로또를 어디다 두었는지 생각해 낸다고 했으니 일단은 기다리는 것이 좋을 것 같았다.

"정도훈 씨는, 기분이 굉장히 좋아 보이네요?"

"좋아."

"뭐가 그렇게 좋아요?"

"그냥."

뭐 좋다니까, 좋네.

선녀는 도훈이 내놓은 아몬드를 하나 깨물었다.

“그럼 이제 그 좋은 기분으로 로또를 어디다 두었는지 생각해 내시는 것이 어때요?”

“그럴까?”

도훈이 생각에 젖은 얼굴로 와인잔을 천천히 쓰다듬어 내렸다.

섹시…… 해.

도훈의 긴 손가락에 닿은 선녀의 시선은 접착제라도 붙은 듯 떨어지지 않았다.

도훈의 힘줄이 내비치는 손등과 지나칠 정도로 긴 손가락이 천천히 와인잔을 쓸어내리는 것을 보고 있는 동안 선녀의 입안이 바짝 말라왔다. 도훈이 그녀의 몸을 쓸어내릴 때도 저런 표정이었던 것일까? 몸 깊은 곳에서 퐁퐁 샘물이 솟듯 나른함이 솟아오르더니 삽시간에 그녀의 몸을 적시기 시작했다. 골똘한 도훈의 눈빛이 밤의 어둠에 젖어 달빛처럼 몽롱해 보였다.

위험해!

퍼뜩 경계경보가 머릿속에서 울렸다. 고개를 탈탈 흔들어내고 싶었지만 그런 모습이 너무 우습게 보일까 간신히 참고 선녀가 입을 열었다.

“어디에 뒀어요?”

약간은 잠긴 목소리였다. 아놔, 이상하게 생각하면 어쩌려고. 선녀는 제발 도훈이 그녀의 목소리가 이상해진 것을 알아차리지 않길 바랐다.

“생각 중이잖아.”

“어서 좀 해봐요.”

"그건 싫어."

한 모금 마신 뒤 도훈이 잔을 내려놓고는 두 손으로 턱을 받쳤다.

"복권을 찾으면 선녀님이 그냥 가버릴 거 아냐. 나만 남겨두고."

쓸쓸해 보이는 도훈의 눈빛이 그대로 선녀의 가슴을 관통해 버렸다. 쿵, 심장에 구멍이라도 난 것 같았다. 그 구멍에서 진득한 피가 천천히 흘러나오는 이 야릇한 기분은 대체 뭘까? 자꾸만 도훈과 나눴던 관계가 생각이 났다. 부드럽게 그녀의 옷을 벗기며 드러나는 맨살마다 입술을 눌렀던 것이, 벗겨진 선녀의 몸을 쓰다듬으며 눈을 빛내며 미소 짓던 도훈의 표정들이 떠오르자 혈관에 피 대신 흥분이 흐르기 시작했다. 선녀는 손가락 끝까지 바르르 떨려와 그것을 참기 위해 두 눈을 꼭 감았다.

안 돼. 내가 그런 생각에 빠질 때가 아냐. 그때는, 그때는…….

그때랑 지금이 뭐가 달라? 선녀는 악마처럼 속삭여 오는 마음의 소리를 외면하고 대신 본능이 알려주는 소리에 귀 기울였다.

정도훈은 위험한 생물이야. 절대 눈 부딪치지 말고 흔들리지 말자. 정신 차려! 네가 변태냐? 판다의 눈을 한 남자에게 섹시함을 느끼고 있게. 너는 지금 로또를 찾으러 왔어. 이런저런 다른 것에 눈 돌릴 때가 아니라고.

'정도훈은 위험하다. 정도훈은 위험하다. 정도훈은 위험……'

"선녀님은 내가 보기 싫은가? 눈까지 감고 나를 외면하네. 나는 선녀님을 보고 있는 것만으로도 좋은데."

도훈의 목소리에 깔린 것은 장난기였지만 선녀는 미처 알아차리지 못했다.

"정도훈 씨는……."

그녀를 잠식한 무드를 깨기 위해 아무 말이나 꺼낼 생각으로 도훈의 이름을 불렀으나 막상 불러놓자 이을 말이 생각나지 않았다.

"나, 뭐?"

빌어먹게 섹시하다. 이 자식아. 아, 아! 이 말은 절대 하면 안 돼. 그럼 다른 할 말, 할 말…….

"그레이스라는 여자를 사랑한 거예요?"

성공했다. 도훈의 얼굴이 굳어지고 나른하던 공기는 단숨에 긴장됐다. 하지만 선녀는 그 즉시 후회했다. 어쩐지 물어서는 안 될 부분 같았다.

"응."

명백한 긍정에 이상하게 맥이 풀렸다.

"그런데 왜 내게 그런 요구를 한 거죠?"

"내가 어떤 요구를 했지?"

"싸우러 간다고 했어요."

도훈에게 있어 사랑이란 모든 것을 주는 거였다. 그가 가진 모든 것을 퍼주고 그만의 사람이 되는 것을 꿈꾸는 것, 그게 사랑이었다. 그것은 첫사랑 때부터 그랬다. 계산이고 뭐고 없이 무조건 마음도 돈도 다 퍼주는 것, 그게 도훈의 사랑이었다. 그리고 원하는 것은 언제나 같았다.

누구와도 공유하지 않은 나 혼자만의 사람.

"많은 남자들이 그레이스에게 다가가는 이유는 언제나 같아. 지독하게 매혹적이기도 했지만 나는 아닐 거라는 착각. 나만은 그레이스가 진정 사랑할 거라는, 나는 그레이스가 버리지 않을 거라는 그런 착각……. 나 역시도 그 부류였지."

나직한 도훈이 말이 거실에 나른하게 내려앉았다.

"그 여자를…… 사랑했어요?"

"틀림없이."

"그랬군요."

선녀는 잠자코 도훈이 와인을 마시는 것을 바라보았다. 도훈이 목을 뒤로 젖히자 목의 결후가 드러났다. 그 아담의 사과에 입 맞추고 싶다는 돌연한 충동을 느끼고 선녀는 깜짝 놀랐다.

미쳤나? 이 무슨 황당한 생각이란 말인가.

"가야겠어요, 어서 로또나 주세요."

"싫어."

조금 전까지는 어디다 두었는지 기억이 안 난다고 하더니 이제는 싫다라고?

"싫다라니, 사람이 왜 그래요? 분명 약속했잖아요, 준다고. 약속대로 했으니 로또를 줘야지 싫다는 것이 말이 돼요? 정도훈 씨는 그렇게 신의 없는 사람이었어요?"

"약속대로 하면 준다고 했지. 약속대로."

"그래서 약속대로 했잖아요."

"그 무슨 말도 안 되는 말을."

"아니 말도 안 된다니, 왜요? 분명히 그레이스를 무찔렀다고요."

"아직 무찌르지 못했어. 그녀는 여전히 건재해."

연약한 표정을 지으면서 도훈이 고개를 살살 흔들었다. 건재는 개뿔!

"그만큼 했으면 됐거든요? 아니, 그 정도로 쫑코를 줬으면 된 거지. 내가 정말로 총으로 그녀를 쏘았어야 했어요? 칼로 그녀를 찔렀어야 했어요?"

"그 비슷하게 해주었어야지. 그레이스가 나에 대해서 완전히 손 떼게, 안 그래?"

"좀 억지스럽다고 생각 안 해요?"

"응. 안 해."

아, 정말!

선녀는 주먹을 꽉 움켜쥐었다. 하늘에 계신 아빠, 제발 제 성격 좀 가라앉혀 주세요. 이 남자를 한 대 치고 싶어서 우는 주먹을 좀 달래주세요. 선녀가 하늘에 계신 아빠를 향해 빌고 있는 동안 도훈은 빙글빙글 웃으며 술을 따랐다. 선녀는 와인병이 반이 넘게 비어 있다는 것을 깨달았다.

"정도훈 씨, 너무 많이 마시는 것 아니에요? 그러다 취하겠어요."

"이미 취했어. 사실 나 거짓말했거든. 위스키 세 잔을 마신 게 아냐. 훨씬 더 많이 마셨어. 웬 줄 알아?"

"왜요?"

"사랑에 재 뿌리는 내가 웃겨서."

도훈의 말에서 어린아이 같은 칭얼거림이 느껴졌지만 그것이 묘하게 선녀의 마음을 흔들었다.

사랑이 아팠구나. 이 남자는. 이 남자가 지금 원하는 것은 위로인 것일까? 어쩐지 위로해 주고 싶어서 선녀는 도훈의 손 위에 손을 얹고 토닥토닥 두드려 주었다.

"사랑은 참 어려워요."

"맞아요, 선녀님. 난 이제 그런 것은 다시 하지 않을 생각이야."

갑자기 도훈이 자신의 손을 덮고 있는 선녀의 손등에 자신의 얼굴을 내렸다. 손 위에 얼굴을 얹고 엎드린 채로 선녀를 올려다보았다.

"사랑은 아프고 더러워."

"사랑을 많이 해봤나 봐요?"

"응, 세 번. 선녀님은?"

"……한 번이요."

"선녀님이 사랑하는 남자는 어떤 남자야?"

지금 이런 얘기 할 때가 아냐. 내가 하고 싶은 얘기는 로또의 행방이야. 머릿속은 그런 생각으로 가득했지만 입에선 순순히 답이 나갔다.

"끝났어요."

"끝나? 분명……."

아마도 처음 만난 날을 생각하는 것이겠지? 선녀의 얼굴이 조금 붉어졌다. 그날만 해도 난 실연을 당한 여자였는데. 며칠 지나지도 않았는데 끝이 났다고 하니 사랑이란 것이 참…….

"사랑은요, 참 복잡해요. 10년을 넘게 한 짝사랑도 한순간 허상이라는 것을 깨닫자 그냥 끝나 버리더라고요.”

“정리가 됐다고?”

“네.”

“선녀님을 잃다니 참 바보 같은걸. 대체 선녀님을 실연시킨 남자는 어떤 남자지?”

선녀가 대답을 않자 도훈이 정색을 했다. 죽어도 선녀의 대답을 듣고 말겠다는 표정이었다.

“말해줘. 난 선녀님 질문에 대답했잖아. 그레이스를 사랑하냐고 물어서 그렇다고. 그러니까 이번엔 선녀님이 대답할 차례야.”

대체 뭐가 그렇게 궁금해요? 이렇게 묻고 싶었으나 대신 선녀는 피식 웃고 말았다.

“10년을 짝사랑받을 만큼 멋진 남자인 건 분명해요.”

“사랑이 지겹지도 않았나?”

도훈이 혼잣말을 하면서 선녀의 손을 끌어 자신의 얼굴에 가져다 댔다. 손등 위에 느껴지는 도훈의 볼은 따뜻하고 부드러웠다. 그 느낌만큼 부드러운 무언가가 선녀의 뱃속에서 뭉클 움직이며 요동을 쳤다.

“지겹지는 않았어요.”

“실망은?”

“없었어요.”

사랑하는 동안 그녀는 행복했다. 저곳에 상준이 있다, 생각만으로도 웃음이 주어지던 그 시간을 왜 실망하고 후회할 것인가.

“실연을 당했는데도?”

"그거완 별개예요. 사랑하는 시간 동안은 참 행복했어요. 그러니 후회도 실망도 하지 않을 거예요."

"미련은?"

"……그건 모르겠어요."

솔직히 그랬다. 상준의 말에 분노하고 마음을 접었지만 정말로 아무 미련 없이 완벽하게 접어진 것인지는 자신의 마음임에도 선녀도 확신할 수 없었다.

"그 자식이 누군지 진짜 부럽네."

반쯤 도훈의 눈이 감기고 있었다.

"나도, 그런 사랑을 한 번쯤 받아보고 싶은데."

"좋은 여자를 만나서 사랑을 해보세요."

"사랑은 안 해."

도훈이 고집스럽게 말했다.

"아무리 선녀님이라고 해도."

누가 나 사랑해 달랬나? 난 복권만 받으면 되거든?

선녀의 기분이 이상해졌다. 공연스레 기분이 나빠졌다.

"저, 로또."

"아 참, 로또."

도훈의 눈이 이상스럽게 빛나기 시작했다.

"돌려주는 대신 사랑해 줄 테야?"

"뭐라고요?"

"어때? 선녀님, 로또를 돌려줄 테니까 선녀님 생일이 올 때까지만 나만 보고 나만 생각하고 나만 보고 웃고 나만 보고 살아줘."

도훈은 그런 사랑을 했다. 상대도 그런 사랑을 되돌려줄 것이라고 믿으면서. 하지만 한 번도 되돌려받지 못한 사랑. 누군가를 10년 동안 줄곧 사랑해 온 이 여자라면 자신도 그렇게 사랑해 줄 수 있을 것 같았다.

"그런 사랑을 받으면 어떤 기분이 될지 느껴보고 싶어."

절절하게 원하는 도훈의 목소리에 짙은 밤의 색깔이 끼어 들었다. 아주 절실하게 원하고 있다. 선녀는 엎드린 도훈의 옆얼굴을 물끄러미 바라보았다.

도훈은 처음 봤을 때는 굉장히 무게있어 보였고 두 번째 봤을 때는 장난스럽더니 오늘은 상당히 어린아이처럼 보였다. 이 사람은 외롭게 커온 사람일까? 사랑받지 못하고?

대체 당신의 정체가 뭡니까?

정말 이상한 남자였다. 어떤 얼굴이 도훈의 진짜 얼굴인지 알 수가 없었다. 늘 웃고 있어서 그것이 잘 드러나지 않지만 사실 도훈의 얼굴선이나 눈매는 상당히 날카로운 편이었다. 늘 웃고 있는 것은 자신의 인상을 감추기 위한 포석은 아니었을까?

"싫어?"

"지금 내가 무슨 대답을 하겠어요? 너무도 놀라운 제안인데."

"적어도 싫다는 말은 아니네?"

"속물이니까요."

돈이 그렇게 달려 있으니 싫다는 대답은 나오지 않았다. 그렇다고 바로 그러겠다는 대답도 못했다. 내가 너를 모르는데, 모르는 사람을 어떻게 사랑해? 그러겠다고 하는 순간부터 사랑하는 척 거짓말을 해야 하는 것인데.

"속물이라. 그럼 결심을 하게 도와줄까?"

"어떻게?"

"이 집 어딘가에 선녀님의 로또가 있지. 그걸 찾으러 들어와. 그럼 되잖아."

"정말이에요?"

여기에 로또가 있다고? 집 안에? 선녀는 두리번거리며 사방을 살폈다. 오호, 그렇단 말이지?

도훈의 반쯤 감긴 눈이 스르르 감기었다.

"나는 선녀님이……."

너무 작아져서 끝내 중얼거림으로 끝난 도훈의 말을 알아듣지 못하고 선녀는 인상을 썼다. 손등에 얹어진 무게가 꽤 묵직해졌다.

"이봐요, 정도훈 씨."

"응?"

"일어나요, 침실로 가요."

"싫어."

"침실이 어디예요? 그만 일어나서 침실로 가요."

"저기."

"일어나요."

선녀가 다가가 도훈을 잡아 일으켰다.

"음, 좋은데?"

일어날 생각은 하지 않고 도훈이 선녀의 가슴에 얼굴을 묻고는 숨을 들이쉬었다.

"달콤한 향수 냄새도 나고 선녀의 날개옷 냄새도 나고 음……
따뜻한 햇빛 냄새도 나고……."

도훈을 확 밀어버리려던 선녀는 햇빛 냄새란 말에 동작을 멈췄
다. 날개옷 냄새는 새 옷 냄새를 말하는 것이겠지만 햇빛 냄새는
대체 무얼 말하는 것일까?

이 사람은 국어 공부를 다시 해야겠다.

쉽게 알아들을 수 있는 말이 가장 좋은 표현이라는 것을 알지
못하는 것 같으니.

"정도훈 씨, 일어나요."

도훈은 일어나는 대신 선녀의 몸을 더 꽉 끌어안았다.

"내 것, 나만의 것, 나 혼자의 것."

이러다간 로또와 상관없이 이 남자에게 넘어갈 것 같아.

이 큰 곳에 왕자님처럼 호화롭게 살고 있는 남자가 왜 이렇게
가여워 보이는 거냐고.

도훈이 외로움에 지친 남자인 것 같아 자꾸만 애잔해졌다. 아
마도 도훈이 알았다면 그건 니 생각이고, 라고 할지도 모르겠지
만.


술에 취한 도훈을 가까스로 침실에 데려다 놓고 선녀는 잠시 집
안을 돌아보았다. 뒤져서 로또를 찾을까? 분명 이 집 안 어딘가에
복권을 두었다고 했다. 도훈은 곯아 떨어졌고 분명 복권을 돌려준
다는 약속도 받았으니 찾아서 갖고 나가? 마음속에서 끊임없이 솟

구치는 충동을 잠재운 것은 남의 집, 남의 물건을 허락없이 뒤지는 것은 도둑이나 마찬가지라는 도덕적인 생각 때문이었다.

도덕 시험 볼 때마다 점수가 좋았던 것이 꼭 좋은 것만은 아니었어.

뒤지고 싶은 마음을 접고 도훈의 오피스텔을 나오는 것은 정말 힘들었다. 몇 번이나 망설이다가 콜택시를 부른 선녀는 택시가 오는 시간에 맞춰 도훈의 오피스텔을 나왔다.

난 정말 바보라니까.

머릿속에 두 손을 넣고 벅벅 긁고 싶었으나 예쁘게 말아 올린 걸 생각하고는 한숨만 크게 내쉬었다. 얌전히 포기하고 집으로 가는 것에 정말 바보 같다는 생각이 자꾸만 들었다. 이러고 그냥 가고 나중에 정말 로또를 받지 못한다면? 그땐 정말 너 죽고 나 죽을 거다. 이를 악물고 선녀는 택시에 올랐다. 새벽 두 시가 넘어 있었다.

피곤해 죽겠네.

몸은 파김치였고 정신은 몸보다 훨씬 더 피곤했다. 하루 스물네 시간에도 이렇게 많은 일이 일어날 수 있는 것이다. 오늘의 하루는, 아니, 자정이 지난 새벽 세 시에 가까운 시간이니, 어제의 하루는 정말 파란만장했다.

오늘은 좀 평안했으면 좋겠다. 어제 같은 하루가 또 계속된다면 몸이나 정신이 완전히 산화될 것이다. 그런 생각을 하며 현관문을 연 선녀는 방 한가운데 저승사자처럼 앉아 있는 엄마를 보고 그만 기겁을 했다. 아, 오늘 하루도 평탄치 못할 것 같아.

“어, 엄마. 언제 왔어?”

“이 기집애. 지금 시간이 몇 신데 이제 들어와?”

은희가 벌떡 일어나더니 무조건 선녀의 등짝부터 후려쳤다. 딸이 새벽까지 귀가하지 않는 것에 분기탱천해 있던 참이었다. 잔뜩 힘이 들어간 엄마의 손은 무지하게 아팠다. 연이어 두어 번을 맞자 눈물이 핑 돌았다. 아, 씨. 내가 나이가 몇인데 아직도 매나 맞고 살아야 해? 다 큰 딸을 이렇게 때리는 엄마는 세상에 우리 엄마밖에 없을 거야. 참 우리 엄마, 대단해요.

마음속으로 아무리 웅얼웅얼 반항을 하면 무엇하리. 늦게 들어온 터라 찍소리도 하지 못하고 선녀는 고스란히 매를 맞았다.

“아퍼, 고만 때려. 근데 엄마, 언제 왔어?”

“어제 왔다. 이년아.”

은희는, 10시가 넘어서 선녀의 집에 도착했다가 그 시간에도 집에 들어오지 않은 딸을 내심 별렀다. 새벽 3시가 된 것을 보고는 인정사정없이 선녀의 등짝을 연속 후려쳤다.

“당장 짐 싸라. 집으로 가자. 지금 시간이 몇 시냐? 응? 몇 시야? 혼자 살게 됐더니 기집애가 밤이슬 맞고 돌아다니고. 어이구, 내가 누가 알까 남사스러워서. 나는 딸년 교육을 이따위로 시키지 않았다. 당장 짐 싸지 못해?”

펄펄 뛰던 은희가 선녀의 옷을 보고 눈살을 찌푸렸다. 늘 편한 옷만 찾는 선녀가 어디서 났는지 화려하고 야실거리는 옷을 입고 있었다. 옷도 그런데 머리모양이나 화장이 영 생경해서 삼십 년을 길러온 딸 같지가 않았다.

"엄만, 대체 내 나이가 몇인데 때리냐? 일하다 와서 피곤해 죽겠구만……."

"일? 일 좋아하네. 일하고 온 꼬락서니냐? 그게?"

은희가 눈을 부릅뜨고 야단을 치는 와중에 선녀는 재빨리 핑계거리를 만들어냈다. 내가 이래도 로맨스 편집담당이 몇 년인데. 짬밥이란 절대 그냥 먹는 것이 아니지 않은가.

"저 건너 을지아파트에서 혼자 사는 골드미스 작가가 있다고 내가 저번에 얘기했잖아."

"그런데?"

"이 옷 그 작가 거야. 파티 장면을 써야 하는데 영 삘이 안 난다고 나더러 이것 좀 입어보라고 억지로 입혔단 말이야. 아, 정말 돈 벌려고 엄마 딸은 이러고 살아."

이 말을 믿어 말어? 미심쩍어하는 은희를 향해 선녀는 계속 푸념을 늘어놓았다.

"정말 이런 짓까지 하면서 편집일 하는데, 엄마도 알잖아, 월급은 쥐꼬리인 거. 힘든 것에 비해 받는 돈 생각하면 당장이라도 때려치고 싶어. 그래도 이 작가는 같은 동네 사니까 수월하기나 하지. 집에 찾아가 독촉이라도 할 수 있으니까."

애 말이 정말인가 아닌가, 은희가 미심쩍은 얼굴로 선녀의 표정을 살폈다. 이럴 땐 절대 눈빛조차 흔들리면 안 된다. 그냥 처연하게 뚝! 시치미를 떼야 한다.

"돈 벌기는 원래 어려워. 그러게 이것아. 네가 그 로또만 찢지 않았으면 이런 짓 할 필요가 없잖아. 지금쯤 큰소리치면서 살 것 아냐. 아이구 이 웬수, 그거 찢은 것 생각하면……."

"진이 다 빠졌나 봐. 어지러워."

벌집 건드렸다. 어머 뜨거라 싶어 선녀는 엄살을 피며 방바닥에 털썩 주저앉았다. 하지만 이미 건드려진 벌집에선 무수한 벌이 날아오고 있었다. 은희는 장장 두 시간이 넘게 잔소리와 푸념으로 선녀를 달달 볶기 시작했다.

그러고 있는데 새벽 여섯 시에 구원이라도 해주는 것처럼 나 작가가 문자를 보내왔다.

—파일 보냈어요.

선녀는 전화를 들고는 은희에게 들으라고 일부러 빽 소리를 질렀다.

"엄마, 나 일해야 해. 오늘 아침까지 이 일 다 해서 출근할 때 가지고 간다고 어제 사무실에다 말하고 나왔거든. 근데 이 작가가 이제야 글 보내서 할 수 있을지 모르겠네."

"그러게 이것아, 네가 로또만 찢지 않았어도 됐잖아. 그 돈만 있었으면 이러고 살겠니? 우리가?"

"그렇게 말하면 엄마, 엄마가 그거 내게 생일선물로 안 줬으면 됐지."

"뭐가 어째? 이놈의 기집애, 말하는 것 봐? 저 때문에 생병 난 지 어미에게 뭐가 어째?"

"미안해. 엄마. 내가 말을 잘못했어. 고만하자고. 응?"

"고만하게 생겼어? 생각만 하면 속에서 열불이 치솟는데."

아무래도 도훈의 제안을 받아들여야 할까 부다.

'로또를 돌려줄 테니까 선녀님 생일이 올 때까지만 나만 보고 나만 생각하고 나만 보고 웃고 나만 보고 살아줘.'

생일이 올 때까지라……. 선녀의 생일을 주민등록번호로 알고 있다면 도훈이 알고 있는 선녀의 생일은 앞으로 한 달하고 열흘이었다. 약 40일을 그 사람만 보고 생각하고 웃고 산다면 정말 로또를 돌려줄까? 분명 이러면 준다고 해서 파티까지 따라갔다 왔는데 얼렁뚱땅 다른 요구조건을 내거는 도훈인데 이상하게도 반드시 돌려줄 것 같다는 생각이 드는 것은 왜인지 모르겠다.

"밥이나 해야겠다."

선녀가 파일을 들여다보자 은희가 일어섰다.

"엄마, 난 아침 안 먹어."

"시끄러워. 아침을 왜 안 먹어? 먹고살려고 하는 일인데 밥이라도 챙겨 먹어야지."

"엄마, 만일 내가 그 복권 찢지 않아서 돈을 탔다면 그 돈으로 무엇부터 했을 것 같아?"

"일단 강남에다 집 사고……."

"그리고?"

"제주도랑 서산에다 땅도 좀 사고……. 대관령에 목장도 하나 사고."

왜 요트하고 자가용 여객기도 사지. 울 엄마 로또복권 금액을 알고나 저러시나. 집 사고 땅 사고 저금하고 참 할 것도 많네.

"연금으로 저금도 좀 해놓고……. 그리고 해외여행 갈 거야."

그래, 엄마, 차라리 그냥 그렇게 꿈꾸고 말자. 우리 1등 해서 돈

탔으면 그런 것 모두 다 할 거라는……. 어처구니없어하는 선녀의 표정을 읽었는지 은희의 눈이 조금 뾰족해졌다. 그중 하나는 분명할 수 있었어. 이렇게 말하는 눈빛이었다.

"근데 그런 것은 왜 물어?"

"그냥. 나중에 내가 돈 많은 남자랑 결혼해서 엄마 원하는 것 다 해주려고."

"돈 많은 남자가 왜 너랑 결혼해?"

치사한 엄마, 삐지셨구만.

"엄마 딸 선녀잖아. 선녀가 결혼하는데 보통 남자랑 하겠어요?"

"넌, 이름만 선녀지."

에구 더 이상 말을 말자. 엄마는 아직도 선녀에게 분풀이 해댈 것이 많은 모양이었다.


오늘은 정말 선녀에게 악몽이었다. 출근하자마자 김 실장에게 신나게 깨졌다. 아무리 나 작가가 새벽 6시에나 파일을 보냈다고 말해도 통하지 않았다. 어제 선녀가 대들었던 것에 꽁해 있는 김 실장은 네가 어제 분명 오늘 아침까지 일 다 해오겠다고 하지 않았느냐고 버럭버럭 소리 질렀다.

"나 작가가 오늘 아침 여섯 시에 파일 보냈다니까요!"

계속 잔소리를 해대는 김 실장에게 좀 짜증이 나서 대꾸했다가 결국엔 빽 소리치고 말았다.

"사표 쓸까요? 네?"

정말 그만두고 만다. 여기 아니면 일할 데가 없을까 봐? 나도 나름 잘나가는 작가 여러 명 관리하고 있고 또 이 바닥에선 고수 축에 들어간단 말입니다.

눈썹 모으고 이 악물었더니 김 실장이 그제야 좀 조용해졌다. 하지만 그때뿐 그 이후엔 하루 종일 악몽이었다.

아직도 못했나? 아직도 못했어?

어찌나 볶아대는지, 죽어도 경상도 남자한테는 시집가지 않겠다고 굳은 결심을 했을 정도였다. 서너 시가 넘어갈 무렵 선녀는 치솟는 스트레스를 다스리지 못하고 친구들에게 일일이 전화를 해 소집령을 내렸다. 밀린 생일잔치 내놓으라고 투정을 부렸더니 모두들 선녀가 말한 시간에 그레이스로 나왔다. 제일 늦은 것은 인경이었지만 그레이스에 들어서는 인경의 발걸음은, 아주 당당했다. 인경은 친구들이 있는 곳으로 걸어와 앉아 있는 선녀를 노려보았다.

"이 웬수."

들고 온 작은 선물상자로 선녀의 머리부터 한 대 친 인경이 이어 진이를 때리기 시작했다.

"너희들은 친구가 아냐, 웬수지."

'오늘 나와서 내 생일 안 차려주면 나, 이대로 절교다.'

협박성 짙은 선녀의 전화에 별수 없이 달려왔지만 연속 이틀이나 남편에게 아이를 맡기는 것이 좀 미안했던 터라 선녀와 진이를 보자 그만 노여움이 폭발하고 만 것이다.

"늦게 와서 성질은. 네 남편은 이런 네 성질 아직 모르고 있지?

응? 이, 가증스러운 것."

설희가 웃으며 비아냥댔다. 사실 인경은 폭력적인 다혈질임에
도 남편 앞에선 언제나 순한 양처럼 굴고 있었다. 저 얼굴이 언제
드러날까? 라고 친구들이 궁금해할 정도로 아직은 얌전하고 나긋
했다.

"시끄럿, 성질 같아선 너도 후려치고 싶으니까."

"선녀는 봐줘라. 쟤 얼굴 봐. 오늘 살아 있는 것이 용하니까."

"어, 너 정말 얼굴이 왜 그래?"

그제야 선녀의 얼굴이 너무도 파리하게 지쳐 보이는 것에 인경
이 놀라워했다.

"잠은 하나도 못 잤고 엄마에게 아침부터 두들겨 맞고, 출근해
선 실장에서 신나게 깨졌대."

진이가 대신 설명했다.

"왜? 잠을 하나도 못 자?"

"속 썩이는 작가 때문에. 자정까지 파일 보낸다고 철석같이 약
속해서 그거 기다리느라 날밤 샜는데, 엄마가 새벽같이 찾아왔지
뭐야."

살짝 거짓말을 섞어 선녀가 대답했다.

"엄마는 그럼 집에 와 계셔?"

"아니, 아까 가신다고 전화하고 돌아가셨어."

"그래서 우리더러 너 위안해 달라고 부른 거니?"

"친구 좋은 게 뭔데. 내 생일 니들이 다 까먹었잖아. 불행한 날
이니 행복한 마무리 좀 해주라. 오늘 나 진짜 힘들다고."

아니, 어제도 힘들었지. 사실 어제가 힘들어서 오늘이 더 힘든 것인지도 모르겠다.

"그래서 얼굴이 반쪽이야?"

인경이 딱하다는 시선으로 선녀의 얼굴을 찬찬히 바라보았다. 성격은 괄괄하지만 인정 역시 많은 터라 이렇게 안쓰럽다는 표정을 짓고 바라볼 때의 인경의 얼굴은 성모처럼 자비로워 보였다.

"응, 너무 힘들어."

"가엾은 것, 먹고사는 것이 다 그렇게 힘들단다. 오늘만 날이겠니? 내일은 좋은 날일 거야. 진이는 이제 괜찮아?"

"응. 좀 전에 네가 때려서 여기 아픈 것만 빼면."

인경이 못 들은 척 들고 온 상자를 선녀에게 내밀었다.

"이거 생일선물이야."

"고마워."

"아주 야한…… 속옷이야. 으흐흐흐. 남자랑 잘 때 입어. 아마 누구든 뿅 갈걸."

"야, 그럼 나를 줘야지. 선녀는 남자도 없는데."

설희가 뺏으려 드는 시늉을 했다. 설희의 발언에 선녀는 픽 웃고 말았다. 웃겨, 니들이 몰라서 그렇지 나도 남자 있단다. 정도훈 그 남자가 말이지……. 차마 말할 수 없는 것이 어쩐지 좀 아까웠다. 어럽쇼, 이제 보니 남자도 옷이나 가방같이 자랑이 하고 싶어지네? 선녀가 혼자 벙싯거리는 것을 선물을 받고 좋아서 그런 거라 생각했는지 진이가 핸드백을 열더니 작은 상자를 꺼냈다.

"이건 내 선물이야. 향수. 너 남자 꼬실 때 인경이 준 속옷 입고

이 향수 뿌리면 직방일 거야. 하지만, 남자가 없으니 어째? 이거 너무 오래 묵히진 말아. 아오, 나이 서른이 될 때까지 남자가 없다니 불쌍하잖아, 우리 선물들이."

"그러는 넌 있는 것 같다?"

설희도 상자를 내밀며 진이를 향해 놀렸다.

"상준이 있잖아."

"포기 안 했어?"

"포기 못하겠다. 너무 억울해서."

선물을 펴보기 위해 포장지를 뜯던 선녀의 손이 멈칫 멈췄다.

"좋아하는 계집애가 있든 말든 상관 안 할래. 상준이 그 녀석이지 마음에만 충실했으니 난 내 마음에만 충실할 거야."

"끝내 받아주지 않으면?"

선녀가 하고 싶은 질문을 설희가 했다.

"그런 것도 미리 생각 안 할래. 일단은 내 마음이 움직이는 대로 움직일래. 끝내 거절을 하면 보쌈이라도 하든지 아니면 깡통처럼 차버리든지 하지 뭐. 나이 서른에 뭐가 무서워서 망설이겠어."

시원스런 진이의 대답에 선녀는 미소 짓고 말았다. 그렇구나, 우리 나이 이제 서른이구나. 앳된 십대도 아니고 풋풋한 이십대도 아닌, 이제 세상도 알고 남자도 알고 그래서 얼마든지 용감해질 수 있는 나이로구나.

"고백해야 할까?"

"뭘?"

조그맣게 중얼거린 선녀의 말을 들은 설희가 바로 물어왔다.

“사실은 나…….”

좋은 면을 보고 배울 수 있는 친구란 얼마나 좋은 인생의 지침인 것일까? 마음 가는 대로. 그래, 선녀도 그러고 싶어졌다. 마음 가는 대로 우선은 저지르고 싶었다.

“신경 쓰이는 남자가 생겼어.”

“오올……. 어쩐지 내가 그 속옷 땡기더라. 역시 난 선견지명이 있는 게야. 어떤 남잔데? 능력있니? 키는 커? 잘생겼어? 집안은 어때? 차는? 연봉은 얼마래? 나이는 정확히 몇인데?”

“넌, 유부녀가 왜 그리 궁금한 게 많아? 네가 결혼할 것도 아니면서 뭐가 그렇게 궁금한 거니? 근데 선녀야, 그 남자 직장은 뭐야? 취미는 뭐래? 고향은 어디?”

대학 다닐 때 두어 번 남자를 사귀고는 아직까지 이렇다 할 남자친구가 없는 선녀의 입에서 마음에 가는 남자가 생겼다는 고백에 인경과 설희가 수선을 떨기 시작했다.

“뭐하는 사람인데?”

진이도 물어왔다.

“그냥 평범한 사람이야. 많이 외로운 사람 같아.”

“어떻게 알게 됐는데?”

“그냥저냥.”

“어허, 남자를 그냥저냥 안다니? 정확히 털어놓지 못해? 언제 어떻게 알게 됐는지.”

“원나잇.”

“뭐라고?”

세 사람이 동시에 소리 질렀다.

"아니, 이게 미쳤나? 스무 살 새파랄 때도 안 하던 원나잇을 나이 서른에 했다고? 야, 이것아. 요즘 때가 어느 땐데 아무 놈하고 자니? 자길. 그러다 그놈이 덜컥 전염병이라도 갖고 있으면 어쩌려고? 콘돔은, 콘돔은 쓴 거지? 응?"

"쉿, 오인경 좀 조용히 말해."

버럭버럭 지르는 인경의 목소리에 홀 안에 있는 사람들의 시선이 몰려들자 진이가 질색을 하고 말렸다.

난 아니에요. 난 아니야. 절대로 원나잇 같은 거 안 했어요.

설희와 진이는 허공을 보며 나는 절대 원나잇 같은 거 안 하는 여자라는 듯 시침 뗀 얼굴로 딴청을 피웠다. 선녀는 아예 한술 더 떠서 너희들 왜 그런 짓을 했어? 하는 얼굴로 진이와 설희를 바라보았다.

"어머, 기가 막혀."

소리를 지른 인경이나 너희들 그러면 안 되잖아 하는 얼굴을 하고 있는 선녀를 제외하면 원나잇이란 소리를 들었던 사람들이 바라볼 사람들이야 뻔하지 않은가. 한 번씩 진이와 설희를 바라보고는 다들 고개를 돌리자 뒤늦게야 사람들의 시선이 자신과 진이에게 쏠린 것을 깨닫고 설희가 자기 가슴을 쳤다.

"야, 이 여우 같은, 안 선녀얏."

"난 송선녀거든? 왜 남의 성은 바꾸고 그래? 남설희, 그러는 거 성희롱인 줄 몰라?"

"시꾸랏. 그보다 자세히 말해. 뭐하는 남자랑 원나잇했는지."

"저번에 내 생일날, 그날 너희들이 모두 나 바람맞혔잖아. 그날 이야. 엄마에게는 생일선물로 로또 두 장 받은 것이 다고 친구들은 전부 바람맞혔지, 왠지 좀 억울하고 서러웠어."

"야, 그땐……."

친구들이 핑계를 대려고 하는 것을 선녀가 손을 흔들어 막았다.

"암튼 그날 만났는데 그것이 문제가 아니고 호텔에서 나올 때 그날 생일선물로 받은 로또를 주고 나왔어. 그런데……."

"설마 그게 1등 맞았다든가 하는 것은 아니겠지?"

인경의 말에 설희가 픽 웃었다.

"에이, 그러면 애가 살아 있겠니? 목매고 죽었어야지."

"맞아. 만일 정말 그랬다면 넌 내 손에 죽어. 그런 건 날 줘야지 처음 보는 남자에게 줘? 정말 그랬다면 더 얘기하지 말고 그냥 죽어버려."

"그래서? 진짜 1등 맞은 것은 아니고 무슨 말을 하고 싶은 건데? 그 남자랑 다시 만난 거야?"

아, 여기서 로또 1등 맞은 것이 맞는다고 하면 친구들이 가만있을 것 같지 않았다. 틀림없이 맞아 죽을 것 같았다.

"어떤 남잔데?"

정말로 1등이라고는 생각지 않은 얼굴로 설희가 물어왔다.

"괜찮은 남자야. 키도 냉장고보다 크고……."

"대체 뭔 소리야? 느닷없이 웬 냉장고?"

"키가 크다는 소리야. 요즘, 냉장고 180이 넘거든. 그러니까 180이 넘는다는 얘기지."

설희의 설명에 인경이 기가 막혀했다.

"너, 설마 냉장고보다 커서 만난단 말이야? 그 남자가 네가 보는 로맨스소설의 남자주인공처럼 생겼어? 키 크고 인물 되고 돈도 많고 다른 사람들에겐 성격이 못됐지만 너한테만 잘하고 지고지순 일편단심이야? 아니면 진짜로 그 남자에게 준 로또가 1등이나 2등에 맞아서, 돌려받으려고 만나는 거야?"

결혼을 하더니 눈치만 늘은 인경이었다. 선녀는 정확하게 짚어내는―물론 일편단심이나 지고지순한 것까지는 모르겠지만―도훈을 묘사하는 인경의 말에 놀라고 말았다. 그렇구나, 정도훈, 그 남자 그리고 보니 로맨스소설에 나오는 남자주인공 같네. 외모 되지 돈 많지. 사랑에 상처받았지. 로맨스에 빠지는 여자들은 대부분 부작용을 앓는다. 이른바 눈만 다락같이 높아지는 병에 걸린다. 절대적인 남자주인공을 책 속에서 읽으며 상대인 여자주인공에게 동화돼 버리게 된다. 본인은 결코 로맨스 여자주인공이 아님에도 로맨스 남자주인공이 이상형이 돼 눈이 거기에 맞춰져 버리는 것이다.

헉, 나도 그 병에 걸렸던 것은 아니겠지? 그래서 남자들에게 그다지 관심이 없었나? 상준을 짝사랑해 온 것도 영향이 있었겠지만 아무래도 선녀 역시 로맨스 병에 걸려 있었던 것인지도 모르겠다. 그렇지 않고서야 도훈의 존재가 나타난 순간 그대로 끌린 이유가 설명이 되지 않으니까.

"인경이 너 혹시 그 남자를 봤어?"

"뭐?"

“그 남자 봤냐고. 안 봤는데 어떻게 그렇게 잘 알아? 너 내 스토커였어? 그래서 내가 만나는 남자에 대해서 뒷조사한 거야?”

“이것이 지금 죽고 싶은가? 웬 헛소리를 해대?”

키 크고 돈 많고 인물 좋은 것은 확실하니까 그렇지 뭐.

“송선녀!”

진이 빽 소리 질렀다.

“너 지금 하고 싶은 말이 뭐야? 응? 뭘 얘기하고 싶어서 계속 변죽만 울리고 있는 거야?”

“나 한 달만…….”

마침내 선녀는 하고 싶은 말을 꺼내기 시작했다. 오늘 하루 종일 그녀의 머릿속을 흔든 도훈의 제안이었다.

“한 달 동안만이라도 그 남자와 살아보고 싶어.”

“너, 미쳤니?”

퍽. 퍽.

설희는 말로 했지만 진이와 인경은 성격대로 쿠션을 집어 들더니 망설이지 않고 그대로 선녀의 머리를 때리기 시작했다. 쿠션에서 먼지가 뽀얗게 피어올랐다.

“먼지나게 왜 쿠션으로 때리고 그래?”

“나이 서른 되면 미치기로 마음먹은 거니?”

인경이 엄하게 소리 질렀다.

그렇지, 미친 소리겠지?

사랑에 빠진 것도 아니고 결혼할 생각이 있는 것도 아니면서 남자랑 한 달을 살아보겠다고 한다면 다들 미쳤다고 하겠지.

선녀는 쿠션으로 맞은 머리를 손으로 쓰다듬어 넘겼다.

나도 이런 내가 미쳤다고 생각해. 하지만, 하지만…… 이상하게 끌려.

쓸쓸해 보였던 도훈의 눈에, 그가 보여준 외로운 표정이 생각나 하루 종일 선녀를 허둥거리게 했다. 이건 로또와는 다른 문제였다.

선녀가 그러겠다고 대답하지 않은 이유는 오직 한 가지였다. 한 달 후를 생각하니 겁이 났다. 도훈만 보고, 도훈만 보고 웃고, 도훈만 보는 그런 한 달의 시간이 끝난 후에도 계속 그렇게 살아가게 되면? 그것은 생각만으로도 너무 무서운 일이었다.

"누군지 그 남자에 대해 말해."

"맞아, 어떤 놈이 널 그렇게 이상하게 만들었는지 좀 알아야겠다. 누구냐?"

"그래, 어떤 놈인지 불어, 내가 얌전한 너를 이렇게 만든 그놈 잡아서 아주 절단 낼 겨!"

친구들이 반대를 할 것이라는 생각을 했지만 선녀의 예상보다 친구들의 반대는 훨씬 컸다. 이것들이 왜 남의 사생활에 이렇게 팔 걷어붙이고 야단들인가 싶어서 선녀는 기가 막혔다. 내 나이가 서른이다. 남자랑 한 달 살아보고 싶다는 말이 그렇게 잘못된 거란 말인가?

"송선녀, 어서 말하지 못해? 한 달을 살고 싶은 남자가 누구야?"

"누구든. 아니, 내 사생활인데 왜 그리 참견들을 하려고 해?

응? 니들 진짜 이상해."

"어쭈, 강하게 나가보시겠다? 어림없어. 어서 그 남자가 누군지 나 말해."

"오인경, 왜 설희나 진이에겐 뭐라 안 하면서 내 일엔 그렇게 참견을 하려 들어?"

"내가 네 성격을 아니까 그렇지."

"내 성격을 알다니?"

"누군가에게 반하면 10년을 넘게 끙끙대는 성격이잖아. 너. 좋아하는 마음만으로 10년 갔는데 한 달을 살아봐. 평생 갈 거 아냐."

헉. 오인경, 알고 있었어?

선녀는 아무 말도 못하고 눈만 둥그렇게 떴다. 상준에 대한 감정을 인경이 알고 있을 거라고는 생각도 하지 못하고 있었다.

아, 안 돼.

혹시라도 진이의 입에서 상준의 이름이 나올까 봐 선녀의 가슴은 조막만 해졌다. 지은 죄도 없는데 제멋대로 심장이 요동을 쳤다. 안 돼, 말하지 마. 진이가 알면 안 돼. 인경을 향해 눈으로 사정했다. 그렇게 저도 모르게 10년 짝사랑했다는 인경의 말이 맞다는 것을 인정하고 말았다.

"얘 누구에게 10년을 반해 있었는데?"

진이의 말에 선녀가 숨을 훅 들이쉬는 순간이었다. 구원처럼 선녀의 휴대전화가 부르릉거렸다. 선녀는 누군지도 확인하지 않고 재빨리 휴대전화를 집어 들었다.

“여보세요.”

[그렇게 반가워할 줄은 몰랐는데?]

혁, 이 목소리 정도훈이다. 하필 이런 때 전화를 걸 건 뭐야. 타이밍도 참……. 아니, 타이밍이 정말 기가 막히다. 이건 구세주 아닌가.

“아…….”

[아? 할 말이 그뿐인가?]

“왜…… 아니, 갑자기 전화를 하니깐. 저기요.”

선녀의 더듬거림이 신기했는지 친구들이 일제히 바라보았다.

‘그놈이냐?’

인경이 입으로 물어와 저도 모르게 고개를 흔들고 말았다. 그렇다고 대답한 순간 전화 채가서 이놈 저놈 호통을 치며 너 당장 이리 와 하고 소리를 지를 인경의 성질이 무서워서였다. 침착, 침착. 선녀는 속으로 부르짖었다. 애들이 눈을 빛내면서 수상해? 이러고 있잖아.

[저녁때까지 대답해 준다고 했잖아.]

술에 취한 도훈을 침대에 눕히고 돌아서는데 선녀의 팔을 잡고 그가 계속 대답은? 하고 물어와 일단 생각해 본다고 했었다.

‘언제까지?’

‘내일, 아니, 오늘 저녁까지요.’

술에 취한 상태였으면서도 그 말은 또렷이 기억하나 보다.

[지금 어디에 있어?]

“여기? 그레이스…….”

말해놓고 아차 했다.

[알았어. 곧 가지.]

오겠단 말이야? 안 돼. 그야말로 노쌩큐다. 그가 온다면 이건 친구들 입에 그대로 도훈을 들이미는 것이 되는 것 아닌가.

"아, 저기……."

친구들이 자신의 일거수일투족을 살피고 있는 것에 선녀는 더 긴장하고 말았다. 아무리 침착, 침착 속으로 부르짖어도 얼굴이 붉어지는 것을 막을 수는 없었다.

아!

갑자기 떠오른 생각이라니. 사람이란 언제 어디서든 순발력이 빨라야 사는 게 편한 법이다. 그리고 어떤 식으로든 구멍은 만들면 되는 것이다. 선녀는 재빨리 눈을 내리떴다.

"나도…… 나도, 사랑해요."

말을 하는 선녀의 얼굴은 복숭아꽃처럼 붉어졌다. 이건 그야말로 생쇼였다. 이렇게 오글거리는 말을 하다니, 윽 내가 생각해도 손발이 오그라든다. 도훈이 그녀의 말에 얼마나 얼떨떨해할까? 하지만 어쩔 것인가. 일단 살고 봐야지. 아니, 위기에서 벗어나야지.

이 남자가 날 미쳤다고 생각할지도 모르지만 에라, 미친 짓을 하는 김에 한 번 더 하지 뭐.

"당신이 많이 보고 싶어요. 당신도 내가 보고 싶어요?"

배우들은 이렇게 힘든 연기를 어떻게 그렇게 자연스럽게 하는 것일까?

침묵이 계속되는 전화기에다 대고 선녀는 친구들에게 보이기 위해 마지막 마침표를 찍었다.

"정말 너무 보고 싶어요."

[이제 1분이면 도착해.]

전화를 끊은 선녀는 뚫어져라 보는 친구들의 시선에 이대로 가면 얼굴에 구멍이 나겠다는 생각을 했다. 아, 왜 지은 죄도 없는데 지금 친구들을 보고 있는 것에 양심이 콕콕 찔리는 걸까?

"한 달 동안 살아보고 싶다는 그 남자냐?"

심문을 하는 형사의 얼굴로 인경이 캐물어왔다.

"응, 저기 미안한데. 내가 생일 해달라고 불러놓고 이러는 거 진짜 미안한데. 나 급해, 미안해. 가봐야 해."

"뭐야? 야! 송선녀."

"정말로 미안해, 근데 내 일생이 걸렸어. 한 번만 봐줘. 응?"

기막혀 하는 친구들에게 두 손을 모아 보인 선녀가 그 와중에 선물을 챙겨 가방에 집어넣었다.

"전화할게."

그리고는 잡을 새도 없이 뛰어나가 버렸다.

"뭐냐, 쟤. 우리가 아는 송선녀가 맞니?"

닭 쫓던 개꼴이 된 친구들은 멍하니 서로의 얼굴을 마주 바라보았다. 진이가 창밖으로 시선을 돌렸다.

"선녀, 누구 기다리나 본데?"

지금 그들이 앉아 있는 자리는 도로가 전부 내려다보이는 창가였다. 도로에 서 있는 선녀의 모습이 아주 똑똑하게 보였다. 길을 바라보는 선녀의 얼굴엔 숨기지 못한 초조함이 가득했다.

"쟤가 원래 내숭이 있었니?"

멀리 나간 것도 아니고 겨우 길 건너 차도에 서 있는 선녀를 내려다보며 설희가 중얼거렸다. 인경이 대답했다.

"내숭이 아니고 사랑에 빠져서 우리를 배신하는 것 같다."

"그러게. 어쩌면 남자에게 전화를 받았다고 그렇게 뛰어나갈 수가 있니?"

아무리 여자의 우정은 남자 앞에서 빛이 바랜다고 하지만 이건 참 서운한 일이었다.

"그나저나 신기하다. 선녀가 남자에게 저런 반응 보이는 것은 처음이잖아. 안 그래?"

중학교 때부터 친해진 그들 넷은 그야말로 죽고 못사는 사이였다. 친구들 간에도 비밀이 없었다. 오죽하면 제일 먼저 결혼한 인경은 신혼 첫날밤의 얘기까지 미주알고주알 모조리 얘기했을까. 진이는 상준에 대한 마음을 이야기했고, 설희는 직장상사에 대한 적나라한 욕을 해대서 그 상사의 생긴 것과 성질머리를 만나지도 않은 상태에서도 환히 안다.

그랬는데 선녀는 사랑해요라고까지 말할 정도의 남자를 만나왔으면서도 그동안 입을 꾹 다물었단 말이지?

"저거, 바람난 거야. 남자에게 홀려서 우리를 배신했어."

"오, 세상에. 메르세데스…… 벤츠 S500L이야."

선녀의 앞으로 차 한 대가 미끄러지듯 달려와 서는 것을 본 인경이 신음처럼 중얼거렸다. 남편이 수입차 딜러인지라 결혼 전엔 우리나라 차 이름도 제대로 모르던 인경이 이젠 완전 자동차 매니

아가 되어 있었다.

진이나 설희는 인경의 신음 소리를 듣고 지금 선녀를 태우고 있는 자동차가 억대가 호가할 것이라고 생각했다.

"비싼 차냐?"

"저 차값이 지금 우리가 사는 아파트 전세가격과 비슷해. 내 소원 중의 하나가 저 차를 운전해서 자유로를 마음껏 달려보는 거야."

"아서라. 그러다 사고 내서 전세금 뽑아 차값 물어줄 일 있니?"

진이의 말에 인경이 한숨을 내쉬었다.

"아, 타보고 싶어. 벤츠라니! 선녀는 좋겠다. 저런 차도 타보고."

"그런데 선녀가 10년 동안 반해 있는 남자는 누구야?"

인경은 설희의 질문에 그만 뜨끔해졌다. 그동안 선녀가 상준을 좋아하는 것 같다는 인상을 받고는 혹시나 생각만 하고 있었다. 아까 슬쩍 넘겨짚었다가 선녀가 부정하지 않아 오히려 진짜였어? 하고 놀라고 있던 참이었다.

"나도 잘 몰라."

똑 잡아뗐지만 진이와 설희는 믿을 수 없다는 시선을 인경에게 쏘아왔다.

"아, 정말 모른다고. 그냥 한번 해본 소리야. 찔러본 거라고."

어설프게 웃었지만 인경은 자신의 웃음이 통하지 않을 것이란 느낌에 뒷목이 스멀거렸다.

7. 그대와 함께 춤을

    도훈의 차는 자유로를 거쳐 성산대교를 건넌 뒤 서해고속도로를 거침없이 달리기 시작했다. 어디로 가는 것인지 궁금했지만 선녀는 아무 말도 하지 못했다. 입을 열면 우선 전화에다 대고 했던 자신의 말을 해명해야 될 것 같아서였다.

    그거 그냥 친구들 때문에 한 말이에요라는 소리를 하고 싶은데 마치 입이 꾹 달라붙기라도 한 듯 목소리가 나오지 않았다. 사실은 그 말을 취소하고 싶지 않은 것일까? 그렇지 않고서야 이렇게 말이 나오지 않는 이유가 없단 말이지.

    차가 고속도로를 벗어나 마을로 들어섰다. 작은 도시는 차가 달릴수록 차츰차츰 한적해졌다. 이윽고 흔히 볼 수 있는 시골길로 접어든 차가 작은 다리를 건넜다.

"대체 어디로 가는 거예요?"

마침내 선녀가 입을 연 것은 도훈의 차에 타고 두 시간이 훨씬 지나서였다.

"바다에."

"바다는 왜?"

"갑자기 보고 싶어서."

"이 밤에요?"

도훈은 상당히 감성적인 모양이었다. 아니면 하고 싶은 대로 모든 걸 하고 마는 철없는 철부지든지. 바다가 보고 싶다고 두 시간을 넘게 달려오다니. 선녀는 조금 망설이다가 결국은 해야 할 것 같아 주저하며 말을 꺼냈다.

"저기 아까 말이지요, 전화에 대고 한 말은……."

"무슨 말?"

너무도 태연하게 물어오는 도훈을 보자 맥이 팍 풀렸다. 손발 오글거리는 것은 한 번이면 충분했다.

"됐어요."

차는 해안도로에 접어들고 있었다. 해변으로 달리던 도훈의 차가 어느 틈에 모래톱 위를 달리고 있었다. 저 멀리 썰물로 빠져나간 바닷물이 불빛과 달빛 속에서 반짝이고 있었다.

"여긴 개펄 아닌가요?"

차가 멈추고 도훈이 차에서 내렸다. 선녀는 따라 내렸다. 땅처럼 단단하게 느껴지지만 발밑은 분명 마른 진흙 같은 모래였다. 바닷물을 가르며 해변을 달리는 자동차를 CM이나 영화에서 본 적은 있지만, 그것이 꽤 낭만적으로 보여도 바닷물에 잠기면 차에 얼마나 손상이 오는지 너무도 잘 알고 있는지라 현실적인 선녀의 머릿속엔 이곳이 그냥 해변이라는 것을 인지한 순간부터 어서 빠져나가야 한다는 생각만 들고 있었다.

"내가 왜 여길 왔는지 알아?"

"당연히, 모르지요."

"여자에게서 사랑한다는 말을 처음으로 들었던 것이 이곳이었어."

흐응. 선녀는 어쩐지 김이 좀 새버렸다. 그래서 뭐? 지금 나더러 사랑한다는 고백을 하라는 것은 아니겠지?

"아까 선녀님에게 사랑한다는 말을 들으니까 갑자기 이곳이 생각났어."

"아, 그건……."

친구들 때문에 얼떨결에 한 소리라고요.

"물론 진심으로 한 소리는 아니라는 것을 알지만……."

"그건 맞아요. 내가 그런 소릴 한 것은 친구들이……."

"하지만 그 말을 듣는 순간 떨렸어. 기쁘고."

도훈의 말은 반만 진실이었다. 갑작스럽게 하는 선녀의 사랑한다는 말은, 수도 없이 많은 여자들에게 들었던 말이기도 했다. 두어 번 만나면 여자들은 공식처럼 말했다.

'정도훈, 사랑해.'

그렇게 말하는 여자들은 그에게 뭔가를 바랐다. 돈을, 아니면 결혼을. 작년만 해도 도훈에게 사랑한다는 말을 한 여자는 셀 수

없이 많았다. 그가 그레이스를 만날 때 접근한 여자들은 마치 자신이 구원이기라도 하는 것처럼 굴었다. 그러니 도훈이 탐욕스럽게 눈을 빛내는 여자들의 겉모습에 넌더리를 내고 또 사랑한다는 말에 지쳐 버린 것은 어쩌면 당연한 일이었을 것이다.

아까만 해도 그랬다. 느닷없이 하는 선녀의 사랑한다는 말에 그렇구나 하는 생각이 들어 도훈은 조금 실망했다. 하지만 기묘한 이율배반이었다. 그러면서도 사랑해요라는 말에는 은근히 기뻤다. 사랑이란 말은 거짓이라도 듣기엔 좋았다. 더구나 전화 속에서의 사랑한다는 말은, 얼굴이 보이지 않아선지 아주 커다란 힘을 갖고 밀물처럼 갑자기 가슴속 저 끝까지 순식간에 들어와 버렸다.

"고등학교 이 학년 때 첫사랑에 빠졌는데 그때 그녀가 나를 이곳에 데려와서는 바다를 향해 섰었지."

그때는 대낮이었다. 아직 제철이 아니어서 그리 많다고 볼 수는 없었지만 그래도 군데군데 사람들이 있었다. 그런 것을 조금도 관여치 않고 여자는 입가에 두 손을 나팔처럼 대고는 커다랗게 소리를 질렀다.

"정도훈, 사랑해!"

그는 열여덟, 여자는 스물셋이었다. 사춘기조차 유야무야 있는 듯 없는 듯 지나간 착하고 밝기만 했던 소년은 여자의 고백에 그만 감격해 버렸다.

"여자에게 사랑한다는 말을 들은 것은 그때가 처음이었어."

그때까지 만나던 여자애들은 도훈에게 자신의 감정을 좋아해라고 표현했고 그 말이 어울리는 나이이기도 했다.

"그런데요?"

"선녀님의 사랑한다는 말을 듣는 순간 갑자기 그때와 똑같다는 생각이 들었어."

이성에게 생전 처음으로 들었던 사랑한다는 말에 두렵고 떨리고 놀랐었다.

"어땠는데요?"

"좋으면서 싫고 흐뭇하면서 화가 나고 믿고 싶은데 믿을 수 없고."

그것이 왜 이 밤에 여기를 온 것에 대한 대답인지 선녀는 알 수가 없었다.

갑자기 도훈이 바다를 향해 두어 걸음 걸어나갔다. 돌아서서 선녀를 보는 도훈의 등 뒤로 아주 멀리 검게 보이는 바다가 있었다.

"나도 선녀님도 우리는 진짜로 사랑하지는 말자. 대신……."

태안반도의 바람은 너무도 무거운 습기를 담고 있었다. 짭조름한 바다의 내음이 물씬 났다.

"사랑하는 척은 하자. 남들이 다 부러워할 정도로."

뭐라고 대답을 하는 것이 현명한 것인지 선녀는 알 수가 없었다. 어쩌면 도훈은 사랑하기 싫어서 미리 달아나는 비겁한 남자일 수도 있었다. 어둠은 깊고 하늘의 별은 불어오는 바람에도 후두둑 떨어질 것처럼 너무도 많이 빛나고 있었다. 그리고 그녀를 보는 도훈의 눈은 그 많은 별빛을 합친 것보다도 더 빛나 보였다.

뭐라고 대답을 하지?

선녀의 망설임을 구원이라도 할 듯 붕 하고 핸드폰으로 문자가 들어왔다.

　―전화할 수 있으면 해줘. 진이.

　선녀는 재빠르게 통화버튼을 눌렀다. 도훈을 피해 살짝 돌아섰다. 도훈의 제안은 전화하는 동안만이라도 좀 생각을 해볼 문제였다.

　[어디니?]

　"여기? 음, 저기야."

　[저기라니? 내 마음대로 유추해도 되는 곳이니?]

　"네 마음대로 어디를 유추할 것인데?"

　[일, 호텔. 이, 술집. 삼, 카페. 사, 남자의 집.]

　"좀 획기적인 유추는 없니? 너무 평범하잖아."

　[그래? 오, 지옥. 육, 호랑이 아가리. 칠, 고래 뱃속.]

　"그냥 평범하고 진부한 쪽으로 가자. 여기 바다야."

　[웃기고 있네. 네가 바다면 난 화산에 있다. 이것아. 이 밤에 미쳤다고 바다엘 가? 뭐하러?]

　"이 밤에 왜 시비야? 내가 그렇게 나왔다고 그러는 거니?"

　[송선녀.]

　"응."

　[너, 10년 짝사랑한 남자가 혹시…….]

　진이의 말에서 곧 상준의 이름이 나올 것 같아서 선녀는 다급해졌다. 안 돼. 그것은 막아야 했다. 아니라는 대답도, 그렇다는 긍정은 더더욱 하기 싫었다. 부정은 거짓말이고 긍정은 진이에게 상처가 될 테니까.

“앗, 진이야, 잠깐만.”

선녀가 급히 수화기를 막고서 도훈을 바라보았다.

“1달 동안만 사랑하는 척하면 되는 건가요?”

“응.”

“그렇게 하죠. 당신이 원하는 걸 얻고 나도 내가 원하는 걸 얻는다면, 아마도 그게 윈, 윈이겠죠?”

“약속 꼭 지켜야 해.”

“약속을 지킬 사람은 그쪽 같네요.”

이러고저러고 계속 조건만 내걸고 로또를 주지 않고 치사하게 구는 것은 자기면서.

“내가?”

“그렇잖아요. 이번엔 꼭 지켜주세요. 그런데 1달 동안 같이 사는 거예요? 아니면 아침저녁으로 만나는 거예요?”

“같이 사는 걸로 하지.”

그때서야 선녀는 진이의 귀에 들어가게 수화기에서 손을 뗐다.

“좋아요, 같이 살겠어요. 그런데 어디서 살아요?”

“내 오피스텔로 들어와.”

“좋아요. 언제 짐을 옮길까요?”

“빠를수록 좋겠지.”

“알았어요. 내일모레까지 들어갈게요.”

고개를 끄떡인 뒤 전화기를 귀로 가져갔다. 전화기에서 화산이 폭발하는 것 같은 진이의 고함 소리가 빵빵 터져 나왔다.

[야! 이 미친 것. 너 지금 무슨 소리를 하는 거야? 엉? 너 제정신

이야?]

"왜 소리는 지르고 그래?"

[너 지금 뭐라고 한 거야? 어떤 놈 집에 들어간다고 한 거잖아? 그거 동거한다는 소리잖아? 니가 지금 정신이 있어? 없어? 대체 어떤 놈인데, 어떤 놈하고 살겠다는 거야?]

"사랑하는 사람이야."

지금부터다. 사랑하는 척하는 연극이 시작되었다. 선녀는 도훈에게 눈을 맞췄다.

[뭐?]

"너무나 사랑해서 가슴이 터질 것 같아."

사랑하는 척.

"보는 것만으로도 미소가 나오고 생각하는 것만으로도 가슴이 두근거려."

사랑하는 척…….

"너무도 사랑해서 가슴이 아파."

사랑하는 척!

"그러니까 나중에 얘기해. 지금은 방해받고 싶지 않아."

진이가 소리를 질렀으나 선녀는 아예 전화기의 전원을 눌러 버렸다.

"춥지 않아요? 난 추운데."

도훈의 품으로 파고들었다.

"춤출까?"

전화를 하며 갑자기 변한 선녀의 태도에 조금은 놀라 있던 도훈이 물어왔다.

"뭘 해요?"

"달도 있고 파도도 있고 여자도 있고 남자도 있으니 춤추는 것이 어때?"

"음악이 없잖아요."

도훈이 차의 시동을 걸고 시디플레이어에 시디를 집어넣었다. 은은한 음악이 흘러나왔다. 어둠 속에 길게 나간 헤드라이트 불빛이 밤하늘의 별보다도 더 밝았다. 빛이 보이는 저곳은 환하지만 헤드라이트 이쪽은 검은 어둠, 선녀는 검은 바다에서 불어오는 바람을 맞으며 잠시 서 있었다.

음악이 그녀의 마음으로 파고들었다. 밤, 바다, 음악, 그리고 남자와 여자.

도훈이 손을 내밀었다. 선녀는 천천히 그의 손에 응했다. 그녀가 손을 마주 잡자 도훈이 선녀를 품 안으로 끌어당겼다. 선녀는 순순히 도훈의 어깨에 손을 얹었다.

보석을 부숴논 듯한 수많은 별들이 빛나고 있었지만 마주 보는 두 사람의 눈보다 더 빛나는 것은 없었다. 한 발 한 발 음악을 따라 움직이는 스텝은 저 멀리 떠 있는 달빛처럼 부드럽기만 했다. 눈과 눈이 부딪치고 손과 손이 맞잡아 있고 스텝에 따라 닿았다 떨어지는 둘의 육체에선 어느새 서로를 향한 향기로움이 품어져 나오고 있었다.

사랑하는 척하기.

도훈을 따라 스텝을 밟으면서 선녀는 웃는 얼굴로 도훈을 바라보았다.

그래, 이건 사랑하는 척하는 거야.

도훈의 입술이 내려왔고 선녀는 눈을 감았다. 부드러운 입술이 감기듯 그녀의 입술에 부딪쳐 왔다.

사랑하는 척…….


도훈의 차가 선녀의 집에 도착한 것은 새벽 한 시가 훌쩍 넘어서였다. 아직도 바다의 개펄과 파도의 내음이 코끝을 감도는 기분이었지만 몹시도 피곤한지 눈꺼풀이 천근이었다. 선녀는 안전벨트를 풀며 도훈 몰래 살짝 하품을 했다. 도훈이 선녀가 사는 원룸 건물을 올려다보았다.

"집이 어디야?"

"저기 불 켜진 2층이요."

"누가 있어?"

"아뇨. 나올 때 항상 불을 켜고 나와요. 여자 혼자 사는데 비어 있으면 좀 위험할 것 같아서."

선녀의 말에 도훈이 안전벨트를 풀었다.

"왜요?"

"방까지 데려다 주겠어. 위험하잖아."

"됐어요, 여자 혼자 사는 집에 남자가 드나드는 것이 더 위험해요. 어서 가요."

도훈의 말이 고맙긴 하지만 노쌩큐다. 이 늦은 밤에 남자와 방으로 들어가는 것을 누가 보기라도 하면 그녀만 손해다. 그러니까 그냥 가시죠.

"내리지 말라고요, 됐다니까."

선녀가 내리지 말라고 고집을 부렸으나 고집스럽긴 도훈도 마찬가지였다. 말을 듣지 않고 도훈이 차문을 열었다. 선녀가 눈을 치떴다.

"제발 그냥 가주세요, 네? 나 피곤하고요. 이렇게 산 지 2년이 넘었는데도 전혀 위험하지 않았다고요."

그래도 도훈이 계속 내리려고 해 선녀는 화를 내고 말았다.

"아 정말! 누구 혼삿길 막을 일 있어요?"

"혼삿길을 막다니?"

"자정 넘은 밤에 남자가 드나들어 봐요. 어떤 소문이 나겠어요?"

"한 번도 남자가 드나든 적이 없단 말인가? 저 방은 금남의 구역인가?"

"설마요, 전구 갈러 주인집 아저씨도 오고 슈퍼 배달원도 오고 등기 갖고 우체부 아저씨도 오긴 오죠. 하지만 다 낮에 와요. 그러니까 어서 가주세요."

가끔 상준이 저녁에 와서 밥 먹고 간 적은 있지만 그런 것까지 이야기할 필요는 없는 것 아닌가.

선녀의 말에 도훈이 차의 시동을 걸었다.

"가요, 내일모레 봐요."

도훈의 차가 간 뒤 선녀는 집 쪽으로 발길을 돌렸다.

"너무 늦게 다니는 것 아니니?"

“엄마야!”

이층으로 다 올라가 계단의 마지막을 오르던 선녀는 갑자기 들려오는 소리에 그만 빽 소리를 지르고 말았다. 선녀의 방 문 앞에 신문지를 깔고 진이가 앉아 있었다.

“진아, 너 뭐야? 왜 여기에? 이러고 있어?”

“왜 여기에? 그런 소리를 잘도 하는구나.”

진이의 얼굴엔 불만이 잔뜩 배어 있었다. 그럴 수밖에. 선녀를 조금만, 조금만 하며 기다리다 보니 어느새 서너 시간이 훌쩍 지나, 정말 이게 무슨 고생인가 싶어 화가 나던 참인데 선녀가 온 것이다.

“아, 정말 쪽팔려 죽는 줄 알았네. 이러고 몇 시간이나 있은 줄 알아? 오며 가며 여기 사는 사람들이 한 번씩 다 쳐다보더라.”

진이가 일어서더니 퍽, 핸드백으로 선녀의 머리를 냅다 후려쳤다.

“야! 너 정말.”

“문이나 열어. 송선녀.”

선녀는 찍소리도 못하고 문을 열었다. 문이 열리자, 방 안으로 들어온 진이가 확 선녀를 바닥으로 밀어 넘어뜨렸다.

“오늘 멍석말이 좀 당해봐.”

비명이나 반항할 새도 없이 이불을 선녀의 몸 위에 확 덮어씌우더니 펑펑 때리고 밟기 시작했다.

“아야야, 이것이 정말.”

겨우 벗어난 선녀가 소리를 질렀으나, 팔짱을 끼고 노려보는 진이의 기세에 눌려 목소리가 점차 작아져 갔다.

"자, 피의자 송선녀는 지금부터 자백을 시작한다."

누가 로펌 직원 아니라고 할까 봐 말하는 것 하고는.

"그러기 전에 폭행으로, 너부터 먼저 들어가야 하는 것 아냐?"

"어쭈구리. 웃기지 마. 멍석말이는 우리나라의 관습법이야. 잘 못을 저지른 인간은 멍석말이로 혼내주고 마을에서 쫓아냈어. 난 법대로 널 처단한 거야."

"내가 뭘 잘못했는데?"

"뭘 잘못했는데? 이것 말하는 것 봐. 그따위로 전화 받아놓고 뭘 잘못했는데?"

"아무 말 마. 내 일이잖아."

선녀의 목소리는 아주 의연했다.

"내가 한두 살 먹었어? 나도 다 생각하고 재보고 결정한 거야. 네가 뭐랄 일이 아니니까 거기에 대해선 입 꾹 다물어."

평소와는 너무 다른 선녀의 반응에 진이 놀라 입을 다물지 못했다.

"너 정말!"

"황진이, 아무 소리 하지 말랬지!"

로또에 대한 것도 그렇고 도훈에 대한 감정도 그렇고 뭔가가 한 달이 지나면 확실하게 결정이 나겠지. 모든 일이 일어난 것이 너무 갑작스러워 사실 선녀는 마음의 갈피를 잡을 수가 없었다. 죽어도 포기 못할 로또도 그렇지만 도훈에 대한 그녀의 감정은 자신도 알지 못하는 혼돈이었다.

아마도 로또가 아니었더라도 같이 살아보고 싶어했을지도…….
그것이 솔직한 마음이었다.

"내 일이야, 이미 내가 결정한 거고. 네가 나를 생각해서 이러는
줄은 알겠지만 어떤 말을 해도 이제 늦었어. 그러니 아무 말도 하
지 마."

"선녀야."

"말하지 마. 소용없어."

진이가 자신을 생각해서 이런다는 것을 알고 있지만 지금 선녀
에게 진이의 간섭이나 조언은 지나쳐 가는 바람처럼 가슴에 와 담
기지 않았다. 선녀의 가슴은 이미 쓸쓸함이 깊게 배인 도훈의 눈
으로 가득 차 있었다.

"나중에 후회하면? 그땐 어쩔래?"

"모르겠어. 지금은 나중을 생각하지 않고 무조건 하고 싶어. 네
말대로 나중에 후회하게 될 것이 분명하지만…… 지금은 그냥 그
래 보고 싶어."

"……나 때문이니?"

"무슨 소리야?"

"상준이 좋아했지? 10년 동안 상준이 좋아한 거지?"

인경이 이것, 그냥 안 둬. 결국 다 말해 버린 모양이네. 그녀 혼
자만 마음에 담았던 것이 진이의 입에서 나오자 이상하게 선녀의
마음은 초라해졌다.

"그랬…… 지."

"뭐가 그랬지야? 지금도 좋아하잖아."

“그…… 럴지도.”

상준에 대한 마음은 아직도 그대로였다. 상준이 보인 태도에 화가 난다고 해서 하루아침에 싹 돌아서 버릴 정도라면 10년간 좋아하지도 않았을 것이다.

“넌 정말 바보 같아. 그런데 왜 한 번도 내게 그런 말을 하지 않았어?”

네 마음을 알고 있었으니까. 네가 상준을 좋아한다고 동네방네 떠들어댔잖아. 정말로 상준을 좋아하는 친구가 진이만 아니었어도 그녀 역시 진즉 밝혔을 것이다. 나도 좋아한다고.

“옛날에 말야, 우리 집 갑자기 어려워졌을 때, 고등학교 1학년 때였나? 왜 우리 집 너희 지하방에서 반년 정도 살았었잖아. 우리 아빠가 부도나서 몇 달간 행방 묘연했을 때.”

돌아가신 선녀의 아버지는 작은 사업을 했다. 쭉 유복한 편이었지만 딱 한 번 완전히 거덜이 나네 어쩌네 하면서 사업을 접기 직전까지 간 적이 있었다. 그때 약 1년은 정말 어려웠었다. 남의 집 지하방에서도 살아봤고 엄마는 분식집에서 라면을 끓여 팔았다.

“그때 정말 어려워서 나 수업료 못 내고 휴학할까 할 때 네가 내 수업료를 내줬었어. 2년을 넘게 모은 저금통을 깨서.”

그때 진이는 말도 없이 저금통을 깼고 그걸 안 집에서 그 돈 다 뭐했냐고 야단을 했더니 ‘내 돈 내가 모아 내가 쓰는데 엄마가 무슨 상관?’ 이랬다가 매도 맞았다.

“그래서 그것 갚느라고 상준이 좋아하는 마음을 내게 숨겼다고 들린다? 너 정말 그런 거니? 나 때문에 상준이 포기하고 될 대로 돼라라는 자포자기 심정으로 그런 결정을 내린 것이니?"

"그런 생각이 들어?"

"그래, 그런 것 같아. 그래서 드는 생각이 뭔 줄 알아?"

"뭔데?"

"병신."

"넌 무슨 여자가 그렇게 무슨 험한 말을 그렇게 쉽게 하니?"

"정말 병신 같잖아."

진이가 생각하는 사랑은 좀 전투적이었다. 약간의 이기심도 있었다. 내가 좋아하는 것이 최우선, 그랬다. 무엇 때문에 남의 눈치를 보고 남의 감정을 생각해야 하는 것일까?

좋으면 먼저 가지는 것이 임자야. 이것이 진이의 사랑공식이었다.

"내가 네 말 때문에 상준이를 애초부터 포기했다고 생각해? 아니, 틀려. 그런 것은 절대 아냐. 나는 상준이를 딱 이만큼 좋아한 거야. 내가 정말 상준이가 지금 만나는 남자처럼 신경이 쓰였다면 아마 너와 맞서서 싸웠을걸?"

"싸우고 졌겠지."

이것이 로맨스 편집하는 사람을 뭘로 보고. 촌철살인이라는 것은 글에만 해당되는 것이 절대 아니었다. 선녀는 말도 자신있었다.

"천만에, 황진이의 눈물을 밟고 서서 송선녀는 승리의 미소를 짓고 있었을걸?"

"웃기지도 않아. 대체 뭘 잘못 먹어서 이런 헛소리를 할까?"

“내가 그동안 아무 소리 하지 않은 이유는 딱 한 가지야. 상준이 가 나보다 너를 더 좋아하잖아.”

“무슨!”

“자존심 상해서 말 안 하려고 했는데 말해준다. 사실이야. 상준 이는 나보다 너를 더 좋아해.”

확 화색이 돌던 진이의 얼굴이 다시 진지해졌다.

“선녀야. 그래도 너, 남자랑 동거한다는 것은 한 번만 더 생각해 보는 것이 어때?”

“아무 말 하지 말아줄래? 나도 심사숙고한 끝에 내린 결정이니 까. 남자와 한 달 동안만 살아보는 것이 얼마나 바보 같은 결정인 줄은 나도 잘 알아. 하지만 그래도 그래 보고 싶어. 나중에 후회할 것 같다는 생각은 지금도 해. 하지만 후회를 하더라도 그래 보고 싶어. 그만큼 마음이 끌려. 분명히 이 결정을 취소하더라도 나는 후회할 것 같아. 그러니까 더 이상 아무 말도 하지 마.”

말을 하면서 선녀는 깨달았다. 그랬구나. 나, 사실은 정도훈이 란 남자에게 빠져 버렸구나. 선녀는 진이와 대화를 하다 도훈에 대한 자신의 마음을 깨닫고 말았다.

“진이야, 너한테 갚지도 못할 정도로 빚을 졌어. 기다려, 내가 로또 1등 되면 그 빚 다 갚아줄게.”

그러고 보니 도훈과 같이 한 달 동안 사는 것은 꿩 먹고 알 먹는 것이다. 로또도 찾고 마음에 끌리는 남자도 손에 넣는 것이니까.

그날 밤 선녀와 진이는 한숨도 자지 않고 기나긴 이야기를 하며 밤을 보냈다. 학창시절 얘기서부터 직장상사의 험까지 별의별 수

다리를 떨며 밤을 새우는 동안 선녀는 단단히 결심해 버렸다.

어차피 끝날 시간은 정해져 있다. 그렇다면 하루라도 빨리 들어가 버리자.


결심을 하면 바로 실천하는 것은 선녀의 생활철학이었다. 아침에 출근할 때 선녀는 자신의 가방 중에서 가장 커다란 백에다 속옷과 몇 가지의 소지품을 챙겼다. 그리고 그날 퇴근을 도훈의 오피스텔로 했다. 굳게 닫힌 도훈의 오피스텔 문 앞에서 기다리고 있자니 도훈이 아홉 시가 돼서야 돌아왔다.

"지금 오는 거예요?"

집에 도착해서 키를 꺼내 들던 도훈은 갑작스레 들려오는 선녀의 목소리에 뒤를 돌아보았다. 옥상으로 올라가는 계단 턱에 앉아 있던 선녀가 일어섰다. 내일이나 돼야 선녀가 올 것이라 생각했던 도훈은 조금 놀랐다.

"아야야아아. 온몸이 굳어버렸네, 아우, 발 저려."

깔고 앉았던 핸드백을 툭툭 털며 선녀가 발을 들었다 났다 하며 오만상을 찡그렸다. 발 저림을 이기지 못하고 휘청 도훈의 팔을 잡았다.

"언제부터 이러고 있었던 거야?"

"한 시간 정도?"

"전화하지 그랬어."

"도훈 씨를 기다리는 시간도 내게는 행복인걸."

정말 그랬다. 누군가가 오는 것을 기다리는 것은 지루하고 짜증

나면서도 행복했다. 엘리베이터가 움직일 때마다 그가 오는가 하
는 생각으로 두근거렸다.

"언제 올지도 모르는데 무턱대고 기다리다니. 미련 맞긴…….
전화가 왜 있다고 생각해? 문명의 이기란 편리하라고 있는 거야."

"편리하다고 다 좋은 것은 아니에요. 그런 것 때문에 기다림 같
은 것이 없어졌잖아요. 그리고 이제 슬슬 도훈 씨에게 나 여기 있
다고 빨리 오라고 전화할까 생각하던 중이었어요."

선녀는 살그머니 도훈의 가슴에 코를 비비며 그에게서 나는 희
미한 향을 깊숙이 들이마셨다.

"도훈 씨의 냄새가 정말 좋다."

"선녀님은…… 이름과 다르네."

"어떻게 달라요?"

"꽤나 색정적인데?"

"좋다는 뜻이죠?"

"나쁘진 않아."

서툴지만 치명적일 정도로 매혹적으로 선녀가 눈웃음을 짓자
도훈이 바로 반응해 왔다. 급한 손짓으로 문을 열고는 선녀를 안
으로 밀어 넣고 안아 들었다. 선녀는 그의 목에 팔을 두르고 다리
로 허리를 감쌌다. 선녀의 무게가 아무렇지 않은 듯 도훈은 아주
가뿐하게 그녀를 안고 집 안으로 걸음을 옮겼다.

"지금은 우리가 야해질 시간이지?"

"야해질? 야해야 하나?"

"그렇지."

"야!"

선녀의 말에 도훈의 낮은 소리로 웃었다. 그의 웃음소리가 섹시하게 선녀의 마음에 울려왔다. 이것은 아마도 기대? 뱃속에서 뜨거운 기운이 똘똘 뭉쳤다. 긴 눈매의 긴 속눈썹, 거기에 드리워진 그늘. 도훈의 바라보는 시선만으로도 마음은 젖어들고 목은 타들어갔다.

갈증이 나.

도훈의 뺨에 도장을 찍듯 입술을 누른 뒤 굶주린 것처럼 다급하게 선녀가 입술을 찾았다. 길게 미소를 띤 도훈의 입술은 감로수처럼 달았다. 부드러운 붉은 맛과 두근거리는 설레는 맛이 너무도 강했다.

"진짜로 야해질 시간이야."

"진짜로, 야!"

도훈이 웃으며 선녀를 그대로 주방의 식탁 위에 눕히고는 그녀가 입은 블라우스를 성급하게 벗겨내기 시작했다. 채 단추가 풀어지지 않은 블라우스가 잘 벗겨지지 않자 거칠게 잡아당겼다. 찌익. 찢어지는 소리가 선녀의 머릿속으로 들어와 박혔다. 거칠게 옷이 찢어진다. 머릿속에 떠오르는 이미지만으로 흥분이 샘솟듯 올라왔다. 옷을 찢듯 그녀의 몸도 찢을 것처럼 거칠고 성급하게 이 남자가 자신을 원한다! 몸이 부르르 떨렸다. 반쯤 찢어지고 벗겨진 블라우스가 몸에서 떠나 휙 공중으로 떠올랐다. 하얀 옷이 커다란 나비처럼 공중에서 춤을 추며 내려오는 것을 보며 선녀는 입술을 핥았다.

벗겨낼 시간도 다급할 정도로, 그렇게 내가 갖고 싶은 것이죠? 응? 기묘한 만족감과 기대로 볼이 상기되었다.

선녀는 도훈이 옷을 벗기기 쉽게 몸을 틀었다. 스커트가 벗겨져 휙 공중을 날았다. 팔랑 바닥에 닿기 전에 브래지어의 후크가 열리면서 탐스러운 가슴이 해방되었다. 드러난 맨 가슴에 핑크색 유두가 발끈 서 있었다. 하얀 팬티가 스타킹과 함께 주욱 발을 따라 내려갔다. 이제 선녀의 몸은 완전 벌거숭이었다.

갈색 티크에 꽃무늬가 상감된 둥글고 큰 식탁 위에 실오라기 하나 걸치지 않고 누워 있는 선녀의 몸을 바라보며 도훈이 만족스런 웃음을 웃었다. 긴 머리카락이 쫙 펼쳐지고 가느다란 몸을 식탁에 눕히고 있는 선녀는 아주 먹음직스럽게 보였다. 선녀의 몸 여기저기에서 섬세하게 내비치고 있는 푸른 혈관이 곱디고왔다.

도훈은 몸을 굽히고 선녀의 목에 내비치는 푸른 혈관에 입을 맞췄다. 천천히 혈관을 혀로 핥았다. 그의 입술이 닿자 따뜻하고 보드라운 선녀의 몸에 바르르 경련이 일었다. 질끈 눈을 감은 그녀의 속눈썹에도 미미한 경련이 잔물결을 일으키고 있었다. 도훈은 성급히 옷을 벗길 때와는 달리 느긋하고 천천히 입술을 움직였다. 피부에서 느껴지는 가느다란 떨림을 음미하면서 혈관을 따라 천천히 혀를 움직였다. 그의 입술이 궤적을 남기듯 느릿하게 목을 지나 선녀의 입가에 다다랐다.

하아, 기대를 품은 숨결이 선녀의 입에서 쏟아져 나왔다. 그 달콤함을 깊게 음미하면서 도훈의 혀가 그녀의 입술을 쓰윽 스쳤다. 키스를 바란 듯 선녀의 입술이 그를 따라왔으나 닿지 않자 선녀의 입에서 불만이 담긴 안타까운 한숨이 터져 나왔다. 달콤한 숨결이었다. 내뱉는 숨이 닿는 순간 도훈에게 선녀가 느끼고 있는 쾌락의 물결이 생생하게 느껴졌다.

민감하기 짝이 없는 선녀의 반응은 도훈을 흥분시켰다. 단순한 전희만으로 이렇게 달콤한 숨결을 품어내는 여자는 처음이었다. 선녀의 숨결은 정말 너무도 달았다.

"맛있는데?"

정말로 이런 맛은 처음이었다. 도훈의 미소는, 확 잡아당겨서 그에게 키스해 오는 선녀의 입안으로 사라져 버렸다. 그가 주지 않자 스스로 달려든 선녀가 도훈의 목을 끌어안고 그의 입안으로 혀를 밀어 넣었다. 혀의 맛이 기가 막히게 좋았지만 도훈은 몸을 뒤로 뺐다. 선녀가 안달하는 것이 보기 좋았다. 그녀 스스로 그의 목을 끌어안고 그에게 몸을 밀어붙이며 자신을 가져달라고 사정하게 만들고 싶었다.

"키스를 원해?"

말이라고! 선녀는 입술을 밀어붙였으나 도훈은 다시 또 피했다.

"키스를 원하냐고?"

원하지. 당연 원하지. 몸이 채워지지 않은 욕망으로 터질 것같이 부풀어오르는데 뭐냐고, 왜 키스를 피하는 거야? 내가 키스해 달라고 사정이라도 해야 한다는 거야? 감히 누굴 뭘로 보고. 내가 그럴 여자 같아?

"원해?"

집요하게 물어오는 도훈을 확 잡아당겨 선녀는 다시 입술을 밀어붙였다. 머릿속이 하얘질 때까지 두 사람의 혀는 서로를 갈구했다. 서로의 혀를 미친 듯이 찾아 정신없이 물고 빨았다. 숨이 가빠서 선녀는 잠시 키스를 멈췄다. 가쁜 숨에 섞여 나른하게 말이 흘러나왔다.

"설마 키스만 원하겠어요?"

그 말은 즉시 도훈의 키스를 다시 불러들였다. 그의 입술이 다가와 부푼 선녀의 입술을 빨아들였다. 선녀는 눈을 감았다. 입안 구석구석을 쉼없이 헤집고 다니는 도훈의 혀에 그만 취해 버렸다. 부드럽고 뜨겁다. 감미롭고 격하다. 감은 눈 속에 새로운 세상이 탄생했다. 수천 송이의 꽃봉오리가 일제히 만개하기 시작했다.

선녀는 그 어떤 것도 놓치고 싶지 않았다. 몰랐다. 그녀 자신에게 이렇게 큰 욕망이 내재돼 있었는지.

내 몸을 채워줘.

이 끓는 피를 식혀줘.

너무도 뜨거운 욕망에 잠시 멈칫거리면서 선녀는 자신도 모르게 터져 나올 것 같은 애원을 간신히 참아 눌렀다. 하지만 애원은 말이 아닌 다른 것으로 나타나고 있는 것을 선녀는 미처 몰랐다. 흐릿해진 눈이 이미 애원하고 있고 매달리는 손끝에도 가득 담겨 있다는 것을 그녀는 몰랐다.

당신을 원해.

그녀의 애원을 알아들은 것처럼 도훈이 선녀의 몸을 움켜쥐었다. 도훈은 너무도 노련했다. 그의 손은 마법을 부리듯 선녀의 몸에서 여러 가지 효과를 냈다. 그의 긴 손가락이 선녀의 몸을 피아

노처럼 연주했다. 도훈의 손이 쇄골을 쓰다듬고 천천히 어깨선을 타고 내리더니 어깨를 따라 흘러내렸다. 천천히 흘러내리며 원을 그리는 도훈의 손끝이, 발끈 쥔 선녀의 주먹에 더욱 힘이 들어가게 만들었다.

흘러가는 밤의 시간 속으로 그녀의 신음 소리도 녹아들었다. 천천히 쓰다듬는 손이 서서히 아래로 내려가 가장 뜨겁지만 가장 비밀스러운, 그리고…… 아주 예민한 곳을 찾아냈다. 도훈의 손길이 닿자 아래가 그만 터져 버릴 것같이 팽창했다. 몸 안으로 도훈의 손가락이 들어왔다. 리듬을 타며 움직이는 손놀림에 선녀는 미친 듯이 끓어올랐다. 그녀의 몸이 저절로 들썩였다. 안으로 들어와서 나갈 때마다 조금씩 빨라지는 손가락의 리듬에 맞춰 선녀는 몸을 들어 올렸다.

그때까지 옷을 벗지 않고 있던 도훈이 비로소 옷을 벗기 시작했다. 도훈이 옷을 벗을 때까지 기다리는 시간도 참지 못하고 선녀가 그의 옷을 잡아당겼다. 투둑 급하게 벗는 그의 셔츠에서 단추가 날아갔다. 찌직, 그의 셔츠 어딘가가 찢어지는 소리를 냈다. 선녀는 혀를 내밀어 마른 입술을 축였다. 전생이, 비단 찢는 소리에 나라를 망쳤다는 중국 고대 미인인 포사도 아닐진대 왜 이리 옷 찢어지는 소리가 자극적이란 말인가!

도훈이 옷을 벗어 던지고 선녀의 몸을 끌어당겼다. 살이 닿는다. 가슴과 가슴이, 배와 배가 그리고 여성과 남성이.

부풀 대로 부푼 도훈의 몸은 거대했다. 그의 몸이 능숙하게 그녀의 다리 사이에 자리를 잡았다. 살짝살짝 물러서서 선녀를 안달나게 했던 것은 거짓말같이 그의 몸도 극도로 흥분해 있었다. 선녀는 얼굴을 붉혔다. 갖고 싶다. 그를, 그가 그녀를 가졌으면 한다. 지금은 도훈의 몸이 자신의 안으로 들어와 꽉 채워주는 것 외엔 어떤 것도 원하거나 생각할 수도 없었다. 어서, 어서. 눈으로 재촉했다. 붉어진 얼굴로 도훈을 보며 간절히 애원했다.

도훈이 몸 위로 올라와 커다란 몸으로 그녀를 덮었다. 맨살의 느낌, 눌러오는 무게의 압박감, 뜨겁게 쏟아지는 도훈의 숨. 탄식이 강처럼 흘러넘치며 깊은 밤을 열었다. 이제 시작인 것이다.

도훈은 안달나서 파들거리는 선녀의 그곳을 자신의 것으로 노크하듯 문지를 뿐 쉽게 들어오지 않았다. 그저 문지르고 살짝 빠질 뿐이었다. 선녀는 자신의 다리로 그의 허리를 꽉 끌어안았다.

어서, 어서.

온몸이 들썩거렸다. 들어오지 않는 도훈 대신 그녀 스스로 몸을 열어 도훈의 몸을 집어삼키려 했다. 하지만 짓궂게도 도훈은 입구에서 다시 슬쩍 빠져나갔다. 대신 그녀의 몸을 섬세하게 영유하던 그의 손가락이 아까처럼 다시 들어왔다. 처음보다 좀 더 격렬하고 빨랐다. 몸을 가르는 감각이 파도처럼 밀려들었다.

"아흑. 아아아!"

신음과 함께 입가에서 타액이 흘러내리기 시작했다. 흐르고 넘치는 곳은 입만이 아니었다. 가장 은밀하고 깊은 곳도 질척하게 흘러넘쳤다.

눈앞이 캄캄해져 오기 시작했다. 거침없이 미끄러져 들어오는 도훈의 손이 리드미컬하게 움직이며 선녀의 깊은 곳을 휘젓기 시작했다. 선녀의 몸속 깊은 곳에서 용암이 터지듯 뜨거움이 폭발했다.

너무도 노련해. 그리고 너무도 좋아!

이렇게 자지러지는 경험은 처음이었다. 정말로 머릿속이 새하얗게 변해서 죽어도 좋다는 생각밖에 들지 않았다. 얼굴은 붉어지고 눈빛은 몽롱해져 갔다. 반쯤 열린 입술에선 밭은 숨이 뜨겁게 품어져 나왔다. 하악 하악. 신음 소리가 더더욱 높아졌다.

"원해?"

아까와 똑같은 질문을 도훈이 던졌다. 선녀는 침을 삼켰다. 지금 너무도 좋았다. 죽을 만큼 큰 쾌락에 어쩔 줄 모르겠다. 하지만……. 그래, 원하는 것은 이게 아냐. 이게 다가 아니야.

그랬다. 손가락이 아닌 그를 원했다. 그의 남성이 직접 그녀의 몸을 채워주길 원했다. 아무리 그의 손놀림이 현란하게 선녀를 저 위로 올렸다가 끌어내리기를 반복하며 바들바들 떨게 만들어도 부족하기만 했다. 선녀는 몸을 오그려 도훈의 손길을 피하려 했다. 미끈하게 들어와서 그녀의 몸 깊은 곳을 유린하는 손가락을 거부하려고 몸을 잔뜩 오그렸지만 그런 그녀의 움직임은 도훈의 손놀림을 좀 더 집요하게 만들 뿐이었다. 결국 선녀는 몸을 활짝 열고 말았다. 그의 것이 몸 안으로 들어와 그녀를 채워주기를 간절히 바라면서 선녀는 도훈을 끌어안은 팔다리에 힘을 주었다.

그의 손이 선녀의 몸 안에서 쑤욱 빠져나갔다. 아, 안 돼. 입술을 벙긋거리는 선녀의 눈앞으로 도훈이 기다란 손가락을 펼쳐 보였다. 젖어서 반들거리는 그의 손은 끈적거리는 점액이 잔뜩 묻어 있었다. 도훈이 자신의 손가락을 보면서 나른하게 웃었다. 그러더니 입으로 가져가 쓰윽 혀로 핥아 내렸다. 그녀를 바라보며 천천히 손가락을 핥는 도훈의 모습이 너무도 섹시해서 선녀는 자신도 모르게 꿀꺽 침을 삼켰다.

“먹고 싶어?”

그윽하고 낮은 목소리에 선녀는 자신도 모르게 고개를 끄떡였다.

“조금만 먹어야 해.”

입안으로 도훈이 손가락을 밀어 넣었다. 그의 손가락에선 여러 가지 맛이 났다. 도훈의 맛, 그리고 자신의 맛. 선녀는 도훈의 손가락을 정성껏 빨았다.

“조금만 먹으라니까. 욕심쟁이네.”

자신의 손가락을 보는 척하면서 도훈이 웃었다.

“하지만 내 욕심이 더 크지.”

도훈이 빠르게 선녀의 양다리를 잡아 벌렸다. 활짝 벌어진 선녀의 다리 사이로 그의 머리가 들어왔다. 비단처럼 매끄러운 혀가 용암처럼 들끓고 있는 선녀의 몸에 닿았다. 몸을 가르듯 중앙으로 쑤욱 들어와 감로수를 마시는 것처럼 흡입하기 시작했다.

“아, 앗.”

생전 처음 겪는 농밀하고 진한 경험에 선녀의 숨이 멎었다. 기가 막힌 희롱이었다. 혀와 입술로 하는 달콤한 고문이었다. 지나친 쾌락은 차라리 고통이었다. 아프다. 아니, 죽을 만큼 아픈 것처럼 숨 막히게 좋다.

　가장 정점이고 은밀히 숨어 있던 것이 파르르 떨며 고개를 내밀자 도훈이 덥썩 그것을 깨물었다. 잘근잘근 물다가 혀로 살살 굴리다가 다시 입술로 쭈욱 빨아 당겼다.

“아, 아, 아! 안 돼.”

　파닥파닥 몸을 떨던 선녀가 힘주어 도훈의 머리카락을 움켜쥐었다.

“으흥, 으흥, 으흥.”

　흐느낌 같은 신음이 끊임없이 터져 나왔다. 정신이 까물까물 금방이라도 나가 버릴 것 같았다.

“그만, 그만, 제발 그만.”

　울음이 터져 나올 것 같아서 선녀는 이를 악물었다. 손가락과 전혀 다른 감각이 그녀를 저 끝으로 몰아갔다. 몸 안에서 소용돌이치던 뭔가가 울컥울컥 터져 나왔다.

“그마안.”

　까무룩 또 한 번 정신을 잃을 뻔했다. 지나친 쾌락의 반발로 선녀는 온 힘을 다해 도훈의 얼굴을 밀어냈다. 도훈의 얼굴은 만족스러워 보였다.

“싫어, 제발 그만해요.”

　싫다고 했지만 선녀 스스로도 정말 싫은 건지 아니면 좋아 죽겠는 것인지 알 수가 없었다.

“그럼 이건 어때?”

　손가락을 얽으면서 도훈이 쑤욱 선녀의 몸 안으로 자신을 들이밀었다. 마침내 그토록 안달나게 만들던 것이 거침없이 선녀의 안으로 들어와 단숨에 그녀를 점령했다. 제집을 찾듯 순식간에 그녀의 안을 채웠다. 손과 혀와는 비교도 안 되는 거센 감각이었다. 느릿하지만 힘차고 부드럽지만 강하게 선녀의 몸을 갈랐다. 뜨거워서, 벅차서, 선녀는 잠시 숨을 참았다. 좋았다. 정말 너무 좋았다. 도훈이 움직이기 시작했다.

"으윽."

선녀의 것은 작았고 도훈의 것은 컸다. 크기만 할까? 너무나 강해서 선녀의 몸은 금방이라도 터져 나갈 것 같았다. 도훈이 계속 몸을 움직였다. 느리지만 깊게, 천천히 감질나게. 그녀의 몸 안에 있는 그의 것이 선녀를 달구기 시작했다.

"할 말이 없어?"

이런 상황에서 대체 무슨 말을 하라는 것인지. 아니, 이 사람은 대체 무슨 말을 원하는 것일까? 턱턱 막히는 숨을 가쁘게 쉬는 것만으로도 정신없는데.

아!

머릿속에 전구가 켜지듯 반짝 생각이 들었다.

"사랑해요."

사랑하는 척하기로 했다. 그렇다면 이럴 땐 사랑한다는 말을 해야 하는 것이 맞을 것이다. 간절하고 아주 간절하게. 마음을 담고 사랑을 담은 부드러운 눈으로 그와 시선을 맞추며 사랑한다 속삭이는 것, 아마도 사랑한다면 이렇게 해야 하는 것이겠지.

"사랑해요!"

도훈이 미소 지었다. 그가 그녀의 눈꺼풀에 가볍게 키스했다.

자신이 원하는 대로 말해주는 선녀에게 만족한 듯했다. 하지만 모를 것이다. 몸을 나누는 수순이나 쾌락에 들떠 하는 것이 아닌, 정직한 선녀의 속마음이 간절한 목소리로 터져 나왔다는 것을. 도훈이 선녀의 다리를 자신의 어깨에 걸치더니 더욱 힘차게 그녀의 안을 점령했다.

"헉!"

삽입이 깊어진다. 도훈은 나갔다 들어올 때마다 더욱 빠르고 강해져만 갔다. 그의 움직임에 따라 선녀의 몸은 오르고 내리고 다시 치솟다가 내리기를 거듭했다.

선녀의 몸은 그와 한 쌍인 듯 아주 잘 맞았다. 그의 것을 완전히 감싸서 강한 힘으로 욱죄었다. 그가 깊게 들어올수록 죄는 힘도 강해져 갔다. 살과 살이 부딪치는 소리가 박자를 이루며 쿵쿵 울려 퍼졌다. 용광로 안에 던져진 쇳조각처럼 선녀의 몸은 그대로 녹아나고 있었다. 도훈이 격해지자 무겁던 식탁이 흔들리면서 소리를 토해냈다.

삐걱삐걱.

찌걱찌걱.

턱턱턱.

"하악, 학. 아흑……."

많은 소리들이, 너무도 진한 쾌락을 이기지 못하는 선녀의 의식 저편으로 아득하게 사라져 갔다.


살짝 정신을 잃었다가 깨어난 선녀는 포개진 스푼처럼 도훈의 품에 안겨 침대에 누워 있다는 것을 깨달았다. 맥이 탁 풀어진 그녀의 뒷목에 도훈이 숨결 섞인 키스를 하고 있는 중이라는 것도.

아아, 죽지 않았구나. 정말 딱 죽는 줄 알았네. 복상사란 말이 괜히 있는 것이 아니었어. 오늘 선녀는 새로운 경험을 했다. 남녀가 몸을 나누다가 그대로 죽어버릴 수도 있다는 것이 사실이라는 깨달음을 얻었다. 어찌나 도훈이 그녀를 몰아붙였는지 선녀는 정말로 숨이 넘어갈 뻔했다. 헌데 이 남자는 그렇게 하고도 아직도 이럴 기운이 남아 있나?

선녀는 도훈의 키스에 저도 모르게 몸을 움츠렸다. 지독한 열정의 후유증으로 온몸이 파김치여서 만사가 다 귀찮았다. 헌데 그건 마음뿐이었을까? 그의 손안으로 들어간 선녀의 가슴이 이내 부풀어 올랐다.

"앗, 흐응."

몸이 바로 눕혀지고 그녀의 몸 위로 도훈이 타고 올랐다. 선녀는 눈을 크게 떴다.

에, 설마 또? 욕망이 한껏 차오른 도훈의 눈을 본 순간 선녀의 기가 탁 막혔다. 그만큼 했으면 됐다고요.

"저기 뭐하는…… 아!"

그의 입술이 닿을 때마다 몸이 움찔거리면서 깨어나다니 정말이지 마법 같은 입술이 아닌가. 입술만 마법인가. 손은 또 어떤데. 그의 손끝이 스치는 곳마다 파르르 선녀의 살결이 떤다. 도훈의 손과 입술이 또다시 선녀의 몸 안에서 감각을 일깨워 냈다. 전율이 몸을 타고 휘감아 돌았다.

"설마 또 하려고 하는 것은 아니죠?"

"그 설마야."

"아악, 말도 안 돼."

"왜? 밤은 길어. 이제 시작이잖아?"

헉! 밤은 길단다. 설마 밤새 하겠다는 소린 아니지? 그렇다면 난 정말 죽는다고.

마음과 달리 몸은 활짝 열리고 손발은 담쟁이넝쿨처럼 도훈의 몸을 휘감아 버렸다. 아아, 주인의 의지와 관계없는, 말 안 듣는 수족 같으니. 말 안 듣는 것이 어찌 손발뿐이랴. 몸의 모든 곳이 도훈을 향해 안달을 했다. 그렇게 두 사람은 또 다른 시작을 하고 끝을 향해 달리기 시작했다.


밤새 시달렸다는 표현밖에 쓸 수 없을 정도로 온 밤을 하얗게 태운 선녀는 겨우 새벽녘에야 도훈에게서 풀려났다. 4시가 넘어 가는 시간이었고 곧 죽은 듯이 잠이 들어버렸다. 죽은 듯 잠들었던 선녀의 눈은 6시가 되자 저절로 떠졌다. 도훈에게 풀려나 쏟아지는 잠 속으로 침몰해 들어갈 때는 열 시간을 넘게 자도 일어나지 못할 거라고 생각했는데 습관은 무서운 것, 언제나 6시 기상이 나와 버린 것이다.

"아우, 아파."

두드려 맞은 것처럼 온몸에 가득한 통증으로 저절로 인상을 쓰며 일어난 선녀는 그녀를 끌어안고 자고 있는 도훈의 팔을 조용히 걷어냈다.

육체의 결합은 마음의 거리를 없애 버리는 힘이 있는 것일까? 잠든 도훈의 얼굴이 애틋하고 사랑스러웠다.

이런 얼굴로 자는구나.

도훈의 얼굴은 평화스러워 보였다. 드러난 맨 어깨와 잠이 든 얼굴 선이 너무도 샤프하고 단정하기만 했다. 도훈의 얼굴은 선이 참 깨끗했다. 다소 날카롭게 느껴질 수도 있겠지만 살이 없는 얼굴 선의 윤곽은 아름다웠다. 도훈의 몸을 휘감은 수천 마리의 나비가 수놓아진 영롱한 황금색의 실크시트보다 훨씬 더 아름다워 보였다.

아기 같네. 하지만 이내 선녀는 고개를 흔들었다. 슬쩍 돌아눕는 도훈의 얼굴 위로 아침의 여명이 닿자 어젯밤처럼 관능 짙은 색기가 모조리 드러났다.

이, 색마. 변강쇠, 아니, 정강쇠.

변강쇠라는 것보다는 낮과 밤이 다른, 그래 당신은 두 얼굴의 사나이야. 눈을 뜨면 어떤 얼굴이려나?

내가 사랑한다고 한 말은 진심이었는데, 모르죠?

선녀는 살짝 도훈의 코끝에 입술을 댔다가 뗐다. 당신은 척하길 바랐지만 나는 이미 빠져 버렸고 내가 빠진 사랑을 당신은 척하는 것으로 받아들인다.

선녀는 살그머니 침대에서 빠져나왔다. 모델하우스의 전시관처럼 딱 필요한 가구들로 장식된 방 안에 유일하게 흐트러진 것은 그들이 벗어놓은 옷가지였다. 선녀는 바닥에 떨어져 있는 옷을 집어 들었다. 툭. 어지러진 옷을 간추리는데 도훈의 바지에서 지갑이 떨어졌다. 순간 선녀의 가슴도 뚝 떨어져 내렸다.

혹시 이 지갑 안에 로또가 있지 않을까? 지갑을 주워 드는 선녀의 손이 조금 떨렸다. 열어봐. 마음속에서 누군가가 속삭여 왔다. 있으면 어서 빼내. 네 거잖아. 이 사람이 나중에 순순히 안 줄지도 모르잖아. 그리고 분명히 집에 들어와 찾아 가지라고도 했잖아. 그러니까 뒤져도 돼.

안 돼. 공연히 남의 지갑 엿보는 몰상식한 짓은 하지 마. 남의 지갑을 열어보는 것은 범죄라고.

마음속의 치열한 갈등은 금방 끝이 났다.

로또를 찾는 것이 우선이야.

주저대는 마음을 분연히 물리치고 지갑을 펼쳤으나 로또는 보이지 않았다. 가지런히 꽂힌 신용카드와 신분증 그리고 현금이 가득했지만 지갑엔 로또 비슷한 것은 없었다. 선녀는 재빨리 지갑을 닫고 그의 바지 호주머니에 도로 집어넣었다.

지갑에 없다면 대체 어디다 뒀을까?

도훈이 잠을 자는데 방을 뒤지기가 좀 그래서 선녀는 살그머니 침실을 나왔다. 침실이 아니라면 어디에다 로또를 두었을까? 자, 생각해 보자. 만일 나라면 침실에다 로또를 두지 않았으면 어디에 둘까? 음…… 서재?

양심이니 뭐니 그런 것은 생각도 하지 마, 제일 중요한 것은 로또니까. 그랬다. 죽어도 로또는 찾고 죽어야 하고, 찾는다면 콱 움켜쥐고 죽어야 한다.

선녀는 서재로 보이는 방으로 들어갔다. 서재는 무척 넓었다.

책상과 장의자, 그리고 방의 두 면을 책꽂이로 만들어서 거기에 가득 컴퓨터에 관한 책을 꽂은 전형적인 서재였다.

만일 여기다 로또를 감춘다면 나는 어디다 감출까? 음, 책갈피? 그녀라면 비상금을 숨기듯 책갈피 속에 숨겼을 것이다. 하지만 이 사람은 내가 아니니까 일단 책상부터 뒤지자. 그리고 없으면 저 책 한 권 한 권을 다 검사하자.

다가간 책상 위에 가족사진인 듯한 액자가 있었다. 개를 안고 의자에 앉아 있는 부모님으로 보이는 부부를 중심으로 도훈과 그와 닮은 남자와 여자가 나란히 서서 웃고 있는 사진이었다.

풋 하고 선녀는 웃고 말았다.

개까지 가족이라고 같이 사진 찍은 거야?

이 하얀 개는 푸들인데 이 개는 뭐야? 푸들 같기도 하고 아닌 것 같기도 하네. 암튼 이 얼룩말 같은 개는 좀 묘하게 생겼다. 이 부부는 부모님일 테고 이 남자는 형인가? 남자의 옆에서 웃고 있는 이 여자는 누나인가? 아니, 누나로 보기엔 그다지 닮은 부분이 없다. 형으로 보이는 남자와 도훈은 놀랍도록 비슷했다. 그러니 이 여자는 누나라기보단 형의 부인? 형에게 살짝 고개를 기대고 있는 모습이 아무래도 부부 같았다. 선녀는 마음대로 사진 속의 인물을 형 부부로 결론짓고는 다시 들여다보았다. 부모님도 그렇고 형 부부도 그렇고 참 다정해 보였다.

인물은 이 사람이 제일 멋지네.

사진 속의 도훈을 보는 선녀의 입가에 살그머니 미소가 흐르기 시작했다. 선녀는 액자를 내려놓고는 맨 위의 서랍을 잡아당겼다.

잘 정돈돼 있는 서랍 속을 찬찬히 살폈으나 로또는 없었다. 가지
런히 먼저대로 서랍 속을 정리한 뒤 선녀는 두 번째 서랍을 열었
다. 없다. 다음 서랍을 열었으나 그곳에도 로또는 없었다.

"아, 정말 어디에 있담. 좀 나와라."

투덜거렸지만 사실 자신이라도 로또 정도면 어딘가에 꽁꽁 숨
겼을 거라는 생각을 하며 웃었다.

"찾았어?"

"엄마야."

언제부터 서 있었던 걸까? 바지 하나만 입은 채 도훈이 문에 기
댄 채 그녀를 보고 있었다.

선녀는 공연히 면구스럽고 수치스러웠다. 도훈이 어떤 생각을
하고 있을까? 이렇게 집 안 뒤지며 찾는다고 경멸하려나?

"응?"

대답을 재촉하는 도훈을 보고 선녀는 침을 꿀꺽 삼켰다. 지금은
그의 너른 어깨와 식스팩의 복근에 정신이 팔려 있을 때가 아니었
다.

"아뇨."

"그거 못 찾아, 선녀님."

도훈이 다가와 선녀 앞에 쭈그리고 앉아 그녀와 눈높이를 맞췄
다.

"그거 찾으면 날아갈 텐데 찾게 두겠어?"

뭐냐, 그럼 왜 들어와서 찾으라고 그런 건데? 비겁하게시리 계
속 말을 바꿀 거냐? 혹시라도 내 로또 안 줄 생각이라면 넌 정말

죽는다.

이런저런 말을 쏘아붙이지 않고 꾹 참은 것은, 사랑하는 척이란 말이 생각나서였다. 사랑하는 척, 아니, 사랑해서. 내가 그런 대답을 하면 당신의 기분이 안 좋을까 봐 그래서 참아.

"책상엔 절대로 그것을 두진 않았어. 그러니 집 안을 뒤지는 것에서 이 책상은 제외해 주었으면 해."

선녀는 잠시 책상을 바라보았다. 뭐야, 여기에 무슨 보물이라도 들어 있나? 사람이란 뒤지지 말라고 하면 더 뒤지고 싶다고. 게다가 정말 이 책상에 없다는 말을 어떻게 믿어?

"이 책상에 없다는 당신 말을 어떻게 믿지요? 여기다 감춰두고 안 감췄다고 거짓말을 하는지 아닌지 알 수가 없는데."

"선녀님에게 신의를 그렇게 잃었었나? 이제 보니 나는 좋아하는 사람에게 믿음도 주지 못하는 놈이었군. 하지만 내 말은 진실이야. 여기엔 없어. 여기에 있는 것은 내 머릿속이야. 앞으로 만들 것 또는 만든 것 등 컴퓨터에 관한 정보로 가득해. 혹시라도 헝클어질 것 같아서 부탁하는 거야. 이 안에는 프로그램에 대한 정보만 들어 있으니까 뒤지지 말아줘."

여자의 마음이 흔들리는 갈대라면 도훈의 말은 바람이었다. 휘휘 선녀의 마음을 이리저리 휘둘러 댔다. 넘어가면 안 돼. 저런 표정이나 말을 봐. 저건 바람둥이야, 여자 마음을 흔드는 법을 너무도 잘 알고 있는. 몇 년 동안 로맨스 편집일을 했으니 이런 얕은 수에 넘어가면 바보다. 헌데 생각과 달리 입에서는 솜사탕처럼 부드럽고 달콤한 말이 쏟아져 나왔다.

"아니에요, 그저 난…… 좋아요, 믿어요."

바보냐. 그런다고 홱 넘어가게. 이 천치야.

"이 책상에 로또가 없다는 것을 믿을게요."

뭐야, 왜 그렇게 말해? 그냥 내가 책상 뒤지는 것이 싫으면 로또 돌려줘 이렇게 말해 버려! 속으로 숱한 생각을 하는데도 입에선 도훈이 바라고 있는 대답이 나긋하게 흘러나왔다.

"이 책상은 뒤지지 않겠어요. 하지만 정말 이 책상엔 로또가 없는 거죠? 진짜로?"

"응."

"이 집 안에 로또가 있는 것은 확실해요?"

"응."

"그럼 내가 집 안 뒤지게 만들지 말고 그 로또 돌려주면 어때요? 돌려주면 정말로 내 생일까지 여기서 있을 테니까."

"그걸 어떻게 믿어?"

"왜 못 믿어요? 앗."

선녀를 바닥에 넘어뜨리고 도훈이 몸을 겹쳐 왔다. 그의 눈이 어둡게 반짝거렸다.

"조금 실망이야."

"뭐, 뭐가요?"

"어제 그런 사랑을 나누었는데 이 새벽에 날개옷을 찾는 선녀님에 대해서……."

입이 딱 벌어지는 선녀의 입을 도훈의 입술이 막아버렸다.

잠깐, 잠깐만요.

선녀는 도리질했다. 아무리 황홀하다 해도 키스보다는 이야기를 하고 싶었다. 하지만 도훈은 그녀와 다른 생각인 듯했다. 집요하게 선녀의 입술을 점령했다. 새벽의 키스가 새로운 시작을 열고 있었다.


그 후 일주일은 거의 똑같은 날의 연속이었다. 그들은 밤마다 타올랐고 선녀는 시간만 나면 로또를 찾아 집 안을 뒤졌다.

대체 어디에 있을까?

아무리 생각해도 로또는 서재에 있는 것 같았다. 감출 곳은 거기가 제일 많았다. 서재로 간 선녀는 어제 뒤지다 만 책꽂이로 다가갔다. 책을 빼들고 차근차근 넘기고 난 뒤 아무것도 책 속에 없다는 것을 확인하고 다시 꽂아놓았다. 다음 책, 차르르르르 넘기고 털어보았으나…… 없다. 다음 책…… 도 없다! 그렇게 수십 권의 책을 살피며 찾던 선녀는 한숨을 길게 내쉬었다. 어느새 시간이 다 됐다. 좋아, 오늘은 여기까지.

선녀는 주방으로 가 선식을 타가지고 방으로 들어갔다. 자고 있는 도훈의 귓가에 부드럽게 속삭였다.

"자, 아침이 밝았어요. 일어나세요."

아침인사로 도훈의 뺨에 키스를 했다. 그녀의 입술이 뺨에 닿자 도훈의 입가에 미소가 피어났다. 선녀는 도훈의 미소를 보고는 에라 기분이다 하는 생각으로 그의 머리칼과 이마, 감은 눈, 콧등에 가볍게 입을 맞췄다. 쪽쪽 소리가 나는 입맞춤이 입술로 넘어가자 도훈이 눈을 떴다. 그의 눈빛이 그윽한 미소와 함께 선녀에게 향해졌다. 영원일까? 찰나일까? 눈이 마주치고 서로의 마음을 얼핏 엿본 것 같은 기분이 든 시간은.

선녀는 하마터면 얼굴을 붉힐 뻔했다. 수줍은 새색시가 된 기분이었다.

"잘 잤어?"

도훈이 팔을 벌리자 시트가 내려가면서 벌거벗은 그의 몸이 반쯤 드러났다. 아, 정말 이런 모습에 가슴 뛴다고. 떨린단 말야. 그런 미소로 보지 마라. 선녀는 망설이지 않고 그의 품에 안겼다. 강인한 도훈의 팔과 가슴 안으로 쏙 들어갔다. 언제나 이렇게 살아온 것같이 자연스러웠다.

"음, 좋다."

도훈이 강아지처럼 선녀의 목에 코를 비벼댔다.

"그런데 뭐하고 온 거야? 선녀님? 몸이 차."

"아침 타왔어요."

선식을 내밀자 도훈이 받아 들었다.

"마치……."

마누라 같은데.

도훈은 마지막 순간 그 말을 도로 삼켰다. 늘 하던 일을 하는 것 같이 너무도 익숙해 보이는 선녀의 모습이 영원한 것이 아니라는 것을 생각해 내서였다. 날개옷을 주는 순간 선녀는 하늘로 날아가 버릴 것이란 것은 누구보다 그가 잘 알고 있었다. 그 역시 진심이 아니듯 선녀 역시 진심이 아니라면 공연한 말로 서로 어색해질 필요는 없었다.

하지만 지금의 기분은 참 좋았다. 밤새 육체로 가까워져서인지 송선녀라는 존재가 옆에 있다는 것이 기분 좋았다. 선녀가 그를 향해 잠을 깨우고 일어나라고 손을 내미는 것이 기분 좋았다. 때로는 사람에겐 존재하는 것만으로도 기분 좋은 대상이 있는 모양이었다.

'이 자식아. 내 마누라지 네 엄마인 줄 알아?'

아들도 질투하던 아버지의 마음을 조금은 알 것 같았다. 어머니란 존재만으로도 행복을 느끼는 아버지의 마음을 이제는 알 것 같다는 생각을 하며 도훈은 선녀를 좀 더 힘주어 안았다.

부서뜨리고 싶다는 생각이 드는 가느다란 선녀의 몸이 그의 품 안에서 감칠맛나게 파득거렸다. 한 달 후면 그를 떠날 몸이 왜 이리 마음에 든단 말인가.

얇아서 내비칠 것 같은 선녀의 눈까풀에 도훈이 입을 맞췄다. 한 달이면 충분하겠지. 충분히 충족될 거야. 한 달 이상 그의 욕망을 끌고 간 여자는 없었다. 그러니 선녀도 한 달이면 충분할 것이다. 한 달의 보너스다. 한 달 동안 그만 보고 그만 향해 웃고 언제나 그를 생각하는 여자가 이 세상에 존재한다는 것은 아주 멋진 일이 아닌가.

"할 말은 없어?"

"음, 사랑해요."

게다가 눈치도 빠르다. 그가 원하는 말을 아낌없이 해준다. 도훈이 선녀를 침대에 눕힌 뒤 타고 올랐다. 선녀가 질색을 했다.

"어멋, 아침이에요, 시간이 없어."

"그럼 짧게!"

"아잇. 안 돼."

안 된다는 것은 말뿐이었는지 그녀의 몸은 어느새 밀고 들어오는 도훈의 몸을 환영하듯 활짝 벌어졌다. 선녀는 그를 부둥켜안고 다리로 도훈의 허리를 감았다. 힘차게 밀고 들어온 도훈의 것을 선녀의 몸이 촉촉하게 감쌌다. 힘을 주어 꼭 물었다. 벅차다는 느낌은 처음뿐 그가 몸을 움직이면 황홀하기 이를 데 없었다. 터져 나갈 것같이 벅찬데 그것이 고통스럽지 않고 황홀했다. 도훈의 것에 맞춰서 선녀는 몸을 움직이기 시작했다.

처음엔 오월의 바람처럼 부드럽고 또 부드럽게…….

"아!"

다음엔 파죽지세로 밀고 들어오는 파도처럼 삽시간에 강하게…….

으흑.

거친 폭풍처럼 몰아치면서 온몸을 휘몰면서…….

"앗, 아앗. 앗, 앗!"

화산이 폭발하듯 뜨겁게 순식간에…….

그렇게 짧고 강하게 끝이 났다. 헉헉 거친 숨을 내쉬며 도훈이 움직임을 멈추었다. 아직도 끝나지 않은 여운을 담고 그의 몸이 그녀의 안에 머물러 있었다. 작은 움직임 하나하나가 모조리 느껴져 온다. 폭군처럼 제멋대로 날뛰던 것이 지금은 부드럽게 변한 채 그녀의 안을 채우고 있었다. 완벽한 합일의 느낌에 계속 이대로 있고 싶었다. 선녀는 자신의 몸에 축 늘어진 도훈의 머리를 부드럽게 쓰다듬었다.

따끔, 도훈이 목덜미를 물어왔다. 이어서 여리고 약한 살을 깊이 빨아댔다.

"아!"

붉은 꽃잎을 짓이긴 것 같은 붉은 자국을 낸 도훈의 입술이 어느 틈에 오똑 서 있는 선녀의 가슴 위의 정점으로 미끄러져 내려갔다.

일주일 동안 선녀는 정도훈이란 남자의 몸 구석구석을 알게 됐다. 너른 어깨와 강인한 팔이 어떤 느낌을 주는지, 그녀의 몸에 들어오면 어떤 기분이 되는지, 그는 바라보는 것만으로도 그녀를 나른하게 만드는 눈을 가졌다는 것도 너무도 잘 알게 됐다. 두 사람의 몸은 너무도 잘 맞았다. 몸뿐만이 아니었다. 마음도 잘 맞는 것 같았다. 게다가 같이 있으면 즐겁고 행복한 것은 선녀만 갖는 감정은 아닌 것 같았다. 적어도 도훈 역시 그런 것 같았다. 그것이 좋기도 하고 두렵기도 했다. 좋은 것은 현재에 솔직한 감정, 두려운 것은 끝이 어떤지 알고 있는 미래에 대한 감정. 이런 관계는 선녀가 로또를 찾는 순간 끝이 날 것이다. 로또를 찾지 못한다 해도 한 달만 같이 지내면 로또를 주겠다고 했다. 그러니 한 달 후엔 그들의 사이는 끝이 난다는 얘기다.

헌데 감정이 너무 깊어져.

일주일밖에 되지 않았는데 선녀는 자신의 감정이 자꾸만 커져가는 것을 제어할 수가 없었다.

나중에 어쩌려고 그래? 그만 좋아하자. 조금만 좋아하자. 눈감아 버리자. 이렇게 달콤한 미소에 가슴 두근거리지 말고 따라 웃지 말고 흔들리지도 말자. 이렇게 자신을 다독이는데 다른 소리가 끼어들었다.

한 달이잖아. 보름 동안은 마음껏 좋아해 버려. 그리고 보름 후부터는 조금씩 좋아하는 마음을 덜어내. 그러면 한 달 후에는 좋아하는 마음을 모두 덜어낼 수 있잖아.

그럴 수 있을까? 세상 모든 것이 생각대로 계산대로만 된다면야. 더구나 선녀의 지금 계산법은 말도 안 되는 것이었다. 그것을 잘 알았다. 하지만 마음은 생각과 계산과 달리 움직이는지 지금 선녀는 충동적이고 유혹에 약했다.

미래보다는 달콤한 현재가 좋아, 즐기고 싶다. 보름 동안은 좋아하자, 마음껏! 그리고 보름 후부턴 좋아하는 감정을 조금씩 덜어내자. 그래, 그러자.

선녀는 입술로 내려오는 도훈의 키스를 깊게 받아들였다.

8. 밤이면 밤마다

　도훈의 오피스텔로 들어온 지 이제 열흘이 지나갔다. 그동안 선
녀는 아주 재미있는 소꿉장난을 하는 것 같았다. 두 사람은 모든
면이 아주 잘 맞았다. 좋아하는 음식이나 음악이나 영화 취향이
비슷했다. 하다못해 두 사람의 섹스라이프도 아주 잘 맞았다. 그
래서 같이 있는 시간이 무척이나 즐거웠다. 지칠 줄 모르고 서로
를 물고 빨 때는 둘 다 색마처럼 보였지만 그렇게 물고 빤 것이 언
제였냐 싶을 정도로 스포츠나 다른 취미에 대한 이야기를 나누기
도 했다. 같이 주방에서 음식을 만들고 서로에게 먹여주며 웃기도
했다.

　어제 퇴근하고 집에 온 후부터 두 사람은 사랑에 탐닉했다. 느
긋하게 즐기자며 도훈이 선녀의 옷을 전부 벗기고는 밤새 희롱했

다. 아침의 태양빛이 방에 가득 찰 때까지 수없이 선녀를 갖고 또 가졌다.

도훈의 힘은 아주 절륜했다. 지칠 줄 모르고 선녀를 품었다. 결국 선녀는 손을 들었다. 이제 그만을 외친 것이다.

"고만 좀 하죠. 지쳤어요."

금요일 밤을 꼴딱 새웠으니 지칠 만도 했다. 도훈은 그만두는 대신 선녀를 꼭 끌어안고 잠이 들었다. 죽은 듯이 아침 열 시가 넘을 때까지 두 사람은 잠을 잤다.

"휴일은 보통 어떻게 지내?"

브런치를 먹고 난 뒤 도훈이 물었다. 거실에서 후식으로 차를 마시는 중이었다. 직장인의 토요일은 뻔했다.

"하루 종일 자요."

"나와 똑같네."

도훈이 냉큼 선녀의 무릎을 베고 누워버렸다.

"왜요? 자게요?"

"응. 잘래."

"침대에서 자요."

"싫어, 선녀님하고 있을래."

"도훈 씨, 이럴 땐 꼭 어린애 같아요."

"선녀님은 엄마 같아."

"도훈 씨 같은 큰아들은 사양이에요."

"그런 것 상관 안 해. 접수하지 않겠어."

선녀는 웃으며 도훈의 머리를 가만가만 손가락으로 빗어 내렸

다. 실크처럼 고운 머리칼이 선녀의 손가락을 스치며 빠져나가는
동안 그의 입가에 슬그머니 미소가 꽃처럼 피어나기 시작했다.

"느끼게 만들지 마."

"어머, 느껴져요?"

"그럼. 머리카락이 내 성감대인걸."

아, 이 남자는 왜 이리 귀여울까? 하도 진지한 표정으로 말해서
머리카락이 성감대란 말을 정말로 믿어버릴 뻔했다.

"아, 나 진짜냐고 물을 뻔했어요."

"진짠데."

"그럼 여긴요?"

손바닥을 티셔츠 안쪽 속으로 밀어넣어 매끈하게 만져지는 가
슴을 쓸어내렸다. 조그맣고 귀여운 가슴의 돌기를 살짝 꼬집었다.

"거기도."

"그럼 여기는?"

손을 복근으로 내렸다. 납작한 배가 숨을 쉬느라 오르락내리락
했다. 슬쩍 누르자 도훈의 숨이 조금 거칠어졌다.

"거기도."

"여긴?"

허리에서 손이 바지 속으로 들어갈 듯 말 듯 뱅뱅 돌았다.

"거기도."

"정말?"

"응, 그리고 그 아래도."

"뭐야, 대체 성감대 아닌 곳은 어디예요?"

"그러게, 어딘지 모르겠는걸."

선녀는 낮게 웃었다. 성감대, 성감대, 하지만 도훈의 성감대는, 아니, 가장 민감하게 반응하고 크게 느끼는 곳은 따로 있었다. 귓가에 입술을 대고 숨을 살짝 불어넣으며.

"사랑해요."

속삭여 주면 도훈의 얼굴은 불이 켜진 것처럼 빛이 났다. 잠들고 있다가도 알아듣는 것처럼 미소를 지었다.

"응, 선녀님."

응이라는 대답은 나른하고 어리광스러웠다. 길게 누워 있는 커다란 사내와 어리광은 어울리지 않아야 정상이건만 희한하게도 어리광은 도훈에게 잘 어울렸다.

손가락 사이로 흘러내리는 머리카락만큼이나 부드러운 도훈의 미소는 선녀의 눈시울을 곧잘 시게 만들었다. 사랑한다는 말에 도훈이 미소 짓는 것을 보면 어쩐지 애잔했다.

이런 시간이 영원이었으면 좋겠다. 도훈과 같이 있는 시간이 어찌나 재밌는지, 어찌나 달콤한지, 왜 사람들이 결혼하는지를 알 것 같았다. 그래, 이래서 결혼들을 하나 봐. 한 공간에서 둘만이 있는 게 이리도 재밌고 즐거워서.

머리카락을 만져 주는 손의 감촉이 좋은지 도훈은 미소 지은 채 잠이 들었다. 잠든 도훈의 모습은 아름다웠다. 길게 그림자 진 무성한 속눈썹도 그린 것 같은 입술의 선도 모두모두 탄식이 들 정도로 멋져 보였다. 선녀는 멍하니 도훈을 내려다보다 저도 모르게 속삭였다.

“자요?”

“응.”

분명히 잠든 것 같은데 대답을 한다. 몽롱하게 잠에 취해서 대답을 하는 것이 무척이나 신기했다.

“정말 자요? 이러고 자는 것 불편하지 않아요?”

“아니, 좋아.”

“이러고 자는 것이 진짜 좋아요?”

“응.”

“알았어요. 그럼 자요.”

봄빛이 거실로 가득 들어와 눈이 부셨다. 선녀는 눈을 깜박이며 유리 너머로 보이는 호수공원을 바라보았다. 봄이 물든 호수공원이 무척이나 아름다웠다. 저 속의 많은 사람들 속에 섞이고 싶다. 도훈의 손을 잡고 아주 평범하게 산책을 하고 지나는 사람들에게 눈인사를 하고…… 평화로운 일상을 도훈과 같이 하고 싶어졌다.

“자요, 잔 뒤에 우리 호수공원으로 산책 가요. 둘이서 손잡고.”

토요일 하루 종일 잠을 잔 것은 같이 즐길 연인이 없어서였다고요, 뭐.

“응.”

도훈의 잠 섞인 대답에 미소를 지으며 선녀는 다시 말했다.

“도훈 씨, 사랑해요.”

“응, 선녀님.”

기쁜 듯 도훈의 입가에 미소가 아주 많이 커졌다.

선녀님의 무릎을 베고 잠이 들었었는데? 잠에서 깬 도훈은 잠시 눈을 깜박거렸다. 그는 거실 한복판에 얇은 이불을 덮고 누워 있었다. 옆을 보니 선녀가 새끼 고양이처럼 웅크리고 자고 있었다. 그가 잠들었는데도 로또를 찾아 집 안을 뒤지지 않고 선녀가 그의 곁에서 잠을 자고 있다! 선녀가 그의 둥지로 들어와 살기 시작한 지 열흘이었다. 도훈은 보통 서너 번 만나면 사람에 대해 그 속을 충분히 꿰뚫어 보았다. 하지만 이번엔 이상하게 혼란스러웠다.

사랑해요.

선녀는 척하는 것을 너무도 잘했다. 마치 진짜로 사랑하는 것처럼 생각되었다. 그가 잠만 들면 그의 품에서 나가 집 안을 뒤지며 로또를 찾는 것을 보면, 그저 그의 요구대로 사랑하는 척하는 것이 분명했다. 그런대도 그녀가 사랑한다고 속삭이면 이상하게 기뻤다.

웬만큼 하지. 그래서 지금 사랑하는 척하는구나 자각할 수 있게 하지. 그동안 그에게 다가온 여자들과 똑같은 눈으로 그에게 말을 하면 좋을 텐데. 마음속의 계산이 빤히 읽히는 거짓된 눈으로 사랑해요 하고 말해온 여자들과 똑같다면 이렇게 혼란스럽진 않을 텐데 선녀의 눈에서 읽히는 것은 말도 안 되는 진심. 선녀님은 정말 진심으로 나를 사랑하고 있을까? 문뜩 든 생각에 도훈의 입에서 실소가 터져 나왔다.

그럴 리가 없다.

선녀님은 그의 뒷배경에 대해서 아무것도 모르고 있다. 그에게 사랑을 느낄 어떤 이유도 없다. 아마도 착각이리라. 선녀님의 착각 그의 착각. 선녀님은 몸을 섞는 친밀감에, 그리고 척하는 놀이에 빠져 있고 그는 세상에 남자라고는 그밖에 없다는 듯 그를 보는 선녀님의 눈에 빠져서 말도 안 되는 착각에 빠져 있는 것이다.

하지만 사랑해요라고 말하는 목소리는 가짜라고 하기엔 너무도 달콤했다.

그래서 또다시 실수를 할 것 같았다. 잠들어 살짝 벌어진 입술과 무방비하게 흐트러진 모습까지 예쁘게 보는 실수. 어떤 생각을 하는지 뻔히 마음을 읽으면서도 상관없다, 이 여잔 이럴 수밖에 없어 하고 이해하는 그런 실수.

사랑해요라는 말을 들을 때마다 그의 가슴속에서 무언가가 소용돌이치기 시작했다고 하면 이 여자는 웃을까? 영원히 이 여자가 떠나지 못하게 로또를 찢어버릴까? 로또만큼, 아니, 그 열 배 백 배를 줄 테니 평생 옆에서 사랑한다고 속삭여 달라고 하면 승낙할까?


깃털처럼 부드러운 감각이 입술에 와 닿아 선녀는 잠에서 깼다. 미소가 설핏 흐르는 도훈의 얼굴이 바로 눈앞에 있었다.

"선녀님, 아니, 잠꾸러기 공주님 이제 그만 일어나세요."

"키스로 깨우다니 기분 좋아요."

도훈의 입술이 이번엔 이마에 닿았다.

"몇 시간이나 혼자 자다니 반칙이야."

"잠은 도훈 씨가 먼저 잤어요."

하지만 어찌나 말끔하고 산뜻한지 도훈은 잠잔 모습이 아니었다.

선녀는 눈을 비비며 욕실로 달려갔다. 앗 이런 눈곱이 꼈어. 자다가 침도 흘렸나 보다. 입가가 지저분하다. 게다가 부어서 얼굴도 좀 빵빵해 보인다.

언젠가 읽은 책에서 남편에게 평생 잠든 모습을 보이지 않으려고 새벽에 일어나 늘 화장을 했었다라고 쓴 글을 읽은 적이 있었다. 그땐 그걸 왜? 라고 생각했는데 이제 그 마음이 이해됐다. 이런 모습을 보이는 것은 싫어. 울상을 하며 선녀는 칫솔을 빼들었다.

"선녀님, 점심 먹고 호수공원으로 산책 나갈까? 아니면 나가서 점심 먹고 호수공원으로 산책 갈까?"

느닷없이 호수공원에 산책을 가자고 하다니, 아까 잠든 것이 아니었었나? 칫솔을 문 채 선녀가 욕실에서 나왔다.

"호수공원이요?"

"응. 갑자기 거기로 산책 나가고 싶은데. 봐, 봄이 가득하잖아."

잠든 것 맞는데?

"점심 먹고 산책 가지요……. 잠깐만요. 여보세요? 엄마?"

[목소리가 왜 그래?]

"어, 양치질 중이었어. 입에 치약이 한가득이야."

[잘한다. 이제 일어났구나?]

"어, 헤헤헤."

[근데 토요일인데 왜 오도가도 안 해? 저번 주도 안 왔잖아!]

선녀는 전화기를 귀에서 조금 뗐다. 노인네가 기운도 좋아요. 소리도 이렇게 우렁차게 지르는 걸 보면. 그러고 보니 이번 주는 엄마에게 가야 할 것 같았다. 저번 주에도 안 갔으니 엄마가 뭐라고 할 만도 했다. 아 정말 그동안 너무 모범적인 딸 노릇을 했나 봐. 격주마다 가지 않으면 이 야단을 할 정도로 그동안 꼬박꼬박 엄마에게 토요일마다 달려갔구나.

"알았어, 갈게."

전화를 끊고 선녀는 미안한 표정으로 도훈을 바라보았다.

"어머니?"

"네."

엄마의 우렁찬 고함 소리를 도훈이 들었을까 생각하니 조금 무안해졌다. 엄마는 평소엔 절대 말소리가 크지 않은데 꼭 선녀에게 전화할 때만 이렇게 기차화통을 삶아 먹는 소리를 냈다.

"호수공원은 다음에 가요, 집에 가야 할 것 같아요."

"선녀님, 집이 어딘데?"

"평촌이요. 모란시장 근처예요."

"음……."

도훈이 별로 궁금해하지 않는 것 같아서 선녀는 조금 서운했다. 사실 선녀는 도훈에 대해 궁금한 것이 참 많았다. 부모님은 무얼 하시는지 어떻게 살아왔는지 앞으로 어떻게 살고 싶은지 뭘 좋아하고 싫어하는지 모든 것이 궁금했다.

"데려다 줄게."

"괜찮아요."

“어차피 나도 집에 가려 했었어.”

그러더니 도훈이 마치 선녀의 속을 읽은 것처럼 이어 말했다.

“아니, 정확히 형과 형수랑 같이 사는 우리 부모님 집에.”

“아…….”

“삼성동이야. 부모님 집. 가는 길에 먼저 선녀님 데려다 주고 가면 돼. 그런데 언제 와?”

“내일 저녁에요.”

“내일 저녁?”

도훈의 말투에 선녀는 욕실로 들어가던 발걸음을 멈췄다.

아, 그래. 한 달 동안 이 사람만 보고 살기로 했지, 참. 계약을 위반하는 거라고 하면 어쩌지?

“내일 저녁에 온단 말이지?”

길게 끌어지는 말투가 무척이나 불만스러운 듯했다.

“미안해요. 하지만 아빠가 돌아가신 뒤 엄마가 너무 외로워하시는 터라…….”

“아버지가 돌아가셨어?”

“네, 2년 전에 돌아가셨어요. 그리고 그때부터 엄마에겐 저밖에 없어요.”

의지할 상대인지 푸념을 받아줄 상대인지 분간이 안 갈 정도로 엄마의 태도는 좀 그렇지만 선녀는 자신이 이제 엄마에게 의지가 돼줘야 한다고 생각했다. 엄마는 말은 함부로 하지만 사실은 무척 외로움을 타시는 분이었다.

“선녀님, 다른 형제는 없어?”

“없어요. 이래봬도 내가 유일무이한 무남독녀 외동딸이랍니
다.”

“좋겠군.”

“뭐가요?”

“유일무이하게 사랑받았을 테니.”

“자식이 아무리 많아도 그 자식 모두에게 부모의 사랑은 유일
무이하지 않나요? 아무리 많은 자식이라도 똑같은 자식은 아니니
까. 부모에겐 그럴 거예요. 난 그렇게 생각하는데.”

“그래?”

“네. 단지 자식은 좀 다르겠죠. 자식은 낳아서 키워주신 것처럼
부모님의 의지가 돼주는 것밖에 해드릴 일이 없어요. 뭐 부모님
중에는 네가 태어나 내가 널 키울 수 있는 기쁨을 준 것으로도 넌
내게 고마운 존재다 하시는 분들도 계시지만요. 그런 분들은 자식
에게 아무것도 바라지 않는다고 하세요. 하지만 그건 물질을 말하
는 걸 거예요. 그분들도 자식에게 다른 것은 바랄 거예요. 마음,
관심 그런 것들. 나는 그렇게 생각해요. 그래서 나는 엄마에게 딸
로서 친구로서 옆에 있어주려고 최선을 다해요. 물론 유일무이하
지 않았으면 좋겠다는 생각은 해요.”

도훈이 욕실 문 앞에서 다음 말을 기다리고 있는 것 같아 선녀
는 양치질을 하고 난 뒤에 계속 말을 이었다.

“형제가 있다면 조금씩 나누어서 해도 될 일을 혼자라면 어쩔
수 없이 다 해야 하잖아요. 이렇게 토요일마다 격주로 달려가는
것도 자식이 둘이라면 한 달에 한 번씩만 해도 되는 거니까.”

탁 욕실 문이 닫혔다. 곧이어 샤워를 하는지 물소리가 들려왔
다.

잘못 본 것 같아.

그녀의 말투 속에 배어 있는 따뜻한 책임감을 읽어낸 도훈은 자
신도 모르게 인상을 찌푸렸다. 선녀는 지금 거짓말을 하는 것이
아니다. 탐욕스런 속물로 보았던 처음의 그의 판단은 잘못된 것일
까? 선녀님은 겉보다 속이 훨씬 예쁘다. 인상이 펴지면서 도훈의
입가에 빙긋이 웃음이 퍼지기 시작했다.

월요일, 주말을 쉬고 난 뒤라 일하는 것이 더 싫은 월요일에 3분 지각을 했다. 선녀는 미안한 얼굴로 사무실 사람들에게 인사를 하며 재빨리 자기 자리에 앉았다.

"선녀 씨, 요즘 어디 아파? 얼굴이 완전 반쪽이야."

정인의 질문에 선녀는 양손으로 볼을 눌렀다. 얼굴이 반쪽인가? 하긴 지금 피곤해 죽을 지경이니 얼굴이 반쪽으로 보일지도 모르겠다. 어제 엄마의 집에서 돌아온 것은 밤 9시가 넘어서였다. 집으로 가서 계속 잠만 자느라 엄마에게 무지하게 구박을 받았지만 그래도 종일 자고 났더니 기운이 좀 살아났다. 하지만 그 살아난 기운은 밤 9시 도훈의 오피스텔로 돌아온 순간부터 고갈되기 시작했다. 하룻밤 떨어져 있던 것이 억울한지 도훈이 들어오는 선녀를 잡고는 그대로 침실로 직행해 버린 것이다. 그리곤 그때부터 시달린 것이 아침 5시까지였다.

대체 사람의 정력은 어디까지인 것일까?

선녀의 몸 안으로 파고드는 도훈의 몸은 무척이나 집요했다. 끝이 보이질 않았다. 지나치면 모자람만 못하다더니 정말이지 지나쳐도 너무 지나쳤다. 새벽에야 겨우 도훈이 잠들었지만 너무나 시달려서인지 선녀는 잠도 오지 않았다. 피곤해서 몸은 물먹은 솜 같은데 정신이 말짱했다. 선녀는 잠깐이라도 잠을 자고 싶어 눈을 감았다가 자꾸만 말똥해지는 눈을 뜨고 일어나고 말았다.

잠이 안 오니 할 일이나 하자.

선녀는 서재로 갔다. 서재로 가 다시 책을 뒤지기 시작한 지 10분. 갑자기 등 뒤에서 끌어 안겨졌다.

"선녀님."

분명 잠들었던 도훈의 목소리엔 잠기운이 하나도 없었다.

"안 잤어요?"

"선녀님이 없으면 바로 깨는걸."

촉이 선녀를 향해 있다는 것처럼 들리는 도훈의 말이었다.

"앗, 뭐예요?"

밤새 지치도록 안았는데 지치지도 않았나 보다. 서재의 바닥에 선녀를 눕힌 도훈이 바로 그녀의 몸을 타고 올랐다.

"또요?"

참 기운도 좋다. 대체 뭘 먹고 살아와서 이렇게 기운이 좋은 것인지. 투덜거렸지만 그 후의 시간은 황홀하기만 했다. 도훈은 오랜 시간 선녀를 가졌다. 출근해야 한다면서 달아나려는 선녀의 몸을 타 누르고는 참으로 길게도 시간을 끌었다. 출근시간이 다 돼서야 풀려난 뒤 서둘러 세수를 하고는 아침 먹을 시간도 없이 사무실로 달려와야 했다.

"아, 좀 피곤해."

"무척 아파 보여. 아픈 것 아냐?"

"아프진 않아, 아플 시간도 없잖아. 마감이 걸려 있는데……."

모니터를 들여다보는 눈이 뻑뻑해서 선녀는 인공눈물을 꺼내 한 방울 떨어뜨렸다. 장시간 모니터를 들여다보아선지 편집실의 직원들은 대부분 안구건조증으로 고생을 하고 있었다.

"서글픈 인생이야. 왜 이러고 사는지 모르겠어."

선녀의 탄식에 정인이 웃었다.

"돈 때문이 아니겠어?"

아, 정말 내가 로또만 찾으면, 그런다면……. 이런저런 떠오른 달콤한 상상에 선녀는 저도 모르게 행복한 미소를 피워 올렸다.

"송선녀."

그래, 제일 먼저 할 일은 사표를 김 실장의 얼굴에 확 던지는 거다!

"네, 실장님."

"오늘 작가들한테 전화 좍 돌려라. 계약해 놓고 몇 년씩 글 안 주는 작가들 독촉해. 빨리 글 다 받아내라."

선녀는 독촉전화하는 것이 제일 싫었다.

"알았나? 언제까지 줄 것인지 확실한 약속 다 받아내라."

그거 아세요? 실장님은 요즘 나 들들 볶는 재미로 사시나 본데 저는 이제 예전의 송선녀가 아니란 말입니다.

"송선녀. 알아들었냐고."

"니에."

건너편의 김 실장은 쳐다보지도 않고 길게 늘어지는 대답을 하는 선녀를 보며 정인이 쿡쿡 웃었다.

"오늘 피곤하겠다. 선녀 씨."

정인이 책상 위에서 울리는 전화기를 재빠르게 받아 들었다.

"네, 고려출판사입니다. 네, 어디라고 전할까요? ……아, 네. ……자기 전화야."

어디래? 전화기를 받아들며 선녀가 입으로 물었다. 정인 어깨를 으쓱이는 것을 보니 사적인 전화 같았다. 누가 출근하기 무섭게 전화를 걸어?

눈치가 보여서 선녀는 살짝 인상을 썼다.

"네, 송선녀입니다."

[나 좀 만날까?]

다짜고짜 반말을 하는 상대로 인해 선녀는 벙쩌 버렸다. 뭐야, 이 여자는…….

"누구세요?"

[나, 그레이스예요. 송선녀 씨.]

"아, 그레이스."

자 이걸 어떡할까? 대답을 해야 하나? 선녀는 이를 앙다물었다.

"아침부터 웬일이에요?"

[만나요, 만나서 할 얘기가 아주 많으니까.]

나는 없는데? 하지만 지고 들어가고 싶지 않았다.

"그럼 일산으로 와요. 열한 시까지. 와서 전화해요."

그레이스를 만나면 분명 기분이 나빠질 것이다. 그런데도 왜 만난다고 했는지 모르겠다. 그리고 그 여자는 왜 만나자고 하는 것인지 그것도 모르겠다.

"송선녀, 푸른 청춘 보도자료는 돌렸니?"

"금요일에 돌리고 퇴근했어요."

"그런데 왜 아직도 신간 사이트에 안 올라와?"

'그건 사이트에 따지셔야죠, 지금 저더러 지금 왜 우리 책 신간 소개란에 안 올렸냐고 사이트 쥔장 멱살이라도 잡고 흔들라는 말씀이세요?'

선녀는 온라인 도서판매점을 다니며 신간 코너란을 확인하기 시작했다. 안 올라오긴 개뿔. 잘만 올라와 있었다.

"다, 올라와 있는데요."

선녀가 항의하듯 말하자 김 실장이 팍 수그러들었다.

"어젯밤까지도 안 올라왔더니 아침에 올린 모양이군."

그럼 어젯밤에 보고 오늘은 확인도 않고 오자마자 잔소리부터 한 것이란 말이지? 저 김 실장을 한 대만 후려쳐도 원이 없겠다.

"내가 정말……."

"그러게 왜 말대꾸는 해서 미운털을 심었어?"

"화나면 확 출판사 차려 버릴 테야."

그런 뒤 김 실장을 고용해서 제작 쪽으로 돌려 사무실에서 책상

싹 빼버릴 테다. 생각만으로도 흐뭇했다.

"로또라도 맞았어?"

그럼! 지금 오호통재라가 되어 있지만 말이다.

[요 밑 블루에 있으니 당장 내려와요.]

11시 35분 그레이스가 전화를 걸어왔다. 블루면 출판사가 있는 건물의 이층에 있는 커피숍이었다.

"저 잠깐만 나갔다 올게요."

선녀는 지갑을 챙겨 들고 나가면서 우선 화장실로 가 자신을 점검했다. 파티장 안에서의 그 아름답던 그레이스를 생각하자 어쩐지 지금의 모습이 너무도 초라해 보였다.

역시 싸움엔 무기가 최고야.

그때 그레이스에게 당당했던 것은 돈으로 중무장한 이른바 날개옷 같은 차림 때문에 생긴 자신감이었을까? 그녀 스스로도 놀라서 이게 나야? 하고 눈을 크게 떴던 완벽한 화장으로 인해 아름다워 보이는 얼굴에 대한 자신감. 그래서 그렇게 아름다운 여인 앞에서 주눅 들지 않았던 것일까?

찬물로 손을 씻고 얼굴을 톡톡 두드렸다. 차가운 손이 얼굴에 닿자 기분이 상쾌했다. 선녀는 거울을 보고 슬쩍 입꼬리를 올리며 웃어보았다. 억지로 웃는 것같이 딱딱한 미소가 저울 저쪽에서 그녀를 바라본다. 잔뜩 긴장돼 보이는 것이 영 마음에 들지 않았다.

아니야, 이런 표정은 안 돼. 좀 더 자신감있는 표정을 지어야 해.

그레이스가 왜 왔는지 모르지만…… 주눅 들거나 꿀릴 필요가 없어. 나는 나인걸.

선녀는 고개를 흔들고 빙긋 웃었다. 좋아, 아마도 그레이스가 싸우러 온 거라면…… 송선녀, 넌 로맨스 편집을 몇 년이나 해왔어. 이런 상황에 어떤 대처를 하는지 수도 없이 보고 듣고 리뷰를 보며 살아왔잖아. 그러니 무적에 가깝다고 해도 된다고. 까짓거 까불기만 해봐. 밟아서 뭉개 버릴 테니까.

도훈이 사랑했던, 아니, 지금도 사랑하는지 어떤지 모르는 여자 따위는 한 손으로 박살 낼 거야라고 생각을 하고 블루로 내려갔으나 창가에 앉아 있는 그레이스를 본 순간 선녀의 그런 기백들은 바람 빠진 풍선처럼 급작스럽게 쪼그라들었다.

'아, 젠장. 대체 어떤 복을 받아야 저런 미인으로 태어날까?'

"나를 오라 가라 한 것은 송선녀 씨가 처음이에요. 덕분에 여기까지 와보네요."

크림처럼 부드러워 보이는 그레이스의 미소에 아주 잠시지만 황홀해졌다. 여자가 봐도 이렇게 예쁘다면 남자가 보면 얼마나 더 예쁠까?

"친하지도 않은데 예의없이 만날까라고 물어오는 건방진 상대는 나도 처음 봐요."

"난 친하다고 생각했는데 송선녀 씨는 아니었나 봐요? 반말을 한 것을 싫어하는 걸 보니."

"우리가 왜 친한 관계라고 생각했는지 우습네요."

"같은 남자를 공유하는 중이잖아요."

펑! 머릿속에서 뭔가가 터지더니 눈앞이 빙글빙글 돌았다. 공유? 공유라고? 그녀가 생각하는 공유와 선녀가 생각하는 공유가 같은 뜻이라면 이것은 벼락을 맞는 것과 같은 강도의 충격이었다. 거짓말이 아니라면, 그래 거짓말이 아니라면. 선녀는 가까스로 얼굴색을 회복했다.

"지금 뭐라고 그랬어요? 공유? 웃기지도 않네. 당신은······."

"왜 그래요, 촌스럽게. 그럼 정도훈이 당신 하나로 만족해서 오직 당신 하나만 보고 당신하고만 섹스를 할 것 같아요? 어리석긴. 아, 이런 촌구석에 살아서 아직 소문을 못 들었나 본데 다리 하나만 건너가서 캐봐요. 정도훈이 어떤 사나이인지."

종업원이 가져온 커피잔을 든 그레이스가 눈썹을 올리며 얄밉게 웃었다.

"그의 전설 모르죠?"

전설?

그레이스는 커피를 마시는 모습에서조차 매혹이 뚝뚝 떨어졌다.

"도훈 씨를 거쳐 간 여자가 세 자리 수라는 것은 알아요? 모르겠죠? 하지만······."

비웃음이 가득한 눈초리가 선녀에게 똑바로 고정됐다.

"어떤 여자든 만나기만 하면 우선 팬티부터 벗기는 것은, 알겠지요? 아마 당신도 그러했을 테니까."

선녀의 얼굴이 새파래졌다가 곧이어 붉게 달아올랐다.

"곧, 만난 여자에게 미친 것처럼 굴지만 한 달 이상 관계를 지속

한 여자가 없다는 것도 알게 될 거예요."

그레이스의 표정이 한층 더 부드러워졌다.

"그에겐 정조라는 개념이 없어요. 그러니 당신이 그의 오피스텔로 들어갔다고 해서 그를 가졌다고는 생각하지 말아요. 그건 아주 큰 오산이니까, 그 사람, 토요일 날 내게 다녀갔어요. 본가에서 저녁 먹는다고 하지 않았어요? 당신에게 그렇게 말했다고 그 사람이 내게 말하던데."

이번엔 쾅, 머리가 울렸다.

"안 믿어져요? 그러면 그에게 물어보세요. 거짓말을 하지 않는 것이 정도훈의 유일한 장점이니까."

그레이스의 말을 믿어야 하나 어째야 하나 하는 생각을 하며 선녀는 깊게 숨을 들이쉬었다. 다리를 꼬고 앉아 커피를 마시고 있는 그레이스의 모습을 보며 선녀는 겨우 충격에서 벗어났다. 흔들리지 않아. 아니, 흔들리더라도 흔들리는 모습을 보이지 않아. 이런 식으로 싸움을 걸어온다면 싸워주겠어.

"그래서 당신은 그 사람에게 팬티를 벗어주었어요?"

의기양양 웃던 그레이스의 표정이 노여움으로 파르르 떨리기 시작했다. 흥, 싸구려 같으니. 이런 표정을 지었는데 제대로 읽었나 보다.

"하지만 나는, 벗어주어서 지금 노팬티라고 당신이 말한다 해도 하나도 믿지 않겠어요."

"왜, 안 믿는데요?"

"하지도 않은 임신을 거짓말로 했다고 말하는 여자의 말 따위가 믿어지겠어요?”

임산부라면 절대 술과 담배, 커피를 이렇듯 거리낌없이 마시거나 하진 않을 것이다. 그러니 이 여자는 거짓말을 하고 있는 것이 틀림없다.

“당신이 나와 도훈 씨를 공유…….”

입에 담기도 불쾌했지만 선녀는 아무렇지 않는 얼굴로 말을 이어나갔다.

“한다고 주장하는데……. 이러는 것을 당신 약혼자는 알고 있어요?”

“물론이죠.”

선녀는 자리에서 일어섰다.

“참으로 이상한 사람들이군요. 당신도 당신 약혼자도! 내 상식이나 도덕으론 이해되지 않지만 뭐 나하곤 상관없는 일이겠죠? 당신에게도 내가 이해를 하든 말든 아무 상관이 없을 테고. 그러니 그런 사람들끼리 잘살아봐요. 단 내 약혼자에게 널름대는 것은 이제 그만두시고. 아 참, 말해두겠는데 내가 성질이 좀 난폭해요. 내 남자에게 널름대는 여자를 너그럽게 보고 넘기지 못하는 그런 성격이에요. 그러니 다신 내 앞에 나타나지 않는 것이 좋을 거예요. 그땐 내가 하고 싶은 대로 할 거예요. 기대해도 좋아요.”

선녀의 뒷모습을 바라보는 그레이스의 입가에 심술궂은 미소가 걸렸다. 웃고 있지만 그레이스의 기분은 좋지 않았다. 그것은 처음 루브에 도훈이 선녀를 데리고 들어왔을 때 들었던 기분과 비슷했다. 불쾌하고 괘씸한, 뭔가로 뒤통수를 한 대 맞은 것 같은 그런 기분 나쁨. 정말로 그레이스는 도훈이 그런 식으로 여자를 데리고 들어오리라고는 생각도 하지 못했다.

너무 얕봤어.

도훈을 그리고 약혼녀라는 촌뜨기 여자를.

그를 상처 내고 화나게 하고 싶었다. 하다못해 웃음거리로라도 만들고 싶었다. 다른 남자에게 여자를 빼앗긴 못난이를 만들려고 했는데 과연 웃음거리가 된 것은 누구였을까? 그녀의 약혼피로연장에 태연히 다른 여자를 데리고 와서 그녀를 바보로 만든 것은 도훈이었다.

'약혼? 깨 보이겠어.'

정도훈도, 괘씸하기 짝이 없는 저 여자도 다 신경에 거슬리니까. 나를 상처 내고도 무사하리라 생각한다면 그건 오산이지. 그레이스는 커피잔을 집어 들었다. 이런 구석진 곳에서 내린 커피치고는 그나마 꽤 괜찮은 맛이었다.


저녁을 먹고 난 뒤 선녀가 식탁에서 일어서며 도훈에게 물었다.

"차 마실래요?"

"응."

"밤이니 홍차가 좋겠죠?"

"응."

선녀는 하얀 잔에 홍차의 색을 예쁘게 우려내서 도훈의 앞에 놓아주고는 자신이 마실 커피를 내리기 시작했다. 선녀의 마음은 지금 몹시 무거웠다. 낮에 그레이스가 뿌리고 간 독이 선녀의 마음

속에서 소용돌이치고 있었다. 그레이스의 말은 선녀에겐 독이었
다. 그것도 아주 치명적일 정도로 강하고 지독한. 선녀는 물끄러
미 홍차를 마시고 있는 도훈을 건너다보았다.

'당신의 정체가 뭐야?'

정말로 도훈은 그레이스가 말한 그런 걸레인 것인가? 의심과
회한이 범벅으로 선녀의 마음을 휘젓고 있었다.

"밤에 왜 커피를 마셔?"

"일할 것이 있어서요. 오늘 다 끝냈어야 하는데 그만 끝을 내지
못하고 퇴근했거든요. 어쩌면 밤을 새야 할 것 같아요."

"밤엔 잠을 자야지."

"그러게요. 나도 자고 싶어요."

"이러는 거, 나만 보기로 한 약속에 위배되는 것 아냐?"

"아, 그런가. 어쩌지?"

"하늘이 무너져도 일을 해야 한다면 모를까 그렇지 않다면 집
에서 일하지 마. 싫어."

"미안해요. 하늘은 무너지지 않지만 꼭 해야 해요, 오늘까지 리
뷰 봐서 보낸다고 약속했던 것이라 어쩔 수가 없네요. 대신 지금
시작하진 않을게요, 당신이 잠이 들면 그때 할게요."

음. 도훈이 턱을 괴며 선녀를 바라보았다.

"기분이 안 좋아?"

"왜요?"

"안 좋아 보여."

"아뇨."

"그런데 왜 기분이 안 좋은 것처럼 보이지? 뭔가 화가 난 것처럼 자꾸 느껴지는데?"

"아마 글 때문일 거예요."

선녀는 도훈이 자신의 기분을 눈치챈 것에 놀라 말을 얼버무렸다.

"이 작가님과 내 견해가 달라서 접점이 안 잡혀 좀 힘들거든요. 그래서 짜증나요."

"응?"

흥미를 나타내는 도훈을 향해 선녀는 빙긋 웃어주었다.

"다, 남자주인공 때문이야, 남자주인공."

"왜?"

"로맨스엔 말이죠, 일종의 법칙이 있어요. 일단 해피엔드여야 하고요, 남자주인공이 멋있어야 해요. 읽는 사람들이 대부분 여자니까 멋진 남자가 나오기를 바라죠. 왜냐하면 독자들은 본인을 여자주인공에 대입해 읽거든요, 여자주인공이 너무 힘들어하는 것도 싫어할 정도로 감정이입을 해서 읽어요. 그러니 카리스마 있고 돈이나 능력 탁월하고 거기다 정력 절륜한 잘생긴 남자주인공이 나오길 바라는 것은 당연한 일이지요. 독자들은 대부분 현실적인 남자주인공을 원치 않아요. 뭐 가끔 나는 현실적인 남자주인공이 좋아요. 왜 남자주인공은 다 재벌이나 왕인 줄 모르겠어요, 그건 식상해요라고 말하는 사람들도 있지만, 생각해 보세요. 내 옆에 있는 남자가 돈 쓸 때마다 카드결제할 것 걱정하고 투덜거리면서 외식 한 번 제대로 시켜주지 않는데 책에서조차 남자주인공이 찌질하고 서민적이면 그게 좋겠냐고요. 그래서 대부분 남자주인공을 그릴 때는 잘생기고 능력 좋은 남자로 그리죠.”

그래서 왜 로맨스 남자주인공은 전부 재벌 아니면 능력자냐고 가끔 말을 하는 독자들도 많았다. 식상해요, 나오는 남자주인공마다 죄 카리스마 있고 잘나서 너무 똑같다고 불평들을 했다. 하지만 옆에서 보는 평범하고 찌질한 남자를 남자주인공으로 쓰는 글에는 그다지 호응을 보이지 않는 것을 보면 다수의 독자들은 힘있고 카리스마 있는 남자가 오로지 제 여자에게 목숨 걸 듯 사랑해 주는 것을 선호하는 것이 틀림없었다.

“그럼 여자들이 원하는 남자주인공은 나 같겠네?”

선녀의 입에서 웃기네, 소리가 바로 안 나온 것이 천만다행이었다. 자기가 남자주인공? 웃기지도 않아. 하지만 도훈을 보면 꼭 아니라고만 할 수 없는 것도 사실이었다.

“뭐 표면은 그러네요, 키 크고 돈 많고 잘생겼으니까. 그렇지만 도훈 씨는 남자주인공으로선 안 돼요.”

“왜?”

“남자주인공은 여자주인공을 위해 헌신하고 일편단심 사랑하고 무엇이나 다 해줘야 하는 멀티러브맨이어야 하거든요.”

“나, 여자를 위해 헌신하고 일편단심 사랑하고 무엇이나 다 해주는 멀티러브맨인데?”

“아, 그러세요? 후후후. 그런 말 하는 것 낯간지럽죠?”

선녀가 웃자 쿡 하고 도훈도 따라 웃었다.

“그럼 앞으론 그런 말은 하지 마세요. 현실 속의 남자는 결코 로맨스소설 속의 남자주인공이 될 수가 없으니까.”

“왜?”

“살아 있으니까. 살아간다는 것은 일상인데 현실에서 로맨스 속의 남자주인공처럼 혼자 멋진 척하고 잘난 척하면서 여자가 싫다는데도 죽어라 밀어붙이면 그건 미친놈이고 스토커거든요. 그러니까 혹시라도 도훈 씨는 로맨스 속의 남자주인공처럼 될 생각은 하지 마세요.”

“헌데 지금 일하는 작가와는 뭐가 문제야?”

“완급조절이 안 돼요. 지금 보는 작가님은 나쁜 남자를 좋아하고 즐겨 그리죠. 이 여자 저 여자 실컷 놀아나고 갖고 싶은 것을 갖지 못한 적이 없어서 세상이 너무 만만한 남자주인공을 좋아해요. 이 글 주인공도 그런데 난 사실 그런 남자 매력없어요, 생각해보세요. 수많은 여자하고 놀아난 남자가 주인공이라니, 아 정말 너무 싫어.”

당신이 그런 걸레 같은 남자라는 말을 들어서 더 싫다고요. 하지만 이 남자처럼 멋진 남자라면, 이렇게 물끄러미 바라보는 깊고 깊은 눈동자를 가진 남자라면 걸레든 아니든 다 상관없을 것 같긴 하다.

헉 무슨 소리! 그런 바보 같은 생각을 하다니, 괜찮긴 뭐가 괜찮아.

“선녀님이 생각하는 남자주인공은 백설처럼 순결한 남자야?”

“백설까지는 안 바라지만 적어도 걸레는 아니어야 하잖아요. 아니, 놀아난 여자가 수십 명이라는 암시를 해놨는데 그런 남자주인공에게 정이 가요? 난 싫어요. 그래서 그 부분만 다시 쓰자니까 절대 안 된다잖아요."

"이제 보니 선녀님은 순결옹호자였군."

이상하게도 도훈의 목소리는 풀이 죽어 있는 것처럼 들렸다.

"뭐, 내가 순결하지 않으니 결혼할 남자는 백설처럼 순결한 남자를 원한다고나 해두죠."

"그게 말이 돼?"

"안 될 것은 또 뭐죠? 남자만 순결한 여자 좋아한다고 생각하세요? 천만에요, 여자도 순결한 남자를 좋아한다고요."

이 무슨 억지스런 말인지. 선녀 스스로 얼굴이 확 붉어지려고 했다.

"정말 선녀님은 순결한 남자가 좋아?"

"네에."

"그렇군."

선녀는 자신에게 다짐을 하기 위해 힘주어 말했다.

"걸레 같은 남자는 딱 질색이에요. 걸레는 삶아도 걸레잖아요. 걸레는 석 달 열흘 삶는다고 해도 행주로 쓸 수는 없어요."

"남자는 행주가 아냐."

"그러니까 더욱 그렇죠. 걸레는 삶기라도 하지만 남자는 삶을 수도 없잖아요. 참, 도훈 씨도 여자랑 많이 자봤죠? 몇 사람이나 돼요? 그동안 같이 잔 여자. 한 자릿수 아니면 두 자릿수? 아니다. 그 현란한 테크닉이라니. 혹시 세 자릿수 아니에요?"

아무렇지 않게 말이 나오는 것은 로맨스 편집을 보는 몇 년 동안 뻔뻔스러움이 철갑처럼 두꺼워져서겠지. 하지만 그 말은 선녀로서도 솔직히 얼굴이 화끈거려지는 질문이었다.

바보 같은 질문이야, 이런 질문은. 그것은 선녀도 잘 아는 거였다. 매너에 어긋나게 비상식적인데다 선녀는 도훈에게 그런 질문을 던질 만한 위치도 아니었다. 그녀의 질문이 놀라웠는지 갑자기 도훈이 기침을 했다. 사레가 들린 듯 콜록거렸다.

"선녀님!"

"아, 대답 안 해도 돼요. 상관없으니까. 그 질문은요, 그냥 사랑하는 척하기 위해 한 거랍니다."

사실은 거짓말, 그레이스가 하고 간 말에 휘둘려서 한 말이었다. 아니라고 도훈이 부정해 주었으면 하는 기대로 했던 낚시성 질문.

"이렇게 하는 것처럼."

선녀가 냉수를 먼저 들이켜고는 그대로 도훈의 입으로 가져갔다. 입술이 닿고 열렸다. 선녀의 입에서 차가운 물이 도훈에게 건너갔다.

도훈이 물 대신 선녀의 혀를 마셨다. 부드럽게 혀를 휘감아 자신의 입안으로 빨아들였다. 아이스크림을 핥아서 녹여 먹는 것처럼 선녀의 혀를 부드럽게 굴리고 말아 올리며 핥다가 깊이 빨아들였다. 신음이 선녀의 목구멍 깊은 곳에서 솟구치는 샘물처럼 올라오기 시작했다. 선녀는 도훈의 목에 두 손을 감았다. 눈을 감고 온몸을 그에게 비벼댔다. 로또를 받아야잖아. 그러기 위해선 사랑하는 척해야 하잖아. 어쩐지 섧고 억울했지만 선녀는 로또만 생각하기로 했다.

"사랑해요."

마음에서 휘감는 소리는 거짓일까, 진심일까?

도훈의 머리카락 속으로 손을 집어넣고 힘껏 부둥켜안으며 말하는 선녀의 속삭임에 그의 몸이 살짝 굳었다.

"놀라워."

"뭐가요?"

"꼭 진심으로 말하는 것처럼 들려서 그러는 척하기로 한 것 때문에 거짓말한다는 것을 알면서도 깜짝깜짝 놀라게 돼."

"왜요?"

"무섭거든, 그런 말."

"무섭다고요?"

"끔찍하잖아. 똑같이 돌려달라고 말하는 것 같아서."

끔찍하다니. 갑자기 도훈에 대한 반발이 울컥 치솟았다. 노여움이 단번에 그녀의 안을 가득 채웠다.

끔찍해? 내가 뭐 좋아서 이런 말 하는 건 줄 아니? 절대로 내가 원해서 이런 말 하는 것 아냐. 스스로에 대해서 거짓말을 했다. 하지만 안다. 아니, 모른다. 선녀는 자기 마음의 갈피를 잡을 수가 없었다.

우리 진짜 연인이 아닌데 무엇 때문에 화가 나는 것일까?

그것을 모르겠다.

이런 남자에게 사랑한다는 말을 하는 거 너무 억울하지 않아? 선녀는 입술을 지그시 깨물었다. 역시 난 진짜 선녀가 아닌 것일까? 그녀가 가슴 아픈 만큼 도훈에게 상처 주고 싶은 걸 보면.

"도훈 씨가 내게 돌려줄 건 오직 하나죠. 로또. 다른 것은 바라지 않아요. 난 지금 사랑하는 척해달라는 도훈 씨 요구로 그렇게 말한 거니까 착각하지 말아요."

도훈을 후비기 위해 한 말이었으나 그 말은 거꾸로 선녀의 가슴을 후벼댔다. 이어 도훈의 대답은 후빈 상처에 소금을 뿌린 것처럼 쓰라렸다.

"알고 있어."

정말 알고 있어요? 거짓말, 내 마음을 모르잖아요. 여자와 남자 마음은 이렇게 다른 걸까? 여자는 몸이 가면 마음이 가는데 남자는 몸은 와도 마음은 오지 않는 것 같아.

선녀는 잠자코 도훈을 보다가 몸을 돌렸다.

"안 잘 거예요?"

"응. 그러니까 일해도 좋아."

"그래요? 고맙네요. 그럼 난 이제부터 일할게요."

선녀가 컴퓨터가 있는 서재로 들어가 버린 뒤 도훈은 굳게 닫힌 방문을 바라보았다. 기분이 나쁘다. 뭔가 신경을 거슬리는 것이 있는데 그것이 뭔지 모르겠다. 도훈은 고개를 갸웃거리다 다시 닫힌 문을 노려보았다. 선녀가 온 일주일 동안 한순간도 선녀는 그를 배제하지 않았다. 도훈이 원하는 대로 늘 그를 보고 웃고 말하고 그의 품속에 있었다. 그것이 어느새 그것이 습관으로 굳어졌나 보다. 마치 평생을 그렇게 살아온 것처럼. 그래서 그를 배제하고 일을 한다고 방으로 들어가 문을 닫아버린 선녀가 못마땅했다.

혼자 남겨진 어린아이처럼 쓸쓸한 느낌, 이런 것이 싫다. 도훈은 살짝 문을 열었다.

"왜요?"

모니터를 노려보며 한글 파일에 빨간 글씨로 뭔가를 열심히 쓰고 있던 선녀가 돌아보지도 않고 물었다. 도훈은 성큼 방 안으로 들어섰다.

"나도 일하려고."

도훈은 사실 일을 하고 싶은 것이 아니었다. 닫힌 문의 단절이 싫을 뿐이었다. 한 달도 벌써 두 주나 지났다. 이렇게 마주 보고 지낼 수 있는 시간이 그만큼 줄어드는데 일한다고 문을 닫고 들어가 버리면 어쩌란 것이냐.

그가 선녀와 대각선이 되게 마주 앉아 자신의 컴퓨터에 전원을 넣었다.

"집에서도 일하세요?"

도훈의 집에 들어온 뒤 한 번도 집에서 일을 한 적이 없었다.

"이거 비밀인데……."

도훈이 씨익 웃었다.

"사실은 주로 집에서 일을 해."

"하지만 그동안 한 번도……."

"잠시 쉬었을 뿐이야. 가능하면 선녀님하고 집에서 있는 동안은 일을 하지 않을 셈이었거든."

"그런데요?"

"선녀님이 나를 안 보고 일을 하니 어떡해. 나도 일이나 해야지."

도훈이 마치 엄마의 관심을 받지 못해 뚱해진 어린아이처럼 보여서 선녀는 웃을 뻔했다. 선녀는 파일로 눈을 돌렸다. 온 신경을 바짝 세우고 간신히 한 문단을 검토했다. 다른 때와 달리 일의 속도가 붙지 않았다. 남자주인공 캐릭터가 마음에 안 들어서인지 전혀 몰입이 되지 않았다. 이러다가는 오류를 찾아내지 못하고 그대로 넘어갈 수도 있겠다. 선녀는 몰입을 하기 위해 눈을 부릅떴다.

"아후."

한숨을 쉬며 흘끔 도훈을 보니 그는 선녀의 존재까지 잊은 듯 어느새 일에 깊이 빠져 있었다. 굉장한 집중력이었다. 모니터를 바라보는 도훈의 표정이 심각하고 엄숙했다. 모니터 속의 세계와 완전 동화된 것처럼 보였다.

대단하다.

자기 일에 완전히 몰두해 있는 도훈을 바라보다 선녀는 큰 숨을 내쉬었다.

질 수 없잖아? 저런 집중력을 뛰어넘을 수는 없지만 비슷한 집중력으로 나도 내 일을 해야겠어.

비록 일은 다르더라도 일을 하는 열정에서만큼은 지고 싶지 않았다. 선녀는 한글파일을 보며 이어 톡톡톡 자판 두드리는 소리를 요란하게 내기 시작했다.

"여보세요, 어머, 이봐요."

문밖의 소란스러움은 벌컥 문이 열리며 그레이스가 안으로 들어오는 것으로 연결됐다. 그레이스를 말리고 있던 여직원의 얼굴엔 황당함이 가득했다. 여직원은 지금 누구냐고 묻는 질문에도 대답하지 않고 곧장 도훈의 사무실로 들어가려는 그레이스로 인해 조금 화가 나 있는 상태였다. 사무실의 모든 사람들을 없는 사람 취급을 하고 팀장실 문을 열고 들어가는 그레이스의 오만한 태도에 기가 질리고 기분도 나빴다.

"노크 좀 하고 들어오지."

흠모해 마지않는 팀장이 살짝 인상을 쓰며 중얼거리는 소리에 여직원은 민망한 표정을 지었다.

"죄송합니다. 이 여자분께서 무조건 문을 열고……."

"내 손님이니 김선아 씨는 나가봐요."

도훈의 말에 여직원이 문을 닫고 나갔다.

그레이스가 또각거리며 책상으로 다가와 도훈에게 키스를 하기 위해 얼굴을 들이밀었다. 늘 그래 왔고 그래야 한다는 것처럼 키스를 하려는 그녀의 태도는 아주 당당하고 자연스러웠다. 그레이스의 입술이 자신의 입술에 닿기 직전 도훈은 몸을 살짝 뒤로 했다.

"도훈 씨……. 이젠 인사도 안 받아?"

"다른 인사로 하지."

"왜?"

"이런 인사 약혼자에게 실례가 될 것 같아서."

"그이는 상관 안 해."

"그녀가 상관해."

도훈의 말에 그레이스의 얼굴이 단번에 구겨졌다.

"왜 그래? 촌스럽게."

"상대를 존중해 주기 위해 다른 상대랑 어울리지 않는 것은 분명히 촌스럽겠지?"

"응, 어이없을 정도로 촌스러워. 난 도훈 씨가 촌스러워지는 것은 싫어."

도훈이 피식 웃었다.

"네가 신경 쓸 남자는 내가 아니잖아?"

"무슨 소리야?"

“약혼자를 두고 다른 남자에게 신경 쓸 필요가 없다는 말이야.”

“도훈 씨, 혹시 질투해?”

“응.”

그럼 그렇지. 그레이스의 표정이 의기양양했다. 자신을 무시하거나 거부하는 남자를 아직 만나지 못했다가 도훈이 그런 것 같아서 무척 자존심 상해 있던 터였다. 도훈의 대답은 그녀의 자만을 흡족하게 만들었다.

“그런 것 안 해도 돼. 나는……”

“촌스럽게도 그녀에게 나보다 일이 우선인 것이 싫고 혹시라도 나를 좋아하지 않나 하는 생각이 들 때마다 김빠지는 것도 싫지만……”

어제 무언가 기분이 나빠 있는 선녀를 보며 슬슬 눈치가 봐지는 것이 마치 지독한 애처가인 아버지나 형의, 아내들이 토라지거나 화나 있을 때 슬슬 눈치를 보며 알아서 기는 모습과 흡사하다는 생각이 들었다.

“촌스러워지는 것은 그다지 나쁘지 않던데?”

“무슨 소리야?”

“그동안 너무 막 살아온 지난 시간이 후회돼. 떳떳하지 못해서.”

“무슨 소리냐고.”

“그녀가 정절을 원해.”

너무도 예상 밖의 말에 그레이스의 얼굴이 확 구겨졌다.

“어울리지 않아. 정도훈에게 정절이라니.”

"그렇지?"

도훈의 표정이 진짜로 풀죽어 보여 그레이스의 기분은 더욱 나빠졌다. 이런 것은 정말 어울리지 않아. 정도훈. 선녀인지 뭔지 하는 여자와 어울리더니 아주 우습게 변해 버렸구나.

"무슨 일로 내 사무실에 온 거야?"

"점심 먹으러 가자."

"나 지금 바빠."

"나도 바빠."

상대에 대한 배려가 전혀 없고 누구든 자신의 요구는 다 들어주는 것이 당연하다고 생각하는 그레이스니 지금 도훈이 하던 일을 접고 그녀의 등장에 황송해하면서 자리에서 일어서야 한다고 생각하나 보다. 마음이란 참…… 간사한가 보다. 얼마 전까지 그레이스가 어떤 요구를 하든 어떤 심술을 부리든 조금도 눈에 거슬리지 않았다. 오히려 말도 안 되는 요구를 하는 것이 그레이스답다고 생각했었다. 그랬는데 지금은 그레이스의 태도에 슬그머니 짜증이 나고 있었다. 하지만 결코 물러서지 않는 그레이스의 성격을 누구보다 잘 아는 도훈이었다. 오전 내내 바쁘게 일한 것은 선녀와 같이 점심을 먹기 위해서였지만 어쩔 것인가. 이렇게 물러서지 않고 버티면 별수 없지.

"그래, 가자."

재킷을 입는 도훈에게 다가와 그레이스가 날름 팔짱을 껴왔다. 방을 나오니 사무실의 직원 모두가 흥미진진한 얼굴로 바라보고 있었다.

"먼저 나갑니다. 수고들 하세요."

말을 하던 도훈의 시선이 눈살을 찌푸리고 있는 상준의 얼굴에 멎었다. 그냥 실력 좋고 성격 좋은 직원이었던 상준은 요 며칠 사이 도훈에게 그 의미가 달라져 있었다. 선녀의 친구, 선녀의 남자친구.

야, 선녀야.

그렇게 거리 없이 불렀었지. 요즘 들어 이상하게 상준이 신경 쓰이는 도훈이었다. 상준의 시선에 저도 모르게 그레이스의 팔을 뿌리칠 뻔했다. 남의 시선에 도통 무심했던 예전의 자신은 어디로 간 거지? 왜 이런 모습이 남의 눈에 보이는 것이, 아니, 혹시라도 남을 통해 선녀의 귀로 들어갈까 걱정이 되는 것일까?

"이상준 씨……."

"네."

상준이 일어섰다. 그제야 도훈은 자신이 상준에게 오해하지 말라는 말을 할 뻔했다는 사실을 깨닫고 깜짝 놀랐다. 혹시라도 상준의 입을 통해 그가 다른 여자를 만났다는 것이 알려질까 봐 신경쓰고 있다는 증거였다. 도훈은 살짝 인상을 썼다.

"아닙니다. 일들 해요."

그레이스가 나가면서 도훈이 부른 남자를 뒤돌아보았다. 눈이 마주치자 살짝 웃어준 것은 남자라면 일단 매혹시키고 보는 그녀의 습관 때문이었다.


[할 얘기가 있어. 점심시간에 좀 만나자.]

오랜만에 상준이 전화를 걸어왔다.

"점심시간? 안 돼. 나 약속 있어."

요즘 선녀는 점심시간마다 오피스텔로 가서 도훈과 같이 점심을 먹었다. 1시간의 점심시간은 늘 빠듯했지만 그것은 달콤한 유희였다. 도훈이 원했던, 그만 보고 그만 사랑하는 여자가 할 수 있는 것은 그런 것이기에 한 달 동안 그녀의 모든 시간을 그에게 주려고 마음먹었다. 그것은 그레이스가 뿌리고 간 독으로 인해 늘 가슴 한편에 묵직한 돌이 얹혀 있는 것 같아서 기분이 안 좋은 것과는 아무 상관 없는 일이었다. 같이 보내는 점심시간은 꿀처럼 달았기에 그와의 시간을 상준으로 인해 방해받고 싶지 않았다.

[그럼 지금 만날까?]

상준의 말에 선녀의 이마에 주름이 졌다. 무슨 일이 있나? 상준의 침울한 음성이 가시처럼 날카롭게 선녀의 신경을 긁었다.

"뭐 급한 일이야?"

[급해.]

"알았어. 지금은 그러니까 그럼 점심때 만나."

전화를 끊고 선녀는 고개를 갸웃거렸다. 마지막으로 상준과 헤어질 때를 기억하자 공연히 기분이 좋지 않았다.

그래, 뭐 너랑 나랑은 친구니까. 그리고 내가 사랑했던 사람이니까.

어?

선녀는 잠시 주춤했다. 어느 틈에 상준에게 사랑했던이란 과거의 표현을 쓰게 되었을까?

점심시간 약속된 장소로 간 선녀는 미리 와 있는 상준을 발견했다. 창가의 자리에 앉아 있는 상준을 향해 선녀가 다가갔다. 선녀를 향해 상준이 빙긋 웃음을 보내왔다.

"일찍 왔네."

"얼굴이 좋아 보인다."

"그래?"

"예뻐."

상준의 말에 선녀는 자신도 모르게 손을 얼굴로 가져갔다. 예쁘다니? 상준에게 처음 듣는 말이 낯설고 간지러웠다.

"나야, 뭐……."

늘 예뻤지라고 말하면 좀 너무 뻔뻔하려나? 선녀는 자신을 빤히 바라보고 있는 상준의 시선에 좀 말끝을 흐렸다.

너 왜 그런 눈으로 봐?

상준의 청혼을 거절했고 상준에게 화가 나 있는 것도 있어서 두 사람의 사이가 서먹할 것이란 생각은 하고 있었기에 아무렇지 않아 보이는 상준의 태도는 조금 예상외였다.

시키지도 않았는데 트레이를 밀고 온 직원이 음식을 세팅하기 시작했다.

"내가 미리 시켰다. 식사하고 호수공원 산책하려고."

"산책?"

"왜 싫어?"

"아니, 뭐 좋아. 그러자."

선녀는 수저를 들고 음식을 먹기 시작했다.

“그런데 급한 일이 뭐야?”

“그런 것은 없어. 그래야 만나줄 것 같아서 그렇게 말했던 거야. 그런데 송선녀.”

상준이 갑자기 정색을 했다.

“응?”

“……내 청혼 여전히 거절이니?”

상준이 망설이며 하지 않은 말은 무엇일까? 상준이 무언가 말을 하려다 그만두었다는 생각에 선녀가 눈을 똑바로 떴다. 자, 말을 해. 말을. 무슨 소리를 하려는 것이지.

“네가 내 청혼을 거절했다고 해도……. 우리 친구지?”

아, 이 말이었구나. 눈부신 상준의 웃음을 보며 선녀는 숨을 삼켰다. 변하지 않았구나. 이 웃음은. 그녀가 좋아했던 밝고 따뜻한 웃음. 선녀는 자신도 모르게 따라서 미소 지었다.

“물론이야, 우린 친구야.”

“그 말을 듣고 싶었어.”

“싱겁긴.”

선녀는 음식으로 얼굴을 내리박았다.

“요즘은 내 인생이 뒤죽박죽이야.”

“왜?”

“너와도 사이가 이상해졌고 진이와도 그렇고 거기다가 하고 있는 일은 엄청 꼬이고, 한마디로 재미가 없다.”

“일이 꼬여?”

“내가 얘기했지. 새로 온 팀장.”

“응.”

“그 인간 아주 괴물이라니까. 요즘은 아주 들들 볶고 있어.”

도훈이 사람을 들볶는다고?

“지가 천재적이라고 같이 일하는 사람도 천재적일 것이라 생각하면 안 되잖아.”

“팀장이 천재적이야?”

“놀라운 인간이야. 이 게임계에선. 작년에 만들어서 일본에 수출한 게임도 중박을 터뜨렸다고. 들리는 소문에 의하면 그것이 그냥 연습 삼아서 심심풀이로 만들어본 게임이라는 거야.”

그랬구나. 선녀가 모르는 도훈의 일이었다. 그러고 보니 그동안 도훈이 어떤 사람인지 무엇을 했는지 궁금해하지도 않고 알려고도 하지 않았다. 선녀가 그동안 알고 있던 도훈은 상준의 상사라는 것뿐이었다. 그레이스가 나타나 그가 어떤 남자라는 것을 추가로 알게 됐지만 그것뿐 아직도 선녀는 도훈에 대해 너무도 많은 것을 모르고 있었다.

“이거 맛있는데?”

숯불에 구워진 생선구이를 먹은 상준이 슬쩍 선녀에게 접시를 밀어주었다.

“아, 고마워.”

선녀는 고맙게 생선살을 발라먹다가 생각난 듯 물었다.

“그런데 상준아. 진이하고 사이가 불편해?”

“응.”

“왜? 진이가 너 좋아하잖아.”

상준의 얼굴이 살짝 구겨졌다.

“정말로 좋아할까?”

“뭐?”

“말이야 늘 그랬지. 좋아해. 사랑해. 장난도 아니고 투정도 아니고 윽박지르듯 그렇게 말했지. 마치 내가 널 좋아해 주는 은총을 베푸니까 너도 나를 좋아해야 하는 것이 당연하다는 것처럼 느껴지게.”

“넌 무슨 말을 그렇게 해? 진이가 널 좋아한 것은 진심이었어.”

“무조건 그 마음에 응해야 한다고 생각하는 그런 당연함이 싫다.”

선녀는 갑자기 할 말이 없어졌다. 당연하게 생각했었나? 그랬나?

“무조건 그 마음에 응해야 하는 거냐? 내 마음은 아무 상관도 없이?”

선녀는 젓가락만 빨며 아무 대답도 하지 못했다. 그것은 꼭 따지고 드는 것 같았다. 뭐야, 얘 진이에게 무슨 말을 들었나? 정말 상준의 말이 옳은 것도 같았다. 진이가 좋아한다잖아. 그러니 넌 진이의 남자다. 은연중 선녀도 그렇게 생각하고 있었다. 상준은 그런 것이 기분 나빴던 것일까?

“너, 진짜로 진이가 안 좋아? 진이에 대해선 정말 아무 생각이 없어?”

상준이 대답을 하지 못했다. 그건 다행이었다. 만일 응이라고 대답했다면 이 거짓말쟁이를 처절하게 응징했을 테니까. 네가 진이 좋아하는 거 다 알고 있거든? 노려보며 웃는데 상준이 턱짓을 했다.

"전화 들어왔어."

정신을 차려서 보니 식탁에 올려놓은 전화의 진동이 울리고 있었다. 도훈이었다.

"여보세요."

[뭐하고 있어?]

"친구랑 점심 먹는다고 했잖아요. 문자 못 봤어요?"

[남자랑 먹는 것이 아니고?]

친구라도 상준은 남자니까 그렇다고 대답해야 하나? 하지만 그랬다가 한 달 동안 그만 보고 그를 향해서만 웃기로 한 계약과 달라서 로또를 주지 않겠다고 하면? 헉, 절대 안 된다. 그것은!

"친구랑 먹는다고 했죠. 이따가 봐요."

탁 전화를 끊던 선녀는 빤히 그녀를 보는 상준의 눈에 멈칫했다.

"누구 전환데 꼭 남편에게 전화 받는 여자처럼 전화를 받아?"

"어? 어, 저기 엄마."

뭐야, 나 왜 거짓말을 하고 있지? 자신도 모르게 얼버무리듯 거짓말을 하고는 그것이 몹시 당황스러워 선녀의 얼굴은 붉어졌다.

"어서 먹자. 먹고 어서 호수공원에 산책이나 가자."

"응. 그럴까?"

캐묻지 않는 상준이 고마워 선녀는 방긋 웃었다.

"봄이 참 예쁘다."

잔잔한 수면도 햇살도 신록도 바람까지도 호수공원의 모든 것이 담뿍 봄과 어우러져 부드럽고 영롱했다. 선녀는 햇살을 받는 것처럼 손을 뻗었다. 눈을 감자 눈 속은 온통 주황색이었다. 햇살이 눈꺼풀을 뚫고 들어와 빛을 뿌려대고 있었다. 이런 햇살을 몽땅 잡아서 마음 안에 가두면 좋겠다. 가끔 우울할 때 꺼내어서 마음을 환히 비출 수 있게.

"앉아."

꽃잎이 뚝뚝 떨어지는 벤치 위에 상준이 자신의 손수건을 깔아주었다. 새하얀 손수건이 눈부셨다.

예전엔 상준에게 한 번도 이런 대접을 받아본 적이 없던 선녀였다. 대체 얘가 왜 이럴까? 궁금증이 날 정도로 너무 친절하고 자상한 상준이 이제는 조금 부담스러웠다.

너 아직도 내게 청혼을 하고 싶은 거니? 혹시 너 내가 네 청혼 받아주지 않자 그때야 네 마음을 확실히 알게 된 거니? 나를 미칠 듯이 사랑하고 있다는 진실에 늦게 눈뜬 거야?

그런 생각 끝에 선녀는 픽 웃고 말았다. 이건 못 말리는 자뻑 도끼병일까? 아니면 로맨스 편집인의 후유증일까? 하도 많은 로맨스를 보다 보니 별별 말도 안 되는 망상을 품고 그런 일이 내게도 일어날 거라는 생각을 품다니. 그럴 리가 없지 않은가. 친절하고 다정스럽기는 했지만 언제나 친구라는 울타리 속에 있던 상준이었다.

그래, 이것은 내 망상병이다. 하지만 무슨 병이든 상준이 이러고 나오는 것이 싫진 않았다. 낯설긴 했지만 공연히 간질거리는 것이 재미있었다.

"손수건까지 깔아주는 것은 너무 황송해. 비싸 보이는 손수건인데. 앉기가 좀 그러네."

선녀가 앉자 상준도 옆으로 와 앉았다. 그의 손이 자연스럽게 벤치 위에 올려져 선녀의 어깨를 감싸 안는 형국이 됐다.

"이런 것도 괜찮다."

민망해서 조금 떨어져 앉으려는 선녀를 향해 상준이 씨익 웃었다. 다정함이 흘러넘치는 웃고 있는 눈이라니. 이 웃음에 빠져서 그동안 헤어나지를 못했던 거다.

"갑자기 왜 내외를 해?"

지나가는 것처럼 가벼운 말투지만 분명 따지는 투였다. 정말 그랬다. 그러고 보니 선녀는 상준을 대하는 것이 편치 않았다. 예전과 같은 눈으로 바라봐지지 않았다.

"내가 내외를 해? 왜?"

"그러게, 왜 그러는지 나도 그게 궁금하다."

"내외 안 해."

부르릉 다시 선녀의 전화에 진동이 울렸다.

―아직도 점심?

망설이다 선녀는 답을 눌렀다.

―예스. 도훈 씨는?

―사무실.

문자를 주고받는 선녀를 지켜보던 상준이 물어왔다.

"어머니?"

묻는 상준의 눈이 심각해 보였다.

"응? 응. 아직도 점심 중이냐고 문자를 보내셨네."

"엄마에게 뭐 거짓말이라도 한 것이 들통났었니?"

"무슨 소리야?"

"단속을 심하게 하는 것 같아서."

단속이라는 말에 선녀는 어쩐지 기분이 좋아졌다. 정도훈이 나를 단속한다고? 단속이라는 것은 자신의 것이란 생각을 기초로 하는 것이지? 소유욕의 한 표현이야. 그럼 그가 나를 자신의 것이라고 생각하는 것일까?

생각만으로도 입가에 샐샐 웃음이 번져 나왔다.

"이런 젠장."

갑자기 상준이 욕설을 내뱉었다.

"왜?"

"저기에 팀장이 있어. 우릴 아직 못 본 것 같으니까 저쪽으로 가자. 마주치고 싶지 않아."

투덜대는 상준의 소리에 선녀가 고개를 번쩍 들었다. 그의 옆에서 아주 심각한 얼굴로 그레이스가 무슨 말인지 도훈에게 속삭이고 있었다. 어쩌면 저렇게 잘 어울릴까? 근방이 훤해질 정도로 빛나는 둘을 보고 있자니 공연히 가슴이 쓰렸다.

"역시 노는 물이 달라서 그런가, 둘 다 비주얼은 끝내주네."

그래. 못마땅하지만 인정해야 했다. 두 사람의 비주얼은 흔히 볼 수 있는 타입이 아니었다.

"아직까지도 같이 있다니 점심만 먹은 것이 아니었나?"

약간의 비아냥이 섞인 상준의 말에 선녀가 고개를 돌렸다.

"아직까지라니?"

"팀장이 저 여자와 나간 것이 두어 시간이 넘어. 11시도 못 돼서 저 여자가 사무실로 찾아왔어. 아주 나 잡아먹어 주세요란 얼굴로 팀장 팔에 매달려 나갔거든. 사실 해서는 안 될 말이지만 우리 팀장 여자관계 아주 유명하거든. 그러니 밥만 먹었겠느냐고."

선녀의 얼굴이 창백해졌다.

"암튼 저쪽으로 가자."

상준이 잡아당겼으나 선녀는 탁 뿌리쳤다. 주먹을 꽉 움켜쥐었다가 풀어냈다 다시 움켜쥐며 이를 악물었다. 그래 이건 사랑하는 척이야.

"야, 선녀야."

선녀는 따박따박 일직선으로 두 사람을 향해 걸어갔다. 선녀의 모습은 도훈과 그레이스를 놀라게 만들기에 충분했다.

"어?"

그레이스가 눈을 동그랗게 떴다.

"어머, 도훈 씨. 어떡해? 우리 몰래 만나는 것 당신 약혼녀에게 들켜 버렸네."

몰래 만나? 흥. 그런 말에 넘어갈 줄 알고. 선녀는 간신히 입꼬리를 올리며 그레이스를 향해 웃어주었다.

"내가…… 다음에 만나면 가만있지 않겠다고 했던 말 기억해요?"

"아, 그랬던가? 후훗, 도훈 씨. 당신 약혼녀 참 뭐랄까 너무 세속적이고 아니다, 너무 촌스럽다. 날 한 대 칠 것 같은 얼굴이네. 설마 천박하게 그러진 않겠죠?"

그럴 거다. 이건 분명한 도발이지만 생각하고 싶지 않았다. 교양? 웃기지 마. 고상? 집어 치워. 난 그냥 성질대로 할 거야. 선녀의 손이 빙 큰 원을 그리자 들고 있던 가방이 그대로 흉기가 돼 그레이스의 머리를 강타했다. 인경이만 가방으로 사람 때리는데 소질이 있는 것이 아니었는지 그녀의 가방 공격을 받은 그레이스의 몸이 휘청 흔들렸다.

"어머, 어머, 어머!"

그레이스로선 생각지도 못했던 일이었다. 누군가에게 맞는다는 것도, 누군가 자신을 때릴 수 있다는 것도 생각 않고 살아왔던 그녀로선 이 뜻하지 않은 선녀의 공격은 그야말로 청천벽력이었다.

"이 여자가 미쳤나? 감히 나를 때려? 도훈 씨. 이 여자 봐. 이 여자 보라고, 나를 때렸어, 세상에, 감히 나를 때렸다고."

"감히라고? 오, 말 잘했다. 감히 어디서 남의 남자에게 꼬리를 쳐? 내가 다시 그러면 가만 안 둔다고 했는데 그 말은 우습게 들었지?"

고래고래 악을 써서 그레이스를 개떡으로 만들고 싶었지만 마지막 이성이 차마 그것만은 하지 말라고 말리고 있어서 선녀는 이만 악물고 나직하게 말했다.

"어머, 뭐 이런, 아니, 뭐 이런 여자가 다 있어. 도훈 씨. 봐. 이 여자 이런 여자였어. 천박하고 교양없는 여자라고. 세상에 사람을 치다니 이게 말이 돼? 나 정말, 이런 일 처음이야. 흑흑흑. 내가 머리를 맞았어. 이건 정말 말이 안 돼. 흑흑."

기어이 울음을 터뜨린 그레이스가 도훈에게 매달려 징징 어리광을 부렸다.

"다짜고짜 사람에게 핸드백을 휘두르다니 선녀님이 그러면 쓰겠어?"

엄한 듯한 말을 하지만 도훈의 눈에선 유쾌함이 반짝거렸다. 선녀의 이런 반응은 뜻밖이었다. 질투를 하는 것으로 보여 은근히 기분이 좋았다. 웃음이 나오려고까지 했다. 하지만 웃음은 선녀 뒤에 서 있는 상준을 본 순간 그만 들어가 버렸다.

둘이 같이 있어?

그가 그레이스에게 끌려 강남까지 가서 점심을 먹는 사이 선녀는 이상준과 같이 밥을 먹은 것인가? 같이 점심을 먹은 것은, 아, 그래 좋다. 그럴 수도 있다고 치자. 왜 여기까지 와 있는 거지? 자신은 점심을 먹은 그레이스가 아, 참 일산까지 가서 호수공원도 못 보고 왔네 하며 다시 따라나서서 마지못해 온 것이건만 상준과 선녀는 왜 데이트하는 사람처럼 여기에 온 것이란 말인가.

"아무리 선녀라도 자기 남자를 훔치려는 여자에겐 선녀처럼 굴지 않아요. 게다가 거짓말을 하는 상대에게도 선녀처럼 굴지 않아요."

선녀는 팔짱을 꼈다. 더 이상 말하는 것이 오히려 자신이 더 구차스럽게 느껴질 것 같아 화살을 돌렸다.

"정도훈 씨, 여기가 사무실인가요?"

도훈의 시선이 선녀와 그녀의 뒤에 어정쩡하게 서 있는 상준에게 가 멎었다.

"그건 선녀님도 마찬가지잖아. 친구랑 점심을 먹는다고 하지 않았어? 우리가 약속했을 때 서로에게 충실하자고 하지 않았나?"

"나는 충실하지 않은 적이 없어요. 내가 충실하지 않은 적이 있었나요?"

마주친 시선이 허공에서 불꽃처럼 피어올랐다. 피식 도훈이 웃었다. 그것만은 도훈도 인정해야 했다. 비록 선녀가 그가 잠들면 로또를 찾아 부지런히 집 안을 뒤지긴 해도 그가 눈을 뜨고 있을 때면 언제나 그를 보았고 그를 향해 미소 지었다. 정말로 그를 사랑하는 것이 아닐까 하는 생각이 들 정도로 그에게 지극했다.

"없었어."

"그래요. 그럼 한 가지만 더. 사랑하는 남자에게 꼬리치는 여자를 보면 선녀처럼 가만히 있어야 한다고 생각해요?"

"……아니."

사랑하는 사이라면 화를 내는 것이 당연하겠지. 아! 젠장. 이러는 것은 사랑하는 척하기 위해서인가? 사실은 내가 누구와 있든 말든 상관하고 싶지 않단 말인가?

"도훈 씨, 나 어지러워. 흑흑흑."

우는 척하면서 그레이스는 속으로 회심의 미소를 지었다. 이런 천박하고 폭력적인 여자의 모습을 보았으니 도훈의 관심도 이 여자에게서 멀어질 것이 뻔했다. 눈에 보이는 황홀함에 잘 빠지는 도훈의 성격을 누구보다 잘 알고 있는 그레이스였다. 고급스런 심미안을 가진 도훈이니 이런 천한 행동을 하는 선녀를 보고 정나미가 떨어질 것이다. 도훈의 가슴에 얼굴을 비비면서 그레이스는 얄밉게 선녀를 할긋거렸다. 바람대로 선녀의 얼굴이 분노로 불타올랐다.

"선녀님, 흥분을 그만 가라앉히지."

"흥분 안 했거든요."

이건 흥분이 아니다. 화가 난 거지. 그래, 당신을 공유했다고 주장하는 여자가 지금 당신 품에 있는데 화가 안 나겠어? 당신이라면? 도훈의 말투가 누그러졌지만 그런 것으로 인해 화가 풀어진다고 생각하면 오산이지. 게다가 그렇게 할긋거리며 약 올리는 걸 어쩌지 못하고 넘어간다고 생각하면 그건 정말 더 큰 오산이고.

"기억해요? 내가 다음에 만나면 가만두지 않겠다고 경고한 거?"

"무슨 말이에요? 나를 언제 봤다고……."

오오, 그래. 오리발 내밀 생각이지? 나 찾아와 지껄인 말 다 모른 척할 것인가?

"오, 이제 보니 새대가리, 아니, 당신은 고상한 거 좋아한다고 했으니 대가리는 패스하고 새머리였나 봐? 저번에 나 찾아와서 도훈 씨를 두고 공유니 뭐니 하고 헛소리 지껄일 때 내가 분명히 말했는데. 다시 내 앞에 나타나서 도훈 씨에게 수작 걸면 그냥 두지 않겠다고."

이렇게까지 적나라하게 말해 버릴 줄은 생각도 하지 못했던지라 그레이스는 갑작스런 선녀의 공격에 어쩔 줄 모르고 얼굴을 붉했다.

"도훈 씨. 당신 약혼녀가 좀 이상해."

이거 왜 이래. 내가 이름이 선녀라고 정말 선녀 같을 거란 생각은 진짜 새대가리여야 가능한 거 아냐?

"자, 새머리 가진 분, 잊지 마세요. 학습은 반복학습이 최고라는 걸."

횡 하고 선녀의 핸드백이 다시 그레이스를 머리를 강타했다.

"어멋, 이년이 진짜!"

"어디다가 욕이야. 맞을 짓을 했으면 가만히 맞고나 있지. 다음에 다시 만나면 그땐 핸드백으로 안 끝나. 새머리의 고상한 양반."

흥, 소리를 내며 선녀가 돌아섰다. 누군 뭐 욕할 줄 몰라서 안 하는 줄 알아?

"가자, 상준아."

그때까지 멍하니 서서 사태의 추이를 정신없이 바라보고 있는 상준의 손을 잡아끌었다. 일은 저질렀지만 수습을 하고 싶진 않았다. 이렇게 빠지는 것이 현명할 것이다. 갑작스런 선녀의 돌발행동에 놀랐던 상준은 그때서야 간신히 제정신을 수습했다.

"대체 너……."

"가자, 아무 소리 말고. 응?"

그래, 그것이 돕는 것이거든. 선녀는 무조건 상준을 잡아끌었다. 초라한 퇴장은 싫었다. 등 뒤의 도훈과 그레이스를 의식하자 등이 꼿꼿해졌다. 다행히 상준이 별말 없이 그녀가 끄는 대로 끌려왔다. 묻고 싶은 것이 많은 얼굴이었지만 상준은 아무것도 묻지 않고 조금 멀어지자 불현듯 웃음을 터트렸다.

"푸핫, 송선녀. 난 네가 이런 성격인 줄 몰랐다."

"나도 몰랐어."

"한 가지 물어도 되냐?"

"뭘?"

"우리 팀장하고 그렇고 그런 사이인 거지? 연인인 거냐? 언제부터냐? 왜 하필 그런 인간과 어울린 거냐?"

선녀는 잠시 대답을 보류했다. 연인인 걸까? 그런 것일까?

"대답 안 할래. 네 질문은 한 가지가 아니잖아."

선녀의 음성은 조금 전 그레이스를 두 토막 낼 것처럼 펄펄 뛰던 것과 달리 기운이라곤 하나도 없이 풀죽어 있었다.

"암튼 오늘 점심 고마웠어. 다음엔 내가 살게."

상준이 옆에 있어준 것은 정말 다행이었다. 만일 그녀 혼자 도훈과 그레이스의 빛나는 모습을 보았다면 너무 초라했을 것이다.

"갑자기 왜 풀이 팍 죽었어?"

초라해서. 노는 물이 다르다는 것이 어떤 것인지 너무도 잘 알게 되어서. 대답 대신 선녀는 푸우 한숨을 내쉬었다.

"힘든 사랑을 시작한 것 같아서."

상준의 표정이 조금 일그러졌다. 선녀의 대답이 영 마음에 들지 않았다. 진이가 선녀가 사랑에 빠졌다고 말했을 때 혹시 하고 생각했던 것이랑 눈으로 도훈과 선녀 사이를 확실히 확인한 것엔 너무도 큰 차이가 났다.

"너 미쳤냐? 어떻게 팀장을 사랑한다 말할 수 있지? 그런 인간을?”

“이상준, 도훈 씨를 두고 그런 인간이니 뭐니 그렇게 말하지 마. 기분이 나빠.”

불과 한 달도 되지 않았다. 자신에게 향했던 선녀의 시선을 느끼고 지냈던 때가. 그런 선녀가 다른 남자를 사랑한다고 한다. 하 그것도 하필이면 인맥이나 실력이나 그 어떤 것도 자신은 도저히 따라잡을 수 없는 정도훈이란 인간을. 젠장.


“아니, 뭐 저런 년이 다 있어?”

그레이스는 멀어져 가는 선녀와 상준을 보며 그동안 남들 앞에서 한 번도 드러내지 않던 표독한 성질을 내보이고 말았다. 태어나서 한 번도 당해보지 않은 일을 겪고는 분하고 억울해서 죽을 지경이었다. 새파란 노여움이 뿜어 나오는 눈으로 선녀의 뒷모습을 노려보았다.

“정말 뭐 저런 년이 다 있담. 도훈 씨, 앞으로 저런 년하고 어울리지 마.”

남자에게 자신의 생각을 종용하게 만드는 것은 그레이스의 특기였다.

“너도 욕할 줄 아는 여자였구나. 너는 죽어도 욕 같은 것은 할 줄 모르고 죽어도 초라해지지 않을 줄 알았는데. 그런데 두 번이나 네 입에서 년이란 욕이 아주 자연스럽게 나오는군?”

뜻밖의 도훈의 대답에 그레이스의 눈초리가 새침해졌다. 화를 내면 같이 화를 내주고 웃으면 같이 웃어주는 주위 사람들에게 익

숙한 그레이스인지라 지금의 도훈의 태도는 영 마음에 들지 않았
다. 눈으로 보았지 않은가. 핸드백으로 자신이 얻어맞는 모습을.
그런 것을 보고도 같이 분노해 주지 않는다는 것은 말도 안 되는
일이었다.

"도훈 씨는 지금 그게 문제야? 아니잖아. 지금 문제는 도훈 씨
가 약혼한 년이 저렇게 천박하고 못된 계집이라는 것이잖아."

"내 약혼녀인 줄 알면서 그렇게 욕을 해? 듣기 싫은데."

달콤함이 녹아나는 겉모습에 취해 한때이긴 해도 분명히, 이런
여자를 좋아했었다. 이런 여자를 사랑했었다. 이런 여자에게 휘둘
렸었다. 도훈은 찬찬히 위선과 아름다움으로 위장한 그레이스를
바라보았다.

"도훈 씨는 저런 계집의 모습을 보면서도 편을 들어주는 거야?"

"우리가 지금 편을 갈라 싸움을 하는 중인가?"

"도훈 씨!"

"자, 이제 그만하자. 난 이제 사무실로 가봐야 해. 마무리해야
할 일이 있거든. 그만 가봐."

"날더러 지금 혼자 돌아가란 말이야?"

"혼자 돌아가지 못할 이유가 뭐야?"

"도훈 씨!"

도훈의 이름을 소리쳐 부르는 것 외에 할 수 있는 것이 없는 것
처럼 그레이스가 도훈의 이름을 비명처럼 외쳐댔다.

"참 그리고 확실히 하자. 다시는 내게 연락하지 마라. 더 이상
너를 보고 싶지 않……."

절대로 도훈에게 이런 말을 듣기 위해 여기까지 온 것이 아니었다. 녹진녹진 그녀의 손아귀에 들어오지 않는다면 도훈을 차는 것은 자신이어야 했다. 이별의 통고는 자신의 몫이었다.

"악! 갑자기 배가 아파."

도훈의 말을 끊기 위해 그레이스가 배를 감싸 안고 주저앉았다.

"병원에 가야 해. 데려다 줘. 아기가, 아기가……."

부축을 할 거라고 생각했지만 물끄러미 그녀를 내려다볼 뿐 도훈은 움직이지 않았다. 그런 태도의 도훈에게 화가 나서 그레이스는 빽 소리 질렀다.

"아기가 잘못되면 나 가만 안 있을 거야! 당신의 그 약혼녀에게 책임을 물을 거야."

도훈의 표정엔 아무 변화가 없었다. 그레이스는 초조해져서 다시 소리 질렀다.

"게다가 이 아기는 당신 아이란 말이야!"

"내 아이라고?"

누군가의, 특히 좋아했던 사람의 바닥을 보는 것은 그다지 유쾌한 일은 아니었다. 평생을 포장한 단면만 보이면서 살아갈 수 없겠지만 적어도 이렇게 숨어 있는 본성을 드러내며 초라하게 추락하는 것을 지켜보는 것은 입맛이 씁쓸해지는 일이었다. 그것은 자신에 대한 환멸과도 같았다.

"내 아이란 말이지? 그럼 내 아이를 임신하고 다른 남자와 결혼하려고 했다는 거네? 응?"

도훈이 몸을 낮춰 그레이스에게 시선을 맞추었다. 차가운 도훈의 눈빛이 잘 갈린 칼의 서슬처럼 시퍼렇게 보여 그레이스는 깜짝 놀랐다. 그녀에게 도훈은 늘 웃는 데다 장난기가 넘쳐서 얕보았던 남자였다. 슬그머니 잘못 보았나? 하는 의심이 들긴 했지만. 그래서였다, 도훈을 결혼상대로 생각하지 않은 것은. 함부로 휘두를 수 있다고 생각했는데 어느 순간 뭔가 만만치 않다는 생각이 들기 시작해서 지낼수록 뭔가 생각만큼 말랑한 남자가 아닌 것 같았다. 그레이스의 결혼관은 만만하고 충분히 휘두를 수 있는 남자에게 한평생 여왕처럼 떠받들리며 사는 거였으니까.

헌데 뭘까 이런 눈빛은? 역시 자신의 예감이 맞은 것일까?

"정말 임신했어? 정말 내 아이야?"

"내, 내가 거짓말을 한다는 거야?"

그레이스의 말이 살짝 떨려 나왔다.

"네가 거짓말을 했는지 안 했는지 나는 모르지. 네 속에 들어갔다 나오지 않았으니까. 하지만 그레이스, 이제 배 아픈 것은 그쳤나 본데? 다행이야."

도훈의 미소가 좀 더 진해지며 눈빛처럼 차가워졌다.

"질문 다시 하지. 그레이스. 정말 임신했어? 정말 내 아이야? 정말 배가 아파?"

그레이스는 벌떡 일어났다. 도훈은 이미 그녀가 거짓말을 하고 있다고 확신하고 있는 게 분명했다.

"아니. 아이 같은 것은 없어. 내가 아이 따위를 낳을 여자로 보여? 하지만 그걸 누가 알겠어? 당신 약혼녀? 모르잖아. 내가 당신 약혼녀인 그 촌닭에게 당신 아이를 임신한 거라고 주장하면 어떨까?"

획 몸을 돌리는 그레이스의 팔을 도훈이 움켜쥐었다. 그는 진짜로 화가 났다. 지금 그레이스는 잠자는 사자의 콧등을 후려친 거였다.

"아무래도 너를 고소해야겠다."

"고소?"

"내 명예실추 혹은 사기미수에 대한, 아, 그런 것으론 법적으로 고소가 안 될까? 그런 것으로 고소하네 마네 하며 웃기는 놈이란 뒷말 들을지도 모르고 또 나 같은 놈에게 무슨 명예 같은 게 있겠냐고 할 인간들도 많을 테니까……."

눈초리와 입 끝을 올리며 도훈이 웃음 비슷한 표정을 지었다.

"그럼 별수 없네. 네 부모님이나 우리 아버지께 말씀드려서 내 추락한 명예에 대한 보상을 직접 받아내야겠다. 형과 아버지께 마음먹고 제대로 살려고 하는데 자꾸만 네가 방해를 한다고 말씀드려야겠군. 이러다가 성질나면 예전처럼 그냥 허랑방탕 사는 것으로 돌아갈지도 모르겠다고."

도훈의 고개가 옆으로 갸웃 기울어졌다.

"그러면 우리 집에서 어떻게 나올 것 같아? 아마도 우리 형이나 아버지가 화를 내실 거야. 간신히 마음잡은 놈을 흔드는 것에 무척 노여워하실 거야."

설마 이거 자신의 배경을 이용해 우리 집을 흔들겠다는 협박은 아니지?

그레이스의 눈빛이 조금 흔들렸다. 정도훈은 대단치 않지만 그의 뒤에 버티고 있는 그의 집안은 태산 같았다.

"그래, 네 생각대로야. 우리 부모님이나 형의 힘을 빌리는 것은 내가 가진 힘이야."

부드러운 표정과 다정한 말투였으나 도훈의 눈은 빙산의 얼음처럼 차디찼다. 결코 그냥 하는 소리로 들리지 않았다. 그레이스는 한껏 비웃는 표정을 지었다. 가끔 도훈이 자신의 속마음을 읽는 것 같은 느낌을 받았다. 아마도 그렇다면 지금 그녀의 속마음을 읽어내리라.

걸레한테 무슨 명예가 있어?

그렇게 말하는 그레이스의 표정을 보고 그렇지 참! 도훈은 씨익 웃었다. 허랑방탕 제멋대로 산 지난날을 생각하면 그에게 명예 같은 것은 없었다. 정도훈은 그저 여자만 따라다니는 한량일 뿐이니까. 요 몇 년 죽어라 이미지 쇄신을 위해 전심전력을 다해 성실하게 살았어도 그에게 박힌 낙인은 쉽게 지워지지 않았다. 게다가 얼마 전까진 도훈도 자신을 따라다니는 불명예스런 호칭에 그다지 신경 쓰지도 않았다.

"네 말이 맞아. 난 명예 같은 것 없어. 하지만 그렇다고 그걸 네가 떠들고 다닌 것을 기분 나빠하지도 않을 것 같아?"

"말도 안 되는 소리 그만해. 난 아무 얘기도 하지 않았어. 네 명예에 대한 것은. 그러니 내가 뭘 어쩌고 하고 말 것도 없어."

"그럼 보상이라고 할까? 거짓말로 내 약혼을 깨려던 것에 대한."

"당신은 약혼이 깨지는 것은 별로 신경도 안 쓰잖아."

"예전엔 그랬지. 지금의 너처럼. 하지만 지금은 아냐. 나는 성실해야 해. 내 약혼녀가 좀 엄하고 까다롭거든. 그녀가 성실하라고 요구했어. 그래서 절대로 한눈팔지 않기로 약속했어."

그레이스는 잠시 눈을 굴렸다. 들을수록 속이 터지는 도훈의 말이었다. 성실? 말도 안 됐다. 하! 자신이 아닌 다른 여자를 위해 성실해지겠다고?

바득 이가 갈렸다.

"도훈 씨."

유혹하듯 나른하게 눈으로 웃으며 부드럽고 은근하게 몸을 앞으로 내밀었다. 코가 닿을 듯 가깝게 도훈의 얼굴에 바싹 자신의 얼굴을 가져갔다. 계속 도훈과 엇나가는 것보다는 유혹으로 그의 마음을 돌리는 것이 현명할 것 같았다. 유혹은 그녀의 특기가 아닌가.

"그런 재미없는 약혼녀는 당신에게 어울리지 않아."

비음이 섞인 그레이스의 말투가 솜사탕처럼 진득하게 감겨왔지만 도훈은 끄떡도 하지 않았다.

"재미없는 것은 너야. 재미없을 것도 너고."

그레이스의 얼굴빛이 싹 변했다. 유혹이 통하지 않는 것이 믿어지지 않았다. 여태껏 남자에게 그녀의 영향력은 무소불위였다. 이런 식으로 말하고 미소 지으면 안 넘어오는 남자가 없었다.

"내가 형이나 아버지에게 달려가는 것을 막으려면, 이런 코맹맹이 소리를 내는 것보다 훨씬 빠르고 정확한 방법이 있어. 앞으로 허튼소리 하지 않겠다고 맹세하고 내 약혼녀에게 전화를 해서 미안하다고 사과를 해. 오늘 저지른 일. 그리고 다시는 나와 어떤 관계도 가질 생각이 없다고 말해.”

“나더러 거짓말을 하란 말이야? 난 앞으로도 도훈 씨와 계속 관계를 갖고 싶어.”

“난 없어. 마지막으로 하나 알려줄까, 그레이스? 누군가에게 충실해져 봐. 진실되게 살아봐. 상대에게 내 마음에 들게 노력하라고 요구하지 말고 내가 먼저 상대의 마음에 들려고 노력해 봐. 우습다고 생각했던 그런 것들도 해보면 나름 좋아.”

그레이스의 긴 속눈썹이 바르르 떨렸다. 사랑에 빠진 평범한 남자 같은 지금 눈앞의 남자는 그녀가 알고 있는 정도훈이 절대 아니었다.

11. 인생만사, 사랑만사 모두 다 새옹지마

아우, 바보, 병신, 멍청이, 밥통.

누구에게 향한 욕인지 모를 욕이 선녀의 입안에서 자꾸만 쏟아
져 나왔다.

그레이스에게 너무 점잖게 말했다. 그냥 쌍욕을 해주는 것인데.
생각할수록 속이 부글거렸다. 누구든 걸리기만 해봐. 손톱으로 좍
좍 긁어버릴 테니까.

"무슨 일 있어?"

"응. 좀 안 좋아."

선녀의 기분이 무척이나 바닥이라는 것을 정인은 바로 알아차
렸다. 2년 동안 같이 일하면서 선녀가 화가 났을 때는 아무 말도
하고 싶어하지 않는다는 것을 알고 있는지라 정인은 더 이상 말을

걸어오지 않고 슬그머니 목캔디 하나를 선녀의 책상에 밀어놓았
다. 기운 차리라는 무언의 응원이었다. 정인의 마음씀이 고마워
억지로나마 빙긋 웃는데 벌컥 문을 열고 들어온 김 실장이 그 작
은 웃음도 앗아가 버렸다.

"야, 송선녀. 이태령 작가 계약서 어디다 두었니?"

계약서는 내 소관이 아니거든요?

성질대로라면 빽 쏘아붙였겠지만 일을 하는데 성질 갖고 할 수
는 없는 법, 선녀는 꾸욱 참고 벌떡 일어났다. 계약서를 넣어두는
캐비닛으로 다가가 탕 소리 나게 문을 열어젖힌 뒤 칸칸이 이름
별로 분류해 놓은 계약서 속에서 이태령 작가의 것을 집어 들었
다.

"여기요."

"이거 말고 저번에 새로 한 계약서 말이다. 저번에 새로 계약한
계약서!"

"실장님께 없어요?"

"없으니까 찾지."

"잘 모르겠는데요."

"잘한다. 계약서 하나 어디 두었는지도 몰라? 무슨 일을 그따위
로 하니? 하길. 당장 계약서 찾아와."

참을 인 자 세 개가 선녀의 눈앞에서 빙그르르 돌다가 파바박
부서져 내렸다.

"싫어요."

"뭐야?"

"계약서 관리는 제 소관 아니거든요? 그리고 이태령 작가 계약
은 실장님이 하셨잖아요."

"그래서? 그래서 이태령 작가 계약서 못 찾겠다?"

"네에!"

선녀가 빽 소리치자 사무실의 술렁임이 단숨에 멎었다. 직원들
이 모두 눈을 동그랗게 떴다.

"솔직히 제가 계약서 관리하는 것도 아닌데 왜 실장님은 제게
계약서 찾아내라고 하시는 겁니까?"

"뭐얏?"

김 실장의 표정이 조금 변했다. 선녀의 예상치 못한 반격에 살
짝 놀란 듯했으나 곧 선녀의 태도가 버릇없다는 생각이 들자 더욱
더 큰소리를 지르기 시작했다.

"너 사표 쓰고 싶냐? 응?"

선녀는 책상을 두 손으로 쾅 내려쳤다.

"네, 쓰고 싶어요."

"뭐?"

"쓴다고요, 사표."

"제정신으로 말하는 거냐? 엉?"

"네, 물론이죠, 제가 제정신 아닐 이유가 없죠. 실장님이 저 들
들 볶는 것이 하루 이틀 아닌데 실장님이 이러는 것에 살짝 돌기
라도 하겠습니까? 아뇨, 돌진 않아요. 단지 이제 질렸어요. 전 여
기 일하러 왔지 실장님의 분풀이 상대가 되기 위해 나오는 것이
아니니까요."

처음에 출판사에 입사했을 때는 정말 커다란 의욕을 갖고 있었다. 장르소설이 현대문학사에 뿌리내리는 것에 일조를 한다는 자부심을 갖고 있었다. 하지만 그런 처음의 포부는 모조리 사라지고 없었다. 너무 불황이어서 자꾸만 제작비가 줄어들었다. 그래서 책도 자꾸만 부실해져 갔다.

책은 작가에게만 자식 같은 것이 아니었다. 그 책을 편집한 편집자에게도 책은 자식 같았다. 자신이 편집한 책이 초라하기 그지없는 모습으로 서점에 깔려 있는 것을 보면서 가뜩이나 이런저런 불만이 팽배해 가고 있는 와중이었다. 바싹 마른 나뭇잎 같은 불만이 소복소복 쌓여가고 있는 선녀의 마음에 김 실장이 타닥 불씨를 던진 것이다.

"송선녀, 너, 정말……."

김 실장의 표정이 일그러졌다. 선녀는 단호하게 소리쳤다.

"이제 싫어요. 이런 일."

선녀는 책상서랍을 열었다. 오래전부터 선녀는 사직서를 써놓고 있었다. 그걸 꺼내 든 선녀는 심호흡을 한 번 한 뒤에 미련없이 김 실장에게 내밀었다.

이건 직장인의 로망이다. 쪼는 상사에게 턱 사직서를 던지는 것은!

선녀의 뜻밖의 행동에 사무실 직원 모두가 놀란 듯했다. 모두들 눈으로 에이 참아. 김 실장 그러는 것이 뭐 하루 이틀이야? 라고 말해왔다. 하지만 그런 것보다 지금 선녀의 눈에 들어온 것은 그녀의 대응에 놀라서 어쩔 줄 모르고 잔뜩 일그러뜨리고 있는 김 실장의 얼굴이었다.

"송선녀, 정말 그만둘 거냐?"

강한 대응에 놀랐는지 김 실장의 말투는 조금 누그러져 있었다. 화가 난 기색을 감추고 누그러진 목소리로 휴전을 걸어왔다. 잘못했다고 빌어라, 그럼 내 용서해 주마. 김 실장의 눈이 그렇게 말하고 있었다. 하지만 선녀는 모르는 척해 버렸다. 소리도 우렁차게 대답해 버렸다.

"네."

속이 시원했다. 그래, 잘했어. 진즉 이랬어야 했어. 지렁이도 밟으면 꿈틀 한다는데 목구멍이 포도청이라고 이 일에 목숨 건 것도 아닌데 이런 대접 받으면서 견딜 이유가 없어. 게다가 그녀에겐 로또가 있다. 지금은 비록 선녀의 손에 있는 것은 아니지만 도훈이 분명 돌려준다고 했던 로또가. 힘이 되는 뭔가를 갖고 있는 사람은 태도도 강하게 변하나 보다.

"너, 너……."

김 실장은 선녀의 갑작스런 태도에 화를 내야 할지 달래야 할지 갈팡질팡하는 표정이었다. 잠깐 망설이던 김 실장의 얼굴이 누그러졌다. 슬그머니 달래기 시작했다.

"송선녀. 너 이러는 것 아니다. 내가 듣기 싫은 소리 좀 했다고 이렇게 사표 던지고 그만둔다고 해야겠어? 엉?"

"선녀 씨. 왜 이래? 참아."

그제야 정인이 툭 치며 만류했다. 참으라는 만류의 눈짓을 하며 선녀를 잡아당겼으나 선녀의 감정은 고장난 브레이크처럼 폭주해 있었다. 본디 인간이란 하지 말라고 하면 더 기를 쓰고 하는 습성이 있고 흥분은 옳고 그른 것을 가리지 않고 고집을 피우게 만드는 강한 힘을 갖고 있다. 선녀는 결코 마음을 접지 않는다는 듯 고집스럽게 입을 다물고 김 실장을 바라보았다. 하지만 표정과 달리 선녀의 마음속엔 후회의 물결이 밀려들었다.

아, 송선녀, 너 왜 이래? 그만두고 어쩌려고? 응?

지금이라도 김 실장에게 잘못했어요라고 사과를 하는 것이 좋지 않을까 하는 생각 속으로 또 다른 고집 하나가 끼어들었다.

왜긴. 세상 다르게 살아보려고 그러는 건데 뭘 잘못을 빌고말고 해? 관둬, 관둬 버리는 거야. 여기 아니면 일할 곳이 없겠어?

"그만두겠어요."

"그만두고 뭐하려고? 출판사라도 차릴 거냐? 응?"

"네."

얼쑤. 이 무슨 황당한 대답이람. 비꼬는 김 실장에게 그만 발끈해서 너무도 크고 단호하게 대답해 놓고는 스스로도 놀라고 있었다. 에라, 모르겠다. 기왕 버린 몸 아닌가. 로또가 있는데 뭘 못하겠어!

"네, 출판사 차릴래요. 그래서 제대로 된 책을 만들어내겠어요."

"제대로 된 책? 지금 우리 출판사에서 만드는 책이 형편없다는 거냐?"

"솔직히 일반서보다는 대충 만들잖아요. 전 그렇게 만들지 않을래요. 전문 리뷰어 두세 명에게 공동 리뷰를 보게 한 뒤에 충분

히 수정해서 최대한 오류와 오타 잡아낸 뒤에 전문 디자이너에게
글 내용에 어울리는 표지 디자인하게 만들어서 제대로 된 책을 만
들 거예요."

선녀의 말에 김 실장이 코웃음 쳤다.

"그래서 출판사 말아먹게?"

"아뇨, 그래서 책을 더 잘 팔 거예요."

"송선녀 씨."

등 뒤에서 사장의 굵은 목소리가 들려왔다. 언제 나왔는지 사장
이 사장실 문 앞에 서 있었다.

사장을 본 순간 선녀는 바짝 얼어버렸다. 김 실장을 불러 귓속
말을 주고받은 사장이 선녀를 사장실로 들어오라고 말했다.

"왜 그랬어?"

걱정스럽게 정인이 속삭였지만 그런 소린 하나도 들려오지 않
았다. 선녀는 무거운 걸음으로 사장실로 들어갔다.

"송선녀 씨, 정말 그만둘 겁니까?"

"……네."

"혹시 다른 출판사로 가는 겁니까?"

"아닙니다."

그래도 5년이나 일해온 출판사였다. 비록 뼈를 묻진 못하지만
출판사에 대한 애정은 누구보다 크다고 자부하던 선녀였다. 억울
함에 대답하는 선녀의 목소리가 꽤나 우렁찼다.

"그럼 왜 그만두겠다는 겁니까?"

"솔직히 대답해도 됩니까?"

“해봐요.”

“자부심이 있을 때 그만두고 싶어요. 자꾸만 책이 허술하게 만들어지는 것을 보고 싶지 않습니다.”

사장이 한참 동안 생각에 잠긴 얼굴로 선녀를 바라보았다.

“잘 만든 책이라, 좋습니다. 송선녀 씨의 말대로 제작하면 좋죠. 교정 제대로 보고 종이질 높이고 표지 신경 쓰고 그래서 책이 누구 눈으로 봐도 고급스럽고 예쁘면 정말 좋죠. 그래서 책이 더 많이 팔리면 말할 나위도 없고. 하지만 나는 이익을 추구하는 사업가입니다. 그렇게 만들었는데도 안 팔리면 그땐 어쩌죠?”

“잘 만든 책은 독자도 알아봅니다. 소장 가치가 있게 만들면 잘 팔릴 거라 확신합니다.”

“정말 그럴까요?”

“네.”

“음, 그럼 이렇게 하면 어떨까요? 송선녀 씨, 사업 한번 해보지 않겠어요?”

“사업이요?”

“우리 출판사 내에 송선녀 씨 라인의 새 브랜드를 만드는 것입니다. 송선녀 씨가 작가 컨택하고 교정보고 디자인해서 책을 만들면 그걸 우리 출판사 영업망을 통해 파는 것이죠.”

“네?”

“그래서 분기별 결산을 통해 이익과 손실을 계산해 그 이익금을 출판사와 같이 양분하는 겁니다. 생각 있어요?”

“네에?”

생각도 못한 사장의 제안에 선녀의 입이 딱 벌어졌다.

대체 이 망할 로또는 어디에 있는 거야?

가끔씩, 세상이 뒤집어질 때가 있는 것처럼 자신도 모르게 일을 저질러 버리는 때가 있다. 오늘 선녀처럼. 사표를 쓰다니! 아무리 생각해도 그 순간은 조금 미쳤던 것이 분명했다. 선녀는 후우 한숨을 내쉬었다.

"이건 정말 다 그놈과 그년 때문이야."

욕이 너무도 술술 나와 버리는 것을 보니 아직도 흥분이 가라앉지 않았나 보다. 선녀는 솔직히 아까 도훈이 자신을 따라올 줄 알았다. 화가 나 걸어가는 자신을 잡고 그레이스와 같이 있는 이유를 얘기해 줄 줄 알았다. 최소한, 전화라도 걸어줄 줄 알았다. 헌데 뭐냐. 자신은 분김에 사표를 저지르는 큰일을 해버렸는데 전화한 통도 없다니, 생각할수록 화가 났다.

"야, 정도훈, 이 바람둥이야. 넌 정말 아웃이야. 로또만 찾아봐. 그대로 나가 버릴 거야."

찾고 말리라. 이놈의 서재를 다 뒤지고 온 집 안을 뒤져내서 그 길로 집으로 가버리고 말리라. 선녀는 팔을 걷어붙였다. 사실 사표를 낸 것은 어찌 보면 새로운 기회의 문을 여는 동기였다. 사장이 제시한 조건은 참으로 솔깃했다. 책만 많이 팔면 그야말로 대박 아닌가. 물론 이익이 적거나 마이너스가 되는 경우엔 월급 한 푼 없이 일하는 것이 되는 거지만.

어찌 됐든 난 이제 사업가야.

일단은 작가 컨택을 하고 책을 만들기 위해선 돈이 필요했다. 그러니 이제 로또를 찾아야 할 필요가 더욱 절실해졌다.

어제 여기까지였지?

골치 아픈 컴퓨터와 관련된 책이 가득한 책장에서 책을 꺼내 자르륵 훑어본 뒤 바닥에 대고 탈탈 털었다. 없다! 다음. 꺼낸 책을 집어넣고 옆의 책을 꺼내 검사를 시작했다. 그렇게 열심히 복권을 찾고 있는데 띠디딕 번호키 누르는 소리가 들려왔다.

뭐야? 이 남자 벌써 왔어?

선녀는 문이 열리는 소리를 무시하고 여전히 책을 뒤지는 일에 몰두했다. 하지만 귀가 쫑긋 섰다. 혹시 도훈이 사무실로 전화를 했다가 내가 그만둔 것을 알고 달려온 것은 아닐까? 정말 그럴지 모른다는 생각에 두근두근 심장이 떨리기 시작했다. 혹시나 하는 기대가 너무 달콤했다. 그렇지만 흥, 무시해 주겠어. 결코 기쁘다는 내색 따윈 하지 않을 거야. 난 화가 나 있거든.

점점 다가오는 기척을 애써 무시하며 선녀는 돌아보고 싶은 것을 꾹 참았다.

"어머나!"

갑작스럽게 들려오는 여자의 목소리에 선녀는 깜짝 놀라 뒤를 돌아보았다. 서재의 문을 열고 서 있는 사람은 도훈이 아니었다. 새하얀 레이스장갑을 낀 귀부인이 선녀를 보고 놀랐는지 눈을 둥그렇게 뜨고 있었다.

"누구세요?"

두 사람은 찌찌뽕 소리가 절로 나올 정도로 동시에 외쳤다.

“난 우리 아들 엄만데, 아가씬?”

엄마? 아 맞다! 그때야 선녀는 책상 위와 벽에 걸린 액자 속에 있는 여자의 얼굴을 알아차렸다. 부드럽고 귀여운 인상의 부인이 호기심 가득한 눈으로 선녀를 보고 있는 것에 당황해서 얼굴을 붉혔다.

“우리 도훈이와 만나는 아가씨인가 보네?”

아뇨. 아니, 네 맞아요가 맞는 것인가? 하지만 그렇게 대답해서 스스로의 얼굴에 먹칠을 할 수는 없지. 로또 때문에 같이 산다는 말 같은 것은 죽어도 할 수 없는 일 아닌가.

“아, 예, 예, 저는…… 팀장님 밑에 있는 직원입니다. 팀장님께서 심부름을 보내 왔습니다.”

“심부름?”

“저…… 팀장님께서 시디를 집에 두고 오셨다면서 찾아오라고 심부름시키셔서, 그, 그것을 찾고 있었습니다.”

급히 둘러댄 대답이 너무도 어설퍼서 선녀는 당황하고 말았다. 누가 이런 말을 곧이 듣겠어. 아우 나 이제 보니 바보일세. 찾고 있다니, 그런 말을 하면 어째. 보통 심부름을 보내면 어디에 있으니 가져오라고 보내는 거잖아.

“하여간 얘는 아직도 이러나 봐. 이제는 자기가 둔 것을 어디다 뒀는지 모르겠다고 찾아달라는 짓을 안 한다고 생각했더니 여전히 하고 있었나 보네. 음, 혹시 아가씨 그런 심부름 시켜서 이 사람 바보 아냐? 하고 생각하고 온 것은 아니에요?”

아뇨, 제 말을 믿고 있는 부인이 더 신기하네요. 선녀는 모자의 장식처럼 귀여워 보이는 부인의 얼굴을 바라보며 눈만 깜박였다.
선녀의 말에 추호의 의심도 갖지 않는 천진난만한 표정의 부인이
이채로웠다. 이렇게 나이를 먹어서도 이런 얼굴로 살아가는 사람
도 있구나.

"근네 그건 바보라서 그런 게 아니고 천재성 때문이에요."

아들을 흉보는 듯하던 부인의 말이 슬그머니 칭찬으로 물고를
텄다.

"원래 천재는 범인과 다르거든요. 호호호, 우리 아들이어서가
아니라 도훈이는 정말 천재성이 강하다니까. 자기 좋아하는 것밖
에 몰라. 그래서 그래요."

"알고 있습니다."

선녀는 부인을 따라 저도 모르게 방긋 웃었다. 선녀의 웃음이
마음에 들었는지 부인이 더 크게 웃었다.

"근네 시디는 찾았어요?"

"그, 그게……."

"못 찾았나 보네. 이리 와요. 내가 우리 아들 보물창고를 아니
까. 우리 도훈인 중요한 것은 다 여기다 두거든."

이미 선녀가 조사했던, 정 가운데의 책꽂이 맨 아랫부분의 책을
통째로 빼낸 부인이 바닥을 잡아당겼다. 서랍처럼 밑부분이 열렸
다.

선녀는 소리 지를 뻔했다. 맨 위의 시디 표지에 끼워져 있는 것
은 그녀가 준 것이 분명한 로또였다.

"중요한 거라면 다 여기 있을 거예요. 어떤 건지 찾아봐요."

와우, 어머니. 정말로 고맙습니다. 이 사모님 아니면 죽었다 깨도 찾지 못했을 것이란 생각에 선녀는 큰절로 감사인사를 올릴 뻔했다.

음흉한 인간, 이런 곳에 비밀장소나 만들고 말이야. 흠, 그래도 진실은 맞네. 책상엔 없다더니 그 말은 맞았어.

"이거예요."

혹시 부인이 시디케이스에 꽂혀 있는 복권을 이상하게 생각할까 봐 재빨리 시디를 움켜쥐었다.

"그래요? 그럼 가져가요."

"네, 고맙습니다."

무조건 집어 들고 코가 땅에 닿을 정도로 허리를 반 접었다.

끝났어. 이제 정도훈, 너는 끝났어. 선녀 인생에 날개옷 달았어. 그걸로 훨훨 날아갈 거야.

선녀의 두 손이 발발 떨렸다. 이런 식으로 복권을 찾게 될 줄이야. 너무도 어이없어서 오히려 믿어지지 않았다.

선녀는 재빨리 가방을 챙겨 급한 걸음으로 현관으로 향했다. 금방이라도 부인의 손이 뒷덜미를 잡아챌까 두려운 생각과 드디어 복권을 찾았다는 희열과 또 정말 이대로 갖고 나가도 돼나? 하는 이런저런 생각으로 발걸음이 뒤엉켜 비틀거렸다. 그래도 넘어지지 않고 무사히 현관까지 나온 선녀가 도어록에 손을 뻗는데 문이 열렸다.

"어머."

오동통한 볼을 가진 젊은 여자가 눈을 동그랗게 뜬 채 선녀를 보고 깜짝 놀랐다. 직감적으로 선녀는 이 젊은 여자가 도훈의 형수임을 알아보았다. 가족사진 속에서 웃고 있는 이미지 그대로였다. 여자가 호기심 가득한 눈으로 선녀를 바라보았다. 혼자인 시동생 집에서 여자를 만났으니 왜 안 그렇겠는가.

"누구세요?"

이 여자에게도 똑같이 심부름을 왔다고 해야 하나? 그러면 부인에게 통했던 것처럼 먹힐까? 선녀는 당황해서 얼굴을 붉혔다.

"전⋯⋯."

"그분, 도훈이 심부름 오셨단다."

고맙게도 서재에서 몸을 내밀고 부인이 대신 대답했다. 여자가 부인과 선녀의 얼굴을 번갈아 바라보았다.

"심부름이요?"

"응, 넌 모르지? 도훈이는 옛날부터 자기 물건 자기가 숨겨두고 어디다 두었는지 기억을 못한단다."

"어머. 그랬어요? 전, 전혀 몰랐어요, 도련님의 그런 성격."

"어릴 때 주로 그랬어. 한 가지에 빠지면 그것밖에 몰랐거든. 요즘은 안 그래서 고친 줄 알았더니 완전히 못 고쳤나 봐."

"전 그럼 이만 가보겠습니다."

부인과 여자가 말을 하는 것을 자르고 선녀가 재빨리 인사를 했다. 우물쭈물거리다간 일이 이상하게 돌아갈 것 같았다. 무조건 나가서 어서 이 로또부터 어떻게 해야 했다.

"안녕히 가세요. 우리 도련님 잘 부탁해요."

"네, 저, 안녕히⋯⋯."

떨리는 마음에 인사도 제대로 끝내지 못한 선녀는 재빨리 현관을 벗어나서는 그대로 엘리베이터 쪽으로 뛰어갔다.

잠깐만요. 그거 내놔요. 주인 없는 집에서 함부로 물건 갖고 가면 어떡해요?

안에서 여자들이 이렇게 소리 지르고 뛰어나와 뒷덜미를 잡아챌 것 같아 가슴이 두근두근했다.

"하아."

다행히 여자가 타고 올라온 엘리베이터가 머물러 있었다. 열림 버튼을 누르고 엘리베이터 안으로 뛰어든 선녀는 온 힘을 다해 닫힘버튼을 눌렀다.

문이 완전히 닫힐 때까지 여자나 부인은 쫓아오지 않았다. 하지만 금방이라도 그녀들이 쫓아와 로또를 달라고 할까 봐 가슴이 콩알만 해져서 달군 후라이팬 위에 놓여진 것처럼 정신없이 콩콩거렸다. 선녀는 주르르 무너져 앉았다. 정녕 꿈을 꾸는 기분이었다.

이거 틀림없지? 응? 내가 찾은 거지?

핸드백을 꽉 움켜쥔 손이 부들부들 떨렸다.

하아, 하아.

선녀는 숨을 가쁘게 몰아쉬었다. 문뜩 비식 웃음이 났다.

송선녀 인생, 이제 시작이라고. 정말이지 날개가 돋아 몸이 둥둥 뜨는 것 같았다.


자신의 집으로 달려온 선녀는 방 안을 휘휘 둘러보았다. 그녀는 온 힘을 다해 두 손으로 꽉 핸드백을 끌어안고 있었다. 당장 돈을 찾으러 은행으로 뛰어가려다가 생각을 정리하기 위해 집으로 온 참이었다. 이 안에 로또가 있다. 실감이 나지 않았다. 수도 없이 확인하고 또 한 로또를 다시 꺼내보았다. 이게 정말일까? 정말 맞는 걸까? 이걸 갖고 은행으로 달려가면 수십 억의 돈을 준단 말이야? 믿어도 되나? 믿어도? 꿈만 같았다. 꿈이라도 너무 행복한 꿈.

찾았어. 찾았어.

그러고 보니 정말 파란만장한 복권이었다. 선녀는 떨리는 손으로 다시 복권을 들여다보았다. 검은 글씨의 숫자를 한 자 한 자 음미했다. 이 여섯 개의 숫자가 그녀에게 돈을 준다. 꿈을 준다. 이제 하고 싶은 대로 살아도 된다.

우후후후.

우후후후후후.

우후후후후후후후후.

실성을 한 것처럼 웃음이 터져 나왔다. 선녀는 숨을 골랐다. 자아 진정하자. 그리고 생각이란 것을 하자. 오늘은 참으로 많은 일이 일어난 날이었다. 아침부터 지금까지는 정말 충격의 연속이었다. 상준으로 인해 놀랐고 그레이스와 도훈으로 인해 분노했고 김 실장으로 인해 빵 터졌다. 그래서 분김에 던진 사표는 두 가지 행운을 가져왔다. 박 사장의 사업적 제안과 로또를 찾는 계기.

자, 이제 어떻게 할까?

우선 로또를 찾았으니 사장님이 제안한 사업에 대해 생각해 보아야겠다. 박 사장의 제안은 솔직히 구미가 당겼다. 요즘 나날이

어지러워지는 출판업계를 생각하면 꼭 성공한다는 보장도 없지만 그래도 해볼 만한 일이었다. 몇 년 동안 개인적으로 친해진 많은 작가들을 생각하자 더욱 욕심이 났다. 그들과 만들어낼 예쁜 책들을 생각하자 절로 미소가 지어졌다.

좋아. 이 돈으로 사업을 하는 거야.

사장님께 제안을 받아들인다고 하고 내일부터라도 일을 추진해야지.

내일 당첨금을 찾아서…….

선녀는 잠시 이맛살을 찌푸렸다.

그러고 보니까 1등에 당첨된 사람들은 무척이나 시달림을 받는다는데. 로또 1등에 당첨된 사람들은 그 사실을 숨겼지만 아무리 비밀로 한다고 해도 어떻게들 아는지 돈을 찾는 순간부터 별별 사람이 다 찾아와 귀찮게 한다고 했다. 기부를 해라. 도와달라. 그런 요구에서부터 같이 좀 쓰자고 협박을 하는 사람까지 다양하게 찾아온다고 들었다. 게다가 무엇보다 우선되는 문제는 엄마였다. 당연히 엄마에게 알려야 하는데 엄마가 어떻게 나올지 그 후의 일을 생각하니 좀 안습이었다.

그리고 도훈 씨와는 어떻게 될까?

불과 몇 시간 전까지 다시는 너 같은 인간 보지 않겠다고 수도 없이 했던 다짐은 어디로 간 것일까? 선녀는 자신을 향해 중얼거렸다.

아우, 바보. 이 쓸개 빠진 것아.

하지만 여자의 마음이란 것이 이런 것인가? 여자는 아무래도 몸 따로 마음 따로가 아닌 모양이었다.

갑자기 휴대전화가 날카롭게 울려 선녀는 흠칫 놀랐다.

[나예요. 그레이스. 여보세요?]

확 전화기를 집어 던지고 싶은 것을 간신히 참았다. 지금 기분 최고거든? 혼자서 훨훨 하늘을 날고 있거든?

[여보세요?]

"왜요."

[오늘 도훈 씨 만난 것에 대해 사과하려고요.]

"듣고 싶지 않아요."

[그거 내가 무조건 찾아간 거예요. 도훈 씨는 약혼하고 나서 한 번도 내게 연락한 적이 없어요.]

급한 목소리로 그레이스가 말을 이었다.

[그리고 다신 도훈 씨랑 안 만난다고 약속할게요.]

뭘 잘못 먹었나? 이 여자가 왜 이래? 마치 국어책 읽는 것 같은 말투로.

[다시는 도훈 씨랑 안 만나요. 안심해도 돼요.]

끊어진 전화를 멀거니 바라보다가 선녀는 통화버튼을 눌렀다.

"지금 그걸 사과라고 한 거예요?"

[사과했잖아요.]

잔뜩 짜증이 섞인 그레이스의 말투였지만 선녀는 개의치 않았다.

"그게 사과란 말이죠? 그런 식으로 하는 사과가 사과예요?"

푸르르 분을 참고 있는 그레이스의 얼굴이 눈앞에 그려졌다. 왜 갑자기 선녀에게 사과를 하는지 모르지만 이게 사과라면 그동안 선녀가 알고 있는 사과의 개념과는 너무도 달랐다.

"사과는 공손히 하는 거예요. 미안한 일에 진심으로 유감을 표하는 것이 사과예요. 알겠어요?"

분을 참고 있는지 전화를 통해 들려오는 그레이스의 숨소리가 무척이나 컸다.

"다시는 안 만난다니까 좋아요. 사과 받아주죠. 끊어요."

선녀는 전화기를 탁 닫아버렸다. 당최 왜 이러는 건지 원.

혹시 도훈이 사과하라고 그레이스의 목이라도 쥐고 흔들었나? 이렇게 억울한 목소리로 다다다 퍼붓는 것을 보면. 선녀는 픽 웃었다. 자신이 생각해도 우스운 생각이었다. 왜 그레이스가 느닷없이 전화를 걸어 그런 말을 해오는 것인지 모르겠지만 그렇게 되면 계약이 완성되는 조건이 또 하나가 느는 것이 아닌가.

그레이스에게서 나를 지켜줘.

도훈은 그렇게 말했다. 그럼 이제 선녀의 거짓약혼도 계속할 필요가 없어진 것이다. 오늘은 정말 많은 일이 일어나는구나. 이유는 모르지만 그레이스가 도훈에게서 떨어져 나갔다. 다시 안 만난다고 했다. 다신 안 만난다라!

로또도 찾았다. 그레이스도 떨어져 나갔다. 도훈과 한 계약의 원인들이 거짓말처럼 전부 해결되어 버렸다는 것을 깨달았다. 선녀는 물끄러미 로또를 내려다보다 후 한숨을 내쉬었다. 시선이 천장에 멈춰 잠시 그곳을 올려다보던 선녀는 들고 있는 로또로 다시 시선을 내렸다. 잔뜩 힘이 들어간 손에 쥐어진 로또. 그것을 보는데 왜 한숨이 나는지 모르겠다.

그레이스가 마지못해 선녀에게 사과를 하는 것을 보고 도훈은 몸을 돌이켰다.

"시키는 대로 사과했어."

몹시도 분한지 그레이스의 말소리는 송곳처럼 뾰족했다. 자존심이 있는 대로 상한 그레이스를 보다가 도훈은 몸을 돌렸다. 이렇게까지 했으니 이제 더 이상 그레이스는 선녀와 그의 사이에 끼어들지 않을 것이다.

도훈은 분한 얼굴을 어쩌지 못하고 있는 그레이스를 두고 돌아섰다. 돌연 그레이스의 음성이 날아왔다.

"정말 안 볼 건 아니지?"

"정말로 안 봐."

이미 그의 가슴에 그레이스보다 더 이름다운 사람이 들어서 있었다. 아마도 그걸 그레이스도 깨달았나 보다. 입술을 깨무는 그레이스의 표정은 흉하게 일그러지고 있었다.

도훈이 사무실로 도착했을 때는 모두들 일에 빠져 정신이 없을 정도로 분주했다. 이번에 맡은 프로젝트는 이제 막바지였다. 도훈도 책상에 앉아 셔츠의 소매를 걷어 올렸다. 힐끗 상준의 자리를 건너다보았다. 그의 미간에 미세한 주름이 졌다.

이상준. 처음 이곳으로 와서 만난 그의 부하직원. 성격도 좋고 실력도 있는 직원이기만 했던 상준이 요즘 들어 묘하게도 신경 쓰였다.

‘야, 선녀야.’

선녀를 그렇게 허물없이 부를 수 있는 남자. 가깝지 않으면 절대 나올 수 없는 야, 선녀야라는 말투. 송선녀, 이상준과 같이 있었지. 그때도 상준이 그렇게 불렀을까? 야, 선녀야라고? 그는 선녀의 이름을 한 번도 불러보지 못했다. 처음 선녀님이라고 장난스럽게 불렀던 것이 그만 호칭으로 굳어져 다르게 부르기가 좀 그랬다.

야, 선녀야.

선녀님.

두 사람이 부르는 호칭 중 어떤 것이 더 친밀하게 느껴지는지는 다른 사람에게 묻지 않아도 뻔했다.

선녀는 상준과 친구라고 했다. 그가 아는 한 남녀 사이의 우정은 없었다. 친구라며 곁에 있던 여자들은 많았다. 도훈은 늘 친구와 여자를 구분했다. 많은 여자를 사귀었지만 결코 양다리를 뻗어본 적은 없었다. 양다리를 뻗는 것은 두 여자를 모욕하는 일이기에 도훈은 하룻밤만 지내고 끝낸다 해도 그동안만큼은 최선을 다해주었다. 여자들은, 그에게 사랑한다는 말을 남발한다고 비난했지만 도훈은 단 한 번도 사랑하지 않는 여자에게 거짓말로 사랑한다 말한 적은 없었다. 그가 사랑한다고 말했을 때는 정말로 사랑스럽고 사랑하고 싶어서 했다. 비록 그 말을 너무 많이 했지만.

사랑한다는 것은 그에게 너무 쉬웠다. 그냥 예뻐서, 웃어주는 것이 마음에 들어서, 옆에 있으면 괜찮을 것 같으면 그게 사랑하는 것이라 생각했다. 그게 아니라는 것을 요즘에야 느끼고 있었다.

10년 동안 짝사랑했다는 선녀의 말이 곰곰이 생각하게 만드는 계기가 됐다. 10년. 참 긴 세월 아닌가. 그 긴 세월을 한 사람만 사랑했다고 했다. 그가 수없이 여자를 만나고 사랑하고 끝내는 동안 선녀는 오직 한 남자만을 짝사랑했다고 했다. 사랑은 뜨겁지만 불처럼 타서 금방 꺼지는 것이라 생각했던 그의 생각과 정반대되는 선녀의 사랑법. 언제부터일까? 그런 선녀의 사랑을 갖고 싶다고 생각하기 시작한 것은?

정신없이 자판을 두드리던 상준이 고개를 들었다. 도훈과 눈이 딱 마주쳤다. 시선이 허공에서 팽팽하게 부딪쳐 대립했다. 상준이 왜 그러냐고 묻는 것처럼 살짝 눈썹을 움직였다.

'왜 그러십니까?'

'선녀님이랑 왜 밥 먹었어? 송선녀는 지금은 네 친구이기 전에 내 여자인 것을 알고 있는 거냐? 알면서 남의 여자랑 밥을 먹었어?'

젠장. 소리 내 말하면 진짜 민망할 말들이 입안에서 우물거려졌다. 도훈은 입술을 꾹 다물었다. 왜 선녀님의 친구는 저 녀석인 거야? 이상하게 처음 보았을 때부터 도훈은 상준이 마음에 들지 않았다. 상준의 얼굴을 보면 공연히 부아가 났다. 싹싹하고 말끔한 상준의 얼굴은 무척이나 밝아 보였다. 보통 집안의 보통으로 잘난 남자가 딱 상준이었다. 모자라지도 넘치지도 않았다. 아마도 상준이 선녀가 짝사랑한 상대였다면 크게 질투했을 것이다. 선녀와 아주 잘 어울려 보이는 이상준을.

　젠장. 다시 한 번 욕을 중얼거리며 도훈은 컴퓨터에 패스워드를 입력했다. 이제 일터로 돌아왔으니 집중해서 그레이스로 인해 허비한 시간을 보충해야만 했다.


　오후 네 시. 바쁜 시간대였다. 사무실은 거의 전쟁터처럼 소란했다. 전화가 울렸으나 버그를 잡느라고 바쁜 상준에겐 벨소리가 들어오지 않았다. 앞자리에 앉은 동료가 전화를 받고 상준을 불렀다.

　"전화."

　동료에게서 상준은 수화기를 받아들었다.

　[이상준 씨?]

　솜사탕처럼 부드럽고 달콤한 음성에서 교태가 좌르륵 흘러내렸다.

　"그렇습니다만."

　[의논할 게 있는데, 잠깐 밑으로 내려올래요? 아, 이건 이상준 씨에게 아주 유리한 일이에요.]

　"누구십니까?"

　[글쎄 누굴까요? 궁금하세요?]

　상준의 이마가 구겨졌다. 바빠죽겠는데 이런 식의 전화는 사양하고 싶었다.

　"전화 끊습니다."

　[어머, 매정하네, 내 전활 끊는다니. 호홋, 나 아까 정도훈이랑

호수공원에서 본, 기억나요?]

아! 팀장과 같이 있던 여자? 한겨울의 동백꽃처럼 눈에 확 띄던 미인? 상준이 보기에 도훈은 모든 것을 다 갖고 있었다. 집안의 배경, 뛰어난 실력의 도훈을 보면서 상준이 무엇보다 억울하다고 생각하는 것은 그와 자신의 그릇이 다르다는 거였다. 로열패밀리라는 배경도 배경이지만 도훈의 실력은 범인과 달랐다. 별로 열심히 하는 것 같지 않는데도 도훈은 아무리 죽어라 해도 언제나 상준보다 한발 먼저 가 있었다. 쉽게 따라가거나 붙잡을 수 없는 위치에 가 있었다. 죽을힘을 다해 발버둥치는 자신들과 애초부터 비교도 안 되는 크기였다.

'간단하네.'

어려워 끙끙 사람 골머리 앓는 문제를 쉽사리 풀어 해결하는 도훈을 보면 질투가 치밀어 올랐다. 대체 정도훈에게 어려운 것은 무엇일까? 뭔가 다 갖고 있다면 하나쯤은 자신보다 못한 것이 있어야 공평할 텐데 도훈에겐 부족한 것이 없었다. 하다못해 찾아오는 여자들까지도, 바라보는 것만으로도 턱이 빠질 정도의 미인만 찾아온다.

"무슨 일이십니까?"

[이상준 씨에게 유리한 일이라니깐요. 내려와 보세요. 1층에 있는 스타스에 있으니까.]

상준은 끊어진 전화기를 내려놓은 뒤 셔츠 차림으로 사무실을 나왔다. 스타스로 내려가니 아까 도훈의 팔에 매달려 있던 미인이 환하게 빛을 내며 앉아 있었다.

상준이 자리에 앉자 그레이스가 살짝 몸의 자세를 바꾸면서 손
등에다 키스라도 하라는 것인지 여왕처럼 상준을 향해 손을 내밀
었다. 상준은 일단 그레이스의 손을 무시했다. 하지만 그레이스
자체를 무시할 수는 없었다. 무시를 하기엔 그레이스는 너무도 아
름다웠다. 조그마한 얼굴은 마치 꽃을 보는 것 같았다. 새하얀 살
결에 새빨간 입술은 아주 화려하고 아찔할 정도로 매혹적이었다.
시선이 저절로 그레이스의 얼굴에 꽂혀서 돌려지지 않았다.

"그레이스라고 불러도 좋아요."

"그레이스?"

"그래요."

"내게 무슨 용건입니까?"

"당신의 도움이 필요해서요."

살짝 그레이스가 입가를 올리며 미소 지었다. 상준은 저도 모르
게 침을 꿀꺽 삼켰다.

"그리고 아마 이상준 씨에게도 내 도움이 필요할 거예요."

"무슨 뜻입니까?"

"윈윈하자는 거예요."

"윈윈?"

"이상준 씨, 정도훈 싫어하죠?"

호수공원에서 마주쳤을 때 상준의 얼굴에 떠올랐던 표정을 생
각하며 그레이스가 섬뜩하게 웃었다. 그녀의 눈이 틀림없을 것이
다. 이 남자는 정도훈을 질투하고 있다.

"나도 아주 싫어하거든요. 그래서."

　달콤해서 뿌리치기 힘든 유혹의 날개를 그레이스가 좌악 펼쳤
다. 선녀에게 사과 전화를 하게 그녀를 몰아붙인 도훈에게 어떤
식으로든 복수하고 싶었다. 그래야 그녀의 자존심이 보상받는다.
　"망치고 싶어요."
　"망친다?"
　상준의 눈빛이 번쩍 빛났다. 도훈을 망쳐 버린다는 것은 굉장히
입맛당기는 유혹이었다.

## 12. 질투

　그날 저녁 도훈은 다른 때보다 10분이나 빨리 귀가했다. 문을 열고 들어온 그는 주방에서 선녀가 그를 보고 인사하는 것을 보고 조금 안심했다. 퇴근하고 데리러 가겠다고 출판사에 전화했는데 전화 받은 남자가 퉁명스럽게 송선녀는 오늘로 그만뒀다고 말해 불안해서 달려온 참이었다. 오늘 아침까지도 직장에 대해서 아무 불만이 없던 선녀가 갑작스럽게 그만뒀다는 것이 영 께름칙했다. 혹시라도 로또를 찾아낸 것은 아닐까? 그래서 직장도 그만두고 집을 나간 것이 아닌가? 불안한 생각으로 급히 달려온 참이었다. 선녀를 보자 마음이 급속히 놓였다. 아직 집에 있다는 것은 로또를 찾아내지 못했다는 것이리라.

　"다녀왔어요?"

그를 기다렸다고, 그의 귀가가 너무 좋다는 그런 얼굴로 선녀가 말했다.

"선녀님. 출판사를 그만뒀어?"

"어? 네, 아뇨."

"출판사로 전화했는데 전화 받은 사람이 선녀님이 거길 그만뒀다는데?"

출판사는 지금 그만둔 것으로 봐야 했다. 오늘은 일찍 왔지만 후임이 오기까지 3주 동안은 계속 나가기로 하고 인수인계가 끝나는 동시에 사표를 수리하기로 했다. 하지만 후임이 온 뒤엔 다른 방향으로 계속 출판사에 나가야 하니 꼭 그만두었다고 보는 것도 좀 그랬다.

"사표는 냈어요."

도훈의 얼굴이 확 밝아져서 선녀는 놀랬다. 왜 좋아하지? 분명 도훈은 좋아하는 얼굴이었다.

"기쁜데. 그럼 이제 책 만드는 일로 선녀님을 뺏기지 않아도 된다는 거네. 24시간 선녀님의 시간을 내가 독차지할 수 있다는 거잖아."

"하지만 일은 계속해요. 다른 식으로 하겠지만."

"다른 식?"

선녀는 회사에서 박 사장이 제안했던 일을 자세히 설명했다. 선녀의 이야기를 듣는 도훈의 표정이 조금 굳어졌다. 그의 못마땅한 표정에 선녀의 기분은 조금 나빠졌다.

"그럼 사업을 한다는 것이잖아."

"그렇죠."

아직 확실하게 결정된 것이 아니라서 거창하게 사업이라고 말하기는 좀 그랬지만 내일 박 사장과 다시 세밀한 사항을 조정하고 나서 계약을 하고 나면 사업을 한다는 생각이 들지도 모르겠다. 그런 생각에 슬그머니 선녀의 입가에 미소가 그려졌으나.

"그런 것을 꼭 해야 해?"

선녀의 인상은 다시 바득 구겨졌다.

"요즘 같은 불경기에 사업을 시작하는 것은 어리석지 않아?"

사실 도훈은 선녀에게 새로운 변화가 생기는 것이 싫었다. 지금도 '미안해요, 리뷰를 봐야 해요' 라면서 그를 놔두고 일에 빠지는 선녀가 싫은데 크든 작든 자신이 결정하고 책임져야 하는 일을 시작하면 그를 더욱 팽개칠 것이 아닌가. 사업을 하는 사람이 얼마나 바쁜지는, 아침부터 밤까지 늘 바빠서 쩔쩔매는 아버지나 형을 보고 있기에 누구보다 잘 알고 있었다. 도훈은 그렇게까지 일에 파묻혀 돈을 버는 것도 싫고 그렇게 바쁘게 사는 것도 싫었다. 자신도 그러하니 상대에 대해선 말할 것도 없었다. 선녀가 직장에 나가는 것조차 사실은 싫었었다.

"사업은 아무나 하는 것이 아니야. 게다가 그러면 계약에 위배되잖아."

"위배된다고요?"

"나만 보고 나만 사랑하기로 하지 않았어?"

"사랑하는 척하기로 했지 진짜 사랑하기론 하지 않았어요. 게다가 우리 사이의 계약기간은 한 달이고요."

선녀는 이미 로또를 찾았다는 말까지 하고 싶지 않았다. 벌써 같이 산 지 반이 지나 이제 남은 것은 보름뿐이었다. 딱 반이 흐른 지금 그동안 자신도 모르게 쌓은 감정을 조금씩 덜어내야 한다. 오늘로 도훈에 대한 감정에 정점을 찍고 내일부턴 조금씩 감정을 덜어내서 반달 뒤엔 아무렇지 않게 이별을 할 생각이었다. 그런 결심으로 아까 여기로 되돌아온 참이었다. 그런데 이런 식으로 화를 내고 있다니, 억지로 감정을 덜어내지 않아도 되게 알아서 도와주는 겁니까? 실망하고 싫어하라고? 마치 너 따위가 무슨 사업을 한다고 그러냐? 도훈의 표정이 그렇게 보여 선녀는 슬그머니 화가 나기 시작했다.

"또한 사업은 아직 구상 중이고 시작하지도 않았어요. 시작한다 해도 도훈 씨와 헤어지고 난 뒤일 거예요."

도훈의 표정이 변했다. 뭐야? 한심해 죽겠다는 표정인 거야?

"그러니 그런 한심하다는 얼굴로 나를 보지 마세요."

"한심하다는 얼굴로 보지 않았어."

"내겐 그렇게 보여요."

"선녀님은 자격지심이 있나 봐?"

그럴지도 몰랐다. 그녀는 아버지를 닮았고 엄마는 늘 네 아버진 사업가 체질이 아니라고 노래했다. 정확하고 반듯했으나 그릇이 아니라고 했다. 너도 아빠를 닮았으니까 장사니 뭐니 그런 것은 애초에 꿈도 꾸지 마. 그저 직장이나 잘 다녀. 그게 네 그릇이야.

그런 말을 들으며 살았으니 작은 것이라 해도 독자적인 사업을 시작한다는 것이 두려웠다. 선녀는 입을 다물고 밥을 푼 뒤에 찌개냄비의 뚜껑을 열었다.

"식사해요."

내가 말을 잘못했나? 선녀의 샐쭉해진 표정에 도훈은 조금 당황했다. 하지만 그도 조금 화가 나 있었다. 보름 뒤에 헤어진다는 선녀의 말에 기분이 급속히 상해 있었다. 분명 계약은 그랬다. 한 달만 살자고 자신이 그렇게 요구했다. 한 달만 같이 살면 선녀에 대한 흥미가 사라질 것이라 생각하고 그렇게 요구했었다.

그동안 좋지 않았어? 나랑 계속 같이 있고 싶지 않아? 난 같이 있고 싶은데.

확인하고 싶었다. 어린 시절부터 그를 목마르게 했던 절대적인 존재에 대한 것을. 부모님은 서로에게 절대적이었다. 어머니는 아버지의 가슴에서 피는 한 송이 꽃이었고 아버지는 화분처럼 어머니를 품었다. 어머니는 천진하고 환한 미소로 아버지를 기다리며 아버지만 바라봤다. 존재하는 것만으로도 아버지를 행복하게 만들었다.

선녀는 자신에게도 그런 절대적인 존재가 허락될지도 모르겠다는 희미한 희망을 품게 만든 최초의 여자였다. 언제부터였는지 선녀와 맺은 계약이, 스쳐 지나는 여자라는 생각 자체가, 그의 의식 속에서 사라져 있었다. 한 달 후엔 선녀에 대한 흥미가 없어질 것이란 생각도, 그는 잊고 있었다.

"계약을, 다시 하고 싶지 않아?"

무슨 소리야? 이제 와서 또 말을 바꿀 참인가? 이거 하면 준다 저거 하면 준다 하면서 내내 약속 어긴 것을 그냥 넘어갔더니 이제는 사람을 바보로 아나. 아니면 원래 신의라곤 없는 사람인 거야? 확 분노가 치밀어 올라 선녀의 얼굴은 붉어졌다.

"사업을 한다면 내가 스폰서가 되어주지."

"스폰서?"

"전폭적인 지지를 해주겠어."

"왜요?"

"같이 지내는 것이 나쁘지 않아. 솔직히 좋다고 해야겠지. 계약을 새로 하는 것이 선녀님에게 유리할 텐데 어때? 아주 전폭적인 지지를 해줄 테니까."

스폰서라니. 그러니까 지금 내게 돈을 대줄 테니 같이 지내자고 하는 것인가? 선녀에게 돈이나 힘을 지원하는 조건으로 지금 이대로 계속 지내자는 말 같은데……. 같이 지내는 것은 계속하고 싶었다. 스폰서가 돼주겠다는 말만 하지 않았으면 바로 좋아요라고 대답했을 것이다. 하지만 그 스폰서란 말은…….

나를 모욕하는 거야? 나를 돈에 환장한 그런 여자로 보는 거야?

선녀가 화가 났지만 내색치 않은 것은 그녀가 로또를 받기 위해 이 집에 들어오는 것을 승낙한 일 때문이었다. 도훈은 모를 것이다. 선녀가 돈보다는 마음이 끌려서 이 집엘 들어왔다는 것을. 지금 자신이 선녀를 돈에 몸이나 마음을 파는 여자로 취급하고 있다는 것을.

"지금 내게……."

갑자기 울려대는 휴대폰 소리에 선녀는 말을 끊었다. 차라리 잘 됐는지도 모르겠다. 뭔가 생각을 정리하고 말을 해야 할 것 같았

다. 감정이 복받치는 대로 말을 하다간 나중에 후회할 소리를 할
지도 모르니까.

로또를 찾았다고 말하고 그의 제의를 거절해 버리든지 아니면
그런 제안은 굉장히 모욕적이니 그 말을 취소한다면 계속 같이 있
겠다고 친절하게 설명하고 계속 같이 생활하는 것을 택하든지 해
야 할 것이다.

전화의 액정에 뜬 것은 상준의 이름이었다.

"어, 상준아. 왜?"

[배고프다.]

"뭐?"

[밥 좀 주라. 니네 집 앞이야.]

"야, 너……. 나 지금 집에 없어. 늦어. 그러니까 진이에게 가
봐."

[한 걸음도 움직일 기운이 없다. 올 때까지 기다릴게.]

"안 돼."

[점심도 사줬는데 야박하게 그럴래? 저녁은 네가 좀 주라. 집에
서 먹는 밥이 먹고 싶다. 김치도 떨어지고 요즘 우리 집 냉장고가
텅텅 비었어.]

"그럼 기다리지 말고 집에 가 있어. 내가 반찬 싸들고 갈게. 밥
통에다 밥만 안쳐 놔."

그래, 잠시 상준에게 다녀오자. 그동안 생각이 정리될 테니까.
전화를 접으며 선녀는 벌떡 일어났다. 찬합을 찾아냈다.

"반찬 좀 갖고 가도 되겠어요?"

아까 도훈의 어머니와 형수가 바리바리 싸온 밑반찬이 가득했다. 그것을 조금 덜어다 상준에게 줄 생각이었다. 반찬이 많으면 상준이 밥 좀 달라고 불쑥 그녀의 집으로 찾아오는 일이 없을 것 아닌가.

"이상준의 전화?"

"네."

"그는, 정말 친구야?"

"네?"

냉장고 문을 잡고 선녀가 도훈을 바라보았다. 도훈의 표정이 아주 딱딱하게 굳어 있었다.

"혹시 10년 동안 짝사랑한 남자가 이상준 아냐?"

"……."

"맞군."

도훈의 입매가 단단히 굳었다.

"가지 마."

저도 모르게 나온 말이 좀 거칠었다.

"네?"

"이상준에게 가지 말라고."

"하지만……."

"이상준에게 간다면 나와의 계약을 정면으로 위배하게 되는 거야."

도훈의 말이 너무도 어처구니가 없어서 선녀는 입을 딱 벌리는 것으로 자신이 하고 싶은 말을 대신했다. 그게 무슨 억지예요? 그 말이 막 나오려는데 도훈이 더 빨랐다.

"그리고 나는……."

"네?"

"선녀님이 이상준과 만나는 것이 아주 싫어."

약간은 부루퉁한 표정으로 도훈이 휙 고개를 돌려 버렸다. 그의 광대뼈 부근이 살짝 붉어져 있었다.

어머? 질투하는 것처럼 보이잖아. 정말 그랬다. 도훈이 꼭 질투하는 것처럼 느껴졌다. 갑자기 선녀의 마음속에서 모든 분노가 사라졌다. 어처구니없게도 가슴이 열여덟 소녀처럼 콩닥거리기 시작했다. 몸이 비비 꼬여서 선녀는 픽 웃고 말았다.

송선녀 왜 이래? 왜 이리 바보처럼 굴어? 서른이나 된 여자가 주책 맞게 별 이상한 상상을 하고 있어. 이 사람이 질투할 아무런 이유도 없는데 무슨 질투겠어?

그렇게 생각을 했지만 그래도!

"뭐예요? 꼭 질투하는 것처럼 보여요."

선녀의 말이 끝나기도 전에 도훈은 벌떡 일어났다.

"내가 왜 그런 걸 해? 그런 것은 사랑하는 사람이나 좋아하는 사람이 하는 것 아냐?"

어우 씨. 그래, 그렇기로 그렇게까지 정색을 할 건 또 뭐냐? 선녀는 나가는 도훈의 뒤를 쫙 흘겨보았다.

"그런데, 어디 가요?"

"나갔다 올 거야. 이상준에게 가지 마, 명심해. 그건 계약위반이야."

뭐야, 왜 저래?

죄없는 문을 부서져라 닫고 나간 도훈을 바라보다 선녀는 어깨를 으쓱했다.

오늘 참 이상한 날이네. 일이 줄줄이 일어나더니, 이젠 사람도 이상하게 변했네? 대체 왜 저래? 누가 보면 정말 질투하는 것 같잖아. '그리고 나는 선녀님이 이상준과 만나는 것이 아주 싫어'라니. 아무리 생각해도 질투한다는 생각밖에 들지 않잖아.


도준의 차가 멈추자 파킹을 담당한 종업원이 달려나왔다. 차키를 넘기고 도준이 건물 안으로 들어가자 총 매니저까지 허둥지둥 달려와 그를 향해 허리를 90도로 굽혔다.

"어서 오십시오, 정 이사님."

"어디에 있습니까?"

"이쪽으로 오십시오."

매니저가 직접 안내한 방은 밀실이었다. 가장 구석진 곳에 있지만 가장 호화로운 곳이기도 했다. 열어주는 문 안으로 들어간 도준의 인상이 살짝 찌푸려졌다. 도훈은 아방궁처럼 호화로운 방에서 양옆에 여자를 앉히고 수작질에 한창이었다. 예전엔 종종 이런 모습으로 도준의 발길질을 벌던 도훈이었다. 하지만 요 근래엔 통 보이지 않던 모양이었다.

"어머나, 이사님 오셨어요."

도훈을 둘러싼 여자들이 먼저 도준의 존재를 알아차렸다. 수선을 떨며 일어서자 그제야 도훈이 고개를 들었다.

“어, 형. 어서 와.”

술에 취해서 긴장이 팍 풀어진 도훈은 넥타이를 풀어버리고 셔츠의 단추도 세 개나 열어놓고 있었다. 엉망인 도훈의 모습은 마치 3년 전으로 돌아간 것같이 보였다. 도훈은 어릴 때부터 구속을 싫어해서 넥타이를 매는 것을 아주 싫어했다. 3년 전까지 남방이나 티셔츠 외엔 다른 옷은 입으려고도 하지 않았다.

“니들 뭐하냐? 우리 형 이리 모시지 않고.”

여자들이 다가와 손을 뻗었지만 도준은 그 손을 탁 쳐버렸다.

“다들 나가.”

나직한 그의 말에 여자들이 눈치를 보다가 슬그머니 방을 나갔다. 도준이 밴드를 향해 손짓하자 그들도 슬그머니 퇴장을 했다.

“왜 다 내보내? 재미없게.”

“다시 탕아가 되기로 한 거냐?”

도훈은 3년 전까지 제멋대로의 탕자였다. 도훈이 허랑방탕 노는 것을 접고 진지하고 제대로 된 인간으로 변모를 시도한 지 이제 3년, 겨우 틀이 잡혀가나 했더니 갑자기 다시 옛날로 돌아가 버린 것처럼 보인다.

저 녀석을 한 대 차? 아니면 죽여 버려.

도준은 속으로만 씩씩댔다. 3년 동안 도훈은 정말로 많이 변했다. 이미지를 바꾸는 것이 얼마나 어려운 일인지 잘 알고 있기에 거기에 적응해 가던 동생이 기특했다. 요즘 부모님이 도훈에 대해 얼마나 대견해하는지 모른다. 그걸 잘 아는 도준으로선 부모님을 실망시킬 도훈의 이런 모습에 화가 많이 났다.

"차든지 죽이든지 마음대로 해. 죽인다면 더 좋고. 사는 것에 별로 재미가 없어."

도훈은 이미 도준의 생각을 읽고 있었다.

"왜 다시 변한 거야?"

"변한 것이 아니야. 나는 원래 이런 놈인걸."

"정도훈."

"술이나 마셔. 형."

웃는 데 웃는 것 같지 않는 시니컬한 웃음이었다. 도준은 속으로 한숨을 쉬었다.

또냐? 이번엔 또 어떤 여자냐?

다른 문제라면 도훈은 이렇게 웃지 않는다. 도훈이 이렇게 웃을 땐 반드시 여자 문제 때문이라는 것을 알기에 도준의 한숨은 한층 깊어졌다. 또다시 도훈이 사랑이란 덫에 빠진 것 같았다. 도훈에게 사랑은 늪이고 병이었다.

"이번엔 대체 어떤 여자냐?"

"음……. 내가 이러는 것이 여자 때문으로 보여?"

도훈의 손에 든 잔에서 갈색의 액체가 흔들거렸다. 생각하는 얼굴로 잠시 술을 바라보던 도훈이 쿡쿡 웃었다.

"그렇군. 여자 때문이었네. 왜 기분이 나쁜지. 왜 속이 부글거리는 것인지 형의 말을 듣기 전까진 깨닫지 못했는데 이제 보니 그녀 때문이었어. 이런 젠장."

갑자기 도훈의 얼굴에서 웃음이 싹 사라져 버렸다.

"내가 또 사랑에 빠졌단 말야?"

“여자에 빠진 거겠지.”

도준의 말에 잠시 생각하는 듯했던 도훈이 고개를 흔들었다. 갑자기 깨달은 듯 단정 짓는 말투로 말했다.

“아냐, 형. 난 사랑에 빠진 거야. 그렇지 않다면 왜 내가 그렇게 평범한 여자를 옆에 뒀겠어? 왜 내가 그 여자가 다른 남자를 만나는 것을 질투하겠어? 난 사랑에 빠져 버린 거야.”

큭큭큭큭 웃음이 터져 나왔다. 돈밖에 모르는 여자에게 또다시 빠져들다니. 거짓말쟁이에게 또다시 빠져 버리다니.

도훈은 이상준의 전화에 주저없이 가겠다고 한 선녀의 대답에 화가 났지만 왜 화가 나는지 그 이유를 몰랐다. 이상준에게 가지 말라고 소리 지르고 나왔지만 그의 마음속에선 선녀가 잡아주길 바라는 마음이 가득했다.

‘그래요, 안 갈게요. 나가지 말아요.’

자기가 먼저 나왔지만 내팽개쳐진 기분이 든 도훈은 문을 바라보며 선녀가 나와주기를 기다렸다. 나와서 가지 말고 식사를 계속하라고 말해주길 원했다. 하지만 선녀는 나오지 않았다. 결국 빌어먹을 자존심 때문에 안으로 들어가는 것을 포기한 도훈은 주차장으로 내려왔다. 차에 올라 시동을 걸었다.

어디로 갈까? 막막했다. 어디든 갈 수 있지만 어디도 가고 싶지 않았다.

뭐 어디든 가자. 오랜만에 클럽 열두 군데를 순회하는 것도 괜찮지. 어느 곳이든 정도훈이 가면 깜박 죽어가며 환영하지 않는 곳이 없다. 하지만 그의 순간적인 결심은 차가 지하주차장에서 빠져나온 순간 사라졌다. 가고 싶은 곳은 아무 곳도 없었다. 오로지 자신의 오피스텔로 돌아가고 싶었다. 도로 들어가자. 마음먹은 순간이었다. 입구에서 양손에 무거워 보이는 쇼핑백을 들고 선녀가 나오는 것이 보였다. 이상준에게 가져다줄 반찬이 들었겠지. 그가 그렇게 계약위반이라고 했는데도 선녀는 전혀 상관없다는 얼굴로 그의 집에서 가져다준 반찬을 이상준에게 나르고 있다.

"이번 여자는 평범해?"

도준의 말에 도훈은 고개를 끄떡였다.

"출판사에 다니는 여자라지?"

"형이 그걸 어떻게 알아?"

"네가 약혼한 여자잖아."

도훈이 약혼했다면서 여자를 데리고 나타났다는 소문은 이미 파다하게 퍼져 있었다. 출판사에 다닌다는 여자라는 소문까지 이미 도준과 정 회장의 귀에 들어와 있었다.

'그놈이 미쳤나? 제멋대로 약혼을 했다고 소문을 내? 세상에 제 부모형제도 모르게 약혼녀를 만들다니 그놈이 제정신이야?'

정 회장이 그렇게 화를 냈지만 도훈을 불러서 추궁하지는 않았다. 단지 도준을 향해 머뭇거리며 당부했다. 그에게 작은아들은 언제나 어린 철부지였다. 큰아들만큼 믿거나 의지할 수 있는 존재가 아닌, 늘 보호하고 거두어줘야 할 미숙한 아들이었다.

'대체 이번엔 어떤 여자인지 원. 제대로 된 여잔지 아닌지 네가 좀 알아봐라.'

'이제 도훈이를 믿을 때가 되지 않았어요?'

'믿지 않는다는 것이 아니라……'

'내버려 두시지요.'

수라와 결혼하기 전 정 회장이 그녀의 뒷조사를 한 것을 생각하면 지금도 기분이 나쁜지라 도준은 거세게 나갔다. 그랬는데 공연히 말렸나 보다. 도훈은 여자복이 없었다. 여태 만난 여자들치고 제대로 된 여자가 없었다. 돈을 보고 덤비는 여자가 대부분이었고 그 사실에 도훈은 넌덜머리를 냈다. 몇 번이나 그런 여자들과 만났으니 이제 그런 여자는 잘 걸러낼 것이라 생각했더니 이번에도 또 돈 때문에 접근한 여자를 만난 것일까?

"대체 판도라는 왜 상자를 열었지? 탐욕이나 거짓말, 질투 같은 것은 상자 속에 영원히 꽁꽁 가둬놨어야지."

"판도라가 상자를 연 것은 신의 조종 때문이야. 하지 말라고 하면 더 하고 싶은 속성을 인간에게 준 것도 신이고 상자를 주면서 절대 열어보지 말라고 당부를 한 것도 신이지."

도훈에게 재능을 주고 그것이 끔찍하게 싫다면서 저주하게 만드는 것도 신이었다. 남하고 다른 그의 동생. 도훈은 천재였다. 그래서 모든 것이 남들과 달랐다. 달라도 아주 많이 달랐다. 희한하게도 계산이나 암기 그리고 생각하는 것 모두가 도훈은 남들보다 특출났다. 동생이 남과 다르다는 것을 깨달은 것은 아주 오래전이었다. 그가 열 살을 막 넘겼고 도훈은 아직 다섯 살도 채 되지 않았을 때였다. 도준이 끙끙거리며 맞추다가 실패하고 집어던진 루빅스큐브를 집어 들고는 5분도 안 돼 완벽하게 맞춰냈다. 그뿐인가. 구구단을 가르치자 20단까지 두어 시간 만에 통째로 외워 버렸다.

'얘가 천재인가 봐요.'

보통의 싹싹하고 예쁜 아들을 원한 어머니는 도훈이 보인 천재성에 난감함을 표시했었다. 사실 도훈은 정말 천재였다. 그것도 아주 민감한 성격을 타고난 천재였다. 집에서 영재교육을 시키려 하자 도훈의 천재성은 사라져 버렸다. 도훈이 자신에게 일어날 변화가 싫어서 자신의 안으로 천재성을 숨겼다는 것을 깨달은 것은 아주 한참 후였다. 남들이 어려워하는 것은 너무도 쉽게 해냈지만 도훈은 반대로 남들이 아주 쉽게 하는 것들을 어려워해서 끔찍하게 낯을 가렸고 변화를 싫어했다. 그래서 도훈은 자신의 생활을 변하게 할지도 모르는 천재성을 타고난 것을 끔찍하게 생각했다.

"사랑에 빠진 것이면 간단하지 않아? 그런 것에 충분히 면역이 됐을 텐데."

몇 번의 사랑으로 상처 입고 방황했던 도훈인지라 다시 사랑에 빠졌다는 말에 도준은 조금 웃음이 났다. 뭘 그런 걸 그리 심각하게 생각해?

"형, 나는."

망설이는 어조로 도훈이 말했다.

"뭔가에 빠져든다는 것이 무서워. 헤어날 수 없게 될까 봐."

"이미 여자와 컴퓨터에 빠져 있잖아."

"컴퓨터를 좋아하는 것은 맞아. 그래서 빠지지 않으려고 노력하고 있어."

"여자도 노력하면 되잖아. 빠지지 않게. 그동안 많은 여자들에게 빠졌던 교훈을 생각해. 넌 웬만해선 한 번 실수한 것엔 두 번 발 들이지 않잖아.”

수많은 여자와 수없는 썸씽이 있었지만 여태까지는 그냥 노는 것에 불과했다. 진심으로 빠지지 않으면 뭐든 따라 할 수 있었다. 노는 것이나 여자에 대한 감정도 따라 할 수 있었다. 여자를 수도 없이 바꾸는 것은 아주 쉬운 일이었다. 카사노바의 흉내를 내면 되는 것이니까. 하지만 사랑이란 감정은 따라 할 수 있는 것이 아니었다. 아무리 형이라도 자신을 이해할 수는 없을 것이란 생각에 씁쓸한 미소가 절로 나왔다.

“술이 왜 술인 줄 알아?”

“술술 넘어가서.”

“그러니 술술 술이나 푸자고, 형.”

그래서 잊자. 술로 잊어버리자. 선녀가 이상준을 만나러 가던 모습을 전부 술에 취해 잊어버리자. 젠장.

"웬 술을 이렇게 마셨어요?"

술에 취해 곤죽이 된 도훈을 예전 그가 쓰던 방에다 눕히고 온 도준이 욕실로 들어가자 욕실 문 앞을 점령한 채 수라가 투덜거렸다. 그러면서도 언제 데워가지고 왔는지 따끈한 용봉탕을 내밀었다.

"도련님도 먹이려고 했는데 아무리 깨워도 안 일어나요. 대체 무슨 일이라도 있어요? 왜 그렇게 형제분이 술에 빠져서 들어왔어요?"

그가 죽 마시자 컵을 받은 수라가 일어섰다.

"씻어요."

"같이 씻을까?"

“이이가?”

옷을 벗으며 묻자 수라가 얼굴을 붉히며 쾅 욕실 문을 닫아버렸다. 장난기가 동한 도준이 욕실 문을 열었다.

“같이 씻자.”

“됐어요.”

“수라야.”

“됐다고요.”

아직도 얼굴 붉히며 수줍어하는 아내가 못내 사랑스러웠다. 손을 잡아당기려 하자 수라가 살짝 몸을 빼 뒤로 물러섰다. 어딜? 하며 곱게 눈을 흘겼다.

“빨리 씻고 나와요. 자리끼 준비해 올게.”

“도훈이 방에도 준비해 줘. 술 많이 마셔서 밤에 갈증날 거야.”

“네이.”

수라가 아래층으로 내려간 뒤 도준은 물을 틀어 샤워를 시작했다. 술기를 다 빼낼 생각으로 뜨거운 물로 한 번 다시 찬물로 한 번, 두 번을 비누칠을 해서 씻었다. 도준이 샤워를 끝내고 나가자 화장대에서 머리를 빗질하고 있던 수라가 돌아앉았다.

“무슨 일 있어요? 도련님이 그렇게 술 취한 것은 처음 봐요.”

“걱정이야.”

도준이 중얼거렸다.

“정말 오랜만에 그런 눈을 봤어.”

“네?”

“내가 도훈이 천재라는 말 했던가?”

"아뇨. 어머님이 오늘 그러시긴 하셨어요. 도련님이 천재라고."

수라가 웃는 것을 보니 어머니의 말을, 그냥 보통 부모들이 자기 자식이 남보다 뛰어나다는 보편적인 생각으로 하신 말이다라고 생각하는 것이 분명했다.

. "도훈이 다섯 살이 조금 안 됐을 때…… 내 나이가 10살 때였어. 그때 한참 20단까지 외우는 것이 유행이었거든. 선생님이 숙제로 그걸 외워오라고 하셔서 집에 와 소리 내 외우고 있는데 내 옆에서 놀던 도훈이 그걸 먼저 외워 버렸지. 네 살짜리가 옆에서 외우는 소리만 듣고도 20단까지 완벽히 외웠었어. 그때 내가 도훈에게 상처 줬어."

"어떤 상처요?"

"이놈 괴물이야."

엄마, 이놈은 괴물이야. 이상한 놈이야. 난 이런 놈 싫어, 외계인 같아.

도준의 말에 도훈의 표정은 얼어붙었었다. 눈을 동그랗게 뜨고 그를 보았다. 형아, 형아 하고 따라다니던 동생의 눈이 아니었다. 깊은 상처를 받은 어두운 눈이었다. 그런 눈동자의 도훈의 모습은 그 후 한 번도 보지 못했다. 아까 술을 먹을 때까지.

"왜, 그런 말을 했어요?"

"생각해 봐. 난 10살이었고 도훈인 다섯 살도 안 됐었어. 도훈인 서너 시간 만에 20단까지 외웠는데 난 그걸 외우는 데 1주일도 더 넘게 걸렸지. 열 살짜리도 자존심은 있다구."

"도련님이 공부를 잘했어요?"

"아니."

영재교육을 시키러 미국으로 유학을 보내네 마네 하는 말이 나온 것은 그 직후였다. 그런 것들이 스트레스였는지 도훈은 앓아누웠다.

절대 안 가. 높은 열로 인해 의식을 잃은 상태에서 헛소리를 했다. 심하게 앓고 깨어난 도훈은 언제 내가 천재적인 머리를 갖고 있었냐는 듯 보통 아이가 돼 있었다. 툭하면 말썽부리고 소리 지르고 떼를 쓰는 영락없는 네 살짜리 조그만 악동으로 변해 있었다. 열이 높아 바보가 되는 경우가 있다더니 저 애는 열로 천재성이 다 사라진 모양이라고, 그래서 그냥 보통 아이가 된 모양이라고 어머니는 말했고 다른 사람들은 애석해했었다.

"믿어지지 않아요."

껄렁껄렁 말하고 아무렇게나 행동해서 툭하면 아버지와 형에게 발길질을 당하는 도훈이 천재라는 말이 수라는 영 믿어지지 않았다.

"아무도 자신을 천재로 안 보는 것이 도훈이 원하는 거야. 우리 식구들도 거의 잊고 지내고 있어."

가끔 아, 이 녀석은 보통 사람이 아니지 하고 느끼기 전까지는 정말 완벽하게 도훈의 천재성에 대해서 잊고 지냈다.

"그런데 도련님은 지금 왜 그래요?"

수라의 개념으로 천재는 너무 똑똑해서 실수 같은 것을 하지 않아야 한다. 실수를 하지 않으니 후회할 것도 없고 똑똑하니 모르는 것도 없고 불가능한 것도 없다. 그러니 완전 갈 때까지 술 마시는 일 역시 없어야 하는 건데 오늘 도훈의 모습은 영 아니었다.

"아무래도 여자 문제 같아. 아, 부모님께는 말하지 마. 확실한 것이 아니니까."

"여자 문제요? 무슨 문제? 도련님은 잘생겼지 능력 좋지 여자 문제로 속 썩을 만한 스펙이 아니라고요. 거기다 천재라면서요? 어느 여자든 다 반할 것 같은데요."

"세상사는 생각대로 안 되는 거야. 도훈이는 남들에게는 쉬운 것을 어려워해. 여자와의 관계에서 늘 상처 입지."

"왜요?"

"서툴러서."

"에이 설마. 그건 말도 안 돼요."

"나도 처음엔 그렇게 생각했지. 그놈만큼 여자 문제 복잡하고 여자가 많은 놈도 없으니까."

하지만 이제 안다. 감정이 없이 노는 것엔 도가 텄지만 감정이 흐르는 사랑엔 서툴다는 것을. 감정은 도훈에게 아주 어려운 문제였다.

"여태껏 도훈은 진짜 사랑에 빠진 적이 없어. 여자에 빠진 적은 있어도."

"뭐예요? 알아들을 수가 없어. 그럼 도련님이 여태 여자들과 한 것은 사랑이 아니고 그냥 여자에 빠졌던 거임? 그래서 지금 첫사랑에 빠진 것처럼 사랑에 빠졌다고 하는 거예요?"

"응."

수라는 고개를 갸웃거렸다. 도훈에 대한 명성은 익히 듣고 있었기에 도훈이 첫사랑에 빠진 것처럼 사랑에 빠졌다는 것은 웃음이 나올 이야기였다. 하지만 수라는 현모, 아니, 아직 아이가 없으니까 현모는 좀 미뤄두고…… 양처니까 도준의 말을 믿기로 했다.

"도련님을 사랑에 빠지게 만든 여자는 어떤 여자일까? 아! 혹시 그 여자?"

"그 여자라니?"

"아까 낮에 어머님하고 도련님 오피스텔 갔었잖아요. 거기서 어떤 여자랑 마주쳤거든요. 도련님 회사 직원이라면서 심부름으로 뭘 가지러 왔다고 말해서 그런가 보다 했는데 가고 나서 생각하니까 여러 가지로 이상한 점이 많았어요. 마치 나랑 어머님 보고 놀라서 달아나는 것처럼 보였는데 간 뒤에 보니까 집 안에 그 여자가 뿌리는 향수 냄새가 배어 있더라구요."

"같이 산단 말이야?"

"욕실에 두 개의 칫솔이 있기는 하지만 그것을 같이 사는 증거라 하긴 어렵겠지요?"

"……어떤 여자야?"

"밉지도 않고 아주 예쁘지도 않고 그냥 평범하다고 해야 하나? 손발은 길쭉길쭉하고 이목구비도 시원스럽긴 했어요. 화장은 별로 하지 않았지만 피부도 곱고 그랬어요."

여자에게 인물을 묻는 것은 바보 같은 일인 모양이다. 도준이 알고 싶은 것은 속이 괜찮은 여자처럼 보이냐는 거였다. 도준의 마음을 아는 것처럼 생긋 웃고 난 수라가 말을 이었다.

"인상은 좋아 보였어요. 괜찮은 여자 같았어요."

도준은 자리에 누워 손을 뻗었다. 수라의 몸을 끌어안으며 그는 잠시 머릿속으로 내일 도훈에게 할 말들을 정리하기 시작했다.

"사랑을 가장 쉽게 하려면 어떻게 해야 할까?"

끙끙거리면서 해답을 찾을지 모를 도훈에게 알려주고 싶었다.

"간단하잖아요. 사랑해. 이 단 한 마디만 하면 돼요. 정말 얼마나 간단해?"

그럴지도. 예전 마음을 알지 못해 서로를 생각하며 끙끙 땅을 파던 자신들을 생각하며 도준이 웃고 말았다.

"도훈이에게 말해줘야겠다."

"뭐라고요?"

"사랑한다는 말을 해봤냐고. 안 했으면 해보라고."

"해봤을걸요? 도련님 그런 말 아주 잘하잖아."

"진심으로 하라고. 진심이 담긴 사랑한다는 말은 여자에게 휘두를 가장 큰 무기거든. 이렇게 눈을 맞추고."

도준의 얼굴이 수라에게 내려왔다.

"사랑해!"

"아이, 몰라."

얼굴이 붉어진 수라가 도훈을 확 밀어내더니 시트를 머리끝까지 올려 썼다. 꿀이 뚝뚝 떨어져 내릴 것처럼 달큰한 웃음소리가 이내 방 안에 가득 들어찼다.


알람이 울리는 소리에 선녀는 하던 일을 마무리하고 저장했다. 벌써 날이 밝았는지, 조금 전에 흘끗 보았던 새벽의 여명은 어느새 사라지고 창은 아침의 눈부신 빛으로 가득 차 있었다.

도훈을 기다리며 밤새 한숨도 자지 못한 피곤이 갑자기 몰려들었다. 뻑뻑한 두 눈을 비비며 습관처럼 전화기를 열었다가 닫았다. 부재중 전화나 문자가 들어와 있지 않다는 것을 알면서도 저도 모르게 자꾸 반복하고 있었다.

"뭐 이런 남자가 다 있어."

집에 들어오지 않으면 문자라도 줘야 하는 것 아냐? 기다릴 것이라고 생각도 안 하나? 도훈에 대한 불평이 혹시 그레이스를 만나고 있는 것이 아닌가 하는 의구심으로 바뀌어 선녀를 불안하게 만들었다.

절대 아닐 거라고 믿고 싶은데 자꾸만 드는, 혹시? 라는 이런 가정은 뭐란 말인가.

차라리 잘됐어. 이 분노로 오늘의 감정을 한 스푼 덜어내는 거야. 좋아하는 마음을 덜어내기 시작한 최초의 이유가 도훈의 외박이라니. 선녀는 눈을 비비며 욕실로 향했다. 눈이 아파서 거울을 보니 두 눈이 빨갛게 충혈돼 있었다. 안약을 집어넣자 갑자기 눈물이 주르륵 흘러내렸다. 너무 많이 넣었잖아. 중얼거렸으나 사실은 그게 아닌 것이다.

버려진 기분이었다. 좋지 않아. 이런 기분은. 정말로 좋지 않아. 선녀는 팔을 걷어붙였다. 씻자. 그리고 생각해 보자. 이렇게 무단 외박을 하는 남자의 행실에 대해서.


간단하게 오렌지주스 한 잔으로 아침을 먹고 양치질을 하기 위해 욕실로 가려는데 문이 열리는 소리가 났다. 도훈이 말끔한 얼굴로 들어오는 것을 보고 선녀의 가슴에선 울화가 치밀기 시작했다. 뭐냐 저 얼굴은. 남은 한숨도 못 잤는데 넌 편안히도 잔 모양이구나. 도훈의 표정은 아주 차분해 보였고 입은 옷은 금방 옷장에서 꺼낸 것처럼 주름 하나 없이 말끔했다.

"이러기예요?"

"뭘?"

"연락도 없이 외박을 해도 되는 거예요?"

"무슨 상관이야?"

도훈의 입에서 원하지 않는 말이 툭 튀어나와 버렸다. 연락 안 해서 미안하다고 어제 이상준에게 반찬 가져다주는 것을 보고 너무 화가 났었다고, 그래서 형과 술을 마셨고 너무 취해서 본가에서 잤다고 말해야 한다는 생각을 하고 들어왔다. 그런데 선녀의 얼굴을 본 순간 그런 것들은 모조리 사라지고 어제 이상준에게 가지 말라고 했는데 왜 자신의 말을 무시하고 갔느냐는 생각에 분노가 치밀어 올랐다.

"무슨 상관?"

이 남자가? 남은 기다리느라고 잠 한숨 못 잤는데 푹 잔 얼굴로 돌아와선 무슨 상관? 선녀가 손가락으로 도훈의 심장 부근을 꾹꾹 찔러댔다.

"상관하지 마요? 응? 상관하지 말까요?"

"왜 이래?"

"사랑하는 척하라면서요? 사랑하는 척하는 거예요. 생각해 봐

요. 사랑하는 남자가 외박을 하고 들어오면 화가 나겠어요? 안 나
겠어요?"

"내가 안 들어와서 화가 났어?"

"당근이죠. 그래서 벌을 줘야겠어요."

이 심장에다 구멍을 뻥 내버리고 싶을 정도로 화가 난다구요.
대체 어디서 자고 온 거예요? 누구랑 잤어요?

도훈의 양 귀를 잡고 그의 얼굴을 끌어당긴 뒤 선녀가 무조건
그의 입안으로 혀를 들이밀었다. 도훈의 입안에선 상큼한 민트 향
이 풍겼다. 민트 향의 근원을 찾아 선녀는 혀로 도훈의 입속 구석
구석을 헤집기 시작했다. 이런 자발적인 키스는 선녀가 처음 시도
하는 거였다. 목마른 나그네가 샘을 만난 것처럼 선녀는 도훈에게
깊은 키스를 했다. 자신의 혀로 그의 고른 치열과 양 볼의 부드러
운 살과 입천장을 오래오래 쓰다듬고 핥았다. 키스. 가장 가깝고
적나라한 행위. 어찌 보면 섹스보다 더욱 정겨운 몸의 언어. 선녀
는 기나긴 키스의 끝을 도훈의 혀를 감아보는 것으로 끝냈다. 말
캉하고 부드러운 혀가 하나처럼 서로에게 감겨들었다.

"하아."

숨이 막힐 것 같은 진한 키스를 끝낸 뒤 선녀는 한 걸음 물러섰
다. 찰나와 같은, 그리고 영원과도 같은 시간이 키스 속에서 녹아
나는 것 같았다. 어쩐지 얼굴이 붉어지려고 해서 선녀는 헛기침을
했다. 일부러 화난 표정을 했다.

"벌이에요."

"벌이라고?"

혼이 나간 얼굴로 도훈이 중얼거렸다. 생각도 못한 선녀의 반응에 그만 놀라 버려서 말이 살짝 더듬거려졌다. 아침 햇살이 부끄러울 정도로 노골적이고 진한 키스가 벌이라니. 그러면 평생 죄만 짓고 살지도 모르겠다.

"네. 벌이에요. 아직 양치질 안 했거든요."

팽 몸을 돌려 선녀가 욕실로 들어간 뒤 도훈은 잠시 멍하니 서 있었다가 큰 소리로 웃어버렸다. 이런 벌이라면 얼마든지 받아도 좋다. 술로 인해 본가에서 자고 온 그를 두고 부인처럼 바가지를 긁는 선녀가 무척이나 귀여웠다. 도훈은 즐겁게 웃어댔다. 하지만 그때 아직 선녀의 벌이 끝나지 않은 것을 도훈은 알지 못했다. 그날 저녁이 되기까지 알 수가 없었다.

전화도 없이 선녀가 집엘 들어오지 않았다. 8시, 9시, 10시가 지나가건만 전화도 받지 않고 들어오지도 않았다. 시간을 확인하며 도훈은 이마의 주름을 눌러 폈다.

이 여자 왜 이리 늦어? 아니, 늦는 것은 그렇다 치자. 왜 전화 한 통 없어? 왜 받지도 않는 거야?

도훈은 고객님께서 지금 전화를 받을 수 없다는 멘트가 나오는 전화를 확 팽개쳤다. 11시. 불쑥 든 생각에 도훈은 자신의 비밀장소를 열었다. 소중한 것만 놔두는 곳을 연 순간 도훈은 충격에 사로잡혔다.

없다!

로또가 감쪽같이 사라졌다.

날아갔다.

로또는 선녀에게 날개옷이었다. 찢어버릴걸. 이럴 줄 알았으면 진즉 찢어버릴걸.

시간은 어느새 열두 시. 자정이 넘었다. 다른 하루가 시작된다. 선녀는 여전히 전화나 문자도 없고 전화도 받지 않는다.


은희는 딸의 얼굴을 보고 혀를 차댔다. 남의 집 딸들은 시집갈 나이가 되면 꽃처럼 피어난다는데 이놈의 가시나는 어째 통 피지를 못하는 건지. 이래서야 시집이나 갈 수 있을까?

무슨 바람이 불어 주말도 아닌 평일에 여기까지 왔는지 모르지만 저 퀭한 눈 좀 보라지. 공연히 부아가 치밀어 올랐다.

출근하려면 내일 새벽에 일어나 헐레벌떡 가야 하는데 뭐하러 평일에 왔을까. 며칠 앓아누웠다가 나온 것처럼 보이는 선녀의 얼굴이 도통 은희의 마음에 들지 않았다.

"너 요즘 꼴이 왜 그래?"

"어때서?"

"얼굴이 누렇게 떴잖아. 눈은 퀭하고."

"어제 잠을 못 자서 그래."

"왜 잠을 못 자?"

어젯밤 도훈을 기다리며 꼴딱 밤을 새운 것을 생각하자 선녀의 화가 절로 치밀어 올랐다. 하지만 그런 말을 할 수가 없으니.

"일하느라고."

"아니, 무슨 놈의 출판사가 툭하면 날밤 새워 일을 시켜. 거기 당장 그만둬라. 거기 아니면 일할 곳이 없니?"

“당장 그만두면? 엄마가 생활비 대줄 거야?”

“내가 왜 네 생활비를 내줘? 이 나이에 내가 독립한 딸년 생활비까지 벌어서 대야 하니?”

“생활비 대줄 것도 아니면서 그만두란 소리는 참 쉽게도 하우. 목구멍이 포도청이라고 엄마 딸은 돈 벌지 않으면 당장 생활이 막막해.”

“그러게 이것아 그때 로또만 찢지 않았으면 지금 이런 일 안 하고 떵떵거리면서 살……. 어이구, 이 웬수. 넌 정말 딸도 아냐. 지금도 로또 생각만 하면 가슴이 무너진다. 어이구, 어이구.”

엄마를 보니 지금은 로또에 대한 말은 안 하는 것이 좋을 것 같았다. 로또 얘기가 나왔다. 분명……. 선녀는 금방이라도 엄마의 손이 등짝을 내려칠 것 같아 얼른 화장실로 피하려고 했지만, 늦었다. 짝 하고 내려온 엄마의 손바닥이 선녀의 등을 화끈하게 쳤다.

“아얏, 아파.”

“아파도 싸. 넌 맞아 죽어도 할 말이 없어.”

괜히 왔어. 후회막급이었다. 로맨스계의 최고봉이랄 수 있는 유지환 작가를 만나러 왔다가 이야기가 길어져서 일산으로 못 가고 엄마 집으로 온 것인데 그야말로 잘못된 선택이었다. 로또 때문에 엄마가 이렇게 나올 줄 예상했어야 했다.

“엄마는 그까짓 돈 때문에 딸을 때려죽이려고 해? 아니, 엄마는 돈이 귀해 딸이 귀해? 참고로 이 세상에 돈은 얼마든지 있지만 딸은 딱 하나뿐이란 것을 생각하고 대답해.”

"비교할 것을 비교해. 당연히 돈이지. 수십억이란 돈이 얼마나 큰돈인지 알아? 너 같은 것은 열 개 팔아도 그 돈 안 돼."

"세상에. 우리 엄마 말하는 것 봐. 아주 딸도 팔아먹겠수?"

"시끄러워. 정말 로또 생각하면 너 같은 것은 딸도 아냐. 1등 짜리 로또 주면 너랑 바꿀 거야."

두고 봐. 당첨금 찾아서 엄마 주나. 안 주고 나 혼자 다 쓰고 말 거얏.

"말이라고 다 말이야? 엄마는 정말 돈에 딸도 팔 수 있겠다?"

"누가 그렇대?"

은희는 지나치게 말을 한 것을 살짝 후회했지만 내색하지는 않고 오히려 버럭 화를 냈다.

"그러게 누가 그거 찢으래? 너 같으면 안 분해?"

"엄마랑 말 안 해."

에이, 늦더라도 집으로 가버리는 건데. 이러고 구박받을 것 뻔히 알면서 찾아온 내가 바보천치다.

선녀가 엄마 집으로 온 것은 도훈 때문이었다. 나도 똑같이 오늘 안 들어갈 거다.

그녀가 밤새 기다렸듯이 한번 기다려 봐라. 이러고 집으로 와서 전화기 전원도 꺼놓고 있는 중이었다.

이게 공평한 거다. 네가 외박한 대로 나도 오늘 외박하는 거. 어제 전화도 안 되고 오지도 않는 그를 기다리면서 속 끓인 것처럼 그 남자도 속을 끓여야 한다고 생각하고 일부러 온 것이었다.

"헌데 넌 무슨 바람이 불어서 집엘 온 거야? 다른 땐 와라, 와라 그래도 안 왔으면서.”

“이 근처에 사는 작가 만나러 왔다가 너무 늦어서 왔다니까.”

“작가 만나러 여기까지 와?”

“잘나가는 작가 만나러 어딘들 못 가? 작가는 재산이야.”

“네가 왜 작가들까지 만나러 다니냐는 거다.”

“일이니까.”

그동안 선녀는 많은 작가를 만났고 개인적으로도 친한 작가가 꽤 많았다. 오늘 만난 유지환 작가와도 꽤 친분이 두터운 편이었다. 유지환 작가에게 출판사 사장이 제안했던 것을 자세히 설명하며 나중에 독립해서 일하게 되면 글 좀 달라고 부탁했다.

‘선녀 씨. 그거 잘 생각해 보고 하지 그래? 잘못하면 월급 없이 일만 하는 거로 끝날 수도 있어.’

‘그러지 않으려고 지환님께 글 주십사 부탁하는 거예요.’

‘선녀 씨라면 당연 줘야지. 한데 나 내년까진 계약이 밀려 있어. 그건 자기도 알잖아. 글을 준다 해도 내후년이나 돼야 해.’

구두라도 언질을 받아낸 것이 어디냐. 시작이 좋았다. 그래서 기분 좋게 집에 왔는데 오자마자 시작된 구박이 끝이 없다.

“근데 정말로 어디 아픈 것 아니니?”

은희가 선녀의 파리한 얼굴을 근심스럽게 들여다보았다.

“아니. 아픈 곳은 없어.”

그제야 은희는 선녀가 로또 때문에 속을 끓여서 얼굴이 이렇게 상한 모양이라고 결론 내렸다. 사실은 어젯밤에 한숨도 안 자서 그런 것이지만 그걸 알 리 없는 은희의 가슴이 아렸다.

로또 때문에 딸 잡겠다. 잊자, 잊자 하고 지냈으면서도 막상 선녀의 얼굴을 보니 또다시 원통하고 절통해서 있는 대로 푸념을 늘어놓으며 화를 내게 된다.

"너무 속상해 마라. 그까짓 거 그냥 잊어."

"뭘?"

"로또 말이다. 이왕 이렇게 된 거 어쩌겠냐. 잊어야지."

잊으라고 하면서도 푸우 내쉬는 은희의 한숨이 얼마나 장한지 방구들이 내려앉을 지경이었다. 막상 엄마가 이렇게 나오자 선녀의 마음은 흔들리기 시작했다.

엄마한테 말해? 로또에 대해서? 선녀는 고개를 흔들었다.

조금 더 있다가.

뭔가 확실하게 일을 매듭짓고 난 후에 말을 하는 것이 좋을 것 같았다.

'엄마, 미안.'

자리에 눕자 생각이 바로 도훈에게 돌아갔다.

나 기다리고 있어요?

선녀는 입술을 꽉 깨물었다. 정말 이러는 것이 너무 싫었다. 먼저 반한 사람이 약자라는 말이 맞는 것 같다.

내가 먼저 반했……. 아니, 아무래도 나만 반했나?

갑자기 잔뜩 억울해졌다. 지지리 복도 없지. 대체 뭔 놈의 팔자가 짝사랑만 하냐? 이상준에게 반해 10년을 줄기차게 짝사랑했는데 그럼 정도훈에겐? 정도훈은 이상준보다 훨 멋지다. 두 배 정도. 가만 그럼 짝사랑의 기간도 두 배가 되나? 헉, 짝사랑이 20년을 가면 그땐 어떡해? 나이 50까지 짝사랑만 해야 하잖아.

"아우, 증말. 무슨 팔자가 이래?"

선녀가 벌떡 일어나자 은희가 눈을 둥그렇게 떴다.

"갑자기 왜 그래?"

은희가 야단부터 치고는 곧이어 툭툭 선녀의 어깨를 다독거렸다.

"잊으라니까. 그까짓 거, 잊어. 끙끙거려 봤자 공연히 병만 나."

"몰라. 엄만 왜 날 이렇게 낳은 거야? 왜?"

선녀는 머리를 쥐어뜯다가 벌떡 일어났다.

"집에 갈래."

"애가 미쳤나? 지금 시간이 몇 신데? 차 끊겼어."

"택시 타고 갈 거야."

"뭐야? 돈도 많다. 거기가 어디라고 택시를 타고 가?"

"돈은 이럴 때 쓸려고 버는 거야. 엄마, 나 가."

무조건 옷과 가방을 집어 들고 선녀는 현관으로 달려가 현관문을 열었다.

"애, 선녀야."

은희가 따라 나왔을 때는 이미 선녀는 엘리베이터를 타고 있었다.

"저, 저 망할 것."

11시 다 돼 와서는 12시 가까운 시간에 집에 간다고 설치는 딸의 행동이 이해 안 갔지만 내일 새벽같이 가는 것보다는 지금 가서 자고 아침에 출근하는 것이 더 편할 것이기에 억지로 막지는 않았다.

"엄만 왜 따라 타?"

"여자 혼자, 밤에 택시 타는 거 위험하잖아. 택시 잡아주고 번호 확인해 두려고 그런다. 얼굴이 무기니까 넌 혼자 타도 별걱정은 안 될 것 같다만 그래도 딸 아니냐. 근데 너 집에다 꿀단지라도 묻어놓고 왔어? 이 밤에 왜 간다고 그래?"

꿀단지? 내가 겨우 꿀 때문에 이 밤에 거금 내고 택시 타고 달려가겠어? 꿀이 아닌 남자 때문이란 것을 알면 엄마가 패 죽이려고 할지도 모른다는 생각에 대답은 하지 않았다.


택시는 새벽 한 시 즈음에 도훈의 오피스텔에 도착했다. 현관문을 열고 들어간 선녀는 살짝 인상을 썼다. 인기척이 없다? 우선 현관에 도훈의 구두가 보이지 않았다. 서둘러 방문을 연 선녀는 서재와 빈방을 확인했다. 어느 곳에도 도훈은 없었다.

"뭐냐, 이틀 밤 연속 외박이란 말이지?"

아니, 뭐 이런 인간이 다 있어?

한참을 도훈에 대한 분노로 어쩔 줄 모르다가 가까스로 마음을 다스렸다.

그래. 외박을 하든 말든, 사실 그런 것 추궁할 관계는 아니잖아. 그녀는 도훈에게 아무런 권리도 없는 그저 즐기는 상대 아닌가. 알고 있는데도 그 사실은 선녀의 가슴을 많이 아리게 했다.

오늘도 덜어내자.

좋아하는 마음을 덜어내는 일이 마치 내정돼 있는 것처럼 계속 일어나는 것은 도훈과의 관계를 끝내라는 하늘의 암시일지도 모르겠다. 그러니 아주 듬뿍 덜어내자. 보름을 다 안 채워도 될 만큼 아주 듬뿍. 아무리 덜어내도 마음은 온통 도훈의 생각으로 꽉 차 있을 거라는 불길한 생각 따윈 접어버리고.

그 시간 도훈은 선녀의 집 앞에 가 있었다. 처음엔 차 안에서 불 꺼진 선녀의 방을 올려다보았고 그 후론 건물 안으로 들어가 선녀의 집 앞에 섰다.

딩동. 벨을 눌렀지만 돌아온 것은 사람이 없는 집 안에서 풍겨나오는 싸늘함뿐이었다. 로또를 찾아 날아간 선녀가 돌아오지 않는데도 시간은 잘도 흘러갔다. 밤은 어느새 새벽으로 향해가고 있었다.

14. 어긋남

도훈이 이틀 연속 외박을 했다는 것이 이리도 마음이 쓰이는 것
일까? 기분이 엉망이었다. 어찌나 나쁜지 아무리 표정을 바꾸려
해도 고쳐지지 않아서 출근을 한 선녀의 얼굴은 내내 굳어 있었
다. 나 건들면 다 죽었어. 이런 포스가 어찌나 강한지 아무도, 심
지어는 김 실장까지도 선녀의 눈치를 살필 정도였다. 정인 역시
말 걸기가 그랬는지 출근한 지 두어 시간 만에야 조심스런 얼굴로
슬쩍 물어왔다.

"오늘 자기 이상한 것 알아? 굉장히 기분 나쁜 얼굴인데 무슨
일 있었어?"

"아무 일도 없어."

이틀이나 외박을 하는 남자에 대한 분노 외엔.

그 남자가 이틀 연속 어디서 잤는지 궁금해 죽겠는 것 외엔.

그럼에도 뺑 차고 나와 관계 정리가 되지 않는 자신에 대해 화가 나는 것 외엔.

그래서 그냥 누구든 물어뜯고 싶다는 분노가 몸 안에서 용트림치고 있다는 것 외엔.

"선녀 씨, 오늘 좀 무서워 보이는 것 알아?"

선녀는 파일로 시선을 돌렸다. 글자가 하나도 눈에 들어오지 않았다. 집중하기 위해선 굉장한 노력이 필요했다. 어제의 일은 생각지 말자. 지금은 일이 우선이다. 오전은 천천히 지나갔다. 12시가 다 돼가자 선녀의 기분은 점점 더 어두워졌다. 도훈이 전화를 해오지 않은 것에 은근히 화가 났다.

외박을 하고도, 전화 한 번 해줄 성의도 없어? 이상하게 오늘은 다른 곳에서도 전화 한 통 들어오지 않는다는 생각에 더 속상했다. 마치 세상에 홀로 버려진 기분이었다. 아무도 그녀에게 관심이 없다는 것에 조금 화가 났다.

"점심 뭐 먹을 거야?"

정인의 말에 선녀는 오전 동안 한 번도 울리지 않은 전화를 집어 들었다가 그때서야 전화의 전원이 꺼져 있다는 것을 깨달았다. 어제저녁 꺼놓은 것을 깜박한 것이다.

아우 바보. 아주 정신 놓고 살고 있잖아.

"전화기 꺼놨었어?"

"그러게 어제 꺼는 걸 그만 깜박했네."

전원을 켜자마자 36통의 부재중 전화가 왔다는 메시지와 함께 문자메시지 알림음도 연속 들어왔다. 선녀의 인상이 확 펴졌다. 죽 떠 있는 도훈의 번호. 전화했었구나. 그것도 이렇게나 많이. 선녀는 벌떡 일어섰다. 사무실을 나와 복도 한쪽으로 걸어가며 통화 버튼을 눌렀다. 컬러링에 이어 도훈이 전화를 받았다.

[정도훈입니다.]

"도훈 씨."

[아…….]

그뿐이었다. 다른 어떤 말도 도훈은 하지 않았다. 뭐야, 아라니? 그것 외엔 할 말이 없어? 선녀는 입술을 깨물었다.

어제는 어디서 잤어요? 이렇게 소리 지르면 가슴이 후련해질까? 대신 그녀가 낼 수 있는 아주 달콤한 목소리를 냈다.

"점심 먹어야 하지 않아요? 집에서 먹을래요? 할 이야기가 있는데."

[……할 얘기?]

"네."

[바빠서 안 되겠는데.]

"바빠요?"

[바빠.]

"할 수 없지. 그럼 저녁에 집에서 해요."

[오늘은 바쁜데.]

"바빠요? 그럼 오늘도 또…….."

[전화 들어와. 끊어.]

이건 무슨 시추에이션이지? 마치 연 이틀 외박한 것은 네가 귀찮아졌으니 그만 내 집에서 나가줘, 라는 암시 같잖아.

전화기를 탁 닫아버리고 선녀는 다시 사무실로 돌아갔다. 곧장 사장실로 가서 노크를 했다.

"사장님, 송선녀입니다."

"들어와요."

사장실로 들어간 선녀는 박 사장이 가리키는 의자에 앉았다.

"사장님께서 제게 제안하신 거요, 생각 좀 해봤는데요."

사실 박 사장의 제안은 어찌 보면 도박이었다. 선녀가 책임지고 만드는 책이 책마다 이익이 나지 않는다면 출판사에 무임금 노동을 하는 것이 될 수도 있었다. 며칠 전의 선녀 같으면 수락은 절대 생각도 못할 일이었다.

하지만……. 이제 돈이 문제가 아니잖아. 그녀에겐 기사의 갑옷 같고 사막의 낙타 같고 자동차의 휘발유 같은 로또가 있지 않은가. 돈이 많다는 것은 여유로울 수 있는 거였다. 실패해도 눈앞이 막막해지는 두려움이 없으니 든든하기 이를 데 없는 힘이었다.

"하겠습니다."

선녀의 수락에 박 사장이 웃었다.

"좋아요, 잘 부탁합니다. 그럼 우리 열심히 일해봅시다. 김 실장, 잠깐 들어와 봐요."

김 실장이 들어오자 박 사장이 선녀의 결정을 알리고 선녀의 사표를 정식으로 수리하라고 말했다.

"알겠습니다. 그런데 송선녀, 생각은 하고 한다는 것이지?"

김 실장의 말속에 담긴 걱정스러움은 조금 의외였다. 선녀는 김 실장을 향해 고개를 끄떡였다. 그동안 선녀를 들들 볶아댔지만 사실 김 실장의 속마음이 많이 여린 것은 사무실 사람 모두가 알고 있는 사실이었다. 김 실장은 악의는 없지만 꽁해. 이렇게 평가되던 사람이었다. 김 실장이 사장을 흘끔 보면서 선녀를 향해 목소리의 톤을 약간 낮췄다.

"일이 안 풀려 손해를 떠안을 수도 있다."

"네."

"손해가 나서 월급보다도 더 적은 돈을 갖고 갈지도 몰라."

"네."

"다시 생각해 보지 않아도 되겠나?"

박 사장이 끼어들었다.

"김 실장은 송선녀 씨가 다른 방식으로 일하는 것이 싫은 모양인가?"

"그건 아닙니다. 단지 송선녀 씨가 좀 걱정스러워서 그럽니다."

"송선녀 씨도 생각을 하고 일을 맡겠다고 한 건데 김 실장은 왜 그리 못미더워하나. 자. 우리 점심이나 먹으러 갑시다. 셋이서 밥이나 먹으면서 세부적인 것들을 의논할까요?"

사실 점심은 도훈과 같이 먹고 싶었다는 생각을 하면서 선녀는 박 사장을 따라 일어섰다.


도훈은 끊어진 전화기를 우두커니 바라보았다. 할 말이 있다는 선녀의 말은 무엇이었을까? 로또를 찾았으니 집을 나가겠다고 하려는 말일까? 주먹에 점점 힘이 들어갔다. 선녀가 어젯밤 어디서 누구와 있었는지에 대한 분노 같은 것은 이제 없다. 차에서 세 시간, 현관 문 앞에서 세 시간을 보내며 밤새워 선녀를 기다리며 느꼈던 비참함 같은 것도 이제는 존재하지도 않았다.

뭐지? 이런 기분은? 왜 나는 그녀가 만나자고 하는 것을 거절했을까? 도훈의 인상이 점점 구겨져 갔다. 두려움인가? 혹시 지금의 이 기분이, 로또를 찾았으니 나는 이제 여기서 나갈래요 할지도 모른다고, 그래서 선녀가 그를 떠날지도 모른다는 두려움과 절망감?

도훈은 피곤으로 뻑뻑한 눈을 눌렀다.

송선녀.

선녀.

너.

그녀가 무색무취의 독같이 그에게 스며들어 그를 중독시켰는지 모르지만 이별의 수순에 두려움을 느낄 정도로 깊은 사랑에 빠진 것은 아니고 빠지지도 않을 것이다.

그래, 그럴 것이다.

그는 벌떡 일어섰다. 사무실을 나가자 여직원이 벌떡 일어섰다.

"오늘 안 들어옵니다."

어디를 간다는 말도 없이 바람처럼 도훈이 사무실을 빠져나갔다.


"어서 오세요. 아유, 오랜만이에요."

미용실로 들어가자 그의 담당인 디자이너와 원장이 반색을 하고 달려나왔다. 예전에 도훈이 하루가 무섭게 들르던 미용실로 거의 3년 만에 왔는데도 여전히 VIP대접이었다. 우선 머리부터 단정히 깎자 하고 도준이 자신이 다니던 미용실로 도훈을 데려간 뒤로 자연스럽게 이곳의 발을 끊었었다.

"원장님은 미모가 여전하시네요."

40대의 농익은 미모를 자랑하는 원장이 눈웃음쳤다.

"어머, 감사합니다. 도훈 씨도 여전히 핸섬하세요. 근데 정말 오랜만인 것 아세요?"

"그렇군요. 한 3년 만인가요?"

"우리 샵 두고 다른 곳으로 다니신 거죠? 미워라."

도훈은 재킷을 벗어 스탭에게 건넨 뒤 의자에 앉았다.

"머리 길게 만들어줘."

"붙임머리 하시게요?"

"응, 염색도 하고."

디자이너가 도훈의 머리를 보며 열심히 이리 갸웃 저리 갸웃거리며 열심히 스타일을 뽑아냈다.

"이 부분부터 여기까지 붙이면 어떨까요?"

"좋겠군."

"그리고 여기 이만큼하고 이쪽 이만큼만 두 군데를 금색으로 빼고 나머지는 갈색으로 하죠."

이곳의 헤어디자이너는 도훈의 취향을 잘 알고 있을뿐더러 희한할 정도로 도훈과 어울리는 퇴폐적인 색과 모양을 잘 골라냈다.

"그렇게 되면 지금 모습은 완전히 사라지고 예전으로 돌아갑니다.”

“콜.”

그야말로 도훈이 원하는 바였다. 돌아가자. 늘 여자가 넘쳐 나고 수만 가지 노는 방법을 실천하며 지냈던 그때로 돌아가면 생각하는 것도 그때랑 같아질지 모른다. 그때의 정도훈은 두려운 것도 없고 절망 같은 것도 없었다!


해가 지기 시작했을 때 도훈의 모습은 완전히 바뀌어 있었다. 노란 머리가 한쪽 눈을 가리고 흘러내려 어깨까지 늘어졌고 머리와 어울리는 퇴폐적인 옷차림을 하고 있었다. 가슴이 푹 파인 티셔츠에, 목에는 쇠사슬 모양의 목걸이를 걸고 찢어진 낡은 청바지 차림이었다.

습관이란 것이 이렇게 무서운 거였나 보다. 예전엔 평상복이었던 것이 이제는 영 안 맞는 옷처럼 불편하기만 했다.

“오랜만에 오셨습니다.”

종업원이 달려나왔다.

“있어?”

전에 어울리던 패거리들의 아지트였다.

“네. 이쪽으로 오십시오.”

종업원이 안내한 방에 모여 있던 친구들이 그가 들어가자 모두들 눈을 크게 떴다.

“야, 이게 누구야. 정도훈 아냐? 네가 웬일이냐?”

“정말 네가 웬일이냐? 정신 차려 아주 잘나간다고 소문이 자자

하던데 이런 곳엔 웬 행차냐?”

도훈은 그들 사이를 가르고 중앙의 의자에 앉았다. 친구라는 놈들은 하나같이 집에서 내놓은 자식들이었다. 능력이 없어 후계자 구도에서 애저녁에 제외됐거나 끌어다 일을 시켜봤자 사업만 말아먹을 놈이란 꼬리뼈가 붙어서 그저 유야무야 놀고 먹어라 그것이 돕는 것이다라고 집안에서 평생을 놀고 살라고 묵인된 놈들의 집합이었다. 그런 놈들이라 노는 것과 눈만은 최고로 높았다. 부킹을 해서 옆에 끼고 있는 파트너들도 하나같이 눈부신 미모를 뽐내고 있었다.

“예쁜이 오랜만이다.”

가장 가까운 곳에 앉은 여자의 볼을 툭툭 치며 도훈이 아는 척을 했다. 몇 번 어울렸던 여자라는 것을 기억해 냈지만 이름까진 기억나지 않아 눈을 한 번 찡끗하자 당장에 여자가 반응해 왔다.

“오빠, 진짜 오랜만이네.”

도훈을 향해 애교를 부리는 여자는 선녀보다 훨씬 예뻤다. 더 날씬하고 더 글래머였다. 목소리까지 선녀보다 훨씬 달콤했다.

하지만 선녀님은 아니다!

마음에 울리는 그 소리에 도훈은 머리를 쥐어뜯고 싶었다.

그래서? 아니어서, 뭐? 어쩌라고?

“정도훈. 그레이스를 걷어차고 딴 여자랑 약혼했다면서?”

친구들 중 한 명이 술잔을 내밀고 술을 따랐다. 이미 끝난 사이라고는 해도 지켜줄 것은 지켜주어야 했다.

“차긴 인마, 내가 왜 여자를 차? 차인 거지.”

"하긴. 그레이스를 찰 수가 있나. 차였겠지. 헌데 소문은 이상하게 났어. 네가 그레이스를 걷어찼다고. 그래서 모두들 미쳤다고 했다."

그래, 미친 것이 확실하다. 선녀님에게 가지 않고 여기서 이러고 있으니.

도훈은 살그머니 그에게 몸을 기대오는 여자를 손가락으로 밀어냈다. 그녀가 사용하는 향수는 너무 독해서 그의 취향에 맞지 않았다.

"정말 여기엔 웬일이냐? 맘 잡았다기에 여기서 네 모습은 다시는 못 볼 줄 알았는데."

"맘 잡긴. 심심해서 그냥 하는 척만 했을 뿐이야."

예전의 말투로 대답을 한 도훈이 친구가 주는 술을 단숨에 털어 넣었다.

"요즘은 어디에 있는 거냐?"

오랜만에 보는 것이라 그런지 모두들 도훈에 대한 궁금증이 최고조였다. 이것저것 분주하게 질문을 해댔다. 놀고먹는 놈들이 무슨 호기심이 그리 많은지 별별 질문을 하기 시작했다. 주된 질문은 일을 할 만하느냐? 였다. 도훈은 자신들과 같이 놀다가 어느 날 일이나 해보겠다고 하며 느닷없이 바이바이를 했었다. 그들의 무리 중에 가끔은 타의로, 또 얼마는 강제로 집안의 사업체에 끌려가 일이라는 것을 시작한 부류가 꽤 있지만 적응해서 잘해 나가는 인간은 도훈이 처음이었다. 마치 준비된 것처럼 사회의 일원이 된 도훈에게 모두들 조금씩 질투를 갖고 있었다. 그랬는지라 이렇게 예전의 모습으로 돌아와 나타난 도훈에게 열렬한 환영을 보냈다. 누군가 도훈도 짝을 채워야 한다면서 종업원을 불렀다. 모니터를 보며 여자들을 짚어나가면서 도훈에게 고르라 종용했다.

"이 앤 어떠냐? 괜찮은데?"

"됐다."

"야, 쟤 괜찮다. 부를까?"

"됐다고 했다."

"뭐야, 저 정도면 훌륭하건만. 자아식, 그레이스보다 못하다 이거냐?"

"널 걷어찬 여자에게 아직도 미련이 있어?"

이러고 낄낄대는 것이, 바보 같다는 생각을 하면서도 전에는 잘했었는데, 왜인지 이제는 이러고 있는 것이 너무나 한심스럽다는 생각이 머릿속에서 떨쳐지지 않았다. 옷차림도 그렇고 같이 앉아 있는 친구라는 멍청한 놈들도 그렇고 무엇보다도 아직 초저녁에 이런 놈들과 어울려 술이나 마시려는 자신이 가장 바보 같았다.

"오빠, 전화 왔어."

주머니에서 윙윙 전화가 진동으로 떨고 있는 걸, 자꾸만 도훈을 향해 눈짓을 보내면서 그의 주위를 끌려고 애쓰던, 친구의 파트너가 먼저 알아차렸다. 액정에 떠오른 이름은 선녀님이란 세 글자였다.

"정도훈입니다."

[나예요. 많이 늦어요?]

뭐라고 할까? 사실은 지금이라도 툭툭 털고 집으로 가고 싶다

고? 그렇지만 혹시라도 이별의 선언을 듣게 될까 봐 이러고 있다
고?

"응, 늦어."

전화를 끊은 도훈은 술잔을 집어 들었다.

"자 술이나 마시자."

집으로 돌아가는 시간을 줄이기 위해, 그래서 선녀가 무슨 말을
하든 듣지 않기 위해 술이나 왕창 마시고 취해 버릴 것이다.


접대 중인가? 끊어진 도훈의 전화를 노려보며 선녀는 애써 좋
게 생각하려고 노력했다. 짧은 단문과 대답이 오간 전화 속에 섞
여 들어오던 것은, 유흥업소의 분위기가 물씬 풍기는 소음이었다.
바쁘다고 했던 사람이 술을 마시고 있다. 술을 마실 시간이 있어
도 그녀의 전화를 받을 시간은 없다? 내가 싫은 거야? 정말로 내
등을 떠밀고 있는 거야? 나가라고 말하기 싫어서 직접 행동으로
보여주는 거야?

많은 의혹이 마음속에서 증폭되었지만 선녀는 일단 마음을 다
스리기로 했다. 확실하지 않은 것을 미리 짐작하고 끙끙대는 것이
싫었다. 이럴 땐 그저 친구들과 웃고 떠드는 것이 최고이리라.


"이번엔 또 뭐냐? 당장 나오지 않으면 그냥 안 둔다고 소리소리
지르더니 이 웬수만 아직 도착 전이네?"

인경이 말대로였다. 느닷없이 전화로 친구들을 소집해 '지금부
터 1시간 내에 그레이스로 오지 않으면 다시는 나 못 보는 줄 알

아' 라고 반 협박을 해댔으면서 다들 모인 그레이스에 선녀는 코빼기도 볼 수 없었다.

"아까 선녀 목소리가 좀 이상했는데. 뭔 일 있나?"

진이의 말에 설희도 고개를 끄떡였다.

"맞아, 다른 때랑 달랐어."

"암튼, 별일 없으면 그냥 안 둬. 나는 그 잡것이 하도 난리쳐서 우리 현이 어린이집에서 오면 좀 받아달라고 옆집에다 부탁하고 왔다고. 큰일만 아니어봐."

인경이 팔을 걷어붙이며 씩씩거렸다.

"저기 온다."

설아의 말대로 선녀가 막 안으로 뛰어들고 있었다.

"친구들아."

달려온 선녀가 흥분으로 발개진 얼굴로 한 명씩 돌아가며 끌어안았다. 얼떨결에 마주 안은 설희, 왜 그래? 하며 입만 벌린 진이, 고개를 갸웃거리는 인경의 반응이 성격들처럼 각자 달랐다.

"너 왜 그래? 무슨 일 있어?"

"응."

"무슨 일?"

"좋은 일과 나쁜 일이 있는데 그중 무엇부터 말할까?"

"나쁜 일."

냉큼 인경이 대답했다. 선녀가 두 손을 모으고 웃었다. 나쁜 일을 말하라는데 웃어? 뭐냐 쟤, 왠지 좀 이상하네. 진이와 설희가 마주 보았고 인경인 별일 아닌 이야기를 선녀가 하면 후려치려고 쿠션을 집어 들었다.

"나 오늘로 회사 그만뒀어."

"뭐얏?"

마른하늘에서 떨어지는 날벼락 같은 소리에 세 사람이 동시에 고함을 질렀다.

"짤렸구나?"

"출판사가 망했어? 부도 맞고 사장이 튀었니?"

"아니."

"그럼?"

"그만뒀어. 다른 거 하려고."

"다른 거라니? 뭐하려고? 아, 혹시 오라는 출판사가 있어? 스카우트라도 받았니?"

하여튼 가장 시끄러운 것은 인경이었다. 다다다다 해대는 인경을 향해 선녀는 도리질 쳤다.

"그럼? 너 당장 시집갈 데라도 있어? 그때 그 냉장고보다 큰 인간이 결혼하자디?"

"아니."

"그럼? 모아논 돈이 많아? 엄마에게 안 타 쓸 정도로 돈을 많이 모았어?"

"아니."

"그것도 아니면서 덜컥 회사 그만뒀다고? 야, 너 정말 대책없다. 니네 집에 돈 싸놓고 사는 것도 아니면서 무슨 배짱으로 덜컥 다니던 회사는 그만둔대? 요즘 청년실업자가 큰 문젠데 거기에 적

올릴 필요는 없잖아."

하나도 틀린 말은 아니지만 흥분해서 떠들고 있는 인경이가 좀 지나쳐 보였는지 설희가 나섰다.

"좋은 소식은 뭔데?"

"나 사업하려고 해."

선녀의 대답은 모두에게 어지간한 충격을 준 듯했다. 잠시 어안이 벙벙해 있던 친구들이 다시 동시에 외쳤다.

"어머, 얘, 미쳤어!"

"미쳤어?"

"너 제정신이야?"

선녀는 친구들을 돌아가며 노려보았다.

"내가 사업하겠다는데 말들이 왜 그래? 미쳤다니? 내가 사업하면 미쳐야 하는 거야?"

설희가 선녀를 바라보며 진짜로 화를 내는 것이 아닌지 어떤지 가늠하기 시작했다. 선녀는 웬만해선 화를 내지 않았지만 한 번 화가 나면 아주 대단했다.

"아니, 그건 아니고. 시국이 시국이니만큼, 우린 그저 걱정스럽다는 이야기였어."

"근데 선녀야, 너 정말 사업하려고? 대체 무슨 사업을 하려고?"

진이가 슬그머니 물어왔다.

"응, 출판사 하나 차릴까 해."

선녀는 입이 딱 벌어진 친구들을 보며 김 실장에 대한 일과 그로 인해 화가 나서 사표를 던진 일을 이야기했다. 그리고 그래도 그렇지 네가 미쳤어, 그렇다고 사표 쓰냐? 하고 난리쳐 대는 친구들에게 그 후 사장님이 제시한 계약에 대해 자세히 설명했다. 선녀의 말을 들은 친구들의 표정이 심각해졌다.

"그러니까. 출판사에 네 라인으로 새 브랜드의 책을 만든다는 이야기네? 작가 컨택에서 출판까지 다 네 책임으로 만든다는 거지?"

"응, 표지서부터 인쇄까지 다 내 책임이야. 출판사에선 배본과 영업을 책임지는 거고."

선녀의 이야기를 듣고 난 진이가 인상을 썼다. 곰곰이 생각하는 얼굴이었다.

"그래서 그 책이 팔린 뒤 제작비를 제한 이익금을 회사와 나누는 거라고?"

"응, 삼 개월 분기별로 정산해서 이익금을 50대 50으로 나누는 거야."

"그럼 월급은?"

"당연 월급은 없지. 난 이제 직원이 아니니까."

"그럼 말이다. 혹시 책이 안 팔려 이익이 나지 않으면 그땐 어쩔래?"

"마이너스인 제작비를 다음 책의 이익금에서 제해야지."

"계속 책이 안 팔리면?"

"그러기야 하겠어? 내가 이래봬도 잘나가는 작가들 꽉 잡고 있다고."

선녀기 저렇게 단순했어? 책이 대박나지 않으면 완전 마이너스

인생이 되는 것인데 걱정도 안 돼? 모두들 그런 생각으로 서로 얼굴을 마주 보는데 선녀만 혼자 태연했다. 진이는 속으로 혀를 쯧쯧 찼다. 몇 년 동안 사회 물을 먹어놓고도 선녀는 너무 비현실적이었다.

"출판사 직원일 때와 네가 독자적으로 일할 때는 좀 다를걸? 작가들이 그냥 글 주진 않을 거 아냐. 글 받으려면 먼저 계약부터 해야 하는 것 아냐? 그 돈은 누구에게서 나가? 너 잡고 싶은 작가들 계약금을 줄 돈은 있어?"

있어. 로또 맞았거든. 그것도 1등.

친구들에게 아직 로또에 대해 말하지 않는 것이 좋을 것 같아서 나오려는 말을 급히 삼켰다. 기다려라, 애들아. 내가 돈 찾으면 한 턱, 아니, 열 턱 낸다. 로또를 생각하자 다시 흥분이 됐다. 가슴이 벅차올랐다.

"나가서 로또 사지 뭐."

"그래서?"

"1등 맞춰서 그 돈으로 계약하면 돼. 각각 다섯 개씩 계약해서 향후 3년은 내게서 벗어나지 못하게 만들어야징. 그게 이른바 노예계약이야. 노예계약은 연예계에만 있는 것이 아니었다고. 호호홋, 채찍을 사고 성을 산 뒤 계약한 작가들을 모조리 몰아넣고 채찍을 휘둘러서 온종일 글을 쓰게 만들 거야. 오우, 생각만 해도 아드레날린이 펑펑 솟구치……."

퍽, 소리와 함께 선녀의 머리에 쿠션이 보기 좋게 날아들었다. 보다 못한 인경이가 마침내 휘두른 것이다.

"내가 웬만하면 참으려 했다. 이 웬수야. 계속 헛소리할래? 로또? 로또 같은 소리 한다. 로또 1등? 웃기고 있어. 그런 허무맹랑한 꿈을 꾸는 것보다 너 만나는 남자나 꼬셔라. 차 보니까 돈 많아 보이던데. 차라리 그 남자에게 나중에 갚아준다고 돈을 빌려. 없다고 하면, 타고 다니는 차라도 팔라고 해. 그게 외조라고. 공연히 로또 1등 같은 허튼 꿈은 꾸지도 말아. 알겠어?"

"그래, 사업해서 돈 벌어 갚으면 되니까."

"사업이 잘 안 되면?"

선녀는 잠자코 있는데 친구들이 자기들끼리 찧고 까불고 난리를 쳐 댔다.

"뭐 그땐 그냥 넘어가야지. 사업이 안 돼 돈이 안 벌리는 걸 어쩌겠어? 그냥 나중을 기약해야지. 그땐 정말 부지런히 로또를 사는 거야. 1등 당첨되면 갚는다고 슬쩍 말을 돌리면 되지."

"와. 설희 네가 짱이다."

"내가 원래 좀 짱이야, 호호호."

"맞다, 그래서 로또 당첨 안 되면 그땐 결혼해 주겠다고 하면 되겠네."

남자를 꼬셔서 차를 팔아 외조하게 만들라고? 됐다고 그래. 차를 팔아서 그 돈으로 외조를 해준다고 해도 이쪽에서 거절이다. 아니, 거절을 했다. 스폰서가 돼주겠다고 하는 말을 단칼에 잘라 냈다. 스폰서라, 대체 그 남자는 무슨 생각으로 그런 말을 했던 것일까?

"그래, 인경이 말이 백 번 옳다. 제 차까지 팔아 외조하는 남자라면 괜찮을 것 같다."

"맞다, 그런 남자라면 꽉 잡고 결혼해도 좋을 거야."

선녀는 눈을 굴렸다. 결혼? 풋, 나 밀어내는 남자에게 매달리란 말이야?

"난 사업을 시작했어. 결혼이나 남자는 이제 내 인생에서 우선 순위가 아냐."

"송선녀, 그렇다면 좀 자신에 찬 얼굴로 말해, 왜 인생을 진창에 처박았다는 표정으로 말해?"

"내가 그렇게 말하고 있어?"

"그래. 실연당한 여자처럼 보여."

진이의 말은 충격이었다. 선녀는 약간 멍해졌다. 내가 그랬어? 내가 그랬다고?

"저녁이나 먹으러 가자."

진이가 말했으나 인경이 고개를 흔들었다.

"난 현이 때문에 안 돼. 먼저 일어날래."

"나도 오늘은 일찍 집에 들어가야 해. 엄마랑 언니네 가야 하거 든."

설희도 일어섰다. 두 사람이 나가고 진이와 둘만 남았다. 진이 가 빌지를 집어 들었다.

"나도 일찍 가야 하는데."

"넌 왜?"

"상준이한테 가봐야 해."

진이의 얼굴이 살짝 붉어졌다.

"걔가 밥 차려주는 것을 무지 좋아하잖아. 그리고 나도 내가 차린 밥상에 앉아 상준이가 맛있게 먹는 것이 보기 좋아."

에, 에? 이런 소리를 하다니. 진이 맞아?

이상준과 만나지 말라는 말을 하고 도훈이 나간 뒤 선녀는 잠시 고민을 했다. 만나지 말라면 만나지 않아도 좋지만 일단 상준은 어쩌란 말이냐. 끙끙거리다가 진이를 생각했던 것이다. 반찬을 바리바리 싸서 진이네로 달려갔다. 상준에게 가져다주라고 하니까 예상대로 진이가 펄쩍 뛰었다.

이게 뭔 짓? 여자란 남자에게 밥이나 해 바치는 존재가 아니야.

진이는 평소의 신념대로 내가 왜 그런 짓을 하냐고 펄펄 뛰었었다. 마지 못하는 척 반찬을 받아 들며, 하, 별걸 다 해. 그렇게 궁시렁거렸으면서 이제는 밥을 차려주러 간다고?

"커피값은 내가 낼게. 네가 준 반찬값으로."

"같이 갈래."

늦는다는 도훈을 혼자 기다리는 것이 너무 싫었다. 오랜만에 진이와 상준과 같이 밥 먹고 놀아야겠다. 선녀의 말에 진이가 펄쩍 뛰어올랐다.

"뭐?"

"같이 밥 먹는다고."

"야, 송선녀. 이제야 겨우 상준과의 사이가 풀려 나가려는데 어딜 끼어들려고 하니."

흥, 나 오늘 외롭거든? 그리고 난 요즘 잘 안 풀리거든? 너만 술술 잘 풀리면 배 아프단 말이지. 게다가 내가 만든 것은 아니지만 그 반찬은 내가 준 거거든? 구두바닥에 붙은 껌처럼 꽉 달라붙어 떨어져 나가지 않을 거니까 그런 줄 알아.


　문을 열어준 상준은 막 씻고 나왔는지 아직 머리카락에선 마르지 않은 물기가 반짝거렸다. 향긋한 비누 냄새도 솔솔 풍겨왔다. 느닷없이 들이닥친 선녀와 진이가 의외였는지 좀 놀라워했다.
　"웬일들이냐?"
　"밥 먹으러 왔어."
　선녀가 먼저 대답했다. 밥? 상준의 표정이 뜨악했다.
　"밥 없는데? 아직 안 했어."
　"짜잔."
　진이가 들고 온 봉투를 흔들어댔다.
　"괜찮아. 반찬 있잖아. 그거면 돼. 이거 햇반이지롱."
　"밥을 하면 되지, 그런 걸 왜 사와?"
　"그럼 네가 밥해. 도로 갖고 가면 되니까."
　진이는 씩씩하게 안으로 들어서며 큰소리쳤다. 그저께 그녀가 혼자 왔을 때 상준은 몹시 화를 냈다. 원룸을 그녀에게 보이는 것이 창피한지 못 들어오게 문가를 가로막았었다. 이제 그런 것은 포기했나? 선녀랑 같이 왔는데도 더 이상 뭐라고 하지 않는 것을 보면.
　"넌 여자가 왜 그러냐? 밥을 하라니? 네가 해줘야 하는 것 아냐?"
　"내가 왜? 네가 뭔데 밥을 해주냐? 너 나랑 사귀어? 너 나 좋아

해? 우리 연인이야? 아니잖아. 나랑 사귀자는 말에 싫다고 했고
좋아한다는 내 말은 생깠잖아. 그런데 왜 내가 너한테 밥을 해주
니?"

그럼 그렇지.

선녀는 한숨을 쉬며 팔을 걷었다. 진이 성격을 누구보다 잘 알
면서 진이가 밥을 하고 찌개 끓여 상준에게 해다 바쳤을 거라고
생각했다니 으으, 바보 같다. 진이가 해주는 밥을 먹을 수 있다는
상상을 하다니 나도 참 바보도 큰 바보다.

"쌀은 어딨어?"

"네가 밥을 하게?"

진이의 눈이 뾰족해졌다.

"응, 난 햇반 싫어."

"아이구, 입맛도 까다로워요. 햇반이 어때서? 없어서 못 먹구
만. 비켜, 내가 할래."

진이가 쌀을 꺼내 들더니 북북 씻기 시작했다. 이건 소유권 주
장인 건가? 왠지 진이가 한없이 귀여웠다. 선녀는 식탁의자에 걸
터앉았다. 그녀의 원룸보다 조금 크건만 한없이 좁아 보이는 것은
그동안 도훈의 오피스텔에서 지냈기 때문이리라.

"진이가 저러니까 굉장히 귀엽지 않니?"

상준은 대답하지 않았다. 선녀는 일부러 얼굴을 들이대며 계속
물었다.

"귀엽지? 응? 귀엽지? 귀엽지?"

"귀엽긴, 개뿔."

“에이, 솔직히 말해봐. 귀엽잖아.”

“그래, 그렇다고 하자.”

그런 상준과 선녀를 보는 진이의 눈이 와드득 찌푸려졌다.

저것들이 시방 뭘 하는 겨?

진이가 밥통에 쌀을 안친 뒤 진이가 행주를 찾아 들었다.

“송선녀. 가방을 식탁에 올려놓으면 어떡하니? 식탁은 밥 먹는 곳이야.”

산준과 나란히 앉아 있는 것에 대한 보복이리라. 선녀의 가방을 집어들더니 냅다 던져 버렸다.

“야. 가방을 던지면 어떡해. 황진이! 죽고 싶어?”

패잔병의 몰골처럼 처참하게 쏟아진 가방의 내용물을 주워 담는데 갑자기 웃음이 터져 나왔다.

황진이 지금 질투한 거지? 나랑 상준이랑 히히덕거린 거라고 생각하고.

쿡쿡쿡. 선녀는 손으로 입을 가리고 웃기 시작했다. 아, 아. 귀여워. 진이 정말 귀엽다니까.


밥 먹고 커피 마시고 과일까지 먹었는데도 진이가 일어날 생각도 하지 않아서 선녀는 먼저 일어섰다. 난공불락의 상준을 공략하라고 아무래도 이제는 빠져 줘야 할 것 같았다. 눈치가 있으면 절에서도 새우젓을 얻어먹는다 하지 않던가.

“나, 일할 것 있어. 먼저 갈래.”

“데려다 줄게.”

상준이 일어서려고 해서 고개를 흔들었다. 에비 무슨 말을. 그
저 너희 둘은 그냥 여기서 노세요. 그게 도와주는 겁니다요.

"엎어지면 코 닿을 데를 뭘 데려다 줘? 됐어. 나, 간다."

선녀가 총알처럼 뛰어나갔다.

"어머, 계집애. 뭐가 그리 급해."

마음에 없는 말을 하며 진이가 흘끔 상준을 바라보았다.

"근데 이제 우리 둘이네?"

"그래서?"

"뭐 하고 싶은 것 없어?"

눈을 깜박거리는 진이를 보고 상준이 몸서리쳤다.

상준아, 너 사랑해.

진이는 이딴 소리를 사람이 많은 곳에서 아무렇지도 않게 했다.

이상준, 나 너 사랑해.

성격이 강한 진이는 상대가 무안해하는지 어떤지에 대한 생각
도 하지 않았다. 그저 자신의 마음을 알리면 그만이라는 듯, 긴 세
월을 옆에 있으면서 그가 잊어버릴 만하면 말하곤 했다.

상준은 진이의 저돌적인 성격이 싫었다. 여자라면 좀 다소곳해
야 하는데 그런 면은 눈 씻고 찾아봐도 없는 것이 이 황진이였다.
좋아해, 사랑해하고 덤벼드는 데는 정말 속수무책이었다. 진이의
좋아해라는 고백은 그녀의 강한 성격 때문인지 내가 너 좋아한다,
좋아해 준다라고 하는 것처럼 들려 항상 상준의 자존심을 건드렸
다. 사실 누군가 자신을 좋아해 준다는 것은 고마운 일이긴 했다.
아마도 그의 집이 그렇게 망하지 않았다면, 그래서 예전처럼 괜찮

게 살았다면 자존심이 상할 이유도 없고 그러니 좋은 마음으로 진이의 마음을 받아주었을지도 몰랐다. 진이가 싫진 않았으니까. 하지만 그의 집은 망했고 그는 아주 초라했다. 단칸방, 그것도 월세방에서 사는 초라한 모습을 진이에게 보이는 것은 무척이나 자존심 상하는 일이었기에 기를 쓰고 진이를 피했다.

"넌 안 가?"

"조금 있다가 가려고. 집에 가서 자는 것보다 너랑 둘이 있는 것이 좋아."

무슨 가시나가 저렇게 노골적으로 나오는 건지.

고개를 돌리던 상준의 눈에 책상 아래 구석진 곳에서 반짝이는 것이 들어왔다. 상준이 책상 아래서 그것을 집어 들었다.

"무슨 시디지?"

"어, 그거 아까 선녀가 흘렸나 보다."

"네가 가방 집어 던졌을 때?"

"안 던졌거든. 그냥 밀친 거거든? 계집애, 칠칠맞게 이런 거나 흘리고 다녀. 이리 줘. 갖다주게."

"내가 돌려줄게. 우리 집이 더 가깝잖아."

상준이 시디를 책상 위에 올려놓았다. 이렇게 둘만 있는 기회를 놓칠쏘냐. 진이가 몸을 움직여 살짝 상준에게 다가앉았다.

"왜 이리 달라붙어?"

"붙다니? 내가 뭘 붙어?"

"눈은 왜 깜박거려?"

"예뻐 보이라고, 어때, 예뻐 보여?"

“눈병 난 것 같아 보여.”

“넌 정말 무드도 없다. 이게 눈병 난 것처럼 보이냐?”

속눈썹이 팔랑거리게 딴에는 열심히 눈을 깜박여 대던 진이가 눈을 흘겼다.

“그래.”

“그럼 이건?”

세기의 섹시스타인 마릴린 몬로를 흉내 내, 움 하고 입술을 내미는 진이를 보고 상준이 진저리쳤다.

“끔찍하다. 황진이. 왜 그래?”

뭐라? 끔찍? 내가 진짜 끔찍한 것이 뭔지 보여주겠어. 진이가 상준에게 확 달려들었다. 용감한 자만이 미인을 얻는다는 말은 그냥 나온 소리가 아닐 것이다. 요즘은 용감한 여자만이 남자를 손에 넣는다로 살짝 바꿔야 하겠지만.

“야, 너 왜 이래? 우린 친구야. 이런 짓은, 읍!”

상준의 놀라는 소리가 이내 삼켜져 버렸다.

## 15. 넌 이제 아웃이야

　　현관문을 열면서 선녀는 아직 도훈이 오지 않았을 거라고 생각했다. 조금은 쓸쓸하다는 생각을 하고 문을 열었는데 인기척이 확 다가왔다. 도훈이 들어왔나? 늦는다고 해서 기대도 하지 않았는데 너무 반가웠다. 선녀는 급히 구두를 벗고 안으로 들어갔다가 거실 한복판에 누워 있는 사람의 그림자를 보고 우뚝 멈춰 섰다.

　　"누, 누구……."

　　헉, 세상에. 이게 뭐야. 웬 날라리야. 마치 그녀가 들어온 것이 의외라는 듯한 표정이 번개가 흐르듯 도훈의 얼굴을 스쳐 지나갔지만 선녀는 그 표정은 미처 보지 못했다. 그녀가 본 것은 다른 거였다.

　　정말로 이 남자가 정도훈이란 말이야?

거실의 한복판에 길게 누워 있는, 금빛으로 브릿지를 넣은 긴 갈색 머리의 남자는 절대 도훈처럼 보이지 않았다. 흐트러진 남자의 모습이 이토록 가슴을 두근거리게 만들 수 있다는 사실이 놀라웠다. 선녀는 홀린 듯 도훈의 모습을 바라보았다.

단추를 하나도 채우지 않은 하얀 셔츠가 벌어져 언더웨어를 입지 않은 속살을 내 보이고 있었다. 조그맣고 단단한 유두와 식스팩의 복근이, 반쯤 셔츠에 가려지고 나머진 드러나 있는데 그 모습이 지독할 정도로 섹시했다. 흐트러지고 파격적인 모습의 도훈을 보며 선녀는 꼴깍 침을 삼켰다.

"선녀님이군."

도훈의 나른한 눈길과 보일 듯 말 듯 입가에 자리한 비릿한 웃음이 너무나 멋져 보였다.

"어, 언제 왔어요. 늦는다고 하더니."

"이리 와."

천지창조란 그림 속에 나오는 아담처럼 도훈이 손을 내밀었다. 손짓에 이끌려 선녀가 다가가자 도훈이 손을 잡고 잡아당겼다. 도훈이 한참 동안 선녀의 눈을 들여다보았다. 깜박일 수도 없을 만큼 그녀의 안으로 들어와 심장까지 흔드는 도훈의 강한 눈빛에 선녀의 얼굴이 붉어졌다.

"왜, 그렇게 봐요?"

"선녀님."

"네?"

"나의 선녀님."

"……대체 왜 그래요?"

도훈을 보면 할 말이 많았다. 이것저것 따지려고 생각했다. 투정도 하려고 했다. 이틀 연속 한 외박에 대한 것도 그녀의 전화를 성의없이 받은 것에 대해서도 아주 많이 투덜거리려고 했다. 하지만 도훈의 깊은 눈으로 그런 모든 것이 선녀의 머릿속에서 잊혀졌다.

"옷을 벗어."

나직한 말에는 거부하지 못할 정도의 묘한 힘이 들어 있었다.

"전부 다. 하나도 남김없이, 태어날 때의 모습 그대로를 보여줘."

이 남자의 목소리는 왜 이리 감미로울까? 왜 이리 촉촉한 걸까?

애타게 바라는 마음이 그대로 전해져 오는 감미로운 요구를 거절할 수 없어 선녀는 블라우스의 단추를 풀었다. 빤히 바라보는 도훈의 시선은 선녀를 수치스럽게 만들었지만 그만큼 달콤하게 만들기도 했다. 온몸이 녹아내리는 것 같아 호흡이 달뜨기 시작했다. 선녀는 바지를 벗고 브래지어를 풀었다. 하나씩 하나씩 선녀의 옷이 그녀의 몸에서 떨어져 발 아래로 쌓여갔다. 마지막으로 팬티를 벗자 그녀의 몸엔 아무것도 남지 않았다. 도훈이 원한 대로 갓 태어난 모습 그대로 완전한 알몸이 되었다.

도훈의 시선이 나른하게 선녀의 몸을 흘러내리면서 휘휘 감겨들었다. 그의 시선이 닿는 곳마다 바늘로 찌르는 것처럼 따끔거리기 시작했다. 선녀는 저도 모르게 몸을 꼬았다. 그런 선녀를 도훈이 확 끌어당겨 억센 힘으로 선녀의 몸을 조여 안았다. 맨살에 그의 몸이 닿고 그가 입은 바지의 감촉이 느껴졌다. 숨이 막힐 정도로 거센 힘에 선녀는 파닥거렸다.

"선녀님은 왜 내가 하자는 대로 다 하지?"

"원하니까요."

"내가 원해서?"

"그래요."

"이럴 때의 선녀님을 보면 마치 정말로 나를 사랑하는 것 같다는 생각이 들어."

선녀는 침을 삼켰다. 말이 나왔을 때 속마음을 밝힐까? 사랑한다고 말을 해버려?

"내가 진짜로 사랑한다면 어쩔 거예요?"

"나를 진짜로 사랑한다고? 왜?"

사랑을 한다는데 그 이유를 묻는다면 뭐라고 대답해야 하는 것일까? 대답을 하지 못하고 있는 선녀를 향해 도훈이 다시 물었다.

"어째서? 어떻게 사랑한다는 것을 알지? 무엇 때문에 사랑한다고 생각하는 거지?"

따지고 드는 도훈에게 대답할 말이 없었다.

"사랑을 하면 이유가 있어야 되나요?"

"그래야 하지 않아?"

"그렇군요."

선녀는 도훈의 목을 감싸 안았다.

"나는 당신이 참 좋아요. 당신과 하는 섹스가 좋아요. 당신과 같이 있는 시간이 즐거워요. 당신을 사랑하는 척하는 것이 재미있어요."

그냥 좋다는 것, 당신을 생각하면 가슴이 벅차다는 것, 사랑하는 사람이 있느냐고 누가 묻는다면 당신이라고 대답하는 것, 이런 모든 것이 사랑이 아닐까요?

"어쩌지? 나는 안 그런데."

거센 힘을 풀면서 도훈이 픽 웃었다. 조금 전까지 끌어안고 있었다고는 전혀 믿기지 않을 정도로 냉정한 표정이었다.

"나는 슬슬 지겨워지고 있어. 며칠 전까진 나도 분명 선녀님과 있는 것이 참 재미있다고 생각했는데 갑자기 마음이 변했어. 솔직히 벗으라면 벗고 누우라면 눕는 여자는 금방 질리잖아. 선녀님에게 사랑하는 척해달라는 것은 이제 그만두고 싶어."

뺨을 때리는 것처럼 지독하게 모욕적인 말을 하면서 도훈은 피식거렸다. 하얗게 질려가는 선녀의 얼굴을 쳐다보지도 않았다.

"한 달을 다 안 채워도 좋을 것 같아. 지겨워서 넌더리가 나기 전에 이만 끝내도록 하지. 이렇게 벌거벗고 있는 몸을 봐도 그다지 흥분되지 않고 지루한 생각이 든다면 더 이상 관계를 계속할 이유가 없잖아."

"옷을 벗으라는 이유가 지루한지 아닌지 확인하기 위해서였어요?"

"응."

선녀는 벌떡 일어섰다. 도훈의 말이 그동안 그들 사이의 그동안의 시간을 단숨에 죽여 버렸다. 시작은 어렵지만 끝나는 것은 한 순간이었던 것이다. 너무도 처참해서 멍해진 선녀의 머릿속에 울지 말라는 명령이 새겨졌다.

울지 마. 화내지 마. 더 이상 초라해지지 마. 이 남자에게 이런 대접을 받은 것에 절망하고 있다는 것을 알리지 마.

그것은 그녀가 마지막으로 지키고 싶은 슬픈 자존심이었다. 목소리를 떨지 않기 위해 선녀는 입술을 악물었다.

"그럼 우리 계약은 끝난 거네요?"

"그렇지."

덜덜 떨면서 선녀는 재빠르게 옷을 입었다. 나가기 전에 가방에서 키홀더를 꺼내 도훈의 발치로 던졌다.

"부탁이 있는데, 혹시라도 운이 나빠 다시 만나게 된다면 그땐 절대로 아는 척하지 말아요."

정말로 보고 싶지 않았다. 잊지 않겠다. 이 치욕을. 현관문을 열기 전 선녀는 마지막으로 도훈을 돌아보았다. 그렇게 그녀의 뒷모습조차 바라보지 않고 누워 있는 도훈에게 마지막 일별을 던진 후 선녀는 현관을 나왔다.

미워하지도 않겠어. 미워하는 동안이라도 생각이 날 테니까.

탕. 단절을 알리는 소리가 차갑고 묵직하게 선녀와 도훈의 사이를 갈랐다.


밤 9시 거실에 가족이 모여 이런저런 담소를 하고 있는데 벨이 울렸다. 도훈임을 확인한 김 여사가 호들갑을 떨었다.

“어머, 얘가 웬일이래요? 아침저녁으로 오는 것을 보니 독립 3년 만에 집이 좋다는 것을 깨달았나 봐요.”

웃고 있던 김 여사는 들어서는 도훈을 본 순간 입이 떡 벌어졌다.

“어머, 도훈아…….”

3년 전의 모습을 재현한 도훈이었다. 아니, 한술 더 떴다. 적어도 그때는 풋풋함과 치기가 어우러져 그런대로 귀엽게 보였다. 헌데 지금은 퇴폐가 줄줄 흘러내리는 것이 방탕 그 자체로 보였다.

“도훈아, 네 머리 어떻게 한 거야? 붙였니?”

“네.”

“긴머리가 진짜 잘 어울린다. 얘.”

남편과 큰아들은 놀라 넘어가기 직전이건만 김 여사는 진심으로 감탄을 했다.

파격적인데도 어찌 이렇게 잘 어울릴까, 역시 내 아들이 잘나도 참 잘났구나.

이렇게 길게 흘러내린 머리 스타일은 도훈이 정도나 되니 소화시키지 다른 남자 같으면 어림도 없을 것이다. 내로라하는 연예인들도 이만큼 잘 어울릴 사람이 없을 것이기에 차라리 연예인을 만들어봐? 라는 생각이 들었다. 사실 얼굴은 작고 이목구비는 반듯한 것이 꽃처럼 예쁘지 게다가 몸매 또한 길쭉하고 가느다란 것이 옷태 예술이지. 정말 어느 한 곳 부족함이 없는 미모 아닌가. 자신이 낳았지만 참 잘난 아들이었다.

“아들 멋져.”

엄지손가락을 들어 보이는데 천둥처럼 정 회장의 음성이 터져 나왔다.

“뭐냐. 그 꼬라진! 엉?”

도훈은 형과 아버지의 얼굴을 번갈아 바라보았다.

“제 꼴이 어때서요?”

“그게 정신이 제대로 박힌 놈이 하고 다니는 차림이냐? 제정신인 놈이라면 절대 그런 차림으로 다니진 않는다.”

“그럼 정신이 나갔나 보죠.”

“정신 들어오게 해주랴?”

벌떡 일어선 정 회장이 퍽 소리와 함께 도훈을 걷어차 놓고는 맞은 도훈은 가만있는데 제 발을 잡고 경중거렸다.

“아이구, 발이야.”

“많이 아파요?”

“어이구, 내 발. 임자. 내 발가락에 금이 간 것 같아.”

“정말이요? 어디 봐요?”

“아이고, 내 발가락. 금 갔으면 저놈 그냥 안 둔다. 아이고 내 발이야.”

“당신은 자기가 걷어차 놓고 왜 애먼 도훈이한테 뭐라 그래요? 아파요?”

“으악. 이 사람이. 그럼 발가락을 그렇게 꺾는데 아프지 안 아프겠어?”

“이 정도로 꺾는데 그 정도면 금 간 것은 아닌 것 같네요. 그러게 왜 맨발로 아들은 걷어차고 그래요?”

“도준아. 구두 가지고 와라. 구두 신고 차야겠다. 야, 이놈. 너 어디 가?”

이층으로 올라가던 도훈이 돌아다보았다.

“제 방으로 갑니다. 자야겠어요.”

“야, 이놈아. 어딜 올라가? 왜 네 집 놔두고 내 집에서 잔다는 거냐? 응?”

“당분간 아버지 집의 내 방에서 자겠습니다.”

“뭐? 당분간이라니? 독립 그만두고 다시 집으로 들어온다는 말이냐?”

대답하지 않고 도훈이 이층으로 올라가 버렸다. 남은 식구들은 그만 벙쪄 버렸다.

“쟤, 좀 이상하지 않아요?”

“이상하긴, 저놈은 늘 저런 놈이었어. 지난 3년간 놀랄 정도로 달라졌다고 생각했지만, 에잉…….”

정 회장이 도준을 바라보았다. 왜 그런지 아느냐? 눈으로 질문했다. 정 회장 역시 도훈의 태도가 영 찜찜했다.

“자, 어머니, 쫓아 올라가실 생각 마시고 그냥 앉으세요.”

“난 그냥……. 도훈이가 좀 이상하지 않아?”

“안 이상해요. 그러니까 그런 얼굴 마세요. 제가 올라가 볼 테니까. 당신도 앉아. 엉거주춤 그렇게 서 있지 말고.”

걱정스러운 듯 이층 쪽을 올려다보는 수라의 손을 도준이 끌어당겨 자리에 앉혔다.

"당신은 정말 안 이상해요? 저도 도련님이 좀 이상해 보였는데."

"원래 좀 이상한 놈이야. 그러니 지금이 안 이상한 거지. 아무튼 제가 올라가 볼 테니 다들 그냥 계세요."

도준 역시 뭔가 좀 이상했지만 자신까지 도훈이 이상하네 마네 한다면 부모가 진짜 걱정을 할 것이기에 애써 태연한 얼굴을 했다.


이층 방으로 들어온 도훈은 침대에 몸을 뉘었다. 선녀가 키를 던지고 오피스텔을 나간 직후부터 마음속에는 돌이 얹혀져 가고 있었다. 하나씩 하나씩 쉬지 않고 와 쌓이는 무거운 돌의 무게에 이제 숨도 쉬지 못할 정도였다.

로또를 찾은 선녀가 날아가 버렸다. 아니, 내가 내쫓았다. 아주 비열했고 잔인했었다. 그렇게까지 하지 말걸 하고 이제 와 아무리 후회해도 소용없었다. 그때는 혹시라도 나중에 선녀에게 애걸복걸 매달리게 되지 않을까 생각하고 오기로 저질렀었다. 자존심이 혹시 나중에 구차스럽게 매달리지 않게 나중에 매달릴 엄두가 나지 않도록 매정하게 선녀를 보내버리자고 속살거렸다. 그래서 저지른 일이었다. 그때만 해도 도훈은 선녀에 대한 자신의 감정이 이렇게 깊다고 생각하지 못했다. 선녀와 헤어지면 그냥 조금 허할 줄 알았다. 다시 안 보고 사는 것쯤은 얼마든지 할 수 있다고 생각했다. 충분히 이겨낼 수 있다고도 생각했다. 예전처럼, 실연한 남자의 비애를 연기하며 세상 다 산 얼굴로 얼마쯤 방황하면 다른 여자들처럼 선녀가 잊혀질 것이라 생각했다. 그런데 이제 알겠다. 그건 아니었다. 완벽한 그의 오판이었다.

발걸음 소리가 다가오더니 벌컥 문이 열렸다. 도훈은 고집스럽게 눈을 감은 채 뜨지 않았다. 지금은 형과 얘기하는 것이 중요하지 않았다. 생각을 정리해야 했다.

"눈뜨고 일어나 앉아."

제길, 이놈의 집구석은 사람이 좀 진지하게 고민할 틈도 안 줘요. 마지못해 도훈이 왼쪽 눈을 가늘게 떴다.

"지금 자는 중이야. 방해 말지?"

"3초 준다. 오른쪽 눈도 뜨고 일어나 앉아라."

"나 자는 중이라고."

"일어나 앉아! 1초, 2초."

저놈의 금빛으로 반짝이는 새치 같은 머리를 다 뽑아버릴 테다라는 도준의 생각을 읽고 도훈은 일어났다. 그래, 이 인간은 그러고도 남지. 뽑지 못한다면 가위를 들고 자르려 덤빌지도 모른다. 10대 때의 간섭 많은 20대 형은 도훈이 20대가 되고 자신은 30대가 되도 간섭 많더니 같은 30대인 지금 역시 간섭이 여간 아니다. 도훈이 마지못해 일어나 앉자 도준이 물끄러미 바라다보았다.

"대체 뭐가 문제냐?"

"내가 문제가 있다고 했어?"

지금 자신의 눈빛이 금방이라도 울음을 터뜨리기 직전의 어린아이 같다는 것을 도훈은 모를 것이다. 도준은 좀 더 부드럽게 말했다.

"그 여자 문제야?"

"아니!"

부정하는 대답이 너무 크고 빠르다는 것은 긍정인 것이다. 도준은 처음으로 도훈이 천재가 아닐지도 모른다는 생각을 했다. 도훈의 얼굴은 사랑에 빠진 보통 남자의 얼굴이었다. 그것도 문제가 있는 사랑에 빠진.

여자와 트러블이 있는 건가? 대체 어떤 여자길래 이 자식에게 이런 표정을 짓게 만들지?

"대체 어떤 여자냐? 너를 이런 얼굴로 만들게."

정말 어떤 여자일까? 동생에게 이런 얼굴을 하게 만든 여자는.

"내 얼굴이 어때서?"

"거울 갖다줄까?"

필사적으로 울음을 참고 있는 것 같다는 말을 하면 틀림없이 펄쩍 뛸 것이다.

"그 여자랑 잘 안 되는 거냐?"

"안 되고말고도 없어. 끝났어. 아니, 끝냈어."

"끝냈다고? 네 스스로 사랑에 빠졌다고 하지 않았어? 그런데 끝내?"

"그래서 끝냈어."

"……그래서, 라는 것은 무슨 뜻이냐?"

멍하니 허공을 바라보던 도훈의 입가가 일그러졌다. 미소를 짓기 위해 노력했으나 이미 그의 얼굴에 가득 찬 후회로 인해 일그러짐은 서글프게 입가를 비트는 것으로 끝났다.

"버림받기 싫어서 버렸어."

혹시라도 선녀가 안녕 하며 웃으며 손을 흔들고 가는 것을, 그 뒷모습을 보게 될까 봐 먼저 선수 쳤다. 그에겐 더 이상 내밀 것이 없었다. 아무것도. 차라리 로또를 찢어버렸다면 돈이라도 내밀 수 있었을 테지만.

"어이, 동생. 사랑한다는 말을 해보긴 한 거냐?"

사랑한다는 말에 아주 큰 힘이 들어 있다는 것을 바보 같은 동생은 알지 못하리라. 바보 같은 놈. 버림받을까 봐 버렸다고? 그게 사랑에 빠진 놈의 입에서 나올 수 있는 말이냐? 버릴 수 없게 꽉 잡았어야지.

"알고는 있니? 사랑은 표현해야 한다는 것을."

"형, 제발, 아무 말도 하지 말아줘. 자고 싶어."

"단절을 할 거면 네 오피스텔에 있었어야지. 집에 있지 않고 왜 여기로 왔어?"

도훈은 대답하지 않았다. 아니, 못했다. 선녀는 그의 오피스텔에 자신의 잔영을 남기고 갔다. 집 안 곳곳에서 선녀의 모습이 떠올라 도훈은 뛰쳐나올 수밖에 없었다.

"집으로 온 것을 엄청 후회하고 있으니 이제 좀 내버려 둬."

사랑은 세상 모든 시름을 혼자 진 것 같은 얼굴을 하게 만든다. 지나고 나면 사실 아무것도 아닌데도 사랑은 곧잘 세상이 온통 벽으로 둘러싸인 것처럼 막막하게 만들어 버린다.

"쉬어."

도준이 나가자마자 도훈은 벌떡 일어나 앉았다. 잘못됐다. 그랬다. 이건 아니지 않는가. 버린 것은 자신인데 왜 버려진 기분인 것일까? 처참하고 초라했다.

선녀는 부들부들 떨리는 발로 간신히 자신의 원룸으로 돌아왔다.

죽고 싶다.

죽는다면 이런 치욕이나 분노를 느끼지 못할 것이기에 진실로 죽고 싶었다. 선녀는 침대 속으로 들어가 죽은 듯이 잤다. 자야 했다. 자면서 이를 악물고 다짐했다.

차라리 잘됐다. 이제 잊으면 된다.

정말로 잘된 일인지도 몰랐다. 계약이 끝나 헤어진 뒤 20년 동안 짝사랑을 하게 되면 어쩌나 걱정했을 정도로 도훈에 대한 감정이 깊어졌는데 그걸 알아서 깨주었으니 말이다. 심하게 상처 입었지만 그것으로 인해 도훈에 대한 감정을 정리할 수 있으니 상처쯤은 개의치 않을 테다. 헤어질 때는 도훈처럼 그렇게 모질게 굴어주는 것이 자비일지도 모른다.

그러니 더 이상 분노하지 말고 자자. 슬퍼하지도 말고 그냥 잊자.

잠은 쉽게 들었고 쉽게 든 만큼 깨어나는 것도 쉬웠다. 아무런 기척도 없는데 선녀는 문뜩 잠에서 깼다. 그리곤 잠시 어리둥절해졌다. 여기가 어딜까? 낯설지 않은 낯설음에 당황했다.

아, 그래. 내 집이야. 난 집으로 돌아왔어. 무덤처럼 작은 집은 그녀의 잠과 크기가 꼭 맞았다. 선녀는 다시 눈을 감았다. 자야지. 그리고 생각하지 말아야지. 생각을 피하는 것으론 잠이 최고였다. 선녀는 시트를 뒤집어썼다. 눅눅하고 차가운 감촉이 몸에 닿자 공연히 서글퍼졌다.

다음날 잠에서 깬 선녀는 오만상을 찌푸렸다. 왜 베개가 젖어 있는 것일까? 침을 흘리면서 잤나? 축축하게 젖은 베개를 만져 보다 욕실로 들어갔다. 무심히 거울을 본 순간 저절로 신음이 터져 나왔다. 두 눈이 퉁퉁 부어 있었다. 울지도 않았는데 왜 눈이 부었지? 이건 마치 운 것 같잖아.

선녀는 수도를 틀어 찬물로 눈을 씻었다. 사랑이 끝났다고 세상이 끝난 것은 아니다. 그러니 울 이유 같은 것은 없었다. 그러니까 그녀는 운 적이 없는 것이다.

미워하지 않아.

누구를?

…….

증오 같은 것은 없어.

누구에게?

…….

생각 같은 것은 안 해.

누구의?

…….

그가 죽었다 해도 슬퍼하지 않을 테다.

그가 누구?

…….

머릿속에 메아리치는 이름 따윈 지워 버릴 테다. 절대로 다시는 이름 따위도 부르지 않을 거다. 다시는 사랑도 하지 않을 것이다. 특히 짝사랑은 더욱.

욕실에서 나온 선녀는 냉장고를 열었다가 텅 빈 것을 확인하고는 전화기를 들었다. 도훈의 집에 가느라고 싹 비워두었던지라 냉장고 안엔 물만 두 병 들어 있을 뿐이었다.

[아침부터 왜?]

진이의 목소리에 선녀는 잠시 망설였다. 말을 하면 분명 뭐라고 할 텐데. 하지만 수염이 석 자라도 먹어야 양반 아닌가.

"밥 있어?"

[뭐라? 아침부터 전화해서 시방 뭘 찾는 겨?]

"배고파. 밥 먹으러 가도 돼?"

[아침부터 무슨 소리야. 너 줄 밥 없어. 밥, 딱 한 그릇뿐이야. 나 먹기도 모자라.]

"반만 먹을 게 반만 주라."

[안 돼. 넌 반 그릇 먹고 양이 찰지 모르지만 난 한 그릇 다 먹어야 기운 내서 일한다고. 그러니 내 밥을 넘볼 생각은 하지도 말아.]

"좋아, 그럼 상준이한테 가서 아침 달래야겠다."

[야, 송선녀! 너 지금 그걸 말이라고 하냐? 응?]

눈앞에 있으면 잡아먹을 것처럼 진이가 으르렁댔다.

"배고프단 말이야."

[한 끼 굶는다고 죽니? 죽어? 전화로 이럴 시간 있으면 밥을 해서 먹든지.]

냉장고에 계란 하나 없는데 밥만 해서 뭐하고 먹고?

"싫어. 상준이한테 갈 거야. 가서 상준이 아침 뺏어 먹을래."

[이……. 와. 웬수야. 내 밥 줄 테니까.]

선녀는 안경을 찾아 쓴 뒤 다이어리를 꺼내 들었다. 현관문을 잠그고 계단을 뛰어내려 갔다. 다이어리를 펼친 뒤 곰곰이 일정을 정리하며 씩씩하게 거리를 걸어나갔다.

오전엔 김영미 작가하고 이수연 작가를 만나고…… 점심시간엔 오리온 카페 작가들 모임에 가고 저녁엔…….

좋아. 이 정도면 다른 것은 돌아볼 시간도 없을 거야. 자, 일이나 하자.

선녀는 큰길로 나와 택시를 잡았다. 택시에 오르고 나서야 비록 동은 다르지만 진이가 사는 오피스텔이 도훈과 같은 오피스텔이란 것을 생각해 냈다. 오피스텔 이름조차 내뱉기 싫어서 선녀는 잠시 우물거렸다. 아주 잠깐 진이에게 가는 것을 포기할까 생각했으나 이내 마음을 돌렸다. 상관없다. 마주칠 리가 없지 않은가. 난 그가 사는 건물 쪽으론 절대로 고개도 돌리지 않을 것이니까. 오피스텔 이름도 말하지 않을 테다.

"엠씨 방송국 후문이요."


해가 지나 보다. 그럼 이제 선녀와 헤어진 뒤 사흘이 다 돼간다는 말이 된다. 사흘, 72시간이 이토록 길었던가. 지난 사흘의 시간은 도훈이 지금까지 살아온 시간과는 전혀 달랐다. 텅 비어 있는 데다가 죽을 것처럼 허기진 시간이었다. 가슴이 뻥 뚫어진 것 같은 상태로 시간이 허무하게 그를 지나쳐 갔다.

재미가 없다.

정말이지 살면서 이렇게 재미없는 시간은 처음이었다. 하고 싶은 것도 없고 할 일도 없었다. 자신의 방 침대에 엎드린 채 도훈은 사흘을 보내고 있는 중이었다. 오피스텔로 돌아와 한 걸음도 밖에 나가지 않고 있자 무언가 심상찮음을 느꼈는지 식구들이 돌아가며 그를 찾아왔다. 와서 그의 방문을 두드렸으나 도훈은 그저 침묵으로 일관하고 있었다. 식구들과 대면하는 것보다 급한 것은 선녀에 대한 생각이었다. 도로 데려와야겠어. 그래야 사는 재미가 날 것 같았다. 도훈은 가족들이 내는 소음을 무시했다.

선녀를 데리고 오고 싶은데 그 방법이 떠오르지 않았다. 방법이 생각 안 난다니, 그로서는 처음 겪는 일이었다.

무조건 빌까? 잘못했다고 무조건 그냥 빌어? 그러면 돌아와 줄까? 생각하니 아득했다. 그를 바라보던 선녀의 상처 입은 눈을 생각하자 절대로 용서받지 못할 것이란 생각이 저절로 들었다.

도훈은 죽고 싶을 정도로 자기가 한 일을 후회하고 또 후회했다. 작은 자존심을 지키려고 잔인하게 선녀를 몰아냈던 어리석었던 짓을 되돌릴 수만 있다면! 아무리 생각해도 용서받지 못할 것 같고 또 만회할 방법이 없다는 것에 도훈의 기분은 아득한 수렁 속으로 끝없이 추락해 갔다.

쾅쾅쾅.

저런 식으로 방문을 두드릴 사람은 오직 한 명, 형이다. 그의 오피스텔이건만 식구들은 모두 그의 도어록 비밀번호와 보조키를 갖고는 아무 때나 드나들고 있다. 성가시다는 생각으로 도훈은 인상을 쓰며 돌아누웠다.

대답 안 한다고 설마 방문을 때려부수기야 하겠느냐는 생각이었는데, 제기랄, 생각이 틀렸다.

쾅.

문짝을 부수고 도준이 성난 얼굴로 방으로 들어왔다.

"당장 일어나."

도준의 얼굴은 몹시도 흥분한 상태였다.

"베로의 캐릭터가 도용당했다. 누군가 그걸 엠지소프트에 팔아넘겼어."

베로는 이번에 한성그룹에서 만든 로고의 이름이었다. 도훈이 지금 개발하고 있는 게임의 주인공이 안고 다니는 마스코트의 이름이기도 했다. 수백 억이 든 프로젝트의 기밀이 새어나간 것에 도준은 무척이나 흥분하고 있었다. 도훈은 퉁명스럽게 말했다.

"캐릭터 등록을 해놓았잖아?"

그룹의 얼굴을 바꾸는 일이니만큼 모든 열과 성으로 1년이 넘게 걸려 만든 것이 베로였다. 베로는 게임이 출시됨과 동시에 한성의 새로운 마스코트로 세상에 등장시킬 계획이었다. 오랜 시간이 걸린 만큼, 혹시라도 정보가 새나가 디자인이 도용되는 것을 막으려고 미리 상표등록을 해놓긴 했다. 그러니 정보유출이 됐다고 해도 그리 큰 피해는 입지 않는다. 하지만 중요한 것은 정보가 유출됐다는 것이었었다.

"네 사무실의 직원과 캐릭터 디자인에 참여했던 팀원들의 뒷조사에 들어갔는데 가장 유력한 용의자로 너와 같은 팀인 이상준이 떠올랐어."

비로소 도훈이 일어나 앉았다. 하지만 형의 입에서 나온 이상준의 이름에 그는 피식 웃고 말았다.

"말도 안 돼."

"말이 되는지 안 되는지는 경찰이 알아낼 테지. 그의 계좌에 입금된 돈의 출처와 함께."

"돈?"

"며칠 전 거액의 돈이 그의 계좌로 입금됐고 그날 베로의 정보가 엠지로 넘어갔어."

"그럼 이상준은 아니야."

"왜?"

"이상준은 싫지만 그에 대해선 잘 알아. 이상준은 똑똑해. 그렇게 뻔히 보이게 일을 저지를 만큼 바보가 아냐. 정말 그가 정보유출을 했다면 누구도 모르게 감쪽같이 했을 거야."

상준에 대해 유감은 많지만 그렇다고 그에 대한 판단을 잘못 내릴 수는 없었다.

"그거야 조사해 보면 나오겠지. 아, 그리고 그의 집에서 네가 지금 만들고 있는 게임의 정보가 담긴 시디가 나왔다는데?"

"그럴 리가 있어? 그것은…….."

도훈은 벌떡 일어나 서재로 달려갔다. 책꽂이 맨 아래의 비밀장소를 열었다. 순간 그의 몸이 돌처럼 굳어버렸다.

"맙소사. 이건."

신음이 터져 나왔다. 눈앞에 보이는 것을 믿을 수가 없었다. 도훈은 떨리는 손으로 얌전하게 놓여 있는 로또를 집어 들었다. 그 웃기는 여섯 개의 숫자. 분명 선녀가 갖고 간 로또가 그의 비밀창고에 돌아와 있었다.

왜?

분명 없어졌었는데. 그렇다면 이것은? 답이 나왔다. 선녀가 도로 갖다 놓은 것이다. 하지만 왜, 이것을 다시 갖다 놓았을까? 왜일까? 왜지?

"뭐냐, 그건?"

도준의 말에 도훈은 고개를 들었다. 눈에 간신히 빛이 돌아왔다.

"날개옷이야."

도훈의 목소리가 떨려 나왔다. 선녀가 날개옷을 포기했다는 것은 하늘로 돌아갈 생각이 없다는 것이 된다. 그렇다면 그것은…… 혹시 나를 사랑해서?

"형, 나 좀 한 대 때려줄래?"

"왜?"

"꿈꾸는 건지 확인하려고."

어렵지 않지. 도준이 팔을 휘둘렀고 퍽 소리와 함께 도훈의 눈앞에선 별이 반짝였다. 아프다. 지금 꿈꾸는 것이 아닌 것이 확실했다.

도훈에게 무척이나 긴 사흘은 선녀에게는 몹시 바쁜 사흘이었다. 단 5분을 편히 앉을 틈도 없이 일을 찾아 동동거리고 밤에는 앞으로의 일을 계획하느라 새벽까지 일을 했다. 그렇게 사흘을 정신없이 보낸 선녀가 안쓰러운지 김 실장이 5시가 넘자마자 등을 떠밀었다.

"송선녀, 오늘은 이만 퇴근해라. 가서 좀 푹 쉬어라, 니 얼굴 지금 배추처럼 푸리딩딩하다."

고개 숙여 감사를 표하고 회사를 나온 선녀는 집으로 가려다가 발을 돌렸다. 집의 냉장고는 채웠지만 혼자 먹을 생각을 하니 영 밥 먹을 생각이 들지 않았다. 친구들 중 제일 만만한 게 진이인지라 무조건 진이의 원룸으로 달려갔다. 선녀와 비슷한 시간에 원룸에 도착한 진이는 현관문 앞에 버티고 선 선녀를 보고는 웬일이냐고 눈으로 물었다.

"밥 줘."

진이가 기가 차다는 표정을 지으며 팔짱을 꼈다.

"너, 요즘 웃기는 거 아니?"

"내가 널 웃길 시간이 어딨어? 요즘 바빠서 세수하고 스킨, 로션 바를 시간도 없는데."

"그렇게 바쁜 사람이 남의 집에 밥 얻어먹으러 올 시간은 있나 보구나?"

선녀는 뻔뻔해지기로 했다. 살아가려면 좀 뻔뻔해지는 것이 아주 편안하다는 것을 요즘 들어 깨닫고 있었다.

"응. 나 카레 먹고 싶어. 매운맛으로 해줘."

메뉴까지 정한 선녀의 말에 진이는 펄쩍 뛰어올랐다. 서민적이지만 제법 귀찮고 은근히 일이 많은 것이 카레다.

"왜 내가 네게 카레를 해줘야 하는데?"

"친구잖아. 해줘. 먹고 싶어. 상준이도 오라고 할 테니까, 카레 해주라."

이건 살아가는 지혜다. 진이에게 가장 약한 취약점은 상준이니 그를 들먹이면 먹힐 것이다.

"웃기지도 않아. 여기가 네 집이야? 내 집이거든? 왜 네가 상준일 부르는 건데? 흥. 그런다고 내가 카레를 해줄 것 같아? 어림없어."

말은 그렇게 하면서 진이가 팔을 걷어붙였다.

"감자는 네가 까."

"응."

"돼지고기가 있나 모르겠네."

주방으로 가는 진이를 뒤따르며 선녀는 전화기의 단축버튼을 눌렀다. 상준이 전화를 받고 뭐라 하기 전에 선수를 쳤다.

"상준아. 진이가 카레 해준대. 빨리 와."

"온대?"

대답도 듣지 않고 전화를 끊은 선녀가 진이의 질문에 어깨만 으쓱였다.

“오지 않으면? 상준이는 먹을 것에 약하잖아.”

“맞아. 상준이는 먹는 것에 참 약하더라. 이럴 줄 알았으면 진즉에 먹는 것으로 공략하는 건데.”

“요요요, 여기 뼈 있다. 이렇게?”

“죽을래? 이것이 왜 남의 남자를 강아지로 만들려고 해?”

“남의 남자? 너 되게 웃긴다. 언제부터 상준이가 네 남자였냐?”

“시끄러, 그럼 상준이가 내 남자지 네 남자냐?”

선녀는 반박할 말을 찾지 못하고 입만 딱 벌렸다. 진이가 감자 그릇을 안겨주었다.

“억울하면 어서 남자나 만들든지. 참, 너 한 달만 살아보고 싶다던 남자랑은 어떻게 됐니?”

뭐라고 대답할 말이 없어서 선녀는 감자를 깎는 척 고개를 숙였다.

“송선녀.”

뭐라고 해야 할까? 헤어졌다고? 아니면 그런 사람은 애초에 없었다고, 그냥 해본 소리였다고? 아직도 도훈을 생각하면 선녀의 속은 부글거리고 머릿속은 분노로 하얗게 타들어갔다.

“한 달 살아보고 싶다고 했던 그 남자 얘기 좀 해봐.”

“할 이야기가 없어.”

“왜?”

“없으니까. 그보다 황진이 너 상준에게 침이라도 바른 거야? 네 남자라고 주장하게.”

“시끄러워!”

"오올. 침 발랐구나. 그래서 큰소리치는 거구나? 침 어디까지 발랐어? 손은 잡았어?"

"당연하지. 손은 예전에 잡았잖아. 넌 뭐 안 잡았어? 상준이 손, 잘만 잡았잖아."

"좋아, 손은 패스하고 그럼 키스는 했어? 응? 했어?"

진이의 표정에서 답을 읽은 선녀는 자신도 모르게 웃고 말았다. 이것 봐라. 재미있네?

"잠은? 잠은 잤어?"

"잠은 안 잤어."

"오오, 키스까지 했단 말이구나. 근데 키스는 상준이가 했니? 네가 했니?"

진이가 얼굴이 빨개진 채, 웃고 있는 선녀를 노려보았다. 너 왜 이래? 좀 이상해. 하는 진이의 표정이었다. 그래 나도 내가 이상해. 선녀는 쓰게 웃었다.

"네가 했지? 그렇지? 성격으로 봐서 틀림없어. 그렇지? 상준이가 할 리는 없고 네가 한 거야. 상준이 자빠뜨리고 네가 한 거 맞지?"

"자빠뜨리긴, 그게 시집도 안 간 처녀 입에서 나올 말이야?"

"아, 자빠뜨린 것 맞나 보구나. 그리고 자빠뜨린 것을 자빠뜨렸다고 하지 그럼 올라탔다고 해?"

"점점 말하는 것하고는."

진이가 감자그릇을 집어 들었다.

"너 감자로 안 맞아봤지?"

"집어 던지려는 건 아니지?"

"던질 건데?"

"그건 폭력이야."

"나 폭력적이야. 몰랐어?"

진이가 그릇을 던지려는 순간 고맙게도 전화가 걸려왔다. 선녀는 얼른 전화부터 집어 들었다.

"상준이다. 네가 받아. 나 화장실 갈 거야."

진이에게 전화기를 던지고 선녀는 화장실로 들어가 거울 앞에 섰다. 거울 속의 자신의 얼굴이 낯설기 그지없었다.

하아.

기분이 바닥으로 꺼져 들어갈 것 같아서 미친 여자처럼 실실대고 있지만 그런다고 기분이 나아지는 것은 아니었다. 진실로 진이가 부러웠다. 진이는 보답받지 못할 줄 알았던 사랑을 결국은 성취해 낸 거다. 참 오랜 짝사랑이었지. 처음엔 손도 잡지 못했는데 어느새 키스를 하다니. 좋아해. 좋아해. 나 너 사랑해. 수없이 해왔던 진이의 고백은 이제 메아리 없는 고백이 아니다.

나도 끝없이 고백하고 다가가면 될까?

정도훈.

손가락으로 거울에 이름을 눌러 쓰다 선녀는 죽죽 긋기 시작했다. 용서하지도 않고 기억하지도 않고 그냥 잊자고 했던 결심은 다 어디로 간 것일까? 이런 짓을 하다니 자신이 너무 한심했다. 꿈에서도 보지 않길 바라고 있잖아. 죽어도 다시 만나지 않게 해달라고 신에게 빌었잖아. 그런데 왜 이름 따월 쓰고 있어.

“선녀야. 빨리 좀 나와봐!”

갑자기 진이가 욕실문을 쾅쾅 두드려 댔다. 문을 열자 진이가 새파랗게 질린 얼굴로 서 있었다.

“어떡해. 상준이가, 경찰서에 있대. 형사라는 사람이 전화를 했어. 조금 전 통화한 이상준과 무슨 사이냐고.”

마른하늘의 날벼락이 치는 것 같은 소리에 선녀는 앵무새처럼 진이가 한 말을 되물었다.

“경찰서에? 왜?”

“상준이 회사에서 정보유출로 상준이를 고발했대.”

“무슨 소리야. 그게?”

“상준이 회사에서 정보유출이 있어서, 내사 들어갔다가 상준이를……. 집에서 시디를 발견하고는……. 그게 비밀인데. 그걸 상준이가 갖고 있다고 그래서 고발당했대. 꼼짝없이 상준이 한 거로 몰렸대. 시디 때문에. 그것이 말이 돼?”

두서없이 말하는 진이의 말이 대체 무슨 소린지 이해가 되지 않았다.

“무슨 시디?”

“아!”

진이가 선녀의 팔을 꽉 움켜잡았다.

“네가 가서 말해. 그거 네 거라고. 시디 네 거잖아. 상준인 절대 그런 짓 안 했다고 가서 얘기해 줘.”

“무슨 소리야? 무슨 시디를 말하는 건데?”

“저번 날 상준이 집에, 그날 밥 먹으러 간 날, 너랑 나랑, 그날······."

"진이야. 좀 찬찬히 말해. 무슨 소린지 모르겠어."

진이의 표정은 울기 직전이었다.

"상준이 집에 밥 먹으러 간 날 말이야. 내가 네 가방을 집어 던졌잖아. 그날 너 간 뒤 보니까 책상 아래 시디 한 장이 떨어져 있었어. 네 가방에서 나온 것이라 네게 돌려준다고 상준이 간수했는데 그 시디에 지금 상준이 회사에서 만드는 게임의 정보가 담겨 있대. 그래서 상준이 정보유출을 한 것이라고······."

시디? 아!

로또가 들어 있던 시디를 말하나 보다. 미처 먼저 있던 장소에 갖다 놓지 않고 가방에 갖고 다녔었는데, 시디에 중요한 정보가 들어 있었다고?

"상준인 그 안에 든 내용이 뭔지도 모르고 단지 네게 준다고 그냥 책상에 두고 잊고 있었대."

선녀는 지그시 이를 물었다. 눈앞이 캄캄하고 아득한 것이 정신이 나갈 것 같았다. 하지만 지금은 정신을 잃고 쓰러지거나 징징 우는 소리를 할 때가 아니었다.

"상준이 있는 경찰서는 어디야? 일산경찰서야?"

"응."

"가자."

그녀로 인해 생긴 일이니 어떡하든 책임을 져야 했다.


상준은 수없이 반복되는 똑같은 질문과 추궁에 완전 파김치처럼 늘어져 버렸다. 자신에게 일어난 일은 너무도 비현실적이었다. 그는 프로그래머지 기업스파이가 아니었다. 그런데 지금 그는 산업스파이로 몰려 경찰에서 조사를 받는 중이었다. 그더러 정보를 유출했다고 한다. 경찰은 증거로 통장을 들이밀었다. 눈앞에 흔들어대는 것은 분명 그의 통장이었다. 그리고 거기엔 정말 그도 모르는 거액의 돈이 입금돼 있었다.

"자 그만 자백해. 당신이 이 돈을 받고 베로의 캐릭터를 넘겨준 거지?"

"아닙니다."

"아하, 이 친구 참 답답하네. 아니, 빤히 답이 나와 있는데 자꾸 이렇게 우기면 되나? 이거 자네 통장 맞잖아."

"형사님, 그건 먼저 다니던 회사의 월급통장으로 이 회사로 입사한 후엔 한 번도 쓰지 않고 서랍에서 잠자던 휴면통장이에요."

"휴면통장인데 왜 돈이 입금됐지?"

"그걸 제가 어떻게 알겠습니까? 전 지금 형사님이 보여주고 말해주기까지 그 통장에 돈이 입금돼 있는 사실도 알지 못하고 있었는데요."

상준은 자신이 함정에 빠졌다는 생각에 신중하게 대답을 했다.

"돈을 입금한 이철수는 누구야?"

"대답했지 않습니까. 모른다고. 돈이 왜 입금됐고 그 돈이 누구 명의로 입금돼 있는지 전 모릅니다. 형사님의 말씀대로라면 이철수라는 사람이 돈을 입금했다는 것인데 난 그 사람이 누군지 모릅니다."

"아니, 모르는 인간이 미쳤다고 모르는 사람 통장에 덜커덕 이런 큰돈을 입금하나? 모른다면 다야?"

을러대던 형사가 돌연 달래기 시작했다.

"이 친구야, 이제 그만 서로 편해지자고. 우길 걸 우겨. 증거가 있잖아. 증거가. 이렇게 통장으로 돈을 받은 증거가 있는데 계속 모른다고 하면 되겠어?"

"난 정말 모르는 일입니다."

"난 알겠는데. 자네가 정보를 넘겨주는 대가로 받은 돈이잖아."

그는 정말 아무것도 몰랐다. 자신이 만든 게임의 캐릭터가 한성그룹의 새로운 로고라는 것을 안 것도 이곳에 와서였다. 그가 일하는 게임회사가 한성그룹 산하라는 것도 지금 처음 안 사실이었다.

기가 막혔지만 경찰에선 그가 범인이라고 아예 단정을 짓고 있는 것이 분명했다. 아무리 아니라고 얘기해도 먹히지 않았다.

"입금된 것만 갖고 범인이라고 단정 짓는 것은 경솔한 처사 아닙니까? 차라리 돈을 입금한 사람을 찾으십시오. 그러면 다 밝혀질 테니까."

"이 친구야. 내가 겨우 통장 하나 갖고 그러겠어? 이게 뭔지 알지?"

상준은 형사가 흔들어대는 시디를 바라보았다. 형사가 왜 시디를 흔들어대는지 알 수가 없었다. 그런 상준을 보며 형사가 코웃음 쳤다.

"자네가 숨겨둔 시디잖아. 자네 회사에서 만드는 게임 정보가 들어 있는 거."

그때야 상준은 선녀가 흘리고 간 시디임을 알아차렸다. 전해준다고 서랍에 넣어놓고 그만 깜박 잊고 있던 거였다.

"그 시디에 게임 정보가 들어 있다고요?"

왜 선녀가 게임 정보가 든 시디를 갖고 있었는지 생각하자 상준의 이마는 저절로 찌푸려졌다.

선녀에게 전화가 걸려온 것은 그때였다.

"전화 받아도 됩니까?"

"받아."

받자마자 카레를 먹으러 오라는 말을 총알같이 하고 선녀가 전화를 끊어버렸다.

"누구 전화? 여자 같은데 애인이요?"

"아닙니다. 친구입니다."

"남자 여자 사이에 무슨 친구는."

형사가 피식거리며 손을 뻗었다.

"왜 달라는 겁니까?"

"조사해 봐야지. 이철수와 통화기록이 있나."

그러곤 전화기를 들고 형사가 나가 버렸다.


경찰서에 도착한 진이는 상준의 면회가 안 된다고 하자 아예 경찰서를 발칵 뒤집어놓았다. 전화를 걸어 상준이 지금 경찰서에 있다고 했으면서 그 전화 받고 달려온 사람에게 왜 면회를 안 시켜주냐면서 죄없는 시민을 가둬놓았으니 그 책임질 각오를 하라고 큰소리를 땅땅 쳐댔다. 그러면서 전화기를 꺼내 들더니 번호를 눌렀다.

"오빠, 나 지금 일산경찰서에 있어. 당장 좀 와. 응? 내가 사람을 죽였거든."

진이가 전화를 탁 끊는 것을 보며 선녀는 눈만 깜박거렸다. 사람을 죽였다니, 말을 해도 참.

"누구에게 건 거야?"

"우리 사촌오빠."

"그, 로펌에 있다는 변호사 오빠?"

진이의 집안은 빵빵했다. 의사, 검사, 교수 등 그야말로 사 자로 끝나는 직업의 인물들이 집안에 한가득 했다.

"아니. 검찰에 있는 이종사촌오빠한테 걸었어. 지금 상황에선 변호사보다는 아무래도 검사가 나을 것 같아서."

진이는 검사인 사촌오빠를 잘도 조종했다. 사람을 죽였다고 박박 우겨대다가 상준에 대한 이야기를 꺼내 결국 경찰을 바꾸라는 대답을 유도해 내고는 면회가 안 된다고 한 경찰에게 전화기를 들이밀었다. 경찰은 전화를 받고 떨떠름한 얼굴로 두 사람을 상준에게 데려갔다. 책상 하나만 놓여 있는 작은 사무실이었다. 상준이 초췌한 모습으로 의자에 앉아 있었다. 상준이 선녀와 진이를 보고 놀란 표정을 지었다.

"대체 무슨 일이야? 너 죄졌어? 정말로 정보유출을 했어?"

"아니."

"그렇지? 아니지? 그럴 줄 알았어."

진이는 금방이라도 상준의 품에 얼굴을 묻고 울음을 터뜨릴 것처럼 보였다.

이게 사랑인가? 진이는 단박에 상준의 말을 믿어버렸다. 괄괄하고 뻣뻣하며 무척이나 따지기 좋아하는 평소의 진이랑 너무도 다른 모습이었다. 그런 진이를 바라보더니 상준이 어색한 얼굴로 중얼거렸다.

"울긴 왜 우냐. 울지 마. 곧 해결돼서 나갈 거니까. 누명은 곧 벗겨질 거야."

"누명을 썼어?"

진이가 끓어올랐다.

"어떤 인간이 네게 누명을 씌웠는데?"

"그걸 알면 이러고 있겠냐?"

"짐작 가는 인간 있으면 말해봐. 내가 다 조사해 줄게."

그레이스의 얼굴이 잠시 상준의 뇌리에 떠올랐다.

'정도훈을 망치고 싶어요'라며 그레이스가 제안했었다. 그 제안에 흔들렸었다. 그래서 어떡하면 되겠냐고 물었다.

'지금 맡은 프로젝트의 정보를 내게 줘요. 라이벌 회사에 넘길 거예요.'

그 여자는 그것이 얼마나 큰일인지 모르는 것 같았다. 하지만 상준은 잘 알고 있었다. 그것은 범죄였다. 그래서 단호하게 거절을 했다.

"없어."

설령 그레이스가 꾸민 짓이라 해도 그 이야긴 경찰에게 해야지 진이에게 할 이야기는 아니기에 상준은 진이를 향해 없다고 강조했다.

"내가 흘린 시디 때문에 더 곤란해졌다면서? 문제가 더 심각한 거야?"

망설이다가 선녀가 입을 열었다.

"좀 복잡해지긴 했지만 뭐, 잘 설명하면 되겠지. 그런데 왜 그런 걸 갖고 다녔어?"

"……어쩌다 보니까."

도훈이 보물창고에 둘 정도로 아끼는 물건이어서 계속 지니고 싶었다. 이 시디만큼 그녀도 도훈에게 소중한 보물이 되고 싶다는 생각을 하며 가끔씩 꺼내보곤 했다. 그래서 그걸 도로 제자리에 갖다 놓지 않았던 것이다.

상준은 낙천적으로 말했지만 시디로 인해 상준이 곤란해지거나 누명을 쓴다는 것은 안 될 말이었다. 그렇다면 죽기보다 싫어도 도훈을 만나야 한다. 생각만으로 선녀의 입안이 바짝 말라왔다. 정도훈을 다시 만난다고? 아, 그건 정말 싫어.

선녀는 슬그머니 일어났다.

"어디 가?"

"목말라서 물 마시러. 너희도 마실래? 음료수 사다 줄까?"

"상준아, 음료수 마실래?"

"됐어."

"나도 됐어."

바깥으로 나온 선녀는 경찰서 건물을 빠져나와 화단 옆에 둥글게 설치된 난간에 걸터앉았다. 황혼의 노을빛이 들어찬 작은 화단엔 봄꽃이 예쁘게 피어 있었다. 노란 튤립을 보자 도훈이 금빛으로 물들였던 머리가 생각나 버렸다. 이 꽃처럼 아름다운 남자가 그녀를 버렸다. 사랑에 빠지게 만들어놓고 잔인하게 내쳤다. 선녀는 이를 악물었다.

그런 인간을 또 생각하다니. 자신을 향해 이를 갈다가 아마도 이것은 상준의 일로 그를 만나야 한다는 조건반사 같은 것이라고 마음을 고쳤다. 마음을 가라앉히기 위해 선녀는 화단으로 시선을 돌렸다. 한참을 봄바람에 살랑대는 꽃을 바라보았다. 곧 봄이 가면 이 꽃이 지고 말리라. 사랑만큼 아름답구나. 그리고……

"사랑만큼 약하고 덧없구나."

"선녀님……."

갑자기 그림자가 그녀의 위로 드리워졌다. 고개를 든 선녀의 눈에 도훈의 얼굴이 들어왔다. 선녀를 발견한 것이 뜻밖인 듯 도훈의 표정이 하염없이 흔들리고 있었다. 보고 싶지 않아. 선녀는 벌떡 일어섰다. 아! 돌아서 가려다 시디에 대한 말을 도훈에게 해주어야 한다는 생각을 하고 멈춰 섰다. 정말 도훈을 상대하고 싶지도 않고 보고 싶지도 않지만 상준의 일은 말해야 했다.

"모른 척해야 하는데 유감이네요. 시디에 대한 말을 해야겠어요. 내가 그걸 서재에서 몰래 훔쳤고 내가 흘린 것을 상준이가 주웠어요. 그는 내게 전해주지 못한 죄밖에 없어요. 그러니 시디에 대한 책임은 상준에게 묻지 말고 내게 물어요."

정말 싫다는, 이런 말을 하는 것이 몸서리치게 싫다는 빛이 완연하게 느껴지는 선녀의 목소리에 도훈의 풀은 팍 죽어버렸다. 경찰서 앞마당에 앉아 있는 선녀를 발견한 순간 그의 몸을 채웠던 반가움과 기쁨은 말도 못했다. 차에서 내려 바람처럼 달려왔는데 너무도 냉랭한 선녀의 반응에 그 모든 것들이 바람 빠진 풍선처럼 급작스럽게 쪼그라들었다. 도훈은 선녀가 무슨 말이든 더 말을 할 줄 알고 잠시 기다렸다. 하지만 선녀는 더 이상 말할 것이 없는지 그대로 걸어가려 했다.

"선녀님."

돌아서는 선녀의 걸음을 도훈의 목소리가 잡았다. 무척이나 조심스럽게 애원하는 것처럼 들려 선녀는 자신의 착각을 비웃어야 했다. 그럴 리가 없지 않은가. 지루하니 끝내자고 한 지 이제 사흘밖에 되지 않았다. 그 사흘 동안 그녀가 모르는 천지개벽이 일어났다면 모를까 도훈이 변할 이유가 없지 않은가.

"내가……."

스러져 가는 노을을 보며 선녀는 움직이지 않았다. 대답도 하지 않았다. 마치 그녀와의 만남이 예기치 않았는지 도훈은 당황스러워 보였다. 그럼에도 선녀에게 필사적으로 말을 하려고 하는 것처럼 보였다. 마치 이것이 기회라는 듯, 소중한 기회를 날릴 수 없다는 듯 간절히 사정하는 눈빛으로…….

"내가……."

뭐? 잘못했다고? 용서해 달라고? 아닐 것이다.

선녀의 무반응에 살짝 주눅이 든 몸짓으로 도훈이 등 뒤에서 조심스럽게 그녀를 감싸 안았다. 선녀는 얼어붙었다. 뿌리쳐야 한다. 뿌리칠 테다. 몸은 꼼짝하지 않고 마음만 정신없이 끓어올랐다.

"내가……."

떨리는 목소리는 돌아봐 달라는 탄원, 용서해 달라는 간절한 애원인 것일까? 왜 그렇게 들리는 거지?

"내가……."

이거 혹시 사랑한다는 고백을 하려는 것일까? 그런 생각을 하다니 나도 참 꿈도 야무지다. 아니, 꿈도 참 기가 막히다. 탄원? 애원? 고백? 그렇게 생각하고 싶은 착각일 뿐이다. 이 남자는 보기와 다르다. 보기엔 해실해실 귀엽기 짝이 없지만 얼마나 잔인한지 잘 알고 있지 않은가. 아마도 지금 그녀가 생각하는 것을 알면 배를 쥐고 웃어댈지도 모른다.

"내가……."

하지만 왜 이리 간절하게 더듬대는 거야. 진짜 사정하는 것처럼. 차마 말이 안 나와 더듬거리는 것처럼 생각되는 것일까? 진짜로 사정하는 걸까? 선녀는 고개를 흔들었다. 설령 진짜 도훈의 부름이 애원이고 고백이라고 해도 절대 용서할 수는 없다. 그런 잔인한 짓을 한 남자를 용서해 준다는 것은 뱃도 없는 짓이니까.

"놓아요."

선녀는 도훈의 팔을 풀어냈다.

"이제 정말로 다시는 마주치지 말아요. 마주친다 해도 제발 아는 척하지 말아요. 부탁해요."

"잘못했어."

선녀가 가버리려는 것을 보고 도훈은 서둘러 무릎을 꿇었다. 생각나는 것은 이렇게라도 빌어야 한다는 거였다. 무조건 빌자. 그 생각밖에 들지 않았다. 선녀는 깜짝 놀랐다. 미친 거야? 왜 이래?

놀라서 선녀는 달아나려고 했다. 도훈이 선녀의 허리를 끌어안았다. 뿌리치려 하자 더 옥죄어왔다.

"놔요."

"잘못했어."

"놔요."

"잘못했어."

선녀의 목소리가 크게 터져 나왔다.

"놔!"

"잘못했어."

"놓으란 말야!"

"잘못했어."

"놓으란 말야. 이 자식아!"

언제 손이 허공을 가르고 도훈의 뺨을 쳤는지 선녀는 알지 못했다. 문득 정신을 차렸을 때는 도훈의 뺨이 벌겋게 부어오른 뒤였다. 얼마나 세차게 때렸는지 손바닥이 욱씬거려 내려다보니 얼마나 때렸는지 그녀의 손바닥도 벌겋게 부어올라 있었다. 선녀는 깜짝 놀라 자신의 입을 틀어막았다. 아! 내가 미쳤나 봐. 그때서야 주위를 둘러싸고 흥미롭게 그들을 바라보는 많은 사람들이 보였다. 너무도 놀라 얼굴을 붉히고 어쩔 줄 몰라 하는 선녀와 달리 도훈은 주위의 시선은 신경도 쓰지 않았다.

"제발 나 좀 살려줘. 선녀님."

창피하지도 않은지 무조건 애걸복걸이었다. 그러면서 선녀의 부은 손바닥이 안쓰럽다는 듯 그녀의 손을 잡고는 자신의 입술을 눌러왔다. 그렇게 탄원하듯 키스했다. 오래오래 입술을 대고 있다가 자신의 얼굴을 묻었다.

"선녀님이 없으니까 여기가 너무 아파."

왼쪽 가슴을, 심장 부분을 가리키며 도훈이 말했다.

"죽을 만큼 아파."

선녀는 그만 말문이 막혀 버렸다.

"그러니까 돌아와 줘. 응? 날마다 때려도 좋고 날마다 욕을 해도 좋아. 나를 사랑하지 않아도 좋아. 옆에만 있어줘. 그럼 내가 했던 말 내가 했던 짓을 평생을 두고 빌게."

아무리 생각해도 선녀는 도훈을 이해할 수가 없었다. 그렇게 냉정하게 내쳐 놓고는 뭐냐, 왜 잘못했다고 애걸복걸 빌고 있는 거냐. 그것도 무릎까지 꿇고 그것도 다른 곳이 아닌 경찰서 앞마당에서. 다닥다닥 창문마다 사람 머리가 열려 있고 어느새 그 둘을 빙 둘러싸고 구경하는 수많은 사람들을 좀 보라지. 선녀는 몰려드는 시선에 너무도 창피해 급히 도훈을 뿌리쳤다.

"다신 내 눈앞에 나타나지 말아요."

그리고는 뒤도 돌아보지 않고 경찰서 마당을 가로질러 뛰어 달아났다.


절대 이상준이 그런 짓을 하지 않았다는 도훈의 주장에 도훈과 같이 경찰서로 이상준을 만나러 온 도준은 오는 내내 이상준의 일보다 지금 자신의 일이 더 급하다고 하며 다른 곳으로 달아나려는 도훈의 목덜미를 잡고 있어야 했다.

　도훈에겐 여자에게 달려가는 일이 가장 시급할지 모르지만 도
준이 보기엔 그렇지 않았다. 일에는 순서가 있어야 하는 것이다.
도준이 보기에 지금 가장 급한 문제는 이상준의 일이었다. 만일
도훈의 말대로 이상준이 누군가에 의해 누명을 쓴 것이라면 그 누
명을 씌운 자를 가려내고 감히 자신들의 일을 가지고 장난질을 치
려고 한 대가를 치르게 만들어야 했다.

　그래서 경찰서로 도훈을 데리고 왔던 도준은 자신이 한 일을 후
회해야 했다.

　대체 저게 뭐하는 짓인지.

　차에서 내려 웬 여자에게 시선이 간 순간부터 도훈은 그의 동생
이 아니었다.

　뭐 저런 놈이 다 있지?

　여자에게 다가가 애걸하고 무릎 꿇고 얻어맞고 아주 삼박자를
다 채우는 저놈이 동생일 리가 없다.

　저놈은 외계인이야.

　자신도 물론 프러포즈할 때는 맨땅에 무릎을 꿇었다. 하지만 자
신은 야밤 아무도 없는 곳에서 그랬다. 저렇게 만인환시리에 구경
꾼에게 둘러싸이지는 않았다.

　무슨 사랑을 저렇게 요란뻑적하게 해? 어디 가서 내 동생이란
말을 절대 하지 마라.

　도준이 고개를 설레설레 흔들며 돌아서는데 낯익은 얼굴이 아
는 척을 해왔다.

　"아니, 이게 누구신가. 정도준 이사 아니신가."

　잘 알아보지 못해도 일단은 아는 척해야 한다. 도준은 능숙하게 응대했다.

　"아, 예. 안녕하십니까."

　"오랜만입니다. 회장님도 안녕하시죠?"

　"네. 건강하십니다."

　"헌데 정 이사님. 저기 저 사람, 이사님의 아우가 아닙니까?"

　"절대 아닙니다!"

　도준은 큰 소리로 부정을 하고 더 이상의 말이 나오는 것을 막기 위해 얼른 경찰서 안으로 걸음을 옮겼다.

　저놈은 정도훈이 아니야.

　정말로 그에겐 저런 바보 같은 아우란 놈은 존재하지 않았다.

　　상준은 곧 풀려났다. 아직 혐의가 벗겨진 것이 아니라면서도 조
금 전까지완 다르게 형사의 태도는 부드럽고 호의적이었다.

　　"두부 먹어야겠다."

　　집으로 오는 길목에서 진이는 두부 두 모를 샀다.

　　"자, 우선 한입 먹어."

　　진이의 고집을 알고 있는 터라 상준은 두부 한 모퉁이를 베어
먹어야 했다. 그걸 보면서 가게 주인이 쿡 하고 웃었다.

　　"누명 쓰고 경찰서 갔다 왔어요. 예방하는 거예요."

　　이 사람 어디가 죄짓고 살 사람으로 보이냐는 얼굴로 진이가 가
게 주인을 향해 쏘아붙이더니 턱 상준의 팔짱을 꼈다.

　　상준의 원룸에 도착하니 선녀가 서성대고 있었다. 선녀는 경찰

서에서 냅다 달려나온 뒤로 집으로 들어가 마음을 다스리려고 숨을 푹푹 몰아쉬면서 있다가 상준이 풀려났다는 진이의 전화를 받았다. 그래서 바로 달려온 길이었다.

"미안해."

상준이 바로 풀려난 것에 안도하며 선녀는 사과부터 했다.

"네가 왜 미안해해?"

"내가 흘린 시디 때문에 누명 쓴 거잖아."

"아냐, 죄가 없어서 풀려난 거야. 그보다 그 시디를 왜 네가 갖고 있었어?"

진이의 말에 선녀는 잠시 우물거렸다. 선녀가 로또를 도훈의 비밀장소에 도로 넣어둔 것은 일종의 도박이었다. 도훈과는 끝낼 생각으로 마음을 덜어내고 있었지만 마음이란 자신이 마음먹은 대로 흘러가는 것은 아니었다. 솔직히 끝내고 싶지 않았다. 영원을 같이하고 싶었다. 그래서 로또를 그의 비밀장소에 넣었다. 그것은 그녀가 돈 때문에 그와 사는 것이 아니라는 증명이 될 테니까. 시디는 그때 같이 넣으려다가 가방 안에 도훈의 물건을 넣고 다니는 것이 그와 같이 있는 기분이 들었고 그녀가 비밀장소를 알고 있었다는 증명이 될지도 모른다는 생각에서 그냥 가방 속에 집어넣었다. 그것이 이렇게 큰 말썽을 일으킬 줄은 생각도 하지 못했다.

"그냥, 어쩌다 보니까."

"너 산업스파이였어? 혹시 상준이 통장에 입금한 인간이 너였어?"

상준이 풀려난 것에 기분이 좋은 진이는 그렇게 농담을 하고 말았다. 사실 그 시디가 왜 선녀의 가방에서 나왔는지 나중에 무척 궁금해졌지만 그때는 상준에 대한 생각 말고 다른 것은 생각나지 않았다.

"들어가자. 내가 두부요리 해줄게. 두부요리 해주려고 두 모 샀어."

"너희들끼리 먹어. 난 할 일이 있어."

"그럼 나중에 보자."

망할 것이 잡지도 않네.

진이를 향해 웃다가 상준을 바라보았다.

'넌 진이를 평생 사랑해야 해. 진이가 날마다 때리면 맞고 날마다 욕을 하면 들어. 진이가 너를 사랑하지 않아도 넌 그저 옆에서 사랑해 줄 때까지 꼬리를 흔들어야 해.'

진이가 보여준 사랑만큼 보답을 하려면 모름지기 이 정도로 해야 하는 것이다. 무엇보다 여자를 사랑하면서 그런 각오가 없다면 자격이 없는 것이다. 선녀는 상준에게 도훈이 했던 말에서 살짝 몇 단어만 바꿔 눈으로 말해주었다. 알아들었으면 좋겠지만 뭐 못 알아들어도 어쩔 수 없지. 원래 눈으로 하는 말을 다 알아듣는다면 그건 소울메이트지 그냥 친구는 아닐 것이다.


다음날 아침 출근한 상준은 자신의 통장에 입금한 이철수가 누구인지 알 수 있었다. 사무실에 같이 근무하는 여직원의 삼촌이었다. 11시쯤 경찰이 잔심부름과 경리를 맡은 여직원을 찾아왔다. 여직원은 순순히 자신이 그레이스라는 여자의 부탁을 받고 상준의 통장번호를 알려주었음을 고백했다. 그녀는 삼촌의 이름으로 상준에게 돈을 입금하고는 그 대가로 꽤 비싼 목걸이를 받았다고 했다.

정도훈을 망치고 싶다던 그레이스는 상준이 자신의 말에 동조하지 않자 앙심을 품고 상준까지 얽어매려 했던 것 같았다. 무섭고 지독한 여자였다.

눈물을 뚝뚝 흘리며 여직원은 선처를 부탁하며 매달렸다. 그레이스가 이런 일을 벌일 줄 몰랐다고 했다. 그녀는 상준에게 신세를 졌는데 그가 돈을 받지 않아서 그런다며 돈을 입금할 통장번호를 알려주면 사례한다고 해서 알려주었을 뿐이라고 했다. 그런 여직원을 도훈은 냉정한 눈으로 바라보았다. 이 여자는 탐욕으로 뭉친 허영덩어리로 그동안 도훈의 관심을 끌고 싶어 안달을 했었다. 잘못을 저지르면 처벌을 받아야 하는 것이 순리였다.

"오늘부로 해고처리합니다."

그녀가 법으로 어떤 처벌을 받을지는, 그녀의 문제였다. 그렇게 상준의 정보유출 소동은 여직원이 사무실에서 해고되는 조그만 해프닝으로 끝났다. 여직원이 경찰과 나간 뒤 도훈이 상준에게 악수를 청했다.

"이번 일은 유감입니다."

사과를 해오는 도훈의 얼굴은 아주 피곤해 보였다.

"그런데 혹시…… 선녀가 지금 어디에 있는지 알고 있습니까?"

어제 그렇게 달아나 버린 뒤로 연락이 되지 않고 있는 선녀였다. 전화도 안 받고 집에도 오지 않는 선녀 때문에 도훈은 가슴이 탔다.

"선녀요?"

상준은 슬쩍 하늘을 올려다보았다.

"선녀는 하늘에 있겠죠. 거기서 살지 않습니까?"

뭐, 앙심까진 아니더라도 앙금이 없어지려면 아직 멀었다. 어쩌면 영원히 앙금이 없어지지 않을지도 모르는 일이었다.

난 이런 인간 싫거든.

싫은 이유가 질투인지 아닌지는 그리 중요하지 않은 문제였다. 게다가 선녀가 누군가. 결혼까지도 생각했던 자신의 친구였다. 이런 인간에게 선녀는 너무 아깝다. 암, 아깝고말고.


그레이스는 집안의 수장이랄 수 있는 큰아버지의 호출을 받고 회사로 달려갔다.

비서는 그레이스가 도착하자마자 기다렸다는 얼굴로 회장실 문을 노크했다.

"들어가세요."

사무실로 들어가자 큰아버지가 잔뜩 찡그린 얼굴로 낯모르는 사람과 앉아 있었다. 그녀가 들어오자 남자가 일어섰다.

"그럼 믿고 가보겠습니다."

"아, 예, 걱정하지 마십시오. 정 회장님께 심려를 끼쳐 죄송하다고 전해주십시오."

"누구예요?"

저 남자가 누군데 큰아버지가 나갈 때까지 일어서 있을 정도로 절절매는 걸까?

"너 도대체 무슨 짓을 저지른 거냐? 엠지소프트에 왜 한성의 정보를 넘겼어."

"무슨 말씀이신지."

뭐가 잘못됐나? 왜 큰아버지가 화를 내지? 정도훈의 일을 망치기 위해 조금 장난을 치긴 했지만 그것이 어떤 파장을 몰고 올 것이라곤 애초에 생각도 하지 않았다. 그가 개발하고 있는 게임의 정보를 라이벌인 다른 게임회사에 넘긴다면 정도훈이 물먹는 것이 아닌가. 그런 단순한 생각에서 저지른 일이었다. 본래 정보는 이상준에게 빼내려 했었다. 그가 일언지하에 거절하자 그만 오기가 동해 경리에게 손을 뻗었고 이상준까지 엮어버렸다. 그것을 바로 엠지소프트에 넘겼지만 그것이 큰일이라고는 생각지 않기에 왜 큰아버지가 한성까지 들먹이는지 그녀로서는 도통 알 수가 없었다. 정도훈의 뒷배경이어서 그러는 것인가? 하지만 그녀가 골탕을 먹인 것은 한성그룹과는 아무 관계가 없는 정도훈이 근무하는 작은 게임회사였는데?

"쯧쯧쯧. 넌 네가 얼마나 큰일을 저질렀는지도 모르는구나. 벌집을 쑤셔놓고는 제가 한 짓이 얼마나 큰 것인지도 몰라. 네가 엠지소프트에 넘긴 정보는 그냥 게임 따위가 아니었어. 그건 한성의 새 브랜드를 세상에 알리는 프로젝트였다. 넌 게임을 넘긴 것이 아니고 한성그룹의 새 마스코트를 엠지소프트에 넘긴 거야. 엠지소프트에서 다행히 한성로고를 알아보고 일이 커질까 한성에 연락을 했으니 망정이지 안 그랬으면 우리 집은 완전 망할 뻔했다."

그레이스는 큰아버지의 말에 기가 막혔다. 그냥 약간의 보복이었다. 정도훈에 대한 약간의 보복이 이렇게 큰 방향으로 돌아올 줄 미처 몰랐다. 후회막급이지만 어쨌든 너무 늦은 것은 틀림없었다.

"오늘로 넌 우리 집안의 상속에서 제외된다. 네 몫은 물론 네 아버지의 주식과 유산은 전부 회수된다."

"안 돼요."

"할아버지가 남긴 유언에 집안에 해를 끼치지 않는 한 유산을 받을 자격을 준다는 조항이 있지. 집안의 이익에 반하면 언제든지 회수한다라는 조항과 함께. 그러니 그렇게 알아. 법무팀에 절차를 밟으라고 일러뒀으니 그렇게 알아."

"큰아버지. 이건 정말 말도 안 돼요. 좋아요. 그럼 전 그렇다고 쳐도 아빠는 왜요? 아빠 유산은 왜 회수해요?"

"그렇게 하면 문제를 삼지 않고 넘어간다고 했어. 한성에서."

아무리 그레이스가 울고 매달려도 소용없었다. 그레이스는 결국 지쳐서 회장실을 물러 나왔다.

"돼지 같은 인간."

큰아버지는 그동안 아버지 앞으로 돌아간 주식을 몹시도 탐내왔다. 그러니 이번 일이 일어난 것에 아주 쾌재를 부르고 있으리라. 아버지에게 몹시 미안했다. 후계자 구도에서 밀려 집안에서 그냥 무위도식하고 있는 아버지에게 주식을 빼앗는 것은 날개와 숨통을 뺏는 일이 아닌가.

뭐 나야 인수와 결혼을 하면 되니까.

　　인수가 가진 것은 한성그룹에 미치지는 못했지만 그래도 굉장히 컸고 무엇보다 그녀를 여왕처럼 떠받드니 그런대로 살아줄 만은 했다. 주식을 잃은 것은 그녀에게 그다지 큰일은 아니었다.

　　그러나 다음날 그레이스는 문자메시지로 파혼통고를 받았다. 한성과 적이 되고 싶지 않다라는 딱 한 줄의 이유와 함께.

　　그리고 그날 그레이스는 클럽에 갔다가 굉장한 모욕을 당했다. 평소에 그녀의 비위를 맞추기 위해 난리를 치던 남자들이 그녀를 디스한 것이다.

　　"혹시 돈 필요하면 연락해."

　　화가 나서 나오는데 평소 발꿈치 때만도 못하게 여기던 인간이 눈을 찡끗했다. 여왕에서 아무것도 아닌 하찮은 여자로 내려앉는 것은 정말 순식간이었다.


　　상준과 진이는 친구들에게 그레이스로 불려갔다. 진이가 느닷없이 날린 단체문자 때문이었다.

　　―상준에게 프러포즈 받았어♥

　　둘은 천연덕스러운 얼굴로 나타나 결혼하기로 했다고 알렸다. 상준은 경찰서까지 달려와 한 치의 의혹도 가지지 않고 자신을 믿어준 진이에게 감동했다고 했다.

　　"이런 사랑을 받는데 결혼해야지."

　　"절대 안 돼!"

　　인경이 펄펄 뛰었다. 진이가 상준에게 아깝다고 난리였다. 아예 상준의 얼굴에 코를 바짝 들이대고는 말했다.

"난 이 두 사람 결합에 절대 반댈세."

누가 너더러 찬성해 달라고 했느냐고 진이는 씩씩거렸다.

"나는 네 결혼에 반대 안 했거덩?"

진이의 말에 설희와 선녀는 웃기만 했다. 거짓말도. 사실 인경이 결혼한다고 했을 때 진이만 펄펄 뛰었었다.

네가 왜 그런 남자에게 시집가야 해? 집이 부자야, 키가 커? 능력이 좋아? 잘생기길 했어? 너 나이가 아깝지도 않아? 왜 벌써 결혼을 하니?

그랬던 기억을 싹 잊은 모양이었다.

"암튼 이상준, 너 앞으로 진이에게 잘해라. 머리카락 뽑아서 신을 만들어줘라."

그동안 상준이 콧대 세웠던 것이 아주 못마땅했던 인경은 계속 으르렁거렸다.

"나 정말 궁금한데, 머리카락으로 신을 삼으면 그걸 신고 다닐 수 있을까?"

설희가 매를 벌었다. 대답 대신 인경이 쿠션으로 설희의 머리를 한 대 쳤다.

"넌 입 다물고, 상준이 넌 내 말 명심해."

상준이 웃으며 진이를 바라보았다. 작게 고개를 끄떡였지만 그의 눈에 든 것은 무척이나 큰 사랑이었다. 그래, 넌 아주 오래전부터 그런 눈으로 진이를 보곤 했어. 그걸 알았기에 나는 짝사랑만 할 수밖에 없었다고.

"축하한다."

선녀는 진심으로 상준에게 축하의 말을 던졌다.

"그가 너에 대해 물어. 네가 지금 어디에 있느냐고."

"그래서?"

"선녀는 하늘에 있다고 대답했다."

선녀는 하늘이 아닌 엄마의 집에 있었다. 당분간 거기서 있을 예정이었다.

"앞으로 어쩔 생각인 거야?"

상준의 말에 선녀는 가볍게 웃었다. 글쎄 어쩔까? 세상은 돌고 돈다더니 감정도 돌고 도는 모양이었다. 어제 따라다녔다고 내일도 계속 따라다니지는 않는 것이고, 사랑은 한 사람은 숨고 한 사람은 쫓는 영원한 숨바꼭질 같다는 생각이 든다.


은희가 살고 있는 집에 도착한 도훈은 심호흡을 한 뒤 벨을 눌렀다. 며칠이나 선녀를 찾은 뒤에야 그녀가 어머니의 집으로 들어갔다는 것을 알았다. 이렇게 그를 피한다고 다 끝날 것이라고 생각한다면 선녀는 너무 단순하다. 어떤 식으로도 달아날 수 없다는 것을 이참에 보여줄 것이다. 좀 무모할지도 모르지만 이것이 가장 빠른 길 같았다.

"누구세요?"

인터폰의 카메라를 보며 도훈은 방긋이 웃었다. 천사처럼 보이게, 누가 보던 호기심이 일도록 천진하게. 빙고, 통했다. 문이 조금 열렸다. 내다보는 부인의 얼굴을 보며 도훈은 더욱 천진해 보이게 웃음을 지었다.

“무슨 일이에요?”

“안녕하십니까, 저는 정도훈이라고 합니다. 따님 일로 말씀드릴 것이 있어 왔습니다.”

“우리 선녀?”

“네, 어머니.”

은희가 빤히 도훈을 바라보면서 망설이다가 문을 조금 더 열었다. 곰곰이 살폈지만 안에 들여도 될 것 같았다. 하지만 혹시 모르니까 말굽을 세우고 문은 좀 열어놓자.

“들어와요.”

안으로 들어간 도훈은 무조건 큰절부터 올렸다. 은희가 놀라서 어쩔 줄을 몰라 했다.

“아니 대체 누군데 이러시나?”

“정도훈이라고 합니다. 어머님.”

은희는 눈을 크게 뜨고 도훈을 바라보았다. 멀쩡하게 잘생긴 남자였다. 어머님이라니? 선녀랑 만나는 남자인가?

은희가 이런저런 생각을 하는 동안 도훈이 주머니에서 하얀 봉투를 꺼내 내밀었다.

“이게 뭐예요?”

봉투를 열고 안의 것을 확인한 은희가 펄쩍 뛰어올랐다.

“어, 어, 어, 어!”

믿을 수가 없었다. 돼지꿈을 꾸고 그녀가 샀던 로또였다. 이거 선녀가 찢었다고 했는데? 이거, 이거. 너무도 놀라서 꿈을 꾸는 기분이었다. 정말 꿈일까 두려워졌다. 은희의 손이 벌벌 떨렸다. 꿈 아니지? 꿈 아니어야 한다! 은희는 남자의 얼굴을 멍하니 바라보았다. 꿈이 맞아? 오오, 꿈이면 안 되는데?

"이게 왜 정도훈 씨라고 했나? 댁한테 가 있지요?"

"선녀님이 제게 줬습니다."

은희는 기가 막혀서 입을 딱 벌렸다.

"왜 선녀가 이걸 댁한테 줬죠?"

"같이 자고 난 뒤 이걸 주고 가버렸습니다."

같이 자? 같이 잤다고? 은희는 뒷목을 잡았다.

"그런데 왜 이걸 갖고 왔어요?"

"전 이런 것 필요없습니다. 어머님. 선녀님만 옆에 있어주면 됩니다. 돌려 드릴 테니 선녀님만 제게 주십시오."

은희는 은근히 자신의 허벅지를 꼬집어보았다. 아프다. 꿈은 아닌 것 같다. 헌데 이 남자는 왜 계속 꿈처럼 허무맹랑한 말을 하는 거지? 선녀를 달라고? 왜? 가만, 달라, 달라고? 그 말은 우리 선녀랑 결혼을 하겠다는 말인가? 응? 정말로?

"무슨 소리예요? 혹시 결혼하자고 했는데 우리 선녀가 결혼을 안 한다고 했어요?"

"네, 어머님."

기가 막혀라. 설마하고 말했는데 그렇단다. 같이 자고 난 뒤 1등 맞은 복권을 남자에게 줬다는 것도 기가 막히지만 줘놓고는 결혼을 안 한다는 것엔 더욱 기가 막혔다. 필시 이게 미친 게야. 제정신이 아닌 게지. 은희는 복권을 급히 호주머니에 집어넣었다. 이제 이건 그녀의 것이다. 절대로.

“엄마, 왜 문을 열어놨어?”

원래 재수가 없으면 뒤로 넘어져도 코가 깨지는 법이라더니 선녀가 지금 딱 그랬다. 하필이면 그 많은 시간 다 놔두고 지금 들어왔던 것이다.

“이놈의 기집애.”

은희는 손에 잡히는 대로 파리채를 집어 들고 무조건 선녀에게 달려들었다. 파리채가 윙 허공을 가르고 선녀에게 날아든 순간 도훈이 그 앞을 가로막았다. 찰싹 소리를 내며 파리채가 도훈의 목을 강타했다. 맞은 곳에 빨갛게 자국이 났다.

이게 대체 뭔 일이래? 정신이 하나도 없는 와중에서 선녀는 마구 날아드는 파리채를 피해 도훈의 등 뒤로 몸을 숨겼다.

“남자랑, 남자랑……. 아이구 이 미친 것. 시집도 안 간 것이 남자랑……. 그래 놓고는 뭐, 로또를 남자에게 줘? 이 미친 것아. 네가 제정신이야? 그리고 결혼도 안 한다고 했다며? 오냐, 결혼을 안 할 거면 오늘 내 손에 한번 죽어봐라.”

이 남자가 대체 우리 엄마에게 뭔 소리를 한 거지? 내, 이 남자를…….

“아얏.”

원망할 틈도 없었다. 파리채에 손등을 얻어맞고 선녀는 비명을 지르고 말았다.

“괜찮아? 선녀님?”

도훈이 놀라서 선녀의 몸을 부둥켜안았다. 어라, 이것들이? 은희는 기가 막혔다. 어디서 끌어안고 난리들이야? 엉?

"어머님. 이 사람은 때리지 못합니다. 차라리 저를 때리세요."

도훈의 모습을 멍하니 바라보다가 선녀는 자신의 엄마가 다른 엄마랑 조금 다르다는 걸 생각해 냈다.

그렇게 말하면 안 된다고욧.

때리라고 말하면 못 때릴까 봐?

은희로선 이것저것 화가 나는 것이 한두 가지가 아니었다. 우선 선녀가 복권을 남자에게 주고는 찢었다고 거짓말을 한 것이 가장 화가 났다. 내가 그동안 얼마나 가슴앓이를 했는데. 생각할수록 선녀가 괘씸했다. 사내놈에게 복권을 줘? 세상에 그게 제정신이냐? 미친 거지. 그러고 보니 이 남자에게 고마워해야 하는 것 아닌가? 다시 돌려준다는 것은 보통 일이 아니다. 은인이랄 수 있지. 하지만 은희는 다음 순간 마음을 바꿨다.

가만, 같이 자고 나서 주고 갔다고? 그렇다면 이놈이 내 딸과 잤다는 거잖아.

착착착착. 그날 도훈은 파리채도 무지하게 아프다는 것을 처음으로 알았다.

선녀가 처음 기획한 책이 나오자마자 대박을 쳤다. 내용도 좋고 표지도 예쁘고 제본도 깔끔해서 책이 참 잘 빠졌다고 흡족해 있는 동안 판매순위를 죽죽 치고 올라가 단숨에 1위를 했다. 1주일 만에 재판에 들어갔는데 다시 오 일도 안 돼 3쇄를 찍게 됐다. 이건 정말 대단한 일이었다. 얼마나 기분이 좋은지 도훈을 용서하고 그만 결혼해 줄까라는 생각을 했을 정도였다.

그때 나 대신 열나게 맞아주었으니…….

여자의 마음이란 것이 참 그랬다. 선녀님은 안 됩니다. 차라리 절 때리십시오 하고 나서는 도훈에게 그만 모든 마음이 풀어져 버렸다. 가슴이 뭉클했다. 비록 집으로 쳐들어와 엄마에게 미주알고주알 사건의 경위를 밝힌 도훈으로 인해 벌어진 일이니 대신 맞는 것이 당연하다고 생각해도 감동스러운 것은 감동스러운 거였다. 감동은 또 있었다. 도훈이 복권을 돌려준 것, 사실 선녀는 도훈이 복권을 엄마에게 돌려준 것보다도 그가 주면서 했다는 말에 더 감동받았다.

'전 이런 것 필요없습니다. 어머님. 선녀님만 제게 주십시오.'

그 말은 엄마에게도 감동이었는지 엄마는 신나게 때려놓고는 이제 선녀에게 어서 시집가라고 무진장 압력을 붓는 중이었다. 게다가 치사하게도 로또의 당첨금을 선녀에게 내줄 생각도 하지 않았다.

'너 시집가면 엄마 노후로 쓸 거야. 네 아빠 연금으론 먹고살기 빠듯했어. 엄마도 윤택하게 살고 싶다. 그러니 눈독 들이지 말고 시집이나 가.'

'엄마, 그거 내 거잖아.'

말했다가 공연한 치도곤만 안았을 뿐이었다. 사업자금으로 조금만 나눠주세요 했으나 씨알도 먹히지 않았다. 결국 선녀는 원룸 전세금을 빼서 사업을 시작했다. 그것이 잘 풀린 것이다. 삼 개월 만에 나오는 첫 책이 대박을 치는 것으로 스타트가 아주 좋았다.

도훈은 엄마에게 파리채로 신나게 맞은 다음날부터 죽기 살기로 선녀를 따라다녔다. 선녀가 무시하거나 말거나 상관도 하지 않았다.

'난 선녀님이 원하는 것은 뭐든지 해.'

'내가 원하는 것은 내 눈에 정도훈이란 남자가 안 보이는 거예요.'

‘그것만 빼고.’

세상에 이 남자 이제 보니 덩치만 큰 어린애가 아닌가. 너무도 아름답고 잘생기긴 했지만 칭얼대는 것이 꼭 어린애 같았다.

‘선녀님을 하루라도 못 보면 심장에 가시가 생겨.’

안중근 의사에게 미안하지도 않은지 제 마음대로 그분이 한 말을 써먹고 있다. 도훈을 생각하면 피식 웃음이 났다. 애도 아니고 어른도 아닌 것이 귀엽단 말이지. 문자가 들어와서 보니 도훈이었다.

—선녀님, 3쇄 축하해.

선녀는 잠시 망설이다가 문자를 보냈다. 그래, 이런 기쁜 날엔 적선도 하는 거야. 이제 그만 못 이기는 척 넘어가 주자. 이 정도면 평생 여왕으로 모시고 살 것 같으니까.

—5쇄 찍으면 결혼해 줄게요.


만세!

도훈은 문자를 본 순간 기쁨에 찬 고함을 질렀다.

역시 선녀님이라니까. 마음이 비단보다 고운 선녀님이니 끝까지 내치지 못할 줄 알았어. 무조건 선녀님이 좋아라고 따라다니면 넘어올 줄 알았다니까.

5쇄를 찍으려면 얼마나 팔려야 하는 거지? 그동안 선녀가 만든 책을 사주고 싶었지만 공연히 그런 짓을 하다 사단이 날까 두려워 팔리는 것만 지켜보았는데 이제는 문제가 달라졌다. 필히 사야 하는 이유가 생긴 것이다. 5쇄? 좋아. 까짓 거……

도훈은 대형서점에다 책을 주문한 뒤 단축번호를 길게 눌렀다.

"형."

[왜?]

"내일 형 회사로 고려출판사에서 나온 '어쩌다가 삼월이로 태어나서' 라는 책이 배달될 거야. 여직원들에게 한 권씩 돌려. 내 선물이야."

[뭐? 대체 무슨 소리냐?]

자다가 웬 홍두깨냐는 투로 도준이 뜨악해하며 반문했지만 도훈은 대답하지 않았다.

3천 권이면 되지 않겠어? 결혼만 할 수 있다면 3만 권, 30만 권이라도 얼마든지 사들일 수 있었다.

The End

## 작가 후기

　전설의 그 사나이의 동생 도훈의 이야기입니다. 사실 처음엔 도훈을 주인공으로 쓴 글이 아니었고 또 시작도 전설보다 훨씬 빨랐던 글이었습니다. 하지만 아시는 분은 아실 거예요. 글은 처음 설정이나 생각대로 써지지 않고 제멋대로 나가는 것을 좋아한다는 것을요.
　그래도 참 즐겁게 쓴 글입니다. 그러니 즐겁게 읽어주시면 좋겠어요.

　모자라는 글을 출판해 주신 청어람 출판사와 유 팀장님과 수민 씨 정말 감사합니다. 늘 힘이 돼주는 가족에게도 감사의 인사를 전합니다.
　그 외 제가 아는 모든 분들께도 깊은 감사 말씀 올립니다. 감사합니다.

유지니.